三 岛 由 纪 夫 精 品 集

奔马

[日]三岛由纪夫 - 著

佟凡 - 译

北京理工大学出版社
BEIJING INSTITUTE OF TECHNOLOGY PRESS

版权专有 侵权必究

图书在版编目（CIP）数据

奔马 /（日）三岛由纪夫著；佟凡译. —北京：北京理工大学出版社，2020.12

（暴烈之美：三岛由纪夫精品集）

ISBN 978-7-5682-9142-2

Ⅰ.①奔… Ⅱ.①三…②佟… Ⅲ.①长篇小说—日本—现代 Ⅳ.①I313.45

中国版本图书馆CIP数据核字（2020）第197658号

出版发行 / 北京理工大学出版社有限责任公司
社　　址 / 北京市海淀区中关村南大街5号
邮　　编 / 100081
电　　话 /（010）68914775（总编室）
　　　　　（010）82562903（教材售后服务热线）
　　　　　（010）68948351（其他图书服务热线）
网　　址 / http://www.bitpress.com.cn
经　　销 / 全国各地新华书店
印　　刷 / 三河市金元印装有限公司
开　　本 / 880毫米×1230毫米　1/32
印　　张 / 12.25　　　　　　　　　　　　　　责任编辑 / 赵兰辉
字　　数 / 270千字　　　　　　　　　　　　　文案编辑 / 李文文
版　　次 / 2020年12月第1版　2020年12月第1次印刷　责任校对 / 刘亚男
定　　价 / 219.00元（全6册）　　　　　　　　　责任印制 / 施胜娟

图书出现印装质量问题，请拨打售后服务热线，本社负责调换

一

　　昭和七年（1932），本多繁邦三十八岁。

　　他在东京帝国大学法律系上学的时候，就通过了高等文官司法科的考试，大学毕业后进入大阪地方法院担任候补法官。从那以后，他一直住在大阪。昭和四年（1929）升任法官，一直做到地方法院的右副审判员，然后在去年调到了大阪高等法院，担任法院的左副审判员。

　　本多父亲的朋友中有一位法官，在大正二年（1913）的法院构成法大修后退休。本多在二十八岁时娶了他的女儿。结婚典礼是在东京举办的，之后妻子立刻跟着他来到大阪，结婚十年依然没有孩子。不过本多的妻子梨枝是个温柔恭谨的女人，夫妻生活还算和睦。

　　本多的父亲在三年前去世了。虽然他打算处理掉东京的房子，把母亲接到大阪来生活，但是母亲不同意，选择独自在东京守着空旷的旧宅。

　　本多和妻子住在一栋租来的房子里，雇了一名女佣。二楼有两间房，一楼加上玄关一共五间房，加上一个二十坪的院子，房租每个月三十二日元。

本多每周只用上三天班，其余时间都可以在家工作。在上班的日子里，他会从位于天王寺阿倍野路的家里坐电车，到北滨三丁目下车，途中会经过土佐堀川和堂岛川两条河。下车后穿过鉾流桥就到法院了。法院红砖建筑的大门前，巨大的皇室菊花纹章闪闪发光。

对于法官来说，最重要的东西就是包袱皮了。上下班都要携带文件，数量少的时候还好，不过大部分时候都会是厚厚一摞，没办法放进手提包里。无论文件是薄是厚，最方便的还是包袱皮。本多用的是大丸商场送的中号平纹包袱皮，有时一张包袱皮都不够用，本多的秘诀是随身带一张备用的包袱皮。这个包袱对本多的工作至关重要，所以他的规矩是就算坐火车，也不会把包袱皮放在行李架上。从法院回家的路上和同事喝酒的时候，有的法官会把包袱皮挂在脖子上，这都是常有的事。

判决书不是不能在法院的法官室里写，但是在不开庭的日子里，就算去法官室，桌子和椅子也不够用。再加上耳边都是争论律法的声音，还有候补法官在旁边站着聆听教诲、积累经验，没办法静下心来写判决书，所以还是等到夜深人静时在家加班更好。

本多繁邦并不在意有人说因为他是刑事案件的专家，在大阪这种刑事案件少的地方会迟迟出不了头。

在家工作时，本多会通宵阅读下次开庭时要审理案件的警署调查记录、检察官调查记录和初审调查记录，整理成备忘录后交给右副审判员。判决后，还要起草审判长要宣读的判决书，到天空出现鱼肚白时才能写到"依据主文判决"这一句。审判长修改返回的稿件必须用毛笔誊写。本多的指头上已经像代笔人一样磨出了茧子。

每年，本多等法官们只有在跨年时才有机会出席有艺伎参加的宴会，宴会照例会在北边花街柳巷的静观楼举行，席上，部长和陪审员尽情对饮，喝醉后还有人会冲着高等法院院长说胡话。

平时，这些人会在梅田新道的咖啡馆或者关东煮店里喝些小酒，有一家咖啡馆的女招待会在客人询问时间时掀起裙子，看着绑在大腿上的手表回答，算是一项服务。当然，也有死板的法官认为咖啡馆就是老老实实喝咖啡的地方。在审理一件一千日元贪污案时，被告说自己把钱都花在了咖啡馆里，这位死板的法官大怒："骗人。咖啡不是五分钱一杯吗？你怎么可能喝那么多杯。"

尽管经历过减俸，但本多的月俸依然有将近三百日元，和军队中联队长的收入相当，足够拿出一部分花在自己的兴趣上。有人喜欢看小说，有人喜欢观世流[1]的曲子或者舞蹈，有人聚在一起作俳句和俳画，不过大多数时候都只是聚会后喝酒的借口。

追求时髦的法官会去跳舞。虽然本多不喜欢跳舞，不过经常听喜欢跳舞的同事谈起。因为大阪市法律条例中禁止跳舞，所以他们只能去京都的桂或者蹴上的舞厅，或者尼崎地区被田野包围的杭濑舞厅。虽然从大阪坐出租车去那里要花上一日元，不过在雨夜，舞厅像雨天的体育场一样孤零零地伫立于田地正中，窗户里依然能看到影影绰绰的舞者，狐步舞曲像狸猫拍打肚子模仿祭祀时演奏的音乐一样，响彻整片沐浴着白色雨点的田地。

这就是本多这段时间的生活。

---

[1] 日本能乐中的一派，以强调优美和雅致著称。

二

三十八岁，这是多么神奇的年龄啊！

青春早已结束，从青春结束至今，没有一件事能在心中投下鲜明的倒影。也正因如此，如今的生活与青春之间仿佛只有一墙之隔，尽管能清楚地听到隔壁连绵不断的声响，墙上却并没有连接两间房子的通道。

对本多来说，青春早就随着松枝清显的死结束了。青春中凝固、结晶、燃烧的东西已经化为灰烬。

如今，本多依然会在写判决书写到半夜的时候反复翻看清显留下的《梦日记》。

大多数内容都是谜一样毫无意义的梦境，也有暗示清显终将夭折的、美丽却不祥的梦。窗外的天空呈现出黎明特有的蓝紫色，房间正中放着一具原木棺材，清显的尸体躺在其中，而他自己的灵魂就飘浮在空中向下俯视。这个梦在一年半之后成为现实，梦中抓着棺材抽泣的女子留着富士山形刘海，毫无疑问正是聪子，但现实中的聪子却没有出现在清显的葬礼上。

清显之死已经过去了十八年，在本多的记忆中，梦与现实的界限变得模糊。清显只留下一本《梦日记》，如果以日记中的笔记为证，那么比起他曾经存在过的事实，日记中的梦境反而更加鲜明，像过滤后留下的金砂一样。

在人们朦胧的记忆中，随着时间的流逝，梦与现实会渐渐等价。曾经发生过的事与似乎发生过的事渐渐融合，梦境迅速侵入现实，过去又会与未来酷似。

在本多远比现在年轻的时候，现实只有一个，而未来仿佛孕育着无限可能。随着年龄的增长，现实变得多样，而过去扭曲成无数面目。另外，由于他想将不同的过去一个个与多样的现实联系在一起，现实与梦境的界限反而愈发模糊。因为对现实的记忆太容易发生变化，已经沦为与梦境同一次元的东西了。

本多甚至记不清昨天刚刚见过的人的名字，却总是能清晰地回忆起关于清显的事，就像与今晨刚刚看过的熟悉的街角风景相比，昨晚做的噩梦景象反而更加鲜活一样。过了三十岁，人名就像剥落的油漆一样渐渐被忘却，那些名字所代表的现实变成比梦境更没用的记忆，从日常生活中纷纷剥落。

本多认为自己的生活已经再无波澜，无论社会上掀起多大的风波，他唯一的工作只是用井井有条的法律大网捞起它们而已。他已经处在一切讲求逻辑的世界中，这是唯一一件比梦境和现实都真实的事。

当然，他通过众多刑事案件不停地见识人类的激情。尽管他自己从来没有过类似的激情，但是他见过太多人的人生因为一个执念，引发出宿命般的力量。

他究竟是否处于安全之地？仔细想想，自己内心深处的危险曾经如远方的白银之山轰然倒塌般崩溃，从那以后，他获得了铜墙铁壁一样的自由，不会为任何诱惑而动摇。他心中轰然倒塌的危险就是清显，清显即诱惑。

他喜欢谈起自己与清显共同生活的时代，但时代的青春对活下来的人来说，不过是抗体而已。他就这样活到了三十八岁，若说人生就此终结未免有些草率，但是要说年轻，却已经走向不情不愿的死亡。在这个年龄，经验散发出微弱的腐臭，看到新奇事物的喜悦日益减少。在这个年龄，无论多么迟钝的人都能感受到美正在迅速消退……本多热爱自己的职业，这份职业神奇而抽象，对工作的热情意味着远离感情。

回到家中，本多会在进入书房之前和妻子共进晚餐。他吃晚饭的时间不固定，在家工作的日子一般会在六点用餐，开庭的日子有时加班，回家时可能已经八点了，不过现在不会出现担任预审法官时那种半夜三更被叫起来的情况了。

无论本多回家多晚，梨枝都会等他共进晚餐。如果本多到家太晚，她就会急急忙忙地重新加热饭菜。本多在等待吃饭时，会一边听着妻子和女佣在厨房充满生机的忙活声一边看晚报。吃饭前和吃饭后就是本多一天中最休闲的时间。尽管家庭规模不同，但本多的脑海中还是会浮现出父亲的身影，他和自己一样，在黄昏时分坐在桌前放松，自己在不知不觉中变成了父亲的模样。

也许自己和父亲不同的地方就在于没有那种属于明治时代的僵硬和严肃吧。他没有需要显示威严的孩子，家里保持着更自然单纯的平和秩序。

梨枝寡言少语,绝不会违逆他,也不会刨根问底。因为有轻微肾炎,所以偶尔会出现轻微的浮肿,这种时候她会化稍微浓一些的妆,困倦的眼角反而呈现出朦胧的性感。

五月中旬,一个周日的晚上,梨枝时隔良久又挂上了这副面容。明天要开庭,所以本多从周日下午就开始工作,他觉得可以在吃晚饭之前做完,不想被晚饭打断工作,所以留下一句"工作结束后再吃晚饭"就走进了书房。工作结束时已经是晚上八点,明明在家还这么晚吃饭的情况很少见。

本多没有什么特别的兴趣,只是在关西住得久了,渐渐开始对瓷器感兴趣。他收集了一些好东西做平时的餐具,算是一点小小的奢侈。他用的碗是仁清①流派的,晚上会用粟田烧第三代继承人与兵卫烧制的酒器小酌。梨枝会精心准备怀石料理中常见的小菜芥末小香鱼、关东口味的干烤鳗鱼、裹上薄薄一层淀粉的冬瓜等做下酒菜,为伏案工作了一天的丈夫调养身体。

在这个季节,长火钵里的火苗和铜壶中热水的沸腾声会让人心生厌恶。

"今天晚上可以多喝点酒。牺牲了周日的下午,工作总算做完了。"本多像是在说给自己听。

"这真是太好了。"梨枝一边为他斟酒一边说。

她递上酒杯的手和斟酒的动作中包含着平淡的和谐。双手之间仿

---

① 野野次仁清,京都府丹波人,陶艺家。

佛有一根隐形的绳子牵引着,似乎存在着生活游戏式的自然律法。就像夜晚充满厚朴花香气的庭院此时正真真切切地出现在眼前一样,梨枝绝不会打破这部律法。

所有东西都真切地摆在本多眼前,触手可及,一眼就能看到,这份静谧就是那个曾经前途无量的青年在二十年后得到的东西。过去的本多也经历过触手可及之处几乎摸不到实物的时代,正因为他完全没有为此而焦躁过,反而得以将一切收入囊中。

本多悠闲地喝着酒,豌豆饭的热气拂过脸颊,鲜艳的绿色点缀在饭粒间,他正打算吃饭,门外突然传来兜售报纸号外的铃声。

他让女佣去买来报纸。纸张裁得歪歪扭扭,铅字的油墨仿佛还没有干透,仓促发售的号外是"五·一五事件"①的第一手消息,海军将校们袭击了犬养首相。

"啊呀呀,前一阵刚发生过'血盟团事件'②。"

尽管本多嘴上说着这些话,不过他自认为身处更加澄明的世界,与那些表情阴沉慨叹时事的庸俗之人不同,他已经获得拯救。醉意让那个澄明的世界更加清晰、更加真切地展现在他眼前。

"你又要开始忙了吧。"梨枝说。

本多喜欢妻子身上这股与法官女儿不相符的愚蠢。

"不,这是军法会议的问题。"

这原本就是其他机构管辖范围内的问题。

---

① 1932年5月15日,以海军少壮军人为主发动的法西斯政变。
② 1932年年初,日本右翼恐怖组织血盟团刺杀政界要人的事件。

三

这件事在法院的法官办公室中也保持了多日的热度，不过进入六月后，法官们每天都为蜂拥而来的诉讼忙得团团转，没有人会抓着管辖范围之外的问题不放。不过，法官们已经了解到报纸新闻中隐藏的真相，也已经互相交换过信息。所有法官都明白高等法院院长须川还是一位剑道家，他相当同情"五·一五事件"的被告们，不过并没有人提及此事。

案件像夜晚冲上沙滩的海浪一样逐渐逼近，海面上的三角形波浪翻起雪白的小浪花，在瞬间靠近，高高卷起后溅起破碎的水花，然后默默退去。本多想起了镰仓的海边，十九年前，他与清显以及暹罗王子们一起躺倒在沙滩上，眺望着不断往复的波浪。不过沙滩完全不用为案件掀起的波浪负责，它的任务只是耐心地把波浪推回大海，绝不能让它冲上陆地，是一次又一次将来自广阔的恶之海的波浪推回原本属于它们的容身之处，推回死亡与悔恨的领域。

如果要问本多有没有考虑过何为恶，何为罪，从本质上来说，考虑这些问题并不是他的任务，而是国家正义该考虑的事情。在内心深处，他认为罪恶中隐藏着散发出芬芳气息的刺激，就像柠檬汁渗进脏手上龟裂的皮肤中一样。这恐怕是清显留下的难以磨灭的影响。

尽管如此,这种"不健全的"想法并没有强烈到需要与之战斗。因为在本多的性格中,理性占据绝对优势,反而让他缺乏推崇"正义当为正义"这一信念的狂热。

六月上旬的某一天,上午的庭审比想象中结束得早,本多回到法官室时,距离吃午餐还有一段时间。

本多摘下绣着紫线的黑色法官帽,脱掉从胸口到肩膀绣着紫色蔓草的黑色法官袍,打开红木佛龛形状的衣柜装了进去,然后站在窗边漫不经心地抽烟。

窗外淅淅沥沥地下着小雨。"我已经不再年轻了,"本多想,"我可以不用考虑别人的想法,按照自己的习惯工作,而且能做得完全符合标准,并且从中获得满足。在工作方面,我已经游刃有余。黏土在我手里自动成为想要的形状……"

他轻轻摇了摇头,努力不要忘记即将从脑海中溜走的、刚才还注视着的被告人的长相,但是那张脸并没有再次变得清晰起来。

检察官办公室占了三楼南侧靠河边的几间屋子,所以从法官室朝北的窗户中只能看到阴沉的风景,眼前几乎都是拘留所。

这里的法院为了不让外人在出庭时看到被告而建起了走廊,将法院与一墙之隔的拘留所连接起来,围墙是红砖砌成的。

本多注意到湿气已经让墙壁的油漆上挂满水珠,于是打开窗子通风。红砖围墙对面,是一圈拘留所的二层白砖小楼。楼与楼之间的边界上,有高出一截的、牧场仓库形状的监视所,窗户上并没有装铁栅栏。

拘留所屋顶上和烟囱上的瓦片都被淋湿了，散发着砚台般的漆黑光泽。后方，一根大烟囱伫立在下着雨的天空中，遮住了本多从窗户中看出去的视线。

拘留所的墙上排列着整整齐齐的窗户，每一扇都装着白色铁栅栏和遮挡视线的板子。一扇扇窗户下方，用阿拉伯数字写成的巨大号码印在被雨打湿的白色墙壁上，墙壁已经变成了脏衬衫的颜色。30、31、32、33……一楼和二楼窗户下面的数字会错开一个，二楼32号房的正下方是一楼的31号房。长方形换气孔排成一排，一楼地板相应的位置排列着掏粪口。

本多突然想到，刚才那名被告住在哪个房间呢？法官不可能得知这种事情。那名被告是高知县的贫苦农民，把女儿卖到大阪后，说好的钱连一半都没拿到，他一气之下跑到妓院理论，反而被对方劈头盖脸骂了一顿，然后失手将老鸨打死了。不过，本多已经无法清晰地想起被告那张像石头一样毫无特点的脸了。

烟有气无力地从本多指尖混入雨雾之中。在一墙之隔的世界里，香烟是像宝石一样珍贵的东西。在这一瞬间，本多感到在这两个被法律隔开的世界，物品的价值存在着极度不合理的对比。香烟的美味在那个世界被推上了顶峰，而在这个世界，香烟充其量不过是无聊的消遣。

拘留所的二层建筑围出一片院子，那里有扇形的囚犯运动场，会有穿着蓝色囚服的犯人两三人一组，或者做体操，或者跑步。本多经常从窗户看到他们剃光的头，今天因为下雨，运动场像所有鸡都死绝了的鸡舍一样安静。

就在这时，下方迸发出一声巨响，就像用力关上木板套窗的声音，划破了沉默的潮湿风景。

沉默立刻再次从四面八方将声音包围，一阵微风将蒙蒙细雨扫进窗户，像粉末一样洒在本多眉间。本多正打算关上窗户，结束了另一场庭审的村上法官走进房间。

"我刚才听到死刑执行的声音了。"本多突然开口，像是要辩解什么。

"我最近也听到过，这可不是什么令人心情愉快的声音。说到底，把刑场设在离围墙那么近的地方真是太糟糕了。"村上一边收拾法官袍一边说，"去食堂吗？"

"你中午想吃什么？"

"还是池松的盒饭。"法官同事回答。

两人一起走在通往高级官员食堂的昏暗走廊上，食堂同样在三楼。中午饭一定会边吃边谈案件了。食堂门上写着"高级官员食堂"几个大字，新兴艺术派弯弯曲曲的花形彩色玻璃在室内的灯光下闪闪发光。

食堂里有十张三尺宽的大桌子，每一张上都摆放着水壶和碗。本多扫了一眼食堂，想看看先来的几个人里有没有高等法院院长。院长经常会为了和法官们交谈，特地来食堂吃饭，每当这时，食堂里处事圆滑的大妈就会迅速将一个特别的小水壶拿到院长面前，里面装的不是茶，而是酒。

今天，院长没有来。

本多和村上面对面坐下，取下饭盒上层装菜的盒子后，他发现盒子下方像平时一样被米饭的热气弄湿了，饭粒粘在褪色的红漆上。他心生不快，仔细从下方抬起米粒放进嘴里。

看到本多的习惯性动作，村上笑着说："你小时候也被教育，每天早上要在盘腿而坐、两腿间放着蓑笠的农民铜像前供奉米粒，合掌叩拜吧。我也是，就算只有一粒米，掉在地上的东西也要捡起来吃掉。"

"以前的武士会因为不劳而获感到愧疚吧，这种教育对现在的人依然有影响。你们家怎么是教育孩子的？"

"和我老爸教育我一样啊。"

村上带着爽朗的表情说。他明白，作为法官，自己的面相缺乏威严，曾经蓄过一段时间的小胡子，结果被前辈和同事取笑，于是放弃了。他喜欢文学，经常说出这样的话："奥斯卡·王尔德说，当今社会并没有纯粹的犯罪，所有犯罪都是出于需要。看到最近发生的案件，我也经常这样想。这种想法会让我失去做法官的资格吧。"

本多慎重地回答："是啊。很多案件都是社会问题自然延伸后产生的犯罪，或者说是社会问题直接酿成了犯罪。最近这些犯人几乎都不是知识分子，在什么都不懂的情况下体现出了社会问题。"

"东北地区的农村经济似乎很糟糕啊。"

"还好我们法院的管辖区域没有那么严重。"

大正二年以后，大阪高等法院的管辖区域包括大阪、京都、兵库、奈良、滋贺、和歌山、香川、德岛、高知这两府七县，都是富裕的地区。

接下来,两人聊了聊逐渐增长的政治犯问题和检察官对此事的态度。说话间,本多耳朵里还能听到刚才死刑执行的声音,那声音像新鲜木材散发出的芳香,能让工匠心情愉悦,感到满足。不过本多的食欲依然很好,那个声音并没有让他感到不快,就像一根精妙的水晶楔子嵌在心里。

高等法院院长须川走进食堂,众人纷纷行注目礼。食堂大妈急忙去取小水壶,院长坐在了本多和村上旁边。

这名剑道家有一副红脸膛,身材魁梧,是北辰一刀流①的教士②,担任武德会的顾问。因为每次训话的时候他都要引用《五轮书》③,大家暗地里称他是"五轮法学"。不过他性格和善,判决很有人情味。每次管辖地区内举办的剑道大会或者比赛请他讲话,他都会兴高采烈地答应,于是自然而然与神社结缘,成为某间崇尚武道的神社举办祭典时的宾客。

"事情麻烦了。"院长刚坐下就说,"明明答应好的,现在却实在去不了了。"

本多心想估计是剑道方面的事情,事实的确如此。

六月十六日,位于奈良县樱井地区的大神神社要举行剑道比赛,来自全国的信徒会在神前敬奉,东京的各个大学也集合了优秀的选手。神社邀请院长致辞,但是他那天必须去东京参加高等法院院长会

---

① 江户时代末期流行的剑术流派。
② 日本武道家的等级之一。
③ 作者宫本武藏,既是剑法,又是兵法。

议,实在无法出席。法官原本不该为行政事务所苦,院长也不能强行找人代理自己,不过村上和本多见他低声下气,想要拜托他们助自己一臂之力的样子,依然翻开了笔记本确认日程。村上当天要开庭不能出席,本多那天刚好在家工作,而且要处理的案件比较简单。

院长笑容满面地说:"那真是太好了。如果你代替我出席,不光我有面子,神社一定也会看在你父亲的名号上觉得很满意。你干脆去上两天,比赛那天晚上住在奈良酒店,那里很安静,适合调查资料。第二天还可以参加大神神社的摄社①——奈良市内的率川神社会举行的'三枝祭'。我以前有幸看过一次,那是我见过最古雅的祭典了。怎么样?如果你愿意,我今天就会立刻写信安排……啊呀,请务必答应下来,那祭典绝对不容错过。"

本多不能拂了院长的好意,虽然没什么兴趣,不过还是应承下来。

离开学习院以后,本多已经二十年没看过剑道比赛了。以前,他和清显都不喜欢剑道部的那些人,还有他们排练时狂热的吆喝声。在他少年时的感性中,那些吆喝声带着将内脏翻出来压在鼻子上的腥臭味,用令人窒息的、不知廉耻的狂热冒充神圣的狂热,每每听到都令人痛苦不已。不过,清显和本多的厌恶多少有些不同,清显觉得那些吆喝声侮辱了自己细腻的感情,而本多则觉得自己的理性受到了侮辱。

但是,那种感觉早已远去,现在的本多已经修炼到无论看到什

---

① 受本社管理的小型神社。

么、听到什么,眉头都不会皱一下的境界了。

像今天这样离下午的庭审还有一段时间的日子,如果天气晴朗,本多就会沿着堂岛川散步,看着驳船后拖曳的木材掀起白色水花的景象别有一番乐趣,不过今天既然下雨就看不到了。法官室吵吵嚷嚷,让人静不下心。本多和村上道别后,走向正面玄关那排带斑纹的光滑花岗岩立柱。彩色玻璃窗上用蓝白两色勾勒出橄榄树,苍白的阳光洒进玄关。本多在反射着昏暗阳光的走廊上静静站了一会儿,突然想到一件事,于是走到会计那里去取钥匙。

借到钥匙后,本多打算登塔。

红砖法院的高塔是大阪的名胜之一,投在堂岛川上的倒影从对岸看美轮美奂,同时又被人们称为"伦敦塔",传言塔顶有绞刑架,会在那里执行死刑。

法院并不懂得利用英国设计师的这种夸张嗜好,只是给高塔上了锁,让它自顾自落灰罢了。有时,法官会上塔散心,天气晴朗的日子,还可以站在塔上享受开阔的视野,甚至能看到淡路岛。

本多打开门进入塔中,无边无际的苍白空间展现在眼前。玄关大厅的天花板正是高塔的地基,从地面到塔顶畅通无阻。四面白墙上有雨水和灰尘留下的污渍,只有塔顶在四面安了窗户,窗户内侧有一圈狭窄的阳台,通往阳台的铁楼梯像蜿蜒曲折的藤蔓一样沿着墙壁逐渐上升。

本多知道如果触碰楼梯的扶手,指头就会被堆积的灰尘弄脏。尽管今天下着雨,不过从塔顶的窗户中洒下的光依然照亮了这座巨塔的内部空间，就像黎明时令人不快的微光。无论是空无一物的墙壁，还是没有尽头的楼梯，本多每次来到这里，都会感觉进入了一个故意将尺寸拉伸到不自然程度的诡异世界，觉得这片空间的中央必须竖立一座隐形的巨大雕像，一座目眦欲裂的隐形巨人雕像。

如果没有这座雕像，这片空间未免太空虚，太缺乏意义。塔顶那些走到近前时相当巨大的窗户，从这里看上去只有火柴盒大小。

本多沿着能看到脚下的铁楼梯逐级向上。一声声脚步声在高塔内部回响，像闪电一样蔓延开去。虽然他心里明白楼梯的设计坚固，不需要感到不安，但每向上踏出一步，钢铁的晕眩和颤抖都会沿着漫长的楼梯从上蔓延到下，就像瞬间遍布脊髓的颤栗。灰尘也随之发出一阵阵颤抖，静静飘落到逐渐远去的地面上。

到达塔顶之后，窗外的风景对本多来说并不新鲜。雨中，堂岛川缓缓向南流淌，在模糊的视线里依然能清楚地看到它与土佐堀川汇合的地点。南面，公会堂和府立图书馆、日本银行的青铜圆屋顶伫立在河流对岸，从塔顶俯视，中之岛的高楼大厦与平地无异。西面，附近大楼的背阴处，能看到仿哥特式建筑的回生医院正面。连接法院东西两边的翼楼红瓦在雨中变得色彩鲜艳，中庭那片小小的绿色草地就像台球桌上的绿色台布，严丝合缝地镶嵌在红瓦屋顶中。

因为高度过高，在塔上看不到人影。只有鳞次栉比的大楼在大白天就亮起辉煌的灯火，毫不反抗地任由雨水冲刷，委身于大自然一视同仁的冰冷慰藉中。

本多想："我站在高处，头晕目眩的高处，而且不是凭借权力和财力站在高处，而是仅代表国家理性，站在宛如只有钢筋建成的建筑的逻辑高点。"

比起红木法官台,这里能够让他更鲜明地感受到自己拥有属于法官的俯瞰视角。从这里向外看去,地面上的种种事物,包括过去的事物都像一张被雨淋湿的地图。如果理性中也有孩子气的因素,恐怕再也没有比俯瞰一切更适合理性的游戏了吧。

下面发生了种种事件。大藏大臣[①]被射杀,总理大臣被射杀,赤色分子被大量检举,流言蜚语满天飞,农村的危机愈发严重,政党政治即将瓦解……而本多,则置身于正义的高地。

当然,本多可以肆意将这样的自己戏剧化。也就是说,他站在正义的高地用镊子捏起各种阴暗的激情,品头论足后装进温暖的理性包袱皮中带回家,作为判决文章的素材。一切神秘都被他拒之门外,只是终日埋头粉刷法律的墙壁……

尽管如此,站在高处,从人性上层清澈的部分俯瞰底部的浑浊终究高人一等,比起现象更接近法律的人终究是高人一等的。就像马夫身上会沾染马的气味,本多在三十八岁已经染上了法律的正义气味。

---

① 相当于财政部部长。

四

六月十六日一大早就酷暑难耐。盛夏提前一天到来,带着喧嚣的阳光鼓笛队盛装登场。院长为本多安排了车子,所以本多早上七点就出发前往樱井。

官币大社①大神神社供奉的是三轮山本身,俗称"三轮明神"。三轮山又被简称为"御山",海拔四百六十七米,周长约四里②,山上长着茂盛的杉树、柏树、赤松、米槠等,严格禁止砍伐活树,禁止一切不净的东西进山。大神神社是日本第一大社,也是最古老的神社,人们普遍认为这里有最古老的信仰,所以信仰古神道的人一生中一定要来这里祭拜一次。

关于大神神社中"神"的语源有两种说法。一种说法认为"神"是古代用于酿酒的素陶酒器的误读,另一种说法认为是取了韩语中"米酿"的意思。神酒和神明融为一体,成为"大神"神社。神社供

---

① 由皇家出钱的神社。
② 日本计量单位,1里大约为3.9公里。

奉的大物主大神是大国主神①的和魂②，自古以来都被尊为酿酒神。

神社院内有祭祀荒魂③的狭井神社，军人对荒魂信仰坚定，很多信徒会来这里祈祷武运昌隆。退伍军人会会长五年前提出要在这里举行剑道比赛敬奉神明，因为狭井神社面积狭小，所以决定在本社宽敞的前庭举办。

这是院长对本多介绍的比赛来历。

在大鸟居上挂着下车牌子的地方，本多下了车。

铺满白沙的宽阔参道迂回曲折，左右两边的杉树枝条上连着细绳，每隔一段固定的距离就会挂一根洁白的纸条，微微摇晃。昨天刚下过雨，松柏树根部的苔藓像被昨天的雨水淋湿的海藻一样鲜绿。左面，河水在细竹和羊齿蕨间流过，响起哗哗的水声，炽烈的白色阳光穿过头顶被杉树的枝丫切碎的天空洒在树下的草丛中。走过神桥，曲折的石阶上方遥远的深处，终于能窥见正殿前白底紫花的帷幔一角。

本多拾级而上，走到尽头后擦了擦汗。庄严的正殿伫立在三轮山的山脚下，前庭的沙子被扫到四方形的场地内，覆盖住略带红色的泥土，比赛场地三面围着凳子和折叠椅，巨大的顶棚盖住左右两边的座位。本多在顶棚下方看到了自己即将入座的来宾席。

一袭白衣的祢宜④上前迎接他，对他说宫司⑤已经等候多时。本多

---

① 《古事记》中统治出苇原中国的主神。
② 神明温和、亲爱、调合的神格。
③ 神明粗鲁、暴力的神格。
④ 神社的普通神职人员。
⑤ 神社的最高负责人。

回头看了一眼比赛场地中在阳光的映照下呈现出牡丹色的土壤，便跟着他们向神社的社务所走去。

本多习惯随时保持恭谨的面容，不过他并不是虔诚的信徒。见到正殿背后高耸入云的神山上秀丽挺拔的杉树在早晨的天空中闪耀着庄严夺目的光彩时，他确实不得不承认其中有神明存在，不过心中并不会始终保持虔诚的信仰。

认为神秘事物像清新的空气一样充斥在世界上，和即使承认神秘事物的存在却依然将其当成例外，这两种想法完全不同。当然，本多对神秘事物本身抱着宽容的态度，他觉得神秘事物就像母亲。不过从十九岁开始，本多就像自负的年轻人一样相信就算没有母亲也能一个人走下去，这份自负有一半是天生的。

和来宾中的地方名士们交换名片，经历了漫长的寒暄后，本多跟在宫司身后走在通往正殿的走廊上，两名巫女站在那里，拿着长柄杓向客人伸出的手里洒水。正殿中已经有五十名穿着剑道服装的选手分列而坐，形成一片巨大的蓝色方阵。本多被带到了上座。

伶人吹奏起笙和筚篥，身穿水干①、头带乌纱帽的神官走到神前奉上祝辞："值此美和之日，吾等诚惶诚恐，面对九天神灵，誓永世供奉大和主上大物主神之尊号，在大神庭前……"

绿色杨桐树枝上挂着密密麻麻的白色御币，神官举着树枝在众人头上挥动。

---

① 日本古朝臣礼服。

本多作为来宾代表，在主办者之后敬奉玉串。在他之后，年近六十的选手代表穿着褪色的蓝色练习服奉上玉串。在森严的仪式进行时，暑气渐盛，本多感觉汗水在衬衫下像虫子一样蠕动，令人很不舒服。

参拜仪式结束后，众人回到前庭，来宾坐在顶棚下的来宾席上，选手坐在选手区的凉席上。露天摆放的椅子上已经坐满了观众，他们面朝东方，正对着正殿和神山，所以上午的阳光直直打在头脸上，只好用扇子或者手帕遮挡。

比赛前还有冗长的祝辞和发言，本多也起身一本正经地说了一番。他听说今天的五十名选手将分为红白两组，每组二十五人，每组每次出场五人进行淘汰赛，分五场进行。本多坐下后，退伍军人会会长开始了漫长的致辞，坐在本多身边的宫司在他耳边小声说："请看坐在对面顶棚下第一排最左边的少年，他是东京国学院大学预科的一年级学生，在第一场比赛中会代表白组率先登场。您可要仔细看看，他如今在剑道界备受期待，才十九岁就已经达到三段水平了。"

"他叫什么名字？"

"他姓饭沼。"

本多对这个姓有印象，于是又问了一句："您说他姓饭沼……他父亲也是剑道家吗？"

"不，他的父亲名叫饭沼茂之，是东京著名国粹组织的塾长，是这间神社的热心信徒，不过自己并不钻研剑道。"

"他今天来了吗？"

"他说虽然想看儿子的比赛，但是不巧今天要去大阪开会，所以不能过来了。"

既然如此，那么他一定就是那位饭沼了。饭沼茂之大名鼎鼎，直到两三年前，本多才知道他就是当过清显学仆的那个饭沼。大家在法院的法官室里说起思想运动时，本多曾经向负责彻底调查那件事的同事借来了各种资料阅读。其中有一篇名叫《右翼人物总览》的文章，在"饭沼茂之"一栏中是这样写的：

近来崭露头角的饭沼茂之是地道的萨摩藩人，从初中开始就是当地著名的秀才，因为家贫，在乡党的推荐下上京当上了松枝侯爵府少爷的学仆，致力于辅导少爷的学业和自身的学习。后与侯爵家中的女佣阿峰坠入爱河而私奔，经过辛苦的打拼，如今成了饭沼私塾的塾长，是一名热血汉子。他的妻子自然是那位阿峰，两人育有一子。

那时，本多第一次知道了饭沼的行踪，不过并没有再见过他。他对饭沼的唯一印象是在松枝府邸长长的昏暗走廊上为他带路的，那个穿着藏青底碎白花纹的粗犷背影。在本多有限的记忆中，饭沼只是一个总会融入背景黑暗中的"看不出真心"的人。

一只牛虻原本停在打扫干净的比赛场地上，结果一下子飞到了来宾席铺着白布的长桌旁，在来宾们耳边嗡嗡作响。一名来宾挥舞扇子赶走了牛虻，他打开扇子的方法和挥舞扇子的动作架势十足，让本多想起刚才看到他的名片上写着剑道七段教士。退伍军人会会长冗长的致辞还在继续。

面前的四方形空间在此期间依然只是与正殿沉重的抱厦屋顶、神山上郁郁葱葱的绿色以及明亮的天空相连，升腾起粗野的灼热气息。这片空间不久后就会被呐喊声和竹刀的撞击声占据。偶尔扬起的微风吹过这片空间此时的沉默，透明的微风被勇猛战斗的预兆所驱使，柔韧的四肢不停屈伸，充满了无尽的幻象。

本多的目光总是被正对面饭沼之子的面孔吸引。二十年前，饭沼应该比当时的自己和清显年长五岁，但终究不过是一介乡下学仆，如今却已经成为父亲，有了这么大的儿子。一想到这里，本多就觉得重新看到了被没有孩子的自己不知何时忘在了脑后的岁月轨迹。

少年始终跪坐在凉席上，一动不动地听着台上冗长的致辞。不知道他是不是真的听进去了，只见他明亮的双眼紧盯着正面，就像一块不接受任何外界事物的钢铁。

少年眉清目秀，脸上的肤色浅黑，嘴唇紧抿呈一字形，仿佛口中含着一把刀。虽然他的脸上确实有饭沼的影子，不过饭沼浑浊、沉重而阴郁的线条在他脸上被一条条重新雕琢，增加了轻盈和锐气而变得明快。"这是一张还不明白人生为何物的面孔。"本多想，"拥有这样的面孔时，人们还不相信刚刚落下的白雪不久后就会融化，就会被污染。"

每一名选手的膝盖前方都整整齐齐地摆放着护臂，上面放着的护面用手帕盖住，从手帕的缝隙间隐约能看到金属的一角闪闪发光。一排排蓝色膝盖的前方，零零星星地露出灿烂的光芒，与战前锐利而危险的烦躁情绪相辅相成。

正副两名裁判起身宣布：

"白组，饭沼选手。"

被叫到名字后，跣足少年穿好防具踏上灼热的土地，恭敬地在神前行礼。

不知为何，本多希望这名少年取胜。第一声鼓劲的呐喊从少年的护面中传出，像受惊野鸟的叫声。

这声呐喊一下子将本多推回了自己的少年时光。

他曾经对清显说过，几十年后，大正初年尚且年轻的他们也会忘记所有细腻的感情皱褶，和当时剑道部里的家伙们一样，被包裹进时代的"愚神信仰"之中。如今，这一点果然被他言中。但是让本多感到意外的是，不知何时，自己竟然萌生出怀念那位愚神的心情，比起自己曾经隐约相信过的高尚神明，那位愚蠢的神明反而更加美丽。准确来说，本多现在被推入的少年时代的洞穴并非是与过去处于同样位置的同一个洞穴。

此时击打着本多耳膜的裂帛般的呐喊，仿佛变成了少年从细小的裂缝中迸发出的灵魂之火。昔日，微弱的灵魂之火在心中燃烧的那些苦闷（实际上，本多在处于少年的年纪时几乎与苦闷无缘）在心中鲜明地复苏，让他清晰地感觉到了曾经的自己。

这是时间拥有的不可思议的精湛演技，能欺骗人心。时间不会强行剥除记忆为银色的过去镀上的谎言锈迹，而是尝试让过去以加入梦境和愿望的姿态重新登场，依靠精湛的演技挖掘出曾经的自己都没有意识到的、更深层的本质姿态。就像站在遥远的山峰眺望曾经居住过的村庄，尽管牺牲了居住时体验过的细节，却会让在那里居住时的意义变得明晰，广场石阶上那些居住时曾经重要的凹陷，远远看去，倒是因为水洼的一点反光变得美丽，成了不需要小心避开的美景。

饭沼少年发出第一声呐喊的瞬间，三十八岁的法官觉得那声呐喊就像箭头一样深深刺入少年胸口，甚至立刻传来了尖锐的疼痛。他从来没有出现过这样的冲动，想要闯入被告席上的年轻人封闭的内心。

红组的选手像鱼鼓动鱼鳃一样用双肩顶起护肩，同样发出威吓的呐喊声。

饭沼少年一言不发，两位选手举起竹刀，转了一圈又一圈。

饭沼少年面向本多时，从护面上像帘子一样垂下的光影深处能看到浓黑的眉毛以及闪亮的双眼，他发出呐喊时还能看到雪白的牙齿。当他背对本多时，脑后叠得整整齐齐的手帕和蓝色绳子下方露出健壮的脖颈，头发剃得干干净净，显得十分清爽。

突然，两人像被怒涛掀起的船一样狠狠相撞，只见插在饭沼少年背上代表白组的白布翻飞，一声巨响过后，他已经击中对手的面部。

掌声四起，饭沼击败一人。

他摆出直蹲姿势①面对新的敌人，从腰间拔出竹刀的动作干净利落，仿佛已经制服了敌人。

尽管本多对剑道一无所知，依然能看出饭沼少年姿势端正。无论每一个瞬间的动作多么激烈，他的姿势都像贴在空间上的深蓝色纸样一般丝毫不乱，身体绝不会陷入空气的泥沼中失去平衡。仿佛只有他周围的空气不是灼热黏糊的泥巴，而是清澈自在的水流。

在饭沼少年向顶棚投下的阴影迈出一步时，身上的黑色护具反射出蓝天鲜艳的色彩。

---

① 后背挺直，分开双膝盖下蹲，用足尖支撑。

敌人后退一步。洗得褪了色的剑道练习服和裤裙深浅不一的藏青色中，束衣带勒出的十字形区域更是被磨出了白色的斜十字，一条鲜艳的红色细布条从那里垂下。

饭沼选手又向前踏出一步，本多已经熟悉了剑道的招式，能清楚地看出他的护臂中蕴藏着危险的紧张气息。

护臂和袖口间露出的小臂是少年不该有的粗壮，手臂内侧能看到绷紧的白色肌肉，护臂内侧的白色熟皮被外侧的蓝色浸染，变成了黎明天空般感伤的色彩。

两把竹刀的刀尖像两只相遇的狗一样，神经质地相互闻着。

"呀！"敌方气势汹汹地大喊。

"啊呀！"饭沼少年回以嘹亮的呐喊。

饭沼将竹刀撑在身体右侧，挡住了敌人朝向侧面的攻击，竹刀相撞，发出爆竹般的声音。然后两人面对面短兵相接，裁判将他们分开。

"开始！"

主裁判一声令下，饭沼少年攻上前去，像深蓝色的波涛一样连续追打敌方的面部，不给对方喘息的时间。

因为连接紧密的每一击都规范有力，锋利而决绝，所以尽管敌方挡下了第一击和第二击，面对第三次正面瞄准面部的攻击时却自己撞了上去。

两名裁判同时举起了三角形的小白旗。

饭沼选手击败了第二人，场上同时响起掌声和惊叹声。

"这是被气势压倒，然后被逼入了绝境啊。"坐在本多身边的剑道教士煞有介事地说,"红组选手一直在看白组选手的刀尖,这样不对,不能看对手的刀尖,会动摇的。"

尽管本多对剑道一无所知,依然清清楚楚地看到饭沼少年体内有散发着蓝紫色光芒的发条,分毫不差地指挥着少年灵魂的跃动,不容分说地在敌人心中造成一瞬间的空白。

对方的破绽就像真空区域会迅速引导空气进入一样,主动引导饭沼的刀进入,饭沼的刀以无比正确的姿势刺入敌方的身体,就像进入门户大开的房间一样轻松。

第三名对手像婴儿耍赖时一样左右扭动着身子逐渐逼近。

他护面里的手帕系得乱七八糟,一条白线并没有端端正正地划过额头,手帕的一角从右侧的眉毛附近露出来。他微微弓着背,像一只奇怪而疯狂的鸟。

但是,面对这名敌人决不能大意,他对竹刀的控制游刃有余,是一名比赛高手。他的动作像鸟儿迅速啄起诱饵后逃走一样,从远处瞄准护臂,很多情况下能够顺利击中护臂后远远逃开,然后发出胜利的欢呼。他为了防守,不惜做出任何丑陋的姿势。

面对这样的对手时,饭沼昂首挺胸地在水面上滑行的优雅气质显得脆弱而摇摇欲坠。本多觉得这一次,他很可能会毁于自身的美丽和端正。

对手在每一步每一刀之后拉开距离,企图用自己的丑陋感染对方,用自己的焦虑感染对方。

本多从刚才开始就已经忘记了炎热,甚至忘记了吸烟,他发现面前的烟灰缸中,烟头的数量完全没有增加。

他正准备伸手整理白色桌布上高高隆起的皱褶，只听旁边的宫司喊了一声"啊"。

抬头一看，裁判交叉小旗在胸前挥舞。

"太好了，刚才差点被击中前臂。"宫司说。

饭沼少年正在苦苦思索该如何追赶总是离得远远的对手。他每踏出一步，对方就后退一步。对手的防守牢固，就像身上缠了一堆狡猾的海藻。

"呀！"

饭沼每次发起突击，对手都会立刻冷笑着护住身体，两人陷入僵持。

两把竹刀几乎垂直相抵，像停泊中的船只的桅杆一样微微颤抖。胸铠像船身一样闪闪发光，敌我双方似乎在合力举起一片绝望的蓝天。急迫的喘息、如雨的汗水、紧绷的肌肉、在胶着的对抗中堆积的不满和焦躁……这些东西充斥在两人无法动弹的平衡的姿势中。

就在裁判为了化解僵局即将喊出"停止"的时候，饭沼利用对方推过来的微弱力量向后跳开，竹刀发出悦耳的平击声——击中了对方的身体。

两名裁判举起白色小旗，观众送上热烈的掌声。

本多终于点上了一根烟，在逐渐逼近桌布的阳光中，他突然对闪烁着微弱火光、不知道是否已经点燃的香烟失去了兴趣。

在饭沼少年脚边的土地上，汗水留下的黑色痕迹像血一样散开。从直蹲姿势起身时，被灰尘弄脏的蓝色裤腿中露出的苍白的阿喀琉斯腱凛然伸展，似乎即将展翅翱翔。

五

　　饭沼三段连胜五人，第一场比赛结束。

　　五场比赛结束后，白组取得胜利，饭沼接过奖励个人优胜的银色奖杯。上前领奖时，他已经拂去脸上的汗水，泛着红潮的脸上散发出属于胜利者的谦虚，本多已经很久没有近距离见过如此青涩的年轻人了。

　　本多想和这位少年聊聊他的父亲，结果被催促着带往偏殿用午餐，没能找到机会。用午餐的时候，宫司提议："要不要去爬山？"

　　本多从大厅看向庭院中洒下的刺眼阳光，有些犹豫。

　　宫司又说："普通人当然不能进山，平时只允许资历相当老的信徒进山，我们这里规矩很严。据说在山顶祭拜过神明的人会被神秘力量击中，就像被雷劈中一样。"

　　本多又看了一眼洒进庭院中的夏日阳光，绿树在阳光中散发出耀眼的光芒，他想象着比这片阳光更加神秘的力量，不由得心生向往。

　　他心中能够接受的神秘力量首先必须是明确的。如果有一个一切都清晰可见的神秘力量，他觉得自己也许会选择相信。神秘力量是奇迹般的例外，在以一种现象出现的同时必定依然隐藏于昏暗之中，如果有一种神秘力量能存在于毫不留情的阳光下,那么这种神秘力量应该属于明确的法则,即本多的世界。

吃完午饭后,经过短暂的休息,本多在一名祢宜的带领下走在了绿意盎然的参道上,沿着平缓的坡道走了五六分钟,就到达了摄社狭井神社。准确来说是狭井坐大神荒魂神社,按照惯例,要在这里进行祓禊仪式后再前往御山。

杉树包围着一座柏树皮屋顶的朴素神殿,看起来确实是一座镇荒魂的神殿。房顶后方,几棵赤松拔地而起,让人联想到佩戴红色长刀的古代轻装武士。

祓禊仪式结束后,祢宜将本多交给了一位穿着胶皮底袜子的殷勤向导,年龄在五十岁左右。在御山的山口,本多第一次看到一朵笹百合[①]花。

"这是明天三枝祭要用的百合花吧?"

"正是。只在御山上实在凑不齐三千朵,所以从附近的摄社、末社[②]采来,现在已经种在了正殿。今天参加比赛的学生会帮忙把百合花送去奈良。"

向导说完,一边嘱咐本多昨天刚下过雨,要小心黏土山路容易滑倒,一边麻利地率先开始爬山。

三轮山周长约四里,包括西面本社背后的大宫谷在内都是禁地,山脚下蔓延着九十九谷。稍微向上走一段路,就能看到右边被栅栏围

[①] 日本特有的百合,生长在日本本州中部以西的山地,叶子与细竹相似,每年六月至七月开花。

[②] 和摄社同为神社分社。

住的禁地，禁地中的赤松脚下长满野草，树干在午后的阳光下像玛瑙一样闪耀着炫目的光彩。

禁地中，无论是一棵棵树木、蕨类植物和灌木，还是普照的阳光，看起来都仿佛尊贵而纯净。一棵杉树的根部被野猪翻过后露出新鲜泥土的颜色，本多脑海中浮现出《古事记》和《日本书纪》中出现的远古时代作为异族化身出现的野猪。

但是，从自己此时踏入的御山身上，本多却没有轻易感受到神明或者神明居所的气息。他一边惊讶于五十岁上下的向导腿脚如此麻利，一边为溪流边的林荫道能遮挡阳光而欣慰。

尽管能遮挡阳光，但是走着走着就不得不弯下身子。山上杨桐树很多，小树的叶子比城市里的杨桐叶子宽大得多，发黑的绿叶间到处点缀着丛丛白花。越向上走，河水流速越快，最终两人到达了三光瀑布。供人沐浴净身的小屋将瀑布掩去了一半，瀑布周围是森林最茂盛的地方，不过森林各处都笼罩在阳光下，所以站在这里宛如站在阳光的笼子中。

实际上，前方才是通向山顶的难关。刚刚借助岩石和松树的根部爬过没有路的悬崖，本多以为前方的路会平坦一些，结果又看见了在午后阳光下散发着红色光芒的悬崖。本多汗流浃背地喘着粗气，因为这番苦行而晕头转向，终于在恍惚中感到了不断靠近的神秘力量。这就是法则。

本多见到了静静地伫立着一棵棵直径一丈有余的赤松和黑松的山谷，也看到了缠绕着常春藤和蔓草的腐朽松树，叶子全都变成了砖头的颜色。还有一棵伫立在悬崖半空中的杉树，进入神山的信徒从那棵杉树上感受到了某种神性,在树上挂了界绳①,还奉上了供品。

当高大的米槠树冠在风中摇曳,淡黄色的花朵同时飘落,花瓣在无人的深山中从树叶间飞过,说不定会像突然通电一样拥有神性。

"再加一把劲,马上就到山顶了,冲津御座和高宫神座就在那里。"向导气息平稳地说。

冲津御座是突然出现在悬崖边的道路上的。

一块块巨石像失事大船的残骸,没有固定形状,有的地方尖锐,有的地方裂开,盘踞在界绳的范围内。从上古开始,这些形状非同寻常的巨石群就以绝对无法融入寻常秩序的姿态被扔在这里,杂乱无章却纯洁得可怕。

石头与石头扭打在一起,歪歪斜斜地裂着口子,还有另一块石头舒展开过分平坦的斜面。比起神明静谧的御座,这一切更像战后的情景,甚至会让人联想到更加难以置信的恐怖情景。本多心想,难道神明停留过一次之后,世间的事物就会变成这幅景象吗?

太阳残忍地照亮石头上像疥疮一样的苔藓。来到这里,风总算恢复了活力,在周围的森林中扬起一片清爽的喧嚣声。

位于御座正上方的高宫神社海拔为四百六十七米,不过这座小神社用朴素的谦恭抚慰了御座粗野的恐怖。合掌造②的屋脊上,小巧而尖锐的圆木装饰在青松的包围下,像灵巧地绑在头上的缠头布一样挺立着。

---

① 也称注连绳,秸秆编成的绳索,表示神圣物品的界限,会挂在鸟居或神树和石头上。
② 日本传统建筑方式,屋顶以茅草覆盖,呈人字形,如同双手合十,因此得名。

这里原本禁烟，本多参拜后擦了擦汗，征得向导允许后点燃一支烟，深深吸了一口。本多敞开心灵，感受到周围穿过松树的风声中隐藏着明亮而清爽的神性，感觉此时的自己可以相信任何难以置信的事情。

大概是因为地形和高度相似，本多突然想到了十九年前的夏天，攀登终南别墅后山的事情。当时，暹罗王子们透过枝叶看到长谷寺大佛后立刻拜倒，双手合十，清显和他都在内心嘲笑。如果现在看到那种情景，自己绝对不会发出嘲笑。

在阵阵熏风中，静谧如同雨点般滴落，牛虻飞过时拍动翅膀的声音在耳边响起，杉树像一根根长矛，矛头刺入温柔的天空中。流云飘过，长出嫩叶的樱花树郁郁葱葱，阳光透过枝叶洒下或浓或淡的阴影……本多体会到了忘我的幸福。他已经很久没有体会过这种夹杂着些许薄荷般悲伤的幸福了。

下山并没有本多想象中轻松。他脚下屡屡打滑，本以为树根上的红土足够牢固，没想到却更加湿滑。走在三光瀑布旁的林荫道上，本多才发现衬衫上已经沾满了汗水。

"要不要去沐浴净身？会神清气爽的。"

"带着这样的心情沐浴，会对不起神明吧。"

"不会，被瀑布浇一下，头脑就会变得清醒。这是修行，请不必有所顾忌。"

本多走进小屋，看到墙上挂着两三件练习服，有人先来了。

"应该是参加比赛的学生吧。一定是因为要去送百合花，所以要先在这里沐浴净身吧。"

本多脱得只剩一条内裤,离开小屋向瀑布走去。

高高的瀑布顶端,明亮的茂盛树叶间挂着界绳,只有那里能看到草木的绿色和御币的白色在风中摇曳交织。目光下移,一切都进入昏暗岩石的守护范围,不动明王的小祠堂占据着岩洞,被水花溅湿的羊齿蕨、紫金牛和杨桐都暗淡无光,只有一条细细的瀑布颜色白亮。水声在岩石间回响,震耳欲聋。

三名只穿着内裤的年轻人在瀑布下沐浴,他们互相倚靠着,水流在他们的肩膀和头顶四下散开。水声中夹杂着水流鞭打在年轻而富有弹性的皮肤上的声音,靠近后,能透过水花看到被水砸得发红的肩膀上的滑嫩肌肉。

一看到本多,其中一个人就叫上其他两个朋友走出瀑布,纷纷恭敬地点头鞠躬,准备让出瀑布。

本多立刻认出了饭沼选手也在其中。他欣然接受学生们的谦让,走进瀑布中。然后他从肩膀到胸口都感受到水流的力量,仿佛被棍棒敲打一样,于是赶紧跳了出来。

饭沼愉快地笑着走了回来,让本多站在自己身边,高举双手冲进瀑布正下方,似乎是想教本多怎样接受瀑布的冲击。他张开的手指支撑着水流,仿佛捧起了由沉重的水流形成的花篮,水花四溅,他冲着本多露出笑容。

本多学着他的样子靠近瀑布,不经意间看向少年左边腋下。他清楚地看到左侧腋下,在平时会被上臂遮住的地方聚集着三颗黑痣。

本多浑身颤抖,盯着水中少年那张微笑着的勇武面孔。在水流的冲击下皱起的眉头下方,那双不停眨着的眼睛看着本多。

本多想起了清显离开前的最后一句话:

"再见。我们一定会再见的,在瀑布下。"

六

　　在奈良酒店的房间中，窗外只有猿泽池的蛙声，本多终究还是没有碰桌上那厚厚一沓诉讼文件，在沉思中度过了一个无眠之夜。

　　……他想起今天傍晚坐车离开大神神社时，在晚霞映照下的田野边遇到货车的情景。浅红色的笹百合堆积成山，宛如将拂晓时微红的山色全部收割下来一样。笹百合用界绳绑在车上，一名学生帽上绑着白色头巾的学生在前面拉，另外两个人在后面推，祢宜一身白衣手捧御币立于车前。看到车里的本多后，在前方拉车的饭沼少年停住脚步脱帽致意，其余两名学生也一一效仿。

　　自从在瀑布下发现那件神奇的事情之后，本多始终心神不宁，接受神社的各项招待时也心不在焉。在晚霞映照下的田野边，在炫目的百合花丛中再次见到这名扎着白色头巾的年轻人，本多魂不守舍的程度达到了极点。汽车飞驰而去，年轻人站在沙尘中，明明长相和肤色完全不同，却无疑正是清显本人。

　　……当酒店里只剩下本多一个人时，他深感不安，仿佛自己此前所在的世界从今天开始已经彻底改变。他立刻出门去食堂吃饭，但只是恍惚地将送到眼前的套餐塞进嘴里。

床上叠好的三角形床单折角处散发着白色的光泽，就像折起的白色书页浮现在台灯微弱的光里。

他打开房间中的灯，想将这股神秘力量从身边赶走。却没能成功。既然他所在的世界允许这样的奇迹发生，以后会发生什么就不得而知了。

另外，他亲眼看到了不可思议的转生，在看到的瞬间，这件不可思议的事情就成为不可告人的秘密。如果告诉别人，别人只会觉得他疯了，他不再适合当法官的消息一定会立刻传开。

而且神秘力量本身存在其合理性。十八年前，清显留下一句"再见。我们一定会再见的，在瀑布下"。本多正是在瀑布下遇到了那位年轻人，他和清显有着同样的三颗黑痣。另外本多想到，他曾在清显死后遵从月修寺住持的教诲，读过各种佛经，其中一本提到了"四有轮转"。从清显死后开始算起，今年满十八岁的饭沼少年正好与转生的年龄相符。

所谓"四有轮转"的"四有"指的是"中有""生有""本有"和"死有"，被划分为"有情轮回转生"的一次循环。两次生命之间会有果报短暂停留，称为"中有"，短则七天，最长不过七七四十九天。本多并不知道饭沼少年的生辰，如果他真的是清显的转生，那么从清显去世的大正三年早春算起，他的生日应该在清显死后七天到四十九天之间。

根据佛经，"中有"不仅仅是灵体，而且拥有具备五蕴[①]的肉体，

[①] 现象界的五个类型，分别是色蕴、受蕴、想蕴、行蕴和识蕴。

呈现出五六岁幼儿的姿态。"中有"相当敏捷，耳聪目明，能听到千里之外的声音，能看透任何阻碍，能瞬间去到想去的地方。人和牲畜看不到它们，只有拥有极为纯洁的天眼的人，才能看到在空中徘徊的幼童。

透明的幼童在空中迅速掠过，以香气维持生命。所以"中有"又称"寻香"，原文是gandharva，音译为"健达缚"。

童子在空中漂泊，看到会成为自己未来父母的男女行云雨之事时就会心潮澎湃。如果"中有"的有情为男性，就会被会成为自己母亲的女人衣冠不整的样子吸引，同时对会成为自己父亲的男人产生恨意，当父亲体内排出的浊物刚刚进入母胎时，童子会将其当成自己的东西而欣喜若狂，放弃"中有"的形态托生于母胎之中。"中有"在托生的一刹那化为"生有"……

这是佛经中的说法。以前，本多只是将这些古老的佛经当成童话来读，现在却忽然回想起来。

本多觉得，神秘力量不顾人类的想法，突然不讲道理地袭来并且赖着不走的行为和"中有"的做法十分相似。这是危险的礼物，就像一个不断变换色彩的美丽圆球被踢进法律秩序及理性组成的、冰冷而井然有序的建筑中。圆球的色彩变换同样有着明确的法则，只是这个法则与人类理性的法则不同，因此圆球不得不从人类眼中隐藏自己的存在。

无论本多同意与否，神秘力量已经深深烙印在他的心里，他已经无法逃脱。如果有逃脱的方法，那并非逃离，而只能是寻找和他共同分享秘密的人。一个是饭沼少年自己，另一个是少年的父亲。但是并没有明确的证据能够证明这两个人确实发现了这个秘密。能够确定的也许只有过去见过清显裸体的饭沼茂之心中知晓，他知晓那具身体与自己儿子的相似。就算饭沼知道，恐怕也会隐瞒此事。自己该如何开口询问那对父子呢？还是说询问本身就是愚蠢的行为？首先，就算他们知晓这个秘密，又是否愿意分享呢？如果他们不愿意公开，那么这个秘密也许会永远成为压在本多一个人身上的重担。

如今，本多依然会不可抗拒地想起清显的生命之羽在他的青年时光中留下的猛烈拍击。本多明明从来没有想过要体验他人的人生，可是清显稍纵即逝的美丽生命却像开出淡紫色花朵的寄生兰一样，在本多生命之树最重要的几年里扎根。从那以后，清显的生命就代表着本多的生存意义，让本多原本不会开花的生命之树绽放。这种事情会再次发生吗？这次转生究竟意味着什么？

面对众多谜团，一方面，本多的心中涌出泉水一样的喜悦。清显复活了！那棵在人生走到一半时被突然砍倒的小树，它枯萎的枝干上重新长出了新芽。十八年前，两名好友都是翩翩少年，而如今本多年华已逝，而好友依然风华正茂。

饭沼少年不像清显那样俊美，却拥有清显所欠缺的阳刚之气。虽然只有数面之缘，不过相对于清显的傲慢，本多依然在饭沼少年身上看到了清显所不具备的朴素和刚毅。那两个人就像光与影一样不同，而互补的特征让他们在作为青春化身这一点上平起平坐。

本多想起和清显一起生活的日子，体会到怀念与悲伤交织的感情，同时燃起了意想不到的希望。为了感受如此剧烈的心跳，本多觉得就算将此前始终被理性束缚的确信全部抛弃也在所不惜。

不过，在与清显关系匪浅的奈良碰触到转生的奇迹，这是何等奇缘啊!

"明天一早,要做的第一件事并非前往率川神社,而是首先驱车前往带解,赶早去尼姑庵拜访聪子,为清显死后久疏问候奉上歉意。然后不管她相不相信,也要立刻转告她清显转生的喜讯,这是自己的义务。前任住持已经圆寂,聪子是现任住持,自己偶尔能听到她的尊名。这一次,是否能在那张略显衰老的美丽面孔上看到发自内心的狂喜呢?"

这个念头让本多短暂地体会到了年轻时的激情,很快,坚固的理性便紧紧压住了隐藏在他内心深处的轻率。

"不,我不应该这样做。她在清显的葬礼上都没有现身,事到如今,我没有权利打扰她坚定的遁世志向。无论清显转生多少次,都是她已经抛弃的红尘之事,与她无关。就算我找到确凿的证据证明饭沼少年确实是清显的转生,她也一定会毫不留情地将此事拒之门外。对我来说这是奇迹,而在她的世界中,奇迹已经不复存在。我不能因为一时冲动,做出混淆两个世界的蠢事。

"还是不要去拜访聪子了。如果这次神奇的转生是因为真正的佛缘,那么就算我不加干涉,聪子也总有一天会与转生后的清显相遇。我只需要静静等待正在某处酝酿的时机成熟就好。"

本多左思右想,头脑越来越清醒。枕头和床单都散发着热气,他已经不再指望能轻松入睡。

……窗外泛起了鱼肚白。

玻璃镶嵌在桃山[①]风格的木雕窗框中,室内的灯光像黎明时分的

[①] 安土桃山时代,1573—1603年,织田信长和丰臣秀吉称霸日本的时代。

月亮一样照在玻璃上。窗外晨光熹微，兴福寺的五重塔已经在对面围绕着池水的森林中现出身影。从酒店房间看出去，只能看到高塔的上面三层和刺破拂晓黑暗的相轮①。不过这座佛塔朦胧的剪影位于欲晓的天空一角，令人感到仿佛刚刚醒来又坠入了另一重梦境之中，刚刚脱离一个不合理的世界，又进入了另一个不合理的世界中，三层屋顶微妙的上扬角度同样诉说着多重梦境的体验。梦境就这样从屋顶传递到九轮②和水烟③之上，像看不见的烟雾一般融入破晓的天空中，最后消失。本多看着这幅景象，却无法证明自己真的醒来了。因为他也许在醒来后，又踏入了与现实别无二致的另一个梦境中。

鸟鸣越来越嘈杂，本多突然陷入一个念头中，觉得也许复活的并不仅仅是清显。说不定复活的人是本多自己。从精神的冻结中，从井然有序的死亡中复活，从被成千上万的书页封闭的、漠不关心的痛苦中复活，从永远在重复的"我的青春已逝"的喃喃自语中复活……

也许正是因为本多的过去被清显的生命尽情蚕食，深深融入了清显的生命之中，本多的生命才能宛如黎明迅速从一根树梢移向另一根树梢那样，招致了与自己关系密切的生命的复苏。

想到这里，本多心中第一次升起一股安心的感觉，终于受到了宛如轻度昏迷的睡意的侵袭。

---

① 五重塔屋顶金属部分的总称，位于塔刹中段，作为仰望观瞻的标识，起敬佛的作用。
② 柱形装饰物，由九层圆形金属环组成。
③ 位于九轮之上，火焰形装饰物。

七

因为本多忘记请酒店提供叫醒服务，所以当他猛然惊醒，穿戴整齐到达率川神社时，三枝祭的祭典已经开始了。本多弓着身子从肃穆的人群中穿过，悄悄坐在顶棚下为自己准备好的折叠椅上。他顾不上环顾四周，只是聚精会神地盯着眼前的祭典。

率川神社位于距离奈良站不远的市中心，里面有三座神殿，父神三轮大神和母神在左右两边守护着中央的御子神姬蹈鞴五十铃媛命。三座小神殿周围是美丽的朱红色栏杆，白底上画满金绿色松竹的障壁，将三座神殿连在一起。每一座神殿门前是三级干净的石阶，上面有十段木阶梯通向大门。挂在屋檐上的界绳宛如干净的白牙，浮现在屋檐下方那淹没了朱红色栏杆和零星的黄色与金绿色的深沉暗影中。

为了今天的祭典，石阶上铺了崭新的草席，殿前的白色石子上有扫帚扫过的痕迹。前方是回廊式的前殿，有着朱红色的柱子，神官和伶人分列前殿左右，与会者们穿过前殿入内参加祭典。

神官已经开始修禊[①]，粗壮的杨桐树枝上挂着三个小铃铛，在众

[①] 基本祭祀之一，用来祈福、攘除灾厉。

人低垂的头上随着摇摆发出响声。神官吟咏祝辞后，大神神社的宫司捧着穿在朱红色绳子上的金钥匙上前跪在殿前的木阶梯上，阳光将他身后的白衣分割出光影分明的界限。权宫司①在他身边发出两声高呼："哦——哦——"宫司将钥匙插入柏木御门的钥匙孔中，恭恭敬敬地推开大门。紫黑色的神镜光彩照人，仪式进行中，伶人的琴弦数度弹出风雅的音色。

权宫司在殿前铺上崭新的草席，和宫司一起捧着用柏树叶盖住的供品，放在缠绕着界绳的乌木桌上。然后，终于进入了三枝祭最美的部分。

装满白酒的酒樽和装满黑酒的酒缸已经被装饰得精美绝伦，就等着被搬上祭坛了。酒樽用白木制成，酒缸是素烧陶壶，都被百合花簇拥着，看不清原本的形状，就像一双百合花束立在那里。

粗壮的绿色百合花茎用光滑的白色苎麻编在一起包住酒樽，没有留下一丝空隙。因为茎干紧紧包裹在一起，所以花、叶和花苞彼此纠缠，仿佛在努力挣脱。红绿交织的花苞带着乡土气息，盛开的百合花瓣上，淡绿色的纹路中夹杂着羞涩的粉红，花间沾染着砖红色的花粉，花瓣边缘向外翻卷，展现出凌乱的风韵。白光从花瓣中透过，凌乱的花朵纷纷垂下了头。

这是从饭沼少年他们搬来的三千朵笹百合中选出的最美丽的一部分，除了装饰酒樽和酒缸的花朵之外，其余的百合花都插在瓶中装饰于殿前各处。眼前的一切都与百合有关，微风中也洋溢着百合的香

---

① 宫司的助手。

气，百合主题在各处执拗地重复，仿佛世界的意义都被笼罩在了百合花中。

神官们亲自搬来酒樽和酒缶。在白衣黑冠和黑纱垂缨的衬托下，缠绕在比眉梢略低的酒樽和酒缶周围的百合花挺立于黑冠之上，摇曳的色彩美丽动人。最高处的一朵百合花枝上，一朵花苞就像紧张的少年即将昏迷前的脸色一样苍白。

笛声渐起，羯鼓声声。百合被放在发黑的石墙下，立刻泛起了红潮。

神官蹲下身子分开百合花茎，用长柄杓舀出酒浆。又有几名神官捧着白木瓶子接过酒浆，分别献于三座神殿之上。伴着乐声，这种情景让人们想到了天国宴席上的热闹景象，御门的阴影中，仿佛也隐约出现了微醺的神明们聚集的身影。

接下来，四名巫女在前殿跳起了杉舞。四名少女都楚楚动人，头上缠绕着杉树叶，黑发上用金色的花纸绳扎着红白两色的纸，浅红色的裤裙上，银色稻叶图案的白纱净衣下摆拖地，领口重叠着六层红白色布料。

一枝枝花茎向上伸展，枝头是一朵朵盛放的百合伸出透明的黄褐色花蕊，少女们在花朵中现身，手里都握着百合花束。

少女们站在四角随着音乐起舞，高举的百合花摇摇欲坠，随着少女的舞姿时而被举起，时而被放倒，相遇、分离，划过天空的柔软白线变得锋利，仿佛变成了一柄利刃。

百合锐利地划过空气带起阵阵清风，渐渐弯曲下垂。尽管音乐和舞蹈都和谐而安详，却只有少女手中的百合花仿佛遭受了残酷的对待。

……看着看着,本多渐渐陶醉于其中。他从来没有见过如此美丽的祭典。

睡眠不足的头脑中,一切事物变得模糊,眼前的百合祭典与昨天的剑道比赛相互交融,竹刀变成了百合花束,百合又变成了刀刃,阳光照在跳着优美舞蹈的少女们铺着厚厚白粉的脸上,长睫毛投下的阴影与剑道护面上颤动的闪光重合了……

在来宾另行献上玉串后,御门再次关闭,祭典在临近正午时结束,众人纷纷前往宫殿参加直会①。

宫司带来一位陌生的中年男子介绍给本多。因为他身后跟着头戴白线帽的饭沼少年,所以本多知道这个人就是饭沼茂之。饭沼蓄着八字胡,所以本多没能立刻认出他来。

"呀,是本多先生吧?真是令人怀念,我们已经有十九年没见了吧?我听说犬子勋昨日承蒙您关照,真是一段奇缘。"

他说完后从怀中取出一沓名片,挑出自己的递给本多。本多有洁癖,看到名片一角微微折起,还沾上了些污渍,心中有些不快。

名片上印着"靖献塾长饭沼茂之"的字样。

最先让本多感到惊讶的是饭沼的能言善辩和磊落的态度与以前完全不同,过去的饭沼绝不是这样的人。不过他的领口中隐约露出胸毛,这种邋遢的感觉,还有方肩膀,以及细看能看出阴暗忧郁又有些

---

① 祭典结束后,由参加者分食供品和神酒的宴会。

胆怯的眼神依然与过去毫无二致，只是态度和言谈举止发生了明显的变化。

饭沼看过本多名片上的职位后说："我说这话有些僭越了，不过您真是出人头地了。其实我早就听说过您的大名，只是觉得我这种人如果仅仅因为过去认识您就登门造访，难免会让您为难，所以打消了这个念头。呀，今天有幸见到您，还是和过去一样啊。如果少爷还活着，您一定会是他最信任的朋友吧。说起来，我在那之后也听说了，您与少爷的友情着实深厚，对他多有关照。呀，大家都说您很了不起啊！"

本多听着他的话，隐隐有种被侮辱的感觉。不过见他能光明正大地提起清显的事情，似乎并没有注意到儿子身上转生的秘密，或者进一步猜测，他装出光明磊落的样子占得先机，就是为了警告本多不要触及转生的秘密。

可是，见到穿着绣有家纹的和服的饭沼，以及他身后的勋少年，一切都太平凡，附着于饭沼皮肤上的岁月油脂和世俗鳞片就在那里散发出强烈的"存在气味"，让从昨晚开始就在本多的梦境中纠缠不休的念头变成了一夜之间的幻想。不仅如此，本多甚至开始怀疑在勋少年腋下见到三颗黑痣的事情只是自己眼花。

尽管本多今天晚上还有不得不完成的工作，但他依然情不自禁地问饭沼父子："您打算在关西停留多久？"

"我打算今天晚上就坐夜行巴士回东京。"

"那真是遗憾。"

本多略加思考，又下定决心开口："今晚出发前，带上令郎来我家吃顿晚饭如何？机会难得，我们好好聊聊吧。"

"啊呀，这真是我的荣幸。您还顾及着犬子，真是给您添麻烦了。"

"请不要客气，一定要和你父亲一起来。你也会和父亲做同一班车回东京吧？"本多直接对勋说。

"是的。"勋回答时还有些在意父亲的反应，不过饭沼茂之倒是不客气地接受了本多的邀请，答应下午在大阪处理完两三件事之后就会带上儿子前去拜访。

"昨天，令郎在比赛中的表现着实出色，你没能来看真是太遗憾了，那就是所谓酣畅淋漓的胜利啊。"本多说着，目光在父子俩的脸上来回比较。

这时，一位穿着西装、身材干瘦却威风凛凛的老人和一位三十岁左右的美丽女人一起向本多他们走来。

"这是鬼头中将和她的千金。"饭沼在本多耳边轻声说。

"鬼头中将，就是那位作和歌的中将吗？"

"对对对，就是他。"

饭沼全身都散发着紧张的情绪，低低的说话声简直带上了在古代帝王出入时清道止行的调子。

鬼头谦辅是退役陆军中将，同时是一位著名歌人。世人评价他的和歌在现代重现了《金槐集》的风格，本多也经人推荐，大致浏览过他那本深受好评的《碧落集》。歌集的风格古雅，有朴素的美感，很难想象出自当代军人之手，就连本多也自然而然地背过其中的两三首。

饭沼极为殷勤地问候中将，然后转身向他引见本多。

"这是大阪高等法院的法官本多繁邦先生。"

如果饭沼介绍时用的是本多和他过去的私人关系还好，但是因为他突然郑重其事地介绍了本多的职业，像是要把本多的身份当成自己的荣耀，于是本多只好换上了一副符合自己职业身份的威严表情。

不过中将出身于阶级森严的军队，看上去精通其中的奥妙，只是加深了眼角的笑意，露出一个并不夸张的微笑，语气自然地说："我是鬼头。"

"我早就拜读过您的《碧落集》。"

"真是惭愧。"

老人完全没有摆架子，老一辈军人的亲切感扑面而来。从事军人这份职业的人原本会在风华正茂时死去，活下来的坚强老人带着空虚的开朗，就像上好的旧木头骨架搭成的房子，笔直而平稳，冬日的阳光照进拉门，房间里笼罩着微弱的光明，隔扇外面到处都是残雪的痕迹。

两人在三言两语的闲谈中听到中将美丽的女儿对勋说："听说你昨天连胜五人取得了个人优胜？恭喜。"

中将见本多向那边看了一眼，便向他介绍："这是我女儿桢子。"

桢子礼貌地鞠躬。

本多十分期待她抬起束发，露出脸庞的一瞬间。从近处看，那张几乎未施粉黛的面庞肤白如雪，同时能清楚地看到岁月留下的像奉书纸①纹路一样的细微痕迹。端正的五官上带着一丝不知名的哀愁，紧闭的嘴角露出既像冷笑又像绝望的表情，而眼神中同样有着宽容的温柔光泽。

本多与中将父女谈起三枝祭的美时，一位穿着白衣和浅黄色裤裙的祢宜开始催促各处站着说话的客人去直会入席。

中将父女见到了其他认识的人，便提前相伴离去，人群很快将他们与本多等人隔开。

"真是漂亮的大小姐，不知道有没有嫁人？"本多自言自语般地询问。

"她离婚了，已经三十二三岁了吧。还真有男人愿意放那样的美女离开啊。"

饭沼含含糊糊地说，蓄着八字胡的唇边仿佛在嘎吱作响。

熙熙攘攘的人群涌入客殿玄关，有人在脱鞋的地方相互争抢，也有人相互谦让。顺着人流向前走，本多越过人们的肩膀，看到了装饰在直会白色桌布上的大量笹百合花。

不知道什么时候，本多和饭沼也走散了，虽然他认为转生的清显确实就在纷乱的人群中，但是在初夏白昼明亮的阳光下，这个想法又显得格外离奇。此时，过于明亮的神秘令人晕眩。

就像大海和天空在地平线上交融一样，梦与现实也会在远方交融。在这里，至少在本多自己的身边，所有人都在法律之下，或者说都被法律所保护。本多是这个世界上人为制定的法律的守护者，人为

---

① 和纸的统称。

制定的法律宛如沉重的铁质锅盖，扣在现世这份大锅菜上。

"吃饭的人……消化的人……排泄的人……生殖的人……心中有爱恨的人……"

本多想，这样的人才是法院统治之下的人。一不小心就会成为被告的人，才是唯一拥有现实性的人。会打喷嚏、会笑、会摇晃生殖器的人……如果世上无一例外都是这样的人，那么他所畏惧的神秘力量就应该并不存在，纵使清显的转生就隐藏在这些人之中。

本多被引到上座，面前摆放着装满食物的小盒、酒水和小盘子小碗，插着笹百合的花瓶摆在恰到好处的距离之外。桢子和本多坐在同一侧，因此本多只能恰好瞥见她美丽的侧颜和几缕散落的碎发。

初夏的阳光零星地洒在庭院中，人类的宴席开始了。

八

下午，本多回到家中，吩咐妻子为客人们准备晚餐后午睡了片刻。清显忽然出现在梦中，愉快地倾诉重逢的喜悦，而本多醒来后却并没有为这个梦而激动。这只是昨天晚上冒出的念头留在大脑中，在梦中如实重现出来的画面而已。

六点，饭沼父子来了。为了吃完饭能立刻去车站，他们随身带着行李。

本多和饭沼都心存顾虑，没有一坐下就开始回忆过去，而是讨论起最近的政治和世态。不过饭沼大概是顾及本多的职业，并没有明显表现出对时势的愤慨。勋少年跪坐在一旁，拳头放在膝盖上听着大人们说话。

他的眼神清澈锐利，甚至能穿透昨天的剑道面具，放在今天的家常便饭之间显得不合时宜。那双眼睛一直蕴含着怒意，只要被那双眼睛看着，就会有一种被他的气势压倒的感觉。

本多和饭沼说话时，一直因为在意勋的目光而困扰，甚至想要提醒对方一句："你的眼神不适合出现在此时的闲聊中。"平静无波的日常生活与那样的眼神距离太远，看到那两道清澈的光，本多总感觉是在责备自己。

因为有共同的回忆，他们激动地聊了一个小时。但这并非交流，只是找到了可以分享孤独的怀旧之情的人，然后开始倾诉长久以来只存在于梦中的独白。两人分别自顾自地倾诉，不久后，突然发现彼此间并没有可以交流的话题。两人其实站在了没有桥的断崖两边。

接下来，因为无法忍受沉默的气氛，话题再次回到过去。本多突然想起要质问饭沼，为什么曾经在右翼团体的报纸上撰写了署名的文章——《松枝侯爵之不忠不孝》。

"啊，那个啊。虽说要把矛头指向对我有恩的侯爵这件事让我有些犹豫，不过那篇文章是我抱着死谏的心情写的，当时我脑子里只有国家。"

本多当然不会满足于这种不打磕巴的流利回答，于是他说，清显读过那篇文章后发现了其中的深意，所以很怀念饭沼。

听了他的话，饭沼已经有些醉意的脸上露出了明显的感动，让本多不知所措。他的八字胡微妙地颤抖着。

"是吗？少爷真是这样说的？少爷果然理解我，我该怎么说呢？我写那篇文章的动机正是不惜牺牲侯爵，也要向天下人宣告少爷是无辜的。再说了，我担心如果放任不管，让少爷的事情传出去，会为他招来意想不到的灾祸。于是我决定先下手为强，揭露侯爵的不忠，反而能避免殃及少爷，而且我推测，如果侯爵真的念父子之情，应该愿意为了儿子背负污名吧。如果这件事招来了侯爵的愤怒，那也是没办法的事。没想到少爷理解我，这真是太难得了，我感激不尽。"

"……本多先生，请您听我说。我借着酒劲跟您坦白。得知少爷去世的时候,我足足哭了三天三夜,一点也没夸张。我想着至少要去为少爷守灵,于是去了松枝宅邸,结果吃了闭门羹。公开告别式的时候,我也被请愿警①赶了出去,看来是家里传出的指示,结果我最终也没能为少爷烧上一炷香。

"虽说是我自作自受,不过这件事是我一生的遗憾。至今依然偶尔会与内人念叨,少爷太可怜了,一想到他最终还是没能如愿以偿,二十岁就英年早逝……"

饭沼从怀中取出手帕擦了擦眼角渗出的泪水。

本多的妻子为两人添酒,看着这情景说不出话来。勋少年似乎也没见过父亲如此黯然神伤的样子,停下筷子垂下了头。

在明亮的灯火下,本多隔着盘中的残羹剩饭,隔着远远的距离紧紧盯住颓丧的饭沼。他觉得这就是饭沼的真情实感,没有任何值得怀疑的地方。如果这份悲伤是他对清显最终的感情,那么他就不应该知道清显转生的事。如果他知晓,这份悲伤中应该夹杂着更加不纯、更加暧昧与不确定的东西。

想到这里,本多不由开始揣测自己的内心。尽管饭沼就在他眼前哀叹,却依然没有勾起他的泪水,一是因为常年来职业对他理智的锻炼,二是因为他心中已经燃起了清显转生的希望。一旦隐约窥见了人类转生的可能,这个世界上最真切的悲伤也会立刻失去真实和鲜活,像枯叶一样飘落,同时会勾起如同见到人类源于悲伤的品格受到本质性的摧毁时感到的那种厌恶情绪。从不同的角度来思考,这是比死更

---

① 企业或贵族为了维护治安提交申请后,由警察机关派驻的警察。

可怕的事。

饭沼收起眼泪，突然对勋说自己忘记发电报了，让他赶紧去发。电报是发给私塾学生们的，让他们明天早上去东京站迎接。梨花提出可以让女佣去发，不过本多明白饭沼是想暂时支开儿子，所以麻利地为勋少年画好了最近一家夜里也会开门的邮局的地图。

勋出门后，妻子也去了厨房，本多觉得现在正是询问饭沼转生之事的机会，就在他焦急地犹豫着要怎么问才会显得自然时，饭沼说出了下面一番话。

"我对少爷的教育彻底失败了，在自己的儿子身上，我竭尽所能地用了符合自己理想的教育方式，依然感觉还差点什么。看到长大后的犬子，我反而开始不可思议地怀念起少爷的优点，少爷明明让我伤透了脑筋。"

"不过你儿子确实很出色。看他现在的样子，一定不会出现松枝清显那样的问题。"

"本多先生太客气了。"

"首先，勋身体健壮，这一点就与松枝不同，松枝那家伙完全不会想要锻炼身体。"本多边说边在心中打算，要自然而然地引导对方走向谜题的关键，"松枝之所以因为肺炎英年早逝，正是因为他尽管外表俊美，身体却已经垮了。你从他小时候开始就一直跟在他身边，应该很了解他的身体吧……"

"绝对没有。"饭沼慌忙摆手，"我从来没有为少爷做过擦背之类的事。"

"为什么？"

这时,这位粗鲁的塾长脸上出现了难以言喻的羞赧,浅黑色的脸颊上泛起红晕。

"对我来说……少爷的身体太耀眼,我从来没有直视过。"

勋发完电报回来时,很快就到了要出发的时间。本多意识到自己最终还是没能和勋说上话,像不擅长应付年轻人的职业人士一样,他问出了略显生硬的问题:"你现在在读书吧,读的什么书?"

"是的。"勋正好在重新收拾行李,于是从行李中拿出一本简单装订的薄书给本多看,"这是上个月朋友推荐我买的书,我已经读了三遍了,我从来没读到过如此打动人心的书,先生看过吗?"

本多看到朴素的封面上用隶书写着"神风连史话山尾网纪著"。他翻过这本比起书更像是小册子的印刷品,确定了无论是作者的名字还是卷末的出版社他都没有听过,于是打算沉默地把书还回去,却被少年那双被竹刀磨出茧子的结实双手推了回来。

"如果方便的话,请您务必一读。这本书非常出色,我借给您,看完之后再还给我就好。"

饭沼此时正在洗手间,如果他在这里,大概会责备儿子强硬的行为。不过热情推荐的少年眼中放着光,要把总是带在身边的书借给本多。本多很清楚,少年觉得要报答本多的厚意,这是自己唯一能做的事情。于是本多如他所愿收下了这本书,并向他道谢:

"你把这么珍视的书借给我,真是不好意思。"

"不,只要先生读了这本书,我就会很开心。您一定也会深有感触的。"

勋的语气充满力量，本多从中窥见了他那个年龄所特有的、无法区分自己和他人感动的实质，能轻易看穿的精神世界。他的精神世界就像粗糙的藏青底碎白花布一样，到处都是相同的碎白点花纹。本多很羡慕他。

在客人回去后，梨枝依然不会对当天的客人评头论足，这是她的优点，而且她像草食动物一样踏实稳健，绝不会轻易相信任何事物。所以在两三个月之后，当本多从梨枝口中听到她对某一天的客人颇有微词时，心里感到十分惊讶。

尽管本多很爱梨枝，但是他依然明白不可能对她说出自己的幻想和梦境。当然，梨枝应该很愿意听他说这些话。她既不会嘲笑本多，但是也不会相信，这种事不言自明。

本多原本的习惯就是绝不对妻子说工作上的事，所以将自己称不上丰富的想象力和职业机密一起隐藏起来，对他来说并非难事。本多想，就把从昨夜开始让自己心神不宁的事情和清显的《梦日记》一起收藏在抽屉深处吧。

深夜，本多走进书房后，面对明天早上之前必须处理好的文件，责任感打在写着难以辨认的蝇头小楷的美浓纸①调查报告上，变成压力弹了回来，让他无法静下心来工作。

本多拿过勋留下的小册子用来消遣，兴趣索然地读了起来。

---

① 美浓地区产的和纸。美浓是著名的和纸产地之一。

九

神风连史话

山尾网纪著

其一　祈请[①]

明治六年夏天的某日，四名壮士聚集在熊本城南二里地之外的新开村，跟着神官的养子太田黑伴雄在大神宫祭拜。

新开皇大神宫是伊势大神宫的分社，又被称为伊势新开。这座伫立于青苗地中的朴素茅草神社受到了全县的崇敬。

不一会儿，祭拜结束，四人将太田黑独自留在了正殿中，回到了太田黑家的客厅，因为之后太田黑要开始进行秘密祈请。

这四个人分别是正值壮年、表情严肃的加屋霰坚，已过花甲之年的上野坚吾，同为五十多岁的斋藤求三郎和爱敬正元。加屋留全发[②]，四人腰侧皆佩刀。

等待祈请结果时气氛紧张，四人完全没有擦汗，只是沉默地端坐

---

① 向神祷告请求。
② 江户时代医生、行僧的发型。

着，彼此之间并没有眼神交流。

蝉鸣仔细地将正午的空气衲成了厚厚的棉布片。卧龙松彻底覆盖住客厅前庭院中的水池。尽管只有微风拂过池边，或如利剑般挺立，或被绿叶压弯的菖蒲依然在轻轻摇曳。百日红点缀着细小花朵的白色枝干插入池中，水影斑驳。

庭院中是层层叠叠的绿色，就连胡枝子的叶子都添上了浓重的绿意。黄蝴蝶在绿叶中穿梭，庭院尽头不高的杉树间，蓝天静静地散发着灿烂的光辉。

加屋目光激动地看向神殿，他对这次祈请的期待远远超过他人。

大神宫的正殿中央挂着细川忠利侯爵的白鞘刀匾额，左边装饰着画着龙的祈愿牌，右边是细川宣纪侯爵的雌雄白雏图祈愿牌，正殿中挂着黄檗雪机亲笔写的"万治三年大神宫"，为了方便藩侯亲自祭拜或派人祭拜，高处设有供贵宾祭拜的区域。

太田黑伴雄身着净衣匍匐于神前。他的脖子纤细衰弱，面色像病人一样苍白，因为每次向神明祈请前，辟谷七日或十日，五十日或百日之间不进烟火是常有的事。

太田黑的家族中，三年前去世的先师樱园格外重视窥探神意的祈请，甚至写过一本名叫《祈请考》的著作，祈请可以说是先师训诫的精髓。

樱园的国学比笃胤[①]的"幽显一贯论"更彻底。也就是说，他主张

[①] 平田笃胤，日本思想家、理论家，复古神道领袖。

"神事为本，现事为末"，主张"治世政人者，当以神事为本、现事为末，本末统一，治世政人则天下不足为治"。他将秘意的根本置于占卜神意之上。

《祈请考》的开头写道："祈请为神道中最奇灵之神事，若追根溯源，可追溯到天照大神与须佐之男命于高天原祈请，后传于现世。"

须佐之男命为证明其心清明，通过祈请诞下其子，其中有迩迩艺命的父神天之忍穗耳命，正是他开启了天壤无穷的天照大神谱系，因此祈请即神事的根本。此神事可请神谕或知神意，中古以来却在日本断绝，樱园想要在这个混沌的世间复活这项神事。

祈请正是这般"极尊贵、极高明的神道"，皇国又本是受言灵庇佑的国度，即是说，皇国确实通过巧用神秘的语言受到过天地神祇的庇佑，因此"祈请神事即言灵之道"。

有人引用熊本藩学，即宋学中治国平天下的理论贬低祈请的神秘之处，当时樱园回应：

"当世，治人之人为凡人，受治之人亦为凡人。凡人治凡人，如同置身于大海原，无舟却欲救溺水之人。祈请即浮宝①，是拯救溺水之人的小舟。"

樱园博学多识，以真渊、宣长②的国学为本，涉猎范围包括汉学中的经史子集、百家学说，以及佛教的大乘、小乘经典，甚至对兰学③也略知一二。他立志对内昭皇道，对外耀国威。在黑船来航时，他对政

---

① 船的美称。
② 本居宣长。
③ 西方科学技术的统称。

界要人束手无策，对标榜攘夷论高举倒幕旗帜等行为十分厌弃，此后不问世事，潜心研究幽玄之理。

他寄希望于神世复古，不厌其烦地考据真渊及宣长等人的古代经典，决心借古代经典光复古神道，匡正人心，让世间重回清明神世，敬候天佑。也就是说，他主张执行古道，用实践复古。他甚至提到了"希腊的苏格拉底"，对他"无道之国宣扬道，皇国无道却更胜"的说法表示赞扬。

神之道即政教合一，侍奉现世之神天皇与侍奉遥远的幽世之神同理，一切祭祀均应尊奉神明，要想尊奉神明竭尽虔诚之意，祈请是唯一的方法。

这位狂热信徒的一生中，培育了以太田黑伴雄为首的众多纯粹的皈依者。樱园死后，弟子们哀叹的景象足可比拟佛陀涅槃时的盛况。

于是，在先师离世三年后，太田黑伴雄静心洁体，以孤注一掷的姿态进行祈请。

天皇发布王政复古的诏书时，他仿佛看到了先帝孝明天皇攘夷的志向即将重见天日，结果天空迅速乌云密布，每个月，每一年，直到今日，开明的政策一项项推进着。明治三年，元公爵、现亲王满宫能久王获准赴德留学，年末，百姓禁止佩刀。明治四年，颁布剃发令和废刀令，皇国与各国相继缔结条约。去年，也就是明治五年，皇国采用太阳历，今年正月设六镇台安抚民众，但大分县发生了暴动。先师所说的政治本义正在朝相反的方向在社会中前进。比起前进，更应该说是倾覆崩塌。希望遭到背叛，人心不古，污浊代替清明，卑贱代替崇高取得了胜利。

如果先师在世，看到这番情景会作何感想呢？如果先帝在世，看到这番世情，又该作何感想呢？

太田黑等人不知道，明治四年，岩仓公出使欧美各国，担任副使的木户孝允、大久保利通和伊藤博文等人在船上频频就国体变革发起论战，为了与欧美列强对峙，日本应该颁布共和制的声浪高涨。

另一方面，在明治五年，神祇省改名教部省，接着教部省被废除，改设社寺局，传统神社与外来的寺院沦为同级，实现先师主张的复古和政教合一几乎失去了希望。

如今，太田黑打算奉上两项祈请。第一项是加屋霰坚的志向，"向当权者死谏，誓要革新恶政"。

加屋打算忠实效仿明治三年兵不血刃制服敌人、壮烈死谏的萨摩藩士横安武，在提出建议书的同时横刀赴死，实现死谏的价值。但是其他志同道合者却对此行为的效果感到担忧。

第二项是在进谏未被采纳时"暗夜挥刀除佞臣"。太田黑也认为如果神明首肯，这就是不得不做的选择。《祈请考》中建议使用神武天皇的酒瓮和糖稀，而太田黑根据宇土住吉神社相传的伊势大神宫系统的秘传祈请，先选择上好桃枝削成规整的形状，然后用美浓纸做成御币，写好祝辞留出请神明答复的位置。

一张祝辞上写着"向当权者死谏，革除恶政，可也"，另外三张上写着"……之事，不可也"，分别团成纸团，分不清"可"与"不可"后将纸团供于桌案之上，从前殿拾级而下，登上正殿的楼梯，恭恭敬敬地开门后，膝行至正殿白昼时分的黑暗之中。

烈日当头，正殿内分外炎热，黑暗中响起蚊子的嗡嗡声。阳光洒在跪在门口的太田黑净衣的衣摆上，生绢制成的白色狩衣、裤裙后侧沐浴着阳光，就像层层叠叠的芙蓉花。首先，太田黑吟咏了大祓辞。

神镜在黑暗深处散发着黑色的光芒。神明于炎热的黑暗之中俯视人类，就像汗水从太田黑的额头滑向太阳穴，一直滚落到耳边一样真实。太田黑觉得自己心脏的跳动与神明的心跳重合，在正殿四壁回响。在暑气中萎靡不振的五体①感受到某种隐形的纯洁事物，像泉水一样清爽的事物正在他满心憧憬的黑暗中涨开。

太田黑扬起御币时，御币发出了鸽子扇动翅膀时的声音。刚开始，太田黑用御币以左右左的顺序清洁桌案，然后逐渐静下心来静静轻拂桌案。

四张纸团中的两张离开桌案挂在了御币上。他捡起两个纸团，透过室外的阳光，从纸张的褶皱中能清晰地看到"不可"两个字，另一张上写的也是"不可"。

献上祝辞后，就到了第二次祈请的时间。即询问"暗夜挥刀除佞臣"之事。

经过同样的仪式，这一次四张纸团中只有一个挂在了御币上，太田黑打开一看，上面写着"不可"。

四名同伴迎接太田黑归来，垂首请示神意，只有加屋霰坚一人直直地盯着太田黑汗湿的苍白面孔，眼神锐利。三十八岁的加屋已经下定决心，如果神意允许，他将代替同伴们独自死谏后挥刀自刎。

---

① 筋、脉、肉、皮、骨。

太田黑一言不发。直到年长的上野出言询问，众人才得知两项祈请的结果都是"不可"。

尽管神明不允，但众人为君国献身的志向始终未变。众人商议要更加诚心祈愿，等到祸津日神①当值之日，再次于神明前郑重起誓。然后众人再次进入前殿拜谒，将奉于神明前的誓言书烧成灰，令其浮于神水上，然后相继喝下。

神风连的"连"在熊本相当于乡党，即坪井连、山崎连、京町连那种培养武士之风的地方团体。不过樱园门下的志士们之所以得"神风连"之名，却并不仅仅是这个原因。明治七年，这些志士们参加县厅举办的神职考试时，像商量好了一样交出同样的答案——"如能匡正人心，振兴皇道，则如弘安驱元寇般神风忽起，扫清夷狄。"考官大惊，"神风连"的名号由此传出。

志士中更有如年轻的富永喜雄、野口知雄、饭田和平、富永三郎、鹿岛甕雄等将此精神付诸日常行动之中的人，他们不喜污秽，憎恶革新。

野口知雄认为电线是西洋传来的物件，因此绝不从电线下方穿过。电信规则是明治六年制定的，野口每天去清正公②的庙宇拜谒时，都要特意选择没有电线的路绕道而行，如果不得不从电线下方穿过，他就会举起白扇遮住头顶。

他随身带盐，只要遇到僧侣、穿西式服装的人或者遇到葬礼，都

---

① 厄运灾祸之神。
② 即加藤清正（1562—1611），熊本县人，丰臣秀吉侵略朝鲜时的先锋将领。

要洒在身上净身。由此可见，据说就连樱园派领袖中最讨厌读书的福冈应彦都手不释卷的笃胤的《玉榉》对此派年轻人的影响之深。

另外，富永三郎曾经卖掉了哥哥保卫国家得来的赏典禄[①]。他去白川县厅取钱的时候见用的是纸币，便用筷子夹着纸币回到了家，因为不想用手指碰触模仿西洋作风的污秽纸币。

樱园先生喜爱年轻人的武士风骨。他们中大多数不喜文雅，在白川原头赏月时，会觉得今年的明月是自己在世界上见到的最后一轮明月；赏樱时，会觉得今年的樱花就是最后的樱花，然后一同吟咏水户志士莲田市五郎的和歌"每每持矛赏月，只觉感慨万千。夜空明月昭昭，何时照我尸骸"。根据樱园先生的教诲，幽冥之世无生死，现世生死本源于伊邪那岐和伊邪那美两尊神的祈请。但是人本为神明之子，所以只要不犯罪恶污秽之事，遵循神明古道，正直清明，就能脱离现世的死灭之境飞升成神。

樱园先生有诗云："白鸟翱翔于天际，此身不留于现世。"

明治七年二月，佐贺爆发动乱，征韩党举兵造反，熊本镇台也出兵镇压，城中士兵一时只剩二百余人。太田黑认为不能放过这个大好机会。

太田黑心中已经有了革除恶政的军事策略。为了清君侧，恢复皇室气运，最好的方法莫过于举义兵夺取熊本镇台，以此为根据地募集同志，与东西各地的同志遥相呼应，联合军队一举东上。第一步就是

[①] 明治政府对倒幕功臣的赏禄。

夺取镇台。此时镇台军备空虚，对同志们来说是最好的起兵机会。

就在这时，太田黑进行了第二次祈请，请示神意。

他像上次一样进行了数日的辟谷，在神前挥动御币，聚精会神占卜神意。

这次祈请没有盛夏暑气中的黑暗，早春的凛冽气息充斥着整座正殿。尤其此时正值天色微明之时，殿后响起鸡鸣，仿佛刺破拂晓前黑暗的鲜红闪电般凄厉。听着鸡鸣，仿佛能看到利刃刺破夜晚黑暗的咽喉，鲜血四溅。

平田笃胤对死秽的解释详尽，不过对血秽的描述浅尝辄止，仅仅提到了失血。想到神前沸腾的热血，想到清君侧时挥洒的鲜血，神明也会欣然接受吧。太田黑的祈念被斩奸除恶的锋利刀刃下四散的鲜血幻影妆点得五彩缤纷。清明、正直在挥洒的鲜血远方凝结成遥远大海上的一丝湛蓝。

神前的灯火在早晨的微风中乱舞。太田黑挥舞御币扬起的风让火焰倒下，几近熄灭。

神明始终注视着世人，他们评判人事的标准无法以人类的标准衡量。神明只是越过一切结果，给出"可"或"否"的答案。

太田黑拿起沾在御币上的纸团，在蜡烛前展开细读，神明给出的答案是"不可"……

神风连的志士们并非全都是顽固不通人情的人。尽管年轻人都诚心赴死，不过平常的生活中也会展现出和寻常青年一样的活泼。

沼泽春彦臂力超群，擅长四天流的扭打招数。一天，他在院中捣米时忽然天降暴雨，他立刻抱起臼杵跑进室内，继续若无其事地捣米。

猿渡弘伸钟爱两岁的女儿梅子。一天夜里，他喝到微醺后回到家中，让已经睡下的梅子抱住酒壶，说那是梅子喜欢的西瓜，于是梅子睡眼惺忪地不住抚摸酒壶。其妻数子见此情景笑着说："你平时总说对孩子也不能撒谎，怎么做出这种事情？"猿渡闻言后悔不已，多方寻找，总算买来了过季的西瓜，放在梅子手上。

鬼丸竞曾经和河上彦斋等人一起因侵害国家政治秩序入狱一年。他颇为好酒，入狱期间让家人将冻豆腐泡在酒里拿来探监，正月初一，他让家人将三升酒浸入冻豆腐，装在巨大的多层套盒里拿给他。狱卒抱怨酒味太重，鬼升谎称这是酒煮冻豆腐，总算蒙混过关。

田代仪太郎是位孝子，因为医生建议父亲吃牛肉，所以他每天都会去上河园的屠宰场求购神风连最忌讳的污秽牛肉献给父亲。但是举兵那年夏天，父亲劝他成婚，没跟他商量就和对方的女儿缔结了婚约，仪太郎含泪拒绝了这门婚事，因为他已经决心赴死。

野口知雄天性耿直，好武厌文，尤善骑射。每年春秋两季，藩公在花田的御殿前观赏武术表演时，他总能箭无虚发，百发百中。

另外，他绝不爽约。某次与人聊天，对方为今年买不到白萝卜，做不了腌菜而烦恼，那天晚上，他和弟弟一起在深更半夜抬着四斗桶泡的腌菜敲响了那人的大门。

明治七年夏天，白川县权令安冈良亮起用神风连诸人，在县内大小神社担任神职。

新开皇大神宫由太田黑伴雄担任神官，由野口满雄和饭田和平担任神官助理，锦山神社由加屋霰坚担任神官，由木庭保久、浦楯记、儿玉忠次担任神官助理。于是，神风连的各位志士先后成为十五间神社的神职人员。他们平日里一心敬神，取得了全县的信任，同时将各地神社变成了神风连的本部或分部。

由此，各位仁人志士非但没有丧失志向，反而更加敬神忧国，不时慨叹随着时间的流逝，如今的政治情况距离樱园先生口中的神世复古越来越远。

明治九年，一把大铁锤砸碎了神风连的最后一丝希望，那就是三月二十八日发布的废刀令和之后县令发布的断发令。安冈严格执行了这两项法令。

太田黑为了暂时压抑年轻人的激愤之情，对他们说既然无法佩刀，就把刀藏在袋子里出门吧，但是只凭这样的做法并不能排解年轻人的激愤之情。他们成群结队地拜访太田黑，追问他何时让他们赴死。

被夺走了手中的刀，众人就失去了守护敬爱的神明的方法。他们自封为神明的亲兵，以极为虔诚的祭典侍奉神明，以寄托着熊熊爱国之心的日本刀守护神明。如今他们手中的刀被夺，不断被新政府轻视的日本众神所能依靠的，就只剩下没有力量的愚民的信仰了。

此时他们感到，随着岁月的流逝，樱园先生口中那些近在身边的神明，那些点燃他们内心火焰的神明正在一步步靠近被贬黜的命运。神明的地位被剥夺，被疏远，被尽力变成弱小的存在，日本被信仰基督教的国家当成蒙昧的异教国，这会让实现政教合一的理想越来越遥远。神明将会在遥远边境，像蜷缩在风中芦苇上的蜉蝣一样苟延残喘。新政府的一系列举动明显体现出陷古神于无力弱小之地的想法。

刀剑与古神命运与共。国家将不再由腰间插着神州不灭之光的勇士守护。山县有朋计划组建的军队既不是旧士族的容身之所，也不是国民能够以自由意志决心投身的国防事业，而是打破了阶级，结合征兵制，脱离传统的西式职业军队。西式军刀取代了日本刀，从今以后，日本刀将失去灵魂，沦为被人玩赏的美术品、艺术品。

这时，加屋霁坚辞去了锦山神官的职务，写了一封上千字的佩刀奏议书送到县令手中，请他呈于政府。这是一篇赞颂日本刀的千古名文，是一篇句句寄托着心血的大作。

对颁布禁刀令的奏议

草莽微贱之臣霁坚诚惶诚恐冒死上书元老院诸公。本年三月，太政官发布第三十八号法令，禁止除穿戴礼服及军人、警察等人按规定穿制服、携带佩刀之外，明令禁止其余众人携带佩刀。吾恐此法令有违赫赫神武固有之国体，因忧国之情不忍泯于众人之中沉默以对，故于四月二十一日共本官兼辅之职，不惜左迁缕陈己意，具情抗疏熊本县令。然六月七日，地方厅以申诉内容有违法律为由驳回奏议。呜呼！乡野小民不通郁郁乎之文明礼法，难免有粗陋之处，自知有违上意，尔后必将加笔斟酌。然则臣犬马之念，蝼蚁之忠愈发不能自已，斗胆呈上谨论如下。

这篇序言中满含克制的怒火和忧闷,以及无法自抑的"犬马之念、蝼蚁之忠"。

伏惟我神武之国,佩刀乃源远流长之神代固有之风仪,国本因此得以立,皇位因此得以辉,神祇因此得以慰藉,妖邪因此得以攘除,祸患因此得以戡定,大则镇守国家,小则护卫己身。呜呼,尊神尚武之国体须臾不可离者,其惟刀剑耳。况诸位深谙敬神爱国之朝旨,亦应遵守其责,怎能疏忽刀刃之重?

簸坚旁征博引,讲述了刀剑从记纪时代到现代日本历史中的重要地位,证实其为振兴日本精神的标志,主张无论士农工商,各个阶层皆佩刀才是遵从神代以来"先王之法"的做法。

然近来街头巷尾纷纷议论,禁刀令出自陆军某长官奏议,曰如军队之外有携带兵器者,则危及陆军权限。臣反复斟酌,以臣浅见,此言不当,绝非长官献策,必为街头巷尾之虚言。陆军长官乃皇室股肱,神国栋梁,其恩威宽严具令我等叹服。况兵籍者皆为公权之羽翼枝叶,若神皇之民皆持刃提刀,则天下皆兵,实乃加强陆军兵权,解庙堂缓急实用之举,何来争权夺势,妨碍政治之理?日本细戈千足之国威亦将借此自彰。(中略)

因此,神武国威之衰替在此一举,欲竭诚报国者焉能游

手好闲不思献策，碌碌无为虚度光阴。如今实乃股肱栋梁之君子苦心焦虑鞠躬尽瘁之秋也。（中略）

　　废藩置县之诏大义昭昭，名分正当，内保亿兆之安，外抗万国之威，废刀令与此举背道而驰，臣恐此举必招致祸患，国自毁而后人毁之，人自侮而后人侮之。（下略）

　　如开头所述，县令无端驳回奏议后，加屋加笔补充后整理成建议的文体，决心单身入京上呈元老院，当场切腹自尽。因此，他完全没想过加入同党共同举兵。

　　另一方面，血气方刚的年轻人逼问太田黑："武夫刀刃被夺，已经没有活下去的意义了。先生何时让我等赴死？"他一边继续安抚，一边在某日于新开召集富永守国、福冈应彦、阿部景器、石原运四郎、绪方小太郎、古田十郎、小林恒太郎等七位参谋定下战略。事已至此，远近各地的志士只是没有勇气踏出第一步而已，他们应该率先出击，从隈地开始起兵，首先杀掉当地文武大官，然后夺取熊本城。众人都深信并倚重太田黑，于是决定第三次祈请以请示神意。

　　时间定在明治九年初夏五月的深夜，众人悄悄集合在皇大神宫。

　　太田黑净身后进入神殿。

　　七名参谋跪坐在前殿听候神谕。

　　从正殿之内传来太田黑拜神时发出的清亮的击掌声。

　　太田黑尽管身材瘦削，手却很大，所以太田黑的击掌声清脆响亮，像朴素的杉木板一样凹陷的手掌团住一部分清净的空气，然后将其压扁，能感受到瞬间爆发出的神气。

因此，富永说坐在这里听到那一声声斋戒沐浴后诚心发出的击掌声，仿佛深山幽谷中发出的回响。

在这个即将进入梅雨季节的黑夜中，清亮的击掌声格外清晰，寄托着强烈的祈念和澄澈的信仰，听上去仿佛直接叩响了天国的大门。

接下来，太田黑开始吟咏大祓辞。他声音嘹亮吐字清晰，声音在深夜中舒展，仿佛照亮了东方。从前殿看过去，太田黑穿着白色净衣的脊背笔直挺立，他发出的声音如利剑一般果断击中邪恶。

"……据闻，自皇孙开创朝廷，天下四方之国皆无罪恶，如强风吹散重重阴云，如朝夕之风吹散朝夕之雾，如海边巨船撒网于大海之中，如锋利的镰刀砍下远方郁郁葱葱的树木，一切罪恶皆遭驱散……"

七名参谋在前殿屏息守护这项秘密的神事。如果今天神明未降下许可，众人恐怕将永远失去机会。

祝辞吟咏结束后，沉默袭来。远处的黑暗中，太田黑的发冠轰然倒地，那是他正在匍匐祈祷。

包裹着神社的夜晚散发出新叶的芳香，和田间的肥料、米楮花的香气混合成沉闷的味道，随着微风飘进这间与田园相连的前殿。因为没有灯火，所以并没有追随火光而来的飞虫扇动翅膀的声音。

突然，屋顶上传来尖锐的声音，是夜鹭发出的叫声。

七人面面相觑，看得出每个人都浑身战栗。

不久后，站起身来的太田黑的影子遮住了神殿里的灯火，每个人都从他回到前殿的脚步声中听出了吉兆。

太田黑告诉众人神明已经采纳了他们的建议。既然得到了神明的许可，众人就成了真正的神军。

至此，太田黑派遣志士奔赴各地，暗中与筑后柳川、福冈、南丰竹田、鹤崎、岛原，还有佐贺、长州荻等地的志士结盟，或者组织熊本的志士斋戒，祈祷能够达成夙愿。到了十七日，起兵的日期和队伍的人选全都听从神意决定。

神明所示的起兵之日是"阴历九月初八"，"以月亮落山为信"。参军的人选也通过在神前占卜知悉。

全军将分为三队，第一队再细分为五部，由高津运记率领第一部袭击熊本镇台司令长官、陆军少将种田政明的宅邸；石原运四郎率领第二部杀入熊本镇台参谋长、陆军炮兵中佐高岛茂德家中；中垣景澄统领第三部袭击步兵第十三联队长、陆军步兵中佐与仓知实的家；吉村义节率第四部进攻现任熊本县令安冈良亮的家；第五部则由浦楯记率领，杀入熊本县民会议长太田黑惟信的家。以上各部合计三十余人，统称第一队。成功斩下敌人首级后放火报信，与本队会合。

下一队是太田黑伴雄、加屋霁坚共同率领的中军，以上野坚吾、斋藤求三郎两位元老为首，由阿部景器、绪方小太郎、鬼丸竞、古田十郎、小林恒太郎、田代仪太郎等参谋及鹤田伍一郎等诸位豪侠辅佐，负责进攻炮兵第六大队，合计七十余人，统称第二队。

下一队由富永守国、福冈应彦等参谋指挥，由爱敬正元等元老，植野常备、涉谷源吾、野口知雄等精锐辅佐，负责袭击步兵第十三联队，合计七十余人，统称第三队。

然而，只有加屋霰坚一人尚未同意加入起义军。

加屋为人刚正严厉，忠肝义胆，眉宇间散发着热诚。文能吟诗撰文，武通四天流剑法。

因为他是否加入起义军与全员的士气密切相关，所以富永等干部纷纷前来劝说，终于在举兵三天前，加屋同意上询神意，只要神明许可就加入起义军。

由于加屋已经辞去神官职位，所以由浦楯记代加屋询问他的进退。在西望金峰山、东临霞光满天的阿苏山的锦山台上，浦为了同伴，专心在锦山神社进行祈请。神明给出了"前进"的答案。另外，此前关于是否应携奏议书东上，在元老院死谏的祈请结果是"不可"。

加屋不同意加入起义军的想法终究不过是一己私见，他相信神明的视野远远超过区区个人，既然神明令他参加这场鲁莽且胜算渺茫的战斗，就一定在激战之后铺开了一块平整、清洁的白布，准备了一场宴席。如今，他已经没有丝毫疑虑，决定遵照神意挺身而出。

他们为战斗准备得如何了？

不分昼夜地祈求天佑就是他们最重要的准备。众人居住的各个神社都在为志士们的日间参拜而忙碌。

敌人镇台兵有两千人，己方人数不过二百。年长的上野坚吾提议应准备些火器，但是志士们都反对使用肮脏的夷狄兵器，因此他的建议被驳回，武器只有太刀、长矛和砍刀之类。

不过他们为了火攻兵营，暗地里制作了数百个燃烧弹。在两个合在一起的碗中装满火药和沙子，再加上一条引线。同样为了火攻，爱敬正元暗中囤积了大量石油。

他们的军装如何呢？

有人披铠甲，绑腹袋，穿着一身黑帽方领带胸扣的武士服，不过更多的人只有寻常短裤裙，腰间插两把刀。所有人头上都缠着白色木棉布带，肩章上的一小片白底布料上写着"胜"字。

比起武器和旌旗，更重要的是太田黑伴雄背负的灵牌。亲自出征的太田黑背着藤崎八幡宫军神灵牌，这才是众人看不见的将帅，是冥冥之中的指挥者，而且其中寄托着先师的遗志。

年轻时的樱园先生听到美军舰队攻入浦贺的消息后，愤然东征，路上就背着同样的灵牌。

其二　祈请之战

元老爱敬正元的家成了起义当夜的大本营，这里就在被高大樟树守护的藤崎八幡宫正后方，位于旧城二之丸西边的高地上，与熊本镇台紧紧相连。当夜有将近二百人的武装部队聚集在这里，之所以没被发现，是因为他们黄昏时在各地分别聚集，夜深后才三三两两地从各个小聚集点来到大本营。

在阴历九月初八的月下，从大本营能看到熊本城的轮廓划破夜空。位于中央的大天守沐浴在月光下，左边是一座小天守，更左边是一段平坦的道路，连接着大堂和后宫，一座突兀的望楼剪影耸立在后方。天守阁右边，两三条凹凸不平的棱线末端，三层望楼和赏月楼挺拔秀丽，月影沾湿了瓦片。第二队的目标炮兵营与赏月楼隔着备前堀，就在西边的樱马场沉眠。

月亮落下中天。

第一队率先出发，前去袭击各政要的私宅。此时刚过十一点，在漫天星空下，杂草丛生的藤崎高地夜露深重。太田黑、加屋率领第二队紧随其后，在他们冲向炮兵营的同时，第三队向着步兵营出发了。

第二队中军大约七十人，登上庆宅坡后兵分两路，分别进攻炮兵营的东门和北门，两边都大门紧锁。

进攻东门的队伍中有两位剑道高手，分别是二十二岁的饭田和平与二十六岁的田代仪太郎。两名年轻人勇敢地跳过栅栏，大喊着"先拔头筹"飞身而入，瞬间砍倒了门口负责盘问的哨兵。接下来，小林恒太郎和渡边只次郎也翻过栅栏跃入兵营，田代很快从靠近东门的厨房附近拿来杵砸开了门闩。一队人马从敞开的大门一拥而入。

速水宽吾制服了站在兵营前的一名炮兵，用绳子把他捆了起来，打算让他带路。

此时北门同样被攻破，涌入北门的队伍与东门的队伍汇合，众人欢呼着杀入了二层的炮兵营。

喊杀声惊醒了沉睡中的将兵，他们看到在黑暗中舞动的刀刃时大吃一惊。在起义军的穷追猛赶下，无处可逃的士兵们藏在了兵营的各个角落。

当夜的值班士官、大队本部的值夜炮兵少尉坂谷敬一从二楼的值班室中冲下来时，不得不以军刀迎战眼前的日本刀，很快受伤从后门逃走。

他躲在树荫中看着。失去指挥者的士兵只会像妇孺一样毫无目的地逃窜。就在这时，东边的房子开始着火，黑烟飘到人群中，躲藏的士兵从窗口跳出，仓皇落地，又被模样可疑的叛徒追得四散而逃。这名年轻士官看得咬牙切齿。

小林恒太郎、饭田和平等人从东边，米村胜太郎等人从西边扔进燃烧弹，浇上石油后点着了火。两人刚好没拿用来点火的火柴，连连喊着"有没有普斯普洛"，最后还是从同伴那里拿到的。普斯普洛就是火柴。

坂谷炮兵少尉独自一人躲避着火焰逃进驻地医院，麻利地在右手受伤处绑好绷带。然后他返回营地怒斥迎面跑来的士兵，想指挥他们投入战斗，但士兵们吓得直打颤，根本不听他的命令。总算有几名士兵回过神来，他们刚想跟随少尉回到战场，长矛好手斋藤求三郎就发现了他们的动向。

坂谷少尉用受伤的手臂挥动军刀迎战，却很快被斋藤的长矛刺穿，大喊一声"遗憾"便倒地而亡。他是第一名战死的军官。

就在这时，第一队第四部的吉村义节等人虽然已经将安冈县令重创，但混战中没能取其首级，撤离安冈宅邸后循着城内的火光和喊声，渡过下马桥加入炮兵营的战局中。正在追击敌军的阿部景器迎上他们，了解了第四部攻击的始末和年仅十七岁的爱敬元吉战死的消息。他是神风连的第一名战死者。

炮兵营中没有配备步枪。没能逃走的士兵有的被烧死，有的死于叛军刀下，尸体堆积如山。鬼丸竞杀得兴起，与同伴会合后，对着吉村展颜一笑。包裹住二层兵营的火势将周围照得亮如白昼，他看着火光映在沾满血的刀刃上，豪爽地嘲笑敌人："镇台兵这么强啊！"他身上沾染的敌人的血同样被火光照亮，说完又去追赶剩余的敌人。

炮兵营已经溃败，一个小时之后，众人已经胜券在握。

太田黑和加屋集合军队，在撤退的路上看到二之丸的步兵营上空火光冲天。

加屋明白步兵营激战正酣，大喊着要前去救援，众人纷纷应和。军队背后，陷落的炮兵营升起火焰，漆黑的熊本城以鲜红的天空为背景静静伫立着。城中，山崎町和本山村燃起大火，四方升起的火焰表明志士们正在奋战，一个个多年来共同守护相同气节的志士正在火光之下勇敢地挥舞着刀刃，这样的情景仿佛近在眼前。大家忍辱负重，暗暗磨砺刀剑，就是为了今天。太田黑心中涌起一股难以名状的快感，轻声呢喃："如何？大家都在做，都在做啊！"

另一方面，富永守国、爱敬正元、福冈应彦、荒木同率领七十人的第三队与太田黑、加屋率领的中军同时从藤崎神社出发。他们的目标步兵第十三联队同样在二之丸，藤崎宫位于西边，步兵连位于东边。敌方兵力近两千人。

步兵营的西门同样大门紧锁，因此二十岁的沼泽春彦爬上栅栏，喊着"先拔头筹"翻身跃入，几名年轻人紧随其后。一名守门的哨兵冲进营中想要吹响警报喇叭，结果刚要吹响就被砍倒在地。

荒木同准备了绳梯，他把绳梯扔进营房想要爬进去，结果因为几个人同时抓住绳子，绳子不堪重负断了。于是几个人踩在荒木的忠仆久七的肩膀上，一个接一个翻过栅栏从里面打开了大门。全队人马攻入兵营，杀声震天。

福冈应彦挥舞着大木槌——砸开兵营的大门，跟在他身后的人扔出燃烧弹，火焰立刻从联队本部和第二大队的第一、第二、第三中队兵营中蹿出。

根据当时的军规，士兵平时手中并无弹药，在这种情况下，士官手中能够战斗的武器只有军刀，而士兵只有带刺刀的步枪。

面对震天的叫喊，翻卷的火焰，浓浓的黑焰和飞来的刀刃，将兵们毫无应对之法。联队本部本周执勤的大尉还没来得及督促鼓励士兵就被斩杀，火焰和黑烟下，到处横着只穿了一件衬衫或者裸体的士兵尸体。小野少尉挥舞军刀孤军奋战，两名军曹想要前来支援，结果三人都被斩杀。

就在这时，第一队第三部攻入联队长与仓中佐的宅邸后没能杀掉敌人，于是冲进二之丸的大门加入第三队，立即鼓舞了士气。

但是与炮兵营的战斗不同，步兵营的敌人数量实在太多，能用刀剑斩杀的数量有限。尽管营内各处因为受到奇袭陷入混乱，但是扩大混乱需要时间。在这段时间里，渐渐有人恢复了理智，他们终于准确把握住了眼前的事态。事到如今，出其不意的燃烧弹战术反而陷已方于不利。当燃烧的火势将营内照得亮如白昼之后，敌军看到了神风连稀少的人数。

一名士官见此情景后发号施令，士兵在兵营两处集合，布下队形密集的圆阵，步枪上的刺刀像蓟花一样冲四面八方展开，迎接神风连的攻击。面对此景，元老爱敬正元挥舞着拿手的长枪，数十名志士一齐举起刀尖突入。敌军的圆阵瞬间被打乱，士兵纷纷败走。独自断后的多罗尾准尉承受了乱刀的攻击而毙命。

此后，住在营地之外的佐竹步兵中尉和沼田准尉见到镇台着火，急忙归队，在路上遇见逃到法华坡的败兵，了解了情况。坡道北侧沟渠中的水在空中火光的映照下变成一片鲜红。两个人、三个人，背对步兵营的火焰跳入沟渠中的士兵不断增加。逃走的士兵全都衣冠不整，被恐惧击倒，无法流利地说话，两名士官怒斥一声，他们才终于恢复了神志。一共有十六个人逃了出来，他们没有枪，也没有一发子弹。

机灵的官商立山吉藏正巧出现，提出自己可以提供仓库里的一百八十发弹药和数千个雷管。两名士官大喜，残兵败将重新提起士气。于是佐竹中尉从后门、沼田准尉从南边的紧急出口分别带着弹药悄悄潜入，联系上残余的部队后据守在烧剩下的兵营中向周围射击。

联队长与仓知实中佐在京町台的官舍受到了第一队第三部的袭击。

他的夫人鹤子刚刚听到众人破门而入的声音就叫醒了中佐，中佐立刻察觉到神风连的夜袭。他刚冲进马夫的房间披上工匠穿的号衣，背上就被神风连的人一刀砍中，他一边鞠躬一边说着"我是马夫，请饶了我"，从敌人中间平安逃走。

中佐逃到了锦山神社后面的酒楼一日亭中，在那里匆忙处理了伤口，然后剃光胡子借来厨师的衣服穿上，伪装成工作人员。他躲过敌军，跑到步兵营后面的栅栏处翻身跃入。

他看到栅栏里有一名士官带着两个士兵跑过来，叫出了泷川大尉的名字。

大尉看到栅栏上变装后的联队长先愣了一下，认出他之后立刻上前汇报战况。如今，第二大队本周负责值班的铃木少尉正在指挥一支小队支撑颓势，可惜弹药已经不足。自己正要率领两名士兵前往仓库，去取演习时用剩下的弹药。

与仓中佐留下一句"好，快去"，然后冲入队伍中指挥士气低落的士兵，派传令兵召集四散的士兵。联队长归来让士兵们士气大振。

佐竹中尉、沼田准尉带来的子弹加上泷川大尉带来的弹药，还有从总司令部要来的弹药让联队重新稳住了阵脚。

总司令部的儿玉源太郎参谋少佐（后为大将）已经到达战场，除了打开弹药库为与仓联队长派来的士兵分发弹药之外，还亲自率领一小队士兵爬上主城的最高处，步兵营中混战的神风连士兵在火光中尽收眼底。少佐命令士兵以铠甲的反光，奇怪的武士服和醒目的白色缠头巾为目标齐射。

第三大队花畑分营没有遭受敌袭，于是取出碰巧于前一天收到的施耐德步枪的子弹分给各队支援步兵营。一队从庆宅坡出发，一队从下马桥进入。

另一方面，赶往救援的太田黑和加屋等人率领的第二队砸烂南门冲进步兵营时，胜负形势已经逆转，己方成为瓮中之鳖。虽然他们在墙壁和石垣的掩护下努力迎战，但是无法抵抗飞弹，只得扼腕悔恨。

不过第二队的到来给了他们最后的希望。一旦挺身而出就会成为靶子，但是闭而不出相当于主动接受败北，因为他们没有能迎着步枪出击的办法。

六十六岁的上野坚吾一边回头看着身后的队员，一边藏在暗处说："我说了一定要准备步枪，你们不听，事到如今只能悔恨不已。"所有人心中都是同样的想法。

不过，之所以不想用步枪对抗步枪，其中明显包含了神风连起义的本质和众人的觉悟。我们有神助，敌人的西式兵器为神明所忌讳，因此以剑制敌正是这次起义的本意。西洋文明发明了越来越锐利、越来越强大的武器，正是为了对付日本。如果一味退让陷入修罗之道，樱园先生主张的回归古道将成为徒然。必须说，神风连抱着败北的觉悟以剑制敌，其中包含着他们的气魄，这才是"雄大和心"的真正极致。

热诚的志向在每个人心中燃起一团火焰，志士们相继冒着炮火冲进被火光照得透亮的兵营。

深水荣季提起来国光刀，和沼泽春彦一起冲进枪林弹雨中。沼泽的右臂首先中弹，他躲进阴影中，用牙齿撕裂衣服迅速裹住手臂上的伤口。深水又向前走了七八间①，胸口中弹倒下了。福冈应彦冲上前去抱起他，发现他已经断气，于是发出一声悲愤的大喊，然后挥刀冲入敌阵，身中数弹后倒地身亡。沼泽刚刚处理好伤口，起身打算追随志士的脚步杀入敌阵，结果一颗子弹从左边太阳穴斜着打穿了头部，他再也没能起来。

---

① 日本建筑柱子和柱子的间距，约1.82米。

加屋霰坚是使双刀的高手。他奋战了数十个回合，刀已经卷了刃。他手握沾满血的大小双刀，怒目直视敌阵，心中浮现出弟弟四郎的面孔。四郎曾跟随长州军攻入皇居，战败后在天王山切腹自尽。自己与弟弟怀抱同一志向，今天，将结束四十一岁的生命。尽管他一开始和众人意见相左，不过在起兵三天前遵从神明的指示加入起义军，之后再无犹疑。如今，他眼前只有和同伴们共命运这一条路。

　　他举起刀指挥身边的同伴，一马当先向前奋进。炮火集中在他的身上，加屋要害被射穿，留下一句"八幡神①保佑！"后轰然倒地。

　　以长老斋藤求三郎为首，荒木同、猿渡弘伸、野口知雄等十八人先后战死，爱敬正元、吉村义节、上野坚吾、富永喜雄等二十多人受伤。

　　太田黑目眦欲裂，没有劝同伴们撤退，而是打算亲自冲入敌阵。就在这时，一颗子弹射穿了他的胸膛。

　　吉冈军四郎将阻止手持刺刀压上的官兵的任务交给了鬼丸等精锐，背着太田黑冲下法华坡，在赶来的太田黑义弟大野升雄的帮助下，将太田黑抬进了坡下的一间民房。

　　太田黑伤势颇重，意识时有时无。他在昏迷的间隙询问自己的头冲着何方，吉冈和大野相继回答冲着西方。太田黑说："天皇在东方，快将我的头朝向东方。"二人遵命行事。

　　接下来，太田黑气息微弱地命令升雄快点砍下自己的头，和军神的灵牌一起送往新开。

---

① 武世阶级普遍信仰的守护神，被认为是"弓箭之神"。

敌军不知何时会攻来，大野虽不忍砍下义兄的头颅，不过还是在吉冈的催促下举起了刀。他仔细擦掉敌人沾在刀身上的肮脏血迹，看着深深低下头的义兄的脸举起刀。负责侍奉的吉冈扶起太田黑，让他面朝东方端坐。太田黑已经无法保持端坐，大野在义兄的上半身即将向前扑倒的瞬间挥下了介错①的刀。

其三　升天

金峰山位于熊本城以西一里半的地方，名字来源于大和，被称为一岳灵山，山顶供奉着藏王权现②。

尽管神社不大，不过据说历史悠久。元弘三年，菊池武重公在这里战斗时向神社祈愿，得到神助后取得大捷，于是为还愿复兴了社神，亲自一刀三拜雕刻神像敬献。

这尊神像立于山顶，抬手遮光，象征在眺望己方的军情。这是一尊胜利的神像，然而在起兵的第二天早上，即阴历九月初九重阳佳节的早晨，在神社周围或站或坐，忍受着秋天的寒气渗入伤口的痛苦，茫然四顾的却是暂时撤退到这里的四十六名败军志士。

神社周围只有零星排列的老杉树，澄澈的旭日透过下方的树枝投下条纹状的阴影，鸟鸣婉转，空气清新，只能从人们沾满泥浆和鲜血的衣服、疲惫的表情和依旧散发着余烬的目光中窥见昨夜浴血奋战的影子。

四十六人中有石原运四郎，有阿部景器、鬼丸竞、古田十郎、小

---

① 为切腹自尽的人砍头。
② 菩萨化身的日本神。

林恒太郎、田代仪太郎和仪五郎兄弟,还有浦楯记、野口满雄、鹿岛甕雄、速水宽吾。他们都沉默不语,各自眺望着大海或山峰,或依旧在升起残烟的熊本城。

一群人坐在斜坡上,摘下黄色的野菊花,一边揉搓花瓣将手指染成黄色,一边望向海对面的岛原半岛。

天亮前,他们原本有办法逃进大海。加加见十郎等人在某位旧藩望族的帮助下备下了六艘船,结果正巧遇上今早的大退潮,船只悉数陷入泥土中,推都推不动。在他们磨磨蹭蹭的时候追兵也逼近了,于是众人只好抛下船只逃到金峰山顶。

放眼望去,山脚下的阴影里零零星星的有几个村落,田地一直延伸到海拔相当高的地方。山里能看到开着不知名的白花的树木,还有长势喜人的稻田。绿意盎然的山林中,早晨敏感的阳光打在这些像打着补丁的小坐垫一样的聚落周围,明暗交叠,在山中延伸出平缓的凹凸形状。住在那些房子中的人与神风连的人经历不同,在他们心中,恐怕一生都不会泛起对战争胜败的感慨。他们的生活就像眼前的景色一样平稳,毫无起伏。

海马形状的绿色海角从河内向西伸出头。西边白川河口的淤泥呈扇形延伸到海里,如果将视线转向展翅翱翔于附近峡谷中村庄上空的鸢,河口的淤泥仿佛是巨大的鸢展开了带茶色斑点的肮脏翅膀。

眼前这片海处于有明海和天草滩之间,被岛原半岛挤压成一条海峡。海水几乎都是深蓝色,只有海峡中间玩笑般地夹杂着一条浅黑色的宽阔海流,在志士们的眼中就像不确定的神示文字。

败北后的早上,风景美妙绝伦,澄澈平静,一尘不染。

对岸的岛原半岛以云仙山为中心向左右两边的山野延伸出去，能清楚地看到隐藏在山中的房屋。云仙山顶隐藏在云层之中，西北方向，佐贺的多良岳云雾缭绕，山形若隐若现。几片神圣的云彩横亘在空中将阳光切碎。

众人看着眼前的风景，樱园先生的升天秘说清楚地浮现于心中。

先生说，凡登天者，必经过天之柱或天之浮桥，两条道路并无异处。天之柱与天之浮桥自上古以来既存于世，而污秽的俗人无法得见，更不要想借此升天。如能驱散此身污秽，以清明之心复兴古道，则可与上古神人相同，天之柱与天之浮桥自会现于眼前，可由此登上高天原。

山上的云彩包裹着光芒，神圣的景象仿佛天之浮桥就出现在眼前。若果真如此，则时不我待，可欣然挥刀赴死。

另一边，在悬崖边面向东方摆好阵型的人们紧紧盯着尚在冒出青烟的熊本城。

面前，在荒尾山的右边，天狗山、本妙寺山和三渊山等重峦叠嶂，一直延伸到前方的杉树林中。更远的地方，石神山像一只高扬起头颅的石狮子的背影，深深插入城中。熊本是一座森林众多的城镇，从山顶看去，比起人家，更多的是郁郁葱葱的森林覆盖着整座城市，熊本城的天守阁屹立于森林的正中。藤崎高台附近也一览无余。从昨天夜里十一点开始，仅仅持续了三个小时的战斗和之后悲惨的败走情景近在眼前，众人觉得自己仿佛依然挥舞着刀刃在兵营中冲杀。又或者，在已经被晨光占领的兵营中，猛火的幻影和虚幻的神兵们依然在继续战斗。避开追兵逃到金峰山顶，像眺望着古战场一样眺望昨夜战场的这具身躯，反而更像是在梦中。

在遥远的城市东方，阿苏山外轮正涌起喷烟，形成云雾遮住了天空一角。静静望去，那团烟雾正在不断移动。喷烟不停地推动前方的喷烟，云彩不知疲倦地膨胀，吞噬源源不断的烟雾。

看到喷烟的样子，众人重新打起精神，打算卷土重来。

正在这时，去山下村落筹措酒和今天的粮食的同伴们回来了，于是众人狼吞虎咽地填饱了肚子，轮流喝过桶里的酒，想要赴死的人和梦想着卷土重来的人都打起精神，大多数人能重新作出稍微符合现实情况的判断了。鬼丸竞主张打入兵营，小林恒太郎表示反对，最终一致决定先派侦察员打探敌情，然后再做打算。

派出侦察员后，留下的人重新开始讨论如何安排队伍中的少年。队伍中有七个十六七岁的少年，分别是岛田嘉太郎、猿渡唯夫、太田三郎彦、矢野多门太、元永角太郎、森下奖和速水宽吾。

此前，这些少年一边朝气蓬勃地嬉闹一边窃窃私语："那些年长的人在磨蹭什么啊？到底是切腹还是卷土重来，真希望他们赶快决定好。"在得知众人决定让四十八岁、因为腿肿而走路困难的鹤田伍一郎率领他们下山后，少年们目瞪口呆，强烈反抗。

但是在前辈们苦口婆心地劝说下，少年们终于无奈地跟着鹤田悄悄下山。鹤田的儿子太直已经超过二十岁，所以和父亲告别后留在了山上。

入夜。

众人决定去住在岛崎村的一名同志家里听候侦察的结果，众人三三两两相继下山。侦察员回来了，根据他的报告，熊本城内外都布置了军队和巡查，戒备森严，各港口都禁止开船，就连岛崎村入口处都有敌人的侦察队正在赶来。

众人悄悄来到近津海岸，拜托一名曾是古田十郎旧仆的渔夫安排渡船，但是渔夫只能勉强提供自己的一条小船，而来到这里的一共有三十多人，一条小船绝对坐不下。

于是众人再次解散，各寻出路。打算去郡浦的古田、加加见、田代兄弟、森下照义和坂本重孝坐上了好不容易到手的船，起义就此告终。

与起兵时的人数相比，登上金峰山的志士只剩下不到三分之一。

剩下的三分之二或战死，或在受伤后藏起来，被官兵追上后壮烈自尽。长老之一的爱敬正元逃到了三国岭，却终究被三名巡查兵发现，于是立刻端坐于路旁切腹自尽，享年五十四岁。

松本三郎，二十四岁，春日末彦，二十三岁，两人皆在回家后自尽。荒尾楯直，二十三岁，回家后向母亲表明自尽的遗志，为自己先母亲而去的不孝而道歉，反而受到母亲的极力赞赏。荒尾喜极而泣，在亡父墓前祭拜后果断切腹自尽。

鹤田伍一郎受托从金峰山上带着七名少年下山，将他们一一送回家中后，回到家里准备自尽。

差人备好酒菜后，鹤田与妻子举杯告别，说自己死后还留有一个儿子太直，这辈子已经没有遗憾了。

此时已经是起义后的第三天夜里。除了儿子太直，鹤田还有两个分别是十四岁和十岁的女儿。妻子想叫醒已经睡下的两个女儿让她们和父亲告别,鹤田连连阻止,脱掉上半身的衣服后切开腹部,然后用刀刺穿了咽喉。正当他亲手拔出刀就要倒下的时候,大女儿正好醒来,看到眼前的情景后号啕大哭。

那天凌晨,传来了独子太直切腹自杀的消息。丈夫刚刚把希望寄托在儿子身上死去,第二天清晨,儿子的死讯就传到了秀子耳中。

众人在近津解散后,太直和伊藤健、菅夫一郎一起前往新开大神宫,他在那里与朋友告别后只身前往健军村,想要从那里逃往长州。

太直的伯父建山氏住在健军村,他来到伯父家中想要投靠时,伯父告诉他,当天下午,他的父亲伍一郎已经来过这里,交代后事决心赴死,如今,父亲一定已经自尽。太直听到此事后,逃往长州的梦已经消散。

他借伯父家的庭院,在大树下铺上崭新的草席,然后面朝东方向遥远的帝都三叩首,又向近处的父母家叩拜,举起短刀切腹后刺穿了咽喉。

消息很快传到了鹤田家。

伊藤健和菅夫一郎与鹤田太直告别后前往熊本市南郊的宇土。

伊藤的兄长正克住在宇土。正克见到弟弟后大声呵斥他不检点,不让他进家门。

两人无奈,只好离开宇土。当夜,两人在村边清澈的河堤上相对而坐,出色地完成了切腹自尽。

深夜,有人在河边听到好几次击掌声,附近的行人想到那或许是切腹者死前向神明和国君叩拜时的拍手声,纷纷流下眼泪。

伊藤二十一岁,菅十八岁。

鹤田伍一郎送回家中的少年中,岛田、太田、猿渡三人都壮烈自尽。

十六岁的猿渡唯夫在起义前亲自在白布上写出下面这首诗,将白布作为当夜的缠头巾。

割土卖戎夷
一朝王室危
丹心报国志
天地神明知

猿渡回家后,得知众多同伴自尽的消息,不顾亲戚木下的制止,与父母亲戚共饮了诀别酒,然后独自进入房中打算切腹并刺穿喉咙自尽。因误将刀刃碰到骨头而没能完成自尽,于是猿渡叫家人拿来另一把刀,再次准确地刺穿喉咙倒地。

太田三郎彦十七岁,到家后立刻倒头酣睡,第二天早上神清气爽地睁开了眼睛。他与姐姐告别后,叫来朋友柴田和前田两位少年,与他们诀别并托付后事。

两名少年回去后,太田独自进入房间。叔父柴田房范就在一扇纸门之隔的房间中。柴田听到太田已经切腹后,听到了"叔父、叔父,请帮我一把"的可怜呼喊。他打开纸门进去一看,太田已经将刀插入喉咙。柴田稍微搭了一把手,少年便与世长辞。

岛田嘉太郎十八岁。他回到家后,家里人劝他假扮成僧侣逃过一劫,可是他没有同意。他决定切腹自杀。与家人喝过诀别酒后,他请来柔道家内柴重藏学习切腹自杀的方法。少年切开腹部后,将刀架在脖子上问:"老师,这个位置可以吗?"听见内柴回答"就是那里"后,少年果断地将刀刺进了喉咙。

树下一雄、井村波平、织田寿治三人在起义失败后藏在柿原村的名门大矢野家,然后与从金峰山下来,打算前往镫田的同伴楢崎楯雄、椋梨武每会合,邀请两人重新藏入大矢野家。五人藏在当地乐园寺的岩洞中,受到大矢野家的各种照顾。

起义后已经过了七天,这段时间里,同伴们自尽的消息纷纷传来,躲在岩洞中的五个人决心不再逃避,走出岩洞去大矢野家诀别。大矢野一家摆酒席与五人依依惜别。

五个人大多认为在树下切腹自尽时有食物流出不雅观,所以没有动筷子,只有豪放的楢崎并不在意,尽情吃喝。后来,两人向大矢野的家人要来了红色颜料,在脸上薄薄涂了一层,让自己死后也不会失去生气。

等到日落西山,五人走出大矢野的家门来到附近的鸣岩。时值九月十五,夜晚的明月照得草叶上的露珠散发出宝石一样的光彩。五人端坐于草地上,分别吟咏辞世之歌后,年龄最小的只有二十岁的织田率先切腹,其余人也相继倒在刀下。井村三十五岁,楢崎和椋梨二十六岁,树下二十五岁。

与阿部景器、石原运四郎在镫田分别的小林恒太郎在阴历九月十一深夜，与鬼丸竞、野口满雄一起回到了自己家。

小林恒太郎正值少壮之年，智勇双全，总是与刚勇的鬼丸竞意见相悖，不过这两位性格各异的同伴却同时死在了一处。

三人在小林家中得知已经很难卷土重来，志士们悉数溃灭的情况后，于第二天傍晚共同切腹自尽。

自尽前，小林为先于母亲而去的不孝行径道歉，然后带着今年春天刚刚娶回家的十九岁妻子麻志子单独走进房间中，因为不忍她终身守寡，提出要与她离婚。麻志子哭着拒绝。

三人来到里面的房间，小林的家人都在厨房等候。小林命令谁都不许进来，只需打来水放在走廊上，然后揭下中间的一块榻榻米草席垫子叠放在一起。

鬼丸面向东方而坐，已经脱掉上衣。

厨房中的人又听到小林的声音。

"野口来做鬼丸的介错吧。"

不一会儿，里面的房间陷入一片寂静。

家人们走近一看，三人面朝东方并排而坐，鬼丸坐在中间，都已经端端正正地切腹自尽。

鬼丸四十岁，小林二十七岁，野口二十三岁。

阿部以几子是阿部景器的妻子。

以几子是鸟居喜新太的长女，嘉永四年出生于熊本城。

兄长直树向樱园学习皇典，向宫部鼎藏学习兵法，是主张尊王攘夷的国士。以几子从小听着兄长和他的同志们的观点长大，深受其影响。因为家境贫寒，以几子经常帮母亲干活。

十六岁的时候，她曾经有机会嫁给一位富人，可是以几子下定决心一定要嫁给国士，所以对那门亲事并不上心。她的母亲和兄长同样如此，只是看在媒人是村长的面子上，再加上对方一直让他们做家务赚钱，不得不应下了这门亲事。

以几子问母亲："我只要嫁过去就可以了吗？"母亲回答"正是"。于是两人举行了婚礼。当晚，以几子正襟危坐，不让丈夫近身，等到天亮后逃回娘家，跪在母亲面前说："我已经嫁给他了，这样就行了吧？"于是两人不久后就离婚了。

以几子长到了十八岁。明治元年，兄长直树被朝廷录用。

一次，阿部景器与同志富永守国一起去供奉清正公的本妙寺祭拜，刚刚走到寺院门口，就遇到了一位妙龄美女。两人得知她是同伴鸟居直树的妹妹后鞠躬行礼。走过之后，富永突然问阿部："你想不想娶那个姑娘？"阿部回答："可以娶。"于是富永做媒，两人很快举行了婚礼。当时阿部二十九岁。

以几子如愿成了国士的妻子，可惜两人并没有孩子。

以几子二十岁了。阿部在久留米的同伴镜山纪伊越狱后投靠两人，阿部将他藏在家里。镜山离开后，阿部被捕，遭到残酷的审讯后被关进监狱。

盛夏，丈夫在狱中的这段时间里，以几子每天早晨断食，向神明祈祷、申冤，晚上不拉蚊帐，和衣躺在地板上想象丈夫的痛苦。

阿部出狱后，在城里漫无目的地散步时，在一家店里看到了一件漂亮的铠甲，但是因为太昂贵便放弃了，并且将此事告诉了妻子。以几子悄悄卖掉自己的衣带，将丈夫需要的钱交到他手里。阿部心怀感激，用这笔钱买下了铠甲，这就是他在起义时穿的铠甲。

起义的日期越来越近，阿部家简直变成了司令部。以几子和婆婆一起尽心招待客人，在出征前与十几个人见面时为他们整理行装并提供酒菜。见到其中有一个人神情十分慌张，以几子还指责了他，并沉着地安慰他说战争时要保持冷静。

当夜，看到熊本城燃起的熊熊大火，还有京町、山崎、本山等五处火焰时，以几子和婆婆清子一起远远看着，欢心雀跃地大喊"成了，成了"，彻夜点灯向神明祈祷起义胜利和丈夫的武运。

然而，战败的消息和黎明共同到来，到处都是人们战死和自杀的消息，以几子不知道丈夫的行踪，只是一味绝食祈祷神明保佑。

三天后，阴历九月十二天色未明时，以几子的丈夫回来了。

阿部景器在解散神风连后与石原运四郎一起离开近津，第二天，也就是九月初十躲进盐屋的山里，等到夜色降临后前往镫田的杵筑宫，于深夜到达了神官坂本应气的家中，与从另一条路来到这里的小林恒太郎、鬼丸、野口等人会合。十一日，阿部等人在坂本应气家中商议今后的行动，因为坂本请示神明后，告诉他们有望卷土重来，于是众人振作精神。阿部、石原与小林一行人告别，分别回到了自己家中。

以几子是被套窗缝隙间传来的呼叫声吵醒的，那是丈夫的声音。她激动地打开套窗。丈夫沉默地爬进窗子，对起床的母亲和以几子简单讲述了失败的始末。以几子为丈夫脱下沾满鲜血的盔甲，埋进了屋后的竹林中。

之后几日，天亮时，阿部就会带上一把短刀藏在书房的地板下，太阳落山后再出来。他让以几子悄悄去石原家里，与石原的妻子安子商量。

以几子和安子一起为寻找渡过岛原的船只而奔走，然而禁止出航的命令很严，断绝了他们从海路逃走的希望。

十四日黎明，石原运四郎抱着从陆路突破警戒线的希望，也做好了赴死的准备，与妻子告别后离开家，打算与阿部共同展开最后的行动。

黎明时分，阿部让叔父马场来到家中，石原、阿部、马场三个人在阿部家会合商量对策。马场告诉两人警戒太严，很难逃走，然后就离开了。

与此同时，石原安子拜访石原的兄长木村，求他施以援手。当时，路上传来穿着军靴的搜查队士兵杂乱的脚步声，正在向石原家的方向靠近。木村知道已经无处可逃，让安子尽快去阿部家报信。

安子雇了一辆人力车，在阿部家附近跳下车，偷偷敲响后门叫出以几子，然后简单地说了搜查队已经逼近石原家的事。

以几子做出用刀捅进喉咙的动作，安子点了点头。以几子建议安子再回去见丈夫一面，而安子说这只会阻碍丈夫踏上黄泉路，不如不见，然后仓皇离开了。

以几子立刻将事情的经过告诉了阿部和石原，两名参谋从刚才听到马场的报告后就断绝了卷土重来的希望，决心赴死。

两人恭恭敬敬地在皇大神宫的卷轴前叩拜祈祷。以几子在原木桌案上摆好三组素烧陶器，为两人奉上最后一杯酒，自己也拿起酒杯。阿部和石原脱下上衣，拿起短刀。以几子也静静地从衣带中抽出匕首。

阿部自不必说，就连石原也大吃一惊，赶紧制止她，但以几子心意已决。她后退一步，说自己既然没有孩子，就一定要陪伴丈夫同去，于是阿部没有拒绝妻子实现自己的志向。

在两人横刀切腹的同时，以几子用匕首刺穿了自己的喉咙。

此时，阴历九月十四刚过正午。阿部享年三十七岁，以几子二十六岁，石原三十五岁。

三人自尽后不久，阿部家便传来激烈的敲门声，搜查队到了。老母亲高声呼喊："阿部刚刚切腹自尽。"士兵们跟随士官冲进房间，检查三具刚刚断气的尸体。

众人在近津海边解散时，有六个人乘坐一艘渔船划向熊本南郊宇土的郡浦。

分别是：

古田十郎，二十八岁，和小林恒太郎同为少壮派参谋，在兵营的战斗中断了两把刀后重新取来一把刀继续战斗，杀死了中佐大岛邦彦，不过自己也被砍中一刀。

加加见十郎，四十岁，古乐名家。

田代仪太郎，二十六岁，剑道高手，在炮兵营先拔头筹。

他的弟弟仪五郎，二十三岁，在步兵营中战斗英勇。

森下照义，二十四岁，杀死种田少将，转战阵地后杀死镇台将校，战绩出众。

坂本重孝，二十一岁。

六人投靠的是郡浦神社的神官、樱园门下的志士甲斐武雄。他原本应该参加起义，却因为地处遥远没能得到消息。甲斐热情地接待了六人。

六人在甲斐家彻夜商量卷土重来的计划，加加见提出了一个筹措旅费和军费的方法。加加见碰巧得知旧主三渊永二郎来到植柳的松井家借宿，于是想托甲斐送信请三渊帮忙筹措旅费。甲斐立刻带着信出发了。

第二天，即九月十二，众人终日都在等待他回来。可是甲斐并没有回来。

他去拜访松井家的时候，三渊已经离开。他被暗中监视的巡查看穿，将他作为神风连的同党逮捕了。

六人当天迟迟等不到甲斐归来，意识到危险就在身边，明白到了某一刻就必须下定决心。

田代仪五郎、森下、坂本三个人耐不住焦虑的心情，在夕阳中登上附近的大见岳遥望熊本城。从这里看过去，天守阁和昨天完全没有区别。但他们若无其事地向山里的樵夫打听情况时，得知城中彻夜燃起火炬，搜查队的士兵终日被源源不断地派往四方。三人下山后，催促剩下的三个人下定决心。

众人死意已决。将地点选在了大见岳山顶，将时间选在了第二天黎明。

六人在鸡叫第一声前登上大见岳，在田代等人昨天傍晚已经看好的一块清净平地拉起准备好的界绳，白色的纸条垂落下来，在清晨的风中摇曳。山顶天色微明，加加见十郎看着云霞缭绕，念出了辞世词：

　　大和神明　御影摇曳
　　今日将登　天之浮桥

不用说，这自然是取材于樱园先生的《升天秘说》。加加见说，自己十分想在众人临终前演奏得意的古乐，但是很遗憾，并没有携带乐器。

六人走进界绳内，饮过诀别酒后，众人推举田代仪太郎做介错。加加见觉得让田代一个人留在最后太辛苦，体贴地提出自己陪他一起留下。

古田十郎率先在秋日的晨风中脱下上衣，横刀切腹，由田代砍下了他的头颅。

接下来，森下、田代仪五郎、坂本重孝纷纷切腹。剩下的田代仪太郎和加加见相对而坐，切腹后各自刺穿了喉咙。

警部新美吉孝接到密报，率领数名巡查上山查看。走到山腰时，一名猎户慌慌张张地跑下来，说山顶上有六名神风连残党正在切腹自尽。新美制止急躁的下属，说了句"我抽根烟……"就坐在树下小憩，然后点燃了一根烟。他是想保住六人最后的尊严。

警部一行人到达山顶时，天已经彻底亮了。在四方形的界绳中，六名志士的遗骸端端正正地匍匐在地上，界绳上的几片白色纸条沾染着鲜血，在朝阳下闪闪发光。

起义失败后，参谋绪方小太郎遵照神意自首，被判处终身监禁，著有《神焰稗史端书》，亲自追寻为何神风不起，为何祈请不灵的谜团。

他们的信仰那般虔诚，志向那般纯洁，为何没有得到神助。绪方终其一生在狱中寻找答案，却终究没能得到。绪方在书中写下了下面一番话，不过是他个人的解释和猜测。神意冥冥，终究无从知晓。

吾等谨遵大御神表明的心意，却像招来暴风雨的花朵，心灵美丽的人们一夜之间如霜露般飘散，着实令人心痛不已。

吾愚钝之心百思不得其解，且徒生怨愤，于是恍然，一切皆为神定，一切该当如此。

若阻止吾等忠勇之士，迄今谋划之事必泄露于世，仓皇之下必无法成事，此事或可平息，但吾等必将哀叹世事，满腔怒火无处宣泄，只能献身赴死。大御神慈悲，令吾等得偿所愿，并引于幽冥侍奉神明。神意精妙，着实令人叹服。

这番言论既安慰了自己，又慰藉了同伴们的在天之灵，同时字里行间寄托了无以言表的遗憾。绪方用一句简单的话总结了神风连不得已而为之的志向，恐怕这就是他的真情流露吧。

"……怎能如弱女子一般行事？"

——《神风连史话》完——

十

——已经进入梅雨季节了。早上,饭沼勋在上学之前收到了本多寄来的大信封,里面装着《神风连史话》和一封信,他看了一眼就装进书包出门,打算到学校之后再仔细看信。

他走进国学院大学校门,大门口摆着很能体现出学校风格的大太鼓。大太鼓来头不小,上面刻着传马町御太鼓师小野崎弥八的名字,鼓身上垂着巨大的铁环。鼓面的皮子是舒展的圆形,颜色是黄色,就像早春时节布满灰尘的天空,常年击打后留下的擦伤像白色丛云一样散落在空中。不过在今天这样潮湿的梅雨天里,太鼓应该只能发出不情不愿的沉闷声音。

勋刚走进二楼的教室,太鼓就发出上课的信号。第一节是伦理学,勋对这门课程和面色阴沉的教授都没有兴趣,于是悄悄拿出本多的信读了起来。

饭沼勋:

　　我将《神风连史话》归还,确实是一本很有趣的书,谢谢你。

我十分理解你为这本书而感动的原因。当然，通过这本书，我也了解了那件此前一直只当成是不满士族异想天开叛乱的事件背后纯粹的动机和心情，颇受启发。不过我受到的感动性质恐怕与你略有不同，我想详细写一写其中的区别。

如果我和你同龄，是否会感受到同样的感动？想到这个问题，我心中并非没有疑问。更准确地说，我心中有一些内疚和羡慕，同时想要嘲笑那些将一切赌在有勇无谋的起义中的人们。我年轻时坚信自己会成为对社会有用、前途无量的人，即使在那样的年纪里也能保持平和，理智平淡而清明。我很清楚，大多数热情不适合我，并预感到每个人的作用各有不同。我相信就像人无法脱离肉体一样，我不可能脱离人生中应当扮演的剧本。所以看到别人的热情时，我会立刻发现其中的不协调，看到那份热情与他自身之间微妙的分歧，习惯于为保护自己而产生轻微的嘲笑情绪。只要有心寻找，'不适合'这种感觉随处可见。另外，我的嘲笑绝对没有恶意，可以说嘲笑本身就包含着一种肯定和盛情。当时的我已经开始认识到，热情本质上是对那种不协调的缺乏意识而诞生的。

但是我的好友——我和你父亲在一起时提到过的松枝清显打乱了我体系完整的认知。当他狂热地爱上一位女性时，我作为他的朋友只觉得格外不协调，因为我此前一直认为他是如水晶一样冰冷透明的人。尽管他十分反复无常，感情非常丰富，但是我能看出只要他始终保持精巧的感受性，就能安全地远离单纯而一根筋的热情。

而事态并没有如我所料般发展。愚直、一根筋的热情眼看着改变了他,爱情不管不顾地将他变成了最适合陷入爱情的那种人。最愚蠢、最盲目的热情成为最适合他的东西。临死前,他展现出尽管活着却已经为爱而死的姿态。那时,不协调的感觉彻底消散,已经无影无踪。

既然我亲眼见识过一次人类改变的奇迹,自己也必然被迫多少发生了些改变。我始终质朴地相信自己是个坚定的人,现在却心生不安,需要特意保持相信,确信变成了意志,自然而然的事情变成了义务。最重要的是,此事为我法官的职业带来了某些好处。在面对犯人时,我可以不偏向于报应主义或教育主义,不会对人性抱有悲观论或乐观论,能够根据实际情况相信人类改变的可能性。

回到《神风连史话》的读后感上,我现年三十八岁,竟然能够在看到这种贯穿着不合理的历史事件的叙述时受到感动。这让我立刻想到了松枝清显。他的热情仅仅奉献给了一位女性,却同样不合理,同样热烈,同样具有反抗性,同样只能以死亡来慰藉。但是,在我的感动中确实存在一种保证,告诉自己如今可以安心地为这种事情而感动。因为事到如今,我不会做出这样的事情已经成了既定事实,因此不仅可以放心地直面任何一种过去的可能性,也能够置身于自己的梦想投射到过去,再从过去反射回来的有毒光线中,并且不会陷入任何危险。

但是以你的年龄，任何感动都是危险的，任何一种能让你深陷其中的感动都是危险的。更危险的是，在你拒人于千里之外的目光中，这样的故事里某种"适合"是与生俱来的。

我在你那个年龄时，就渐渐看不清人类与热情之间的分歧了。以前，年轻的我为了保护自己，觉得有必要寻找其中的分歧，现在不仅仅不再需要寻找，以前我认为寄宿在他人心中的热情和他本人之间的不协调是可笑的巨大伤痕，现在也变成了可以谅解的微瑕。也许是因为我已经不再年轻脆弱，不需要依靠神经质地感应他人的失败来压抑受伤的恐惧了。另一方面，比起美丽的危险，危险的美丽更鲜明地浮现在我心中，一切幼稚都不再显得滑稽。这恐怕也是因为幼稚已经成为与我自己的意志无关的东西了吧。仔细想来，此事着实可怕，我很可能会屡屡从自己安全的感动出发，将你推向危险的感动之中。

想到此处，尽管我觉得训诫无益，依然忍不住想对你发出警告。《神风连史话》是一个已经完结的悲剧，几乎可以看成一件艺术作品，一个贯彻始终的政治事件，其中人物的心情之纯粹是罕见而彻底的实验品，不能将那场美梦般的故事和如今的现实混为一谈。

故事的危险性在于去掉了矛盾。这位名叫山尾网纪的作者也许在写作过程中尽量尊重史实，不过为了这本薄薄的小册子内容统一，一定删去了诸多矛盾之处。另外，这本小册子过分执着于描述事件核心人物纯粹的心情，从而牺牲了外延，不要说站在世界史层面的展望了，甚至忽略了神风连的敌人——明治政府在历史上出现的必然性。这本书太缺乏辩证性。我举一个例子，你知道在同一个时代，同样在熊本存在着名叫熊本传教团的组织吗？明治三年，南北战争的英雄，退役陆军炮兵大尉詹尼斯来到熊本西洋学校任教，然后渐渐开始宣讲《圣经》，传播基督教新教。在神风连起义的明治九年一月三十日，他的学生海老名弹正等三十五名青年聚集在花岗山，以熊本传教团的名义宣誓"让日本成为基督教国家，用基督教建设新日本"。当然，他们受到了迫害，西洋学校不得不解散，但是从他们身上不是能看出和神风连的思想完全相反却同样纯粹的心情吗？在当时的日本，任何看起来不现实或过激的思想都有一丝实现的可能，完全相反的政治思想在纯真朴素这一点上也是共通的。你应该明白，那个时代的政治体制并不像今天这样稳固。

我并不是支持基督教思想清新的人，也不是嘲笑神风连思想陈旧冥顽的人。只是在学习历史的过程中不断检讨自己，不要被时代的一部分所限制，要知道每个时代都有各种独特而复杂的矛盾因素，着眼于其中的一部分时，必须要逐一考查赋予其特殊性的各种因素，将局部放在整体、均衡的画卷中。

我想这才是学习历史的意义所在。因为无论在任何一个时代，个人眼中所能看到的现代都是有限的，很难把握整体情况。正因为如此，历史的整体图景才能成为参考，才能成为镜子。生活在世界的局部，只能经历短暂时刻的人才能通过研究久远的历史看到世界的整体图景，从而纠正自己的浅见。这才是令人欣喜的、现代人看待历史时拥有的特权。

学习历史绝不是引用过去的一部分特殊性，试图将现在的一部分特殊性正当化。不能从过去某个时代的拼图中抠出一块放在现在的拼图中，然后大喊"快哉"。这种行为只是将历史当成了玩具，当成了孩子的游戏。你要知道，无论过去的纯粹和今天的纯粹多么相似，不同时代的诸多历史条件都是不同的。相反，如果要追求纯粹性的相通之处，就应该寻找现代的"反对思想"，找到相同的历史条件。这才是"现代的我"处于特殊的一小部分时应该采取的谦虚态度。在这个问题上，历史问题的表象被舍弃，可以单纯研究"纯粹性"这种超越历史的人性契机。因为在这种情况下，同时代共有的历史条件只是方程式中的定量。

年轻人最应该引以为戒的是混淆纯粹性与历史。我在你对《神风连史话》的喜爱中感受到的正是这种危险。你应该将历史当成一个整体，而纯粹性是超越历史的存在。

也许是我多嘴，这就是我对你的忠告和训诫。不知不觉中，我也到了见到年轻人会忍不住说教的年龄。当然，提出这番忠告和训诫正是因为我相信你的聪慧，如果是我不抱任何期待的年轻人，我没有必要提出如此冗长的忠告。

看你在神前的比赛时，你崇高的力量下纯粹的心灵和热情让我叹为观止。同时，我相信你的理智和探究心，衷心希望你不要忘记学生的本分，努力钻研，成为对国家有用的栋梁之才。

另外，下次来大阪时，请务必来家里做客，我随时欢迎你的到来。

你身边有一位出色的父亲，所以我完全不担心，不过如果你有想不通的问题，需要找人商量的话，我会随时奉陪，请不要客气。

此致

本多繁邦

读完这封长信后，少年长出了一口气。他并不赞同信中的内容，从头到尾都反对。但是他不明白，就算对方是父亲的旧识，但是作为高等法院法官，为什么要亲自给只见过一面的少年写这样一封情真意切的长信呢？这种事实属罕见。比起信的内容，少年更感动于他的坦率和热诚。他从来没有从身居高位的人那里接受过如此真挚的感情。结论只有一个："说到底，本多先生看过书后一定也深受感动。虽然他似乎由于年龄和职业的关系有诸多顾忌，不过本多先生一定也是一个纯粹的人。"

尽管信中的文字与少年的感情相反，但他完全看不出任何污浊之处。

尽管如此，本多是如何巧妙地将时间抽离历史，让时间静止成为一张地图的啊。这就是法官的能力吗？在他眼中，当一个时代的历史成为"整体图景"时，就已经变成了一张地图、一幅画卷、一个死物了吗？少年想："这个人完全不懂日本人的血统、神道传统和志向啊。"

勋回过神来，令人昏昏欲睡的课程还在继续。窗外雨下大了，正在发育的年轻人的肉体散发出刺鼻的酸味，充斥在教室中潮湿的温暖空气中。

课程终于结束了。勋此时的心情就像临死前的鸡猛烈扑腾一番后终于断气一样平静。

他走到被雨水打湿的走廊上，井筒和相良在那里等他。

"怎么样？"勋问。

井筒回答："中尉说今天不用去队里执勤，三点就能回公寓，到时候公寓里没什么人，能好好说说话，让我们去吃晚饭。"

勋毫不犹豫地说："那我今天就不练习剑道了。"

"剑道部长不会啰唆吗？"

"让他说去吧，他不敢开除我。"

"你派头真大啊。"矮个子、戴着眼镜的相良说。

三人一起向下一节课的教室走去。他们的外语课都选了德语，所以要去同一间教室。

井筒和相良都很尊敬勋。勋也把《神风连史话》借给两人看，两人都很感动。今天本多刚好将这本书从大阪还回来，勋打算借给今天要见的堀中尉。他想中尉应该不会表现出本多法官那样的逃避态度。

勋想起了刚才看到的信中写到的"整体图景"，微微笑了起来。他想："那个人因为火钳子太烫不敢碰，想要碰触火盆，但是火钳子和火盆完全不同。火钳子是金属，火盆是陶器，那个人尽管纯粹，却是陶器派啊。"

勋提出了纯粹的观念，其他两名少年深以为然。勋编出了一句标语——"学习神风连的纯粹"，这句话成了这些伙伴间的标语。

纯粹就是将如鲜花一样的概念、浓重薄荷味的漱口水味道的概念、依偎在温柔的母亲胸前的概念，直接与血的概念、砍倒一切恶事的刀的概念、挥刀斜砍时飞溅出血花的概念，以及切腹的概念相连。当花瓣飘散时，浴血的尸体瞬间化作芳香的樱花。纯粹能随意转换成完全相反的概念，所以纯粹即诗歌。

勋觉得"纯粹地死"反而是一件容易的事，但是贯彻纯粹时，什么是"纯粹地笑"却让他感到烦恼。无论怎样努力控制感情，他依然偶尔会在看到无聊的东西时笑出来。比如路边的小狗叼着鞋子玩耍时，如果是木屐的话还好，而看见小狗叼着一只大高跟鞋来回甩的时候，勋就会不由自主地笑出来。他不想让别人看到这样的笑容。

"你知道公寓在哪里吧？"

"嗯，我带你去。"

"中尉究竟是什么样的人呢？"

"我想一定是能让我们为他去死的人。"勋说。

十一

三名带着白线帽的少年撑着伞在六本木下车,从霞町三街转弯,走到通往麻布三联队正门的下行坡道上时,井筒停下脚步,指着坡下的一间房子说:"就是那里。"

那是一间陈旧的二层建筑,竟然没有在地震中倒塌,着实令人惊讶。庭院面积很大,四周的围墙与玄关直接相连,没有大门。二楼房檐下,六扇玻璃窗相连,映照出雨中昏暗扭曲的天空。

站在坡道上方,看着伫立在空无一人的城市中,被雨水淋湿的房子时,勋的心里突然划过一个不可思议的感觉,他觉得自己不是第一次见到这座房子。在雨水包裹下的二层房屋仿佛一个陈旧而笨重的碗柜默默承受着雨水的冲刷。庭院中绿意盎然,并没有刻意修剪,从围墙外面看去,仿佛绿色要奔涌而出的垃圾箱。勋觉得整个阴沉的房屋与从心底深处涌出的关于过去的某个像昏暗的蜂蜜般格外甜美的记忆相连。仔细想来,仿佛确实曾经来过这里的神秘感触实在诡异。也许这种感觉基于他小时候曾经在父母的带领下来过这一片的事实,或者曾经在某张照片中见过这座房子。总之,他觉得这座房子在他内心深处的浓雾中完整地保存着,就像一座小巧而完整的庭院盆景。

很快，勋将这个仿佛被伞下的阴影唤起的模糊想法从身体中赶走，然后在其他两人之前率先半蹲着冲下泥水横流的陡坡。

他站在大门前。细格子窗上部贴着名牌，上面写着"北崎"，木头纹理被风雨深深侵蚀，只有黑色的字迹依然鲜明。雨水渗进了腐朽的门槛中。

今天将与三人见面的堀陆军步兵中尉是井筒做将校的表哥介绍给他们的，应该会热情接待他的两个朋友，特别是靖献塾长的儿子勋。

勋心情激动，觉得自己仿佛成了神风连中一名血气方方刚的年轻人，即将见到加屋霁坚。但是勋很清楚，如今早已不是神风连的时代，在当今时代，敌人和朋友不是将棋棋盘上泾渭分明的棋子，就像武士凭借一把日本刀就能杀入明治政府的军队。勋明白，如今士魂藏在军队内部，他们看着与重臣勾结的军阀和军队中的"明治政府军"，心中充满悲伤和愤慨。这栋陋屋里住着一位拥有忠烈之魂的武士，就像紫金牛在潮湿的森林背阴处结出了一颗鲜红色的果实。

勋在剑道比赛时能够保持岿然不动的冷静，此时却彻底失去了。自己即将见到的人也许会把自己拉去天外……尽管在此之前，他在别人身上寄托的希望和梦想已经遭到了无数次背叛。

前来应门的老人让三名年轻人脊背一寒。老人出现在玄关的昏暗中，身材高大却佝偻着身子，一头白发，眼窝深陷，影子仿佛从天花板上笼罩下来，就像在深山里遇到的收起破碎羽翼，衣袂翻飞的仙人。

"堀中尉已等候多时，请跟我来。"

老人将手放在膝盖上，走路时的动作就像用手操纵着双腿，在昏暗潮湿的走廊上前进。尽管这只是一栋普通的公寓房，墙壁中却浸透了皮革的味道，每天早晚都能听到远处三联队的喇叭声闯入纸拉门中。看起来中尉的其他室友还没有回来，公寓里一片寂静。老人一边喘着粗气一边爬上嘎吱作响的楼梯，走到中间时冲着二楼喊了一声"堀中尉，客人来了"，好像是想趁机休息。楼上传来一声朝气蓬勃、粗声粗气的回答。

　　堀中尉的房间与隔壁一墙之隔，大约有八张榻榻米大小，除了桌子和书架之外再无其他家具，是一间很有单身军人气质的朴素房间。中尉已经换上一件藏青底白花的单衣，随意系着一条黑色绉绸布腰带，是一名浅黑肤色的寻常青年。军装整整齐齐地挂在衣架上，从横木上垂下来，红色的领章和黄铜的数字"3"是这间房子里唯一显眼的色彩。

　　"快进来，我今天中午就交班了，所以回来得早。"

　　中尉爽朗地说，声音中带着威严。

　　从他平头下的皮肤中能清楚地看到顽强的灵魂，他的目光清澈锐利，不过穿着和服的时候，和二十六七岁的普通乡下青年并无二致，只能从藏青底白花衣袖中伸出的粗壮小臂看出他精于剑道。

　　"呀，大家随便些。大叔，我来倒茶就好。"

　　中尉听到老人踩在楼梯上的脚步声逐渐远去后，一边稍稍抬起身子去取装着热水的暖水瓶一边笑着和少年们说话。言语中充满体贴，让拘谨的少年们放松了心情。

　　"别看这房子像怪物住的一样，其实这栋公寓和那位大叔都是历史留下的纪念品。那位大叔是参加过甲午战争的勇士，在日俄战争时期开始经营军人公寓，从这间公寓里走出了众多伟大的军人。这房子兆头好又便宜，而且就在联队后面，出勤方便，所以总是住得满满的。"

勋看着中尉微笑的面孔，觉得应该在已经过去的樱花季前来拜访。中尉应该从演习场的漫天黄沙中归来，脱下沾满樱花瓣和尘土的长靴，站在门前迎接少年们，嫩红色和金色的光泽在沾满春天和马粪气味的卡其色军服肩膀和领口散发出光彩。

他似乎本来就不在意自己会给别人留下什么样的印象，语气豪爽，首先说起了剑道的话题。

井筒和相良都屏住呼吸想要说些什么，他们想说的是勋已经达到三段水平，在剑道界被寄予厚望。终于，戴着眼镜、身材矮小的相良结结巴巴地说了出来。勋脸色通红，中尉看着勋的眼神一下子亲切起来。

井筒和相良都希望看到这种情景。他们将勋当成自己志向的化身，希望勋能利用年龄特有的锐利特权与外人平等交锋。当然，此时的勋不应该说出任何一句谎言，而应该将属于他们的纯粹像针一样刺向对方。

"那我问问你，饭沼，你的理想是什么？"

中尉的语气和之前不同，目光炯炯有神。面对这个直截了当的问题，井筒和相良都十分激动，感觉期待的时刻已经到来。

虽然中尉让他们随便坐，不过勋依然保持着正坐的姿势，抬头挺胸，简洁地回答："我想复兴昭和时代的神风连。"

"神风连的起义失败了，这样也没关系吗？"

"那不是失败。"

"是吗？那么你的信念是什么？"

"是剑。"

勋用一句话做出回答。中尉稍微沉默了片刻，似乎是在心里琢磨下一个问题。

"好。那我再问你，你最大的愿望是什么？"

这次轮到勋沉默了。他始终直直地盯着中尉的目光移开了，从被雨打湿的墙壁上紧闭的磨砂玻璃窗向外看去。视线被磨砂玻璃挡住，他知道雨水在窗户细小的木格子对面布满了整个天地，就算打开窗户也绝不可能看到雨水的尽头。但是勋依然透过窗子，说起了遥远的事。

他声音含糊，语气却很坚定地说：

"在太阳……日出的断崖之上，对着冉冉升起的太阳下拜……俯视光辉灿烂的大海，在尊贵的松树下……自尽。"

"嗯？"

井筒和相良也吃惊地看着勋。在此之前，勋没有对任何人，甚至在朋友面前说起他内心最深处的想法，却在初次见面的中尉面前滔滔不绝地说了出来。

中尉没有给出不怀好意的回应，这是少年的幸运。中尉看起来一直在认真思考这番近乎疯狂的表白，不久后开口说："原来如此……但是，美丽地死去很难啊，因为无法自己选择机会。就连军人都没办法总是按照自己平时希望的方式死去。"

勋并没有听进这番话。所有委婉的说法、解释和"但是"的想法都在他的理解范围之外。他的思想是雪白纸张上鲜明的墨迹，是谜一般的原著，别说是翻译了，甚至没有加评价和注解。

他抱着吃一耳光的觉悟，十分紧张地耸起肩膀直直地盯着中尉的眼睛说："我能问您一个问题吗？"

"可以。"

"我听说'五·一五事件'前，中村海军中尉来见过您，这是真的吗？"

中尉的脸上第一次出现了仿佛突然贴上冰冷的牡蛎壳的表情。

"你是从哪儿听到的？"

"我父亲的私塾里有人这样说。"

"你父亲说的吗？"

"不是，我父亲没有说。"

"无论如何，公审已经查清了事实，不要相信这种无聊的流言蜚语。"

"这是无聊的流言蜚语吗？"

"嗯，是无聊的流言蜚语。"

房间里陷入沉默，能够感觉到中尉克制的怒火像磁针一样轻轻颤抖。

"请您相信我们，告诉我们实话。你们见了吗？还是没见？"

"不，我没见过他，没见过海军中的任何一个人。"

"您见过陆军的人吗？"

中尉勉强露出一个豁达的笑容："每天都在见啊，我是陆军嘛。"

"这算不上回答。"

井筒和相良偷偷对视了一眼，表情都很害怕，他们不知道勋要问到什么程度。

"你是说同志吗？"中尉稍稍沉默了一会儿之后说。

"是的。"

"这件事与你们无关。"

"不，请您务必告诉我们。"

"为什么？"

"因为我想知道，如果……如果有一天我们向您提出要求，您会不会接受？"

勋还没等对方回答，就觉得此前多次经历过的痛苦时刻再次靠近。在与自己看中的年长者对话后，两人之间会突然出现一条显而易见的河流，将二者分隔开来。在这样的时刻，此前光芒万丈的谈话对象会变成死灰。被看成死灰的人也许会感到有些痛苦，但看着死灰的人却更加痛苦。如绷紧的弓弦般的紧张感很快缓解，因为箭并没有射出，弓弦眼看着松弛下去，难以忍受的日常时间像成堆的垃圾一样突然出现。难道真的没有一个前辈，能在他放下所有顾虑和年龄的差距，刺出"纯粹"的针时立刻用"纯粹"的针回应吗？如果真的不存在这样的前辈，那么勋心中的"纯粹"就是被年龄束缚住了。（明明神风连的人决非如此！）如果会被年龄束缚是"纯粹"的本质，那么勋必将眼睁睁地看着自己失去它。没有比这种想法更让勋害怕的事了。如果当真如此，就必须抓紧时间了！

年长者们似乎并不明白，要想治愈少年们的急性子，只能彻底认可他们的急性子。如果不认可,少年们会更加急切地追寻他们自认为明天就会消失的强烈"纯粹"。这正是被年长者们逼迫的。

那一天,勋他们三个人一直在中尉的房间留到晚上九点,中尉请他们吃了从店里买来的饭菜。只要不提微妙的问题,中尉的话就变得有趣,充满力量,让三人受益良多。他谈到了屈辱的外交,对拯救农村的贫穷没有任何作用的经济政策,政治家的腐败,还有政党不断压迫军部、提出师团人数减半、缩减军备等论调。话题中说到了废寝忘食购买美元的新河财阀,勋也听父亲说过此事,不过听中尉的意思,这次"五·一五事件"后,新河财阀明显开始自我约束。不过中尉还加了一句,绝对不能相信这些人一时的自我约束。

日本已经被逼入绝境,身边包围着重重乌云,形势令人绝望,仁慈的圣明遭到颠覆。少年们从中尉口中了解到更多让他们绝望的知识,尽管如此,中尉确实是个好人。勋递上《神风连史话》,留下一句"我们的精神都在这本书中"后就离开了。他没有说这本书是要送给中尉还是借给他看,心想等自己想再见中尉一面时,可以用来取回书当借口。

十二

星期天早上，勋去附近的警察道场指导少年们练习剑道。这里的警察署长崇拜父亲，偶尔会来靖献塾玩，他提出的请求勋无法拒绝。剑道老师想在星期天早上睡个懒觉，署长让在孩子们中颇受欢迎、被当作英雄的勋替他上课，应该很合他的心意。

小学生们穿着白底黑线的麻叶纹训练服，袖子里伸出细细的手腕。他们站成一列，一个接一个毫无章法地冲向勋。每个人都带着稚嫩的目光表情严肃地冲上来，就像不停地闪着光飞来的小石子。勋配合着对方的身高蹲下身子故意露出破绽，一边前后跳动，一边像在森林中承受着不断弹起的嫩枝一样承受着少年们竹刀的攻击。勋年轻的身体酣畅淋漓地散发着热量，阴雨天早晨的倦怠在少年们专心致志的呐喊声中消散了。

练习结束后，勋刚刚擦过汗，前来参观的五十多岁刑警坪井就对他说："都说孩子们的训练是最需要认真对待的，看了你的训练，我深有感触，真是出色。就连最后在神前敬礼时，年龄最大的孩子喊出的那声'神前敬礼！'都充满气势。你的教育效果很好。呀，真不错。"

坪井是剑道二段，不过他实力很弱，肩膀绷得太紧，比赛时坚持不了太长时间。勋偶尔和警察署的人切磋时，他还会开心地向比自己年轻三十五六岁的勋请教。他凹陷的双眼毫无表情，蜡黄的高鼻梁看起来十分寒酸，是一个多愁善感的话匣子，实在看不出是一位负责思想犯罪的警察。

少年们三五成群地准备离开，一辆护送车开进了道场前的庭院。停稳后，几名连成一串的长发年轻男子被带下车。其中一个穿着工作服，还有两人穿着土气的西装，另一个人穿着华丽的和服，还系着角带①。

"啊呀呀，星期天一大早就有客人吗？"

坪井不耐烦地直起身子，空手挥了几次刀，然后与勋告别。勋漫不经心地看了眼他挥刀的动作，那是一双小而柔弱的手，静脉神经质地突起。

"那是些什么人？"勋带着普通的好奇心问坪井。

"赤色分子，一眼就能看出来吧。最近的赤色分子和以前不同，要么穿着普通不显眼的衣服，要么像游客那样穿着华丽的衣服。那个穿工作服的多半是组织干部，其他人估计都是学生。好了，我得去好好招待他们了。"

坪井用纤弱的手做了个握住竹刀刀柄的动作后离开了。

勋看着被带往监狱的青年们，感到一丝嫉妒。桥本左内②二十五岁

---

① 男子穿和服时用的一种扁硬带子。
② 幕末开国论者，1858年因主张拥立德川庆喜继任将军，被反对派抓进监狱（安政大狱），次年被处死。

入狱，二十六岁时被处死。

自己什么时候能像左内那样被关进监狱呢？如今，勋在任何方面都在为与监狱无缘感到不满。不，比起入狱，自己应该会选择自尽吧。神风连中的入狱者极少。如果自己处于极为壮烈的情况下，应该不会等到拘留和之后的种种屈辱，而是会亲手结束自己的生命吧。

如果有可能，他想在某个早晨清爽的朝阳下死去，希望吹过悬崖上青松的微风和大海的倒影能与潮湿的牢房、飘散着尿骚味的水泥墙壁相会。这两者将在何处相会呢？

因为勋总是在思考死亡，所以这些念头让他变得透明，浮在空中行走，就连对世间万物的厌恶和憎恨都变得稀薄。勋对此感到恐惧。监狱墙壁上的污痕、血迹和尿骚味说不定能治愈这种稀薄感，也许自己必须入狱……

回到家后，父亲和私塾学生已经吃过早饭，所以母亲又为勋一个人准备了早饭。

最近，母亲胖了很多，动作变得吃力起来。母亲以前是个开朗敏捷的姑娘，外表十分乐天，如今透过逐渐堆积的阴郁脂肪，能看见她身上如同阴云密布的天空般的感情。她的目光总是像在生气一样严厉，不过愤怒中流转的妩媚依然和以前一样。

阿峰在靖献塾的工作是照顾十多个学生，平时自然很忙。以她现在的年龄，就算忙碌也应该能够体会到被众多年轻人当成母亲的快乐，可阿峰却在周围建了一道墙，并不与大家亲近，一有空就全神贯注得做各种袋子，家里到处都是她的作品。

私塾内奉行简单、洁净的主旨,却到处都能看到织锦和友禅[①]工艺品,就像原木色的小船上缠着各种颜色的海藻。

酒壶套子也是红色织锦做成的。现在给勋盛饭的桶也包裹在华丽的紫色友禅绸中。很明显,饭沼不喜欢这种宫中侍女的趣味,不过并没有特意指责。

"星期天也没时间休息啊。真杉老师的周日讲座下午一点开始。只有学生的话顾不过来,孩子他妈也要去帮忙准备。"

"要来多少客人啊?"

"三十人左右吧,不过已经是越来越多了。"

靖献塾在周口会承担教会的功能。附近的有志之士聚集于此,塾长会致词,然后由真杉海堂开始进行历代天皇御诏讲座,最后一齐为祖国的繁荣昌盛祈福后散会,借此机会也会组织募捐。今天,海堂的讲座内容应该是景行天皇的《日本武尊征讨东夷诏》。勋已经背过了这段诏文。

"……山有邪神,郊有恶鬼,阻衢塞径,众人皆苦。"

这句话仿佛就是在影射当今社会,山中邪神当道,郊外恶鬼横行。

阿峰目不转睛地盯着坐在矮饭桌旁的十八岁独子,看着他一言不发地吃光一碗又一碗饭,觉得他大口吃饭时脸颊到下巴的线条很有男子汉气概。

卖花苗、菜苗的商人喊着牵牛花、茄子从路上走过,于是阿峰的

[①] 日本的一种印染技法。

视线转向院子,但是在阴沉的天空下,郁郁葱葱的树木对面是一道木篱笆,人影藏在了树叶后面。叫卖声带着热气无精打采,眼前的牵牛花嫩叶仿佛也枯萎了,有气无力的声音带走了爬满小蜗牛的庭院的上午时光。

阿峰突然想起第一次怀上孩子时堕胎的事。因为不管怎么数日子,饭沼都无法确定她肚子里的孩子是侯爵的还是他的,于是让阿峰堕胎。

"勋这孩子完全不笑,这是为什么啊?也很少听到他开玩笑,上一次跟我说话已经是很久以前了。"

这一点,与学生时代的饭沼既相似又不同。任何人都能在年轻时的饭沼身上看到备受折磨的灵魂,而无论从任何角度来看,勋都透明得让人害怕。在这个长满青春痘的年龄,本该像夏天的狗一样总是在挣扎才对。

因为阿峰第一次怀孕时堕了胎,所以第二次的生产情况很危险,不过总算是顺利生下了勋,而阿峰的身体却垮了。因此,饭沼似乎认为与其责备妻子不如意的身体,责备她的心灵才能展示出自己的体贴,于是在卧室中比以前更严厉,更厌恶地讥讽阿峰过去与侯爵的关系。最近这段时间阿峰身心俱疲,没有消瘦下去,反而因为阴郁变得肥胖。

靖献塾越来越兴盛。六年前,在勋十二岁的时候,阿峰和一名塾生关系暧昧。事情败露后,饭沼狠狠地打了她一顿,阿峰住了四五天院。

在旁人眼中,他们夫妻关系从那以后反而更加稳定。阿峰彻底失去了快乐,再也没有轻浮、放荡,饭沼也恢复了正常,没有再提起过她和侯爵的关系。过去成为绝对不能碰触的禁忌。

不过,母亲那次入院应该在勋的心里埋下了疙瘩。当然,母子二人从来没有提起过那件事,不过正是因为没有提起,才说明勋对那件事有心结。

阿峰认为一定有人将自己过去犯下的错误告诉了勋。虽然她受到极大的诱惑,想从勋口中问出事实,但实际上,让儿子觉得自己作为母亲的资格值得怀疑也并非绝对是坏事。这其中包含着一种甜美的感情。阿峰觉得后脑勺隐隐作痛,就像一滩浅水聚集在那里,从一双疲惫时会变成双眼皮的沉重眼睑下方继续看着默默地把饭扒进嘴里的儿子。

"五·一五事件"发生后,饭沼说决不能告诉勋家里一下子富裕起来了,他从不会告诉儿子私塾的经营情况。饭沼说等勋成人后,该说的他都会说。不过家里宽裕起来之后,阿峰还是忍不住瞒着丈夫偷偷增加了给儿子的零花钱。

"要瞒着你父亲啊。"

勋吃完饭后,阿峰把叠好放在衣带里的五日元钞票悄悄从矮饭桌下面递给了他。

只有在这种时候,勋才会露出一丝微笑,对她说"谢谢",然后迅速把钱收进白点花布的衣服里,好像吝惜露出的微笑。

靖献塾位于驹迁①西片町一角,是饭沼十年前买来的,原本属于一位著名西洋画家。饭沼改造了另一栋房子里宽敞的画室作为神殿和

---

① 位于东京都丰岛区。

会堂，让私塾学生住在以前画家的几位徒弟住的主屋一角，填平了后院的水池，打算以后作为道场，在那之前，学生们暂时在会堂练习武道。但是会堂地板的弹性极差，勋不喜欢在那里练习。

为了让勋与私塾的学生打成一片，饭沼要求他每天早晨上学之前和学生一起打扫卫生。不过出于微妙的顾虑，饭沼很注意不让学生把自己的儿子当成少爷，也不当成同龄人，防止儿子和个别学生过分亲密。饭沼教育私塾学生什么事都要和自己说，却让他们不要对自己的夫人和儿子敞开心扉。

尽管如此，勋依旧自然而然地和最年长的学生佐和亲近起来。佐和非常缺乏常识，今年已经四十岁，把妻儿扔在家乡自己出来闯荡。他身材肥胖，诙谐有趣，一有时间就会看讲坛俱乐部，每周要去宫城前一趟，跪在小卵石上叩首。他说要随时随地做好献身的准备，每天都把身上洗得干干净净。不过也曾因为和年轻学生打赌，输了之后不得不将杀跳蚤的药粉撒在饭里吃掉，不过什么事都没有发生。替塾长传话时，他经常传得前言不搭后语，让对方无言以对，所以经常被塾长训斥，不过在嘴严这一点上无人能出其右。

勋留下整理碗筷的母亲，穿过走廊向会堂走去。中央神坛上是神殿的原木门，上面垂着帷幔，天皇和皇后两位陛下的御影隐于其后，勋在会堂入口处向两人恭恭敬敬地鞠躬。

饭沼正在远处指导学生，瞥了一眼正在鞠躬的儿子，觉得儿子每次鞠躬的时间都稍稍长了一些。

每月例行去明治神宫和靖国神社参拜时，儿子总是比别人祈祷的时间更长，却什么都不对父母说。仔细想来，自己以前在松枝侯爵府邸时,每天早上在府里的神社参拜时总会带着诅咒和怒气祈祷,当时都祈祷了些什么呢?与那时的自己相比,勋的地位已经相当高,应该没什么需要怨天尤人的事情才对。

阴沉的天空贴在工作室用来采光的大玻璃天窗上,如同照进肮脏水槽内部的光线一样浑浊,洒在正在移动凳子位置的私塾学生头上。勋看着眼前这幅情景。

凳子和长椅都摆放整齐了,只有佐和一个人像往常一样敞着肥硕的胸膛,反复调整同一个凳子的位置,做着无用功。

塾长之所以没有教训佐和,是因为他正忙着指挥学生布置讲台,从黑板槽里取出一根根粉笔一本正经地检查。

穿着小仓裤裙的年轻人们搬来了用作讲台的桌子,铺好布质桌布后摆上了松树盆栽。从天窗照进房间的光线打在青瓷花盆上,反射出琉璃色,松树仿佛重新活了过来,松针突然散发出光彩。

"你在那边干什么呢,还不快过来帮忙。"讲台上的饭沼转身冲儿子喊道。

勋的朋友井筒和相良也来参加御诏讲座,散会后,勋将两人带进了自己的房间。

"快让我们看看。"矮个子的相良用食指推了推过大的眼镜,伸着像鼬一样的鼻尖充满好奇地说。

"等等,比起这个,我今天得了不少军费,一会儿请你们吃饭怎么样?"勋若无其事地吊着两人的胃口。少年们双眼放光,仿佛凭借这些就能达成某种成就一样。

母亲端来水果和茶,听到她的脚步声渐渐远去后,勋打开了上锁的抽屉。他取出折叠好的地图展开,东京市中心地区的地图上,到处是紫色铅笔的痕迹。

"就是这样。"勋叹着气说。

"这么多?"井筒问。

"是啊,已经腐烂成这样了。"勋从小碗中拿起一个蜜柑,轻轻抚摸着如同发光的黄色熔岩般的表皮,"如果水果中间已经腐败到这种程度,就绝对不能吃了,只有被扔掉这一个下场。"

勋用紫色铅笔涂抹各处关键地带,代表那里已经腐败。宫城周围到永田町,以及东京站周围丸之内的几栋财阀大楼已经全都变成了深紫色,就连宫城内也渗入了一层腐败的浅紫色。

国会议事堂被深紫色涂满,与丸之内的深紫色财阀大楼用虚线相连。

"这是什么?"相良看着稍远处虎门附近的一点紫问。

"是华族会馆。"勋轻描淡写地说,"那些家伙被称为皇室的屏障,其实都是些蚕食皇室的寄生虫。"

霞官附近的官厅街自不用说,已经被或深或浅的紫色涂满。软弱外交的"鼻祖"外务省①被重重地涂了好几层,甚至发出了紫光。

"腐败已经扩散到这般地步了啊,就连陆军省和参谋总部都有。"井筒两眼放光,用与年纪不符的粗哑声音说。不过他的声音中完全没有猜疑的影子,仿佛立刻相信了清净的筒里会发出声响。

---

① 相当于外交部。

"就是啊。我都是根据准确的情报涂上紫色的。"

"我们要怎么样才能一举扫清所有腐败呢？"

"虽然神风连的结局令人唏嘘，不过义确实是唯一的方法。"

勋高高举起手中的蜜柑，然后让它落在了地图上。蜜柑笨重地弹起，发出沉闷的声音，斜着滚了几下之后停在日比谷公园附近。不断滚动的黄光在停下的同时凝结成平日里懒惰的沉重形态，巨大的球形阴影沉沉地压在日比谷公园蚕茧形的水池和蜿蜒曲折的散步道上。

"我知道了，用飞机扔炸弹。"相良兴致高昂，眼镜都快从鼻尖滑下去了。

"没错。"勋露出自然的微笑回答。

"这样啊。既然如此，尽管堀中尉确实是个了不起的人，不过必须有人能拉上一个飞行队的将校。只要咱们把计划跟堀中尉挑明，他一定会帮我们介绍的。堀中尉在不久的将来一定会成为我们独一无二的同志。"井筒说。

勋带着些许从容观察井筒近乎美丽的轻信。

当然，井筒最终会听从勋的判断，不过他每次遇到别人都会全盘接受对方的优点，这份轻信让他的精神世界像牧场一样平坦而光明。那个世界不惧怕矛盾，相应的也没有丝毫扭曲，井筒能想到的恶都被最大程度的平板化。只有他这样的人，才会相信击碎恶就像打碎威化饼干一样简单，这就是他胆量的来源。

"但是，"勋等到这份轻信根植入井筒心中后说，"炸弹只是一种比喻，和神风连的上野坚吾主张使用却没被采纳的步枪一样，最后只能用刀。这一点不能忘记，只能用这具身体和刀。"

十三

从靖献塾出发,很快就能走到位于白山前町的鬼头中将家。过了山脚下的石桥后,再向上走三十六级台阶就能到达那座位于山顶的房子,勋清楚地记得台阶的数量。

中将在家时待人宽厚,他的夫人已经去世,家里的事由离婚后回来住的女儿槙子一手操持。中将和靖献塾关系亲密,很疼爱勋,所以勋经常去中将家拜访。饭沼只会嘱咐一句"不要给人家添麻烦",绝不会阻止。

勋和朋友们拜访中将家的时候,槙子负责招待他们。槙子总是格外温柔。

中将说欢迎年轻人们随时来玩,最好能在吃饭之前来,看着食欲旺盛的年轻人大口吃饭是他最大的快乐。槙子也很赞同父亲的想法。

槙子从来都对客人保持一视同仁的态度,她开朗、温柔、冰冷,头发和领口从不会乱。

一个周日的晚上,勋、井筒和相良没什么必须要去的地方,于是打算去鬼头中将家拜访。

其实是因为井筒和相良阻止勋浪费钱请他们两个吃饭,劝他为了执行计划不要浪费任何一分钱，于是三个人选择了中将家这个不需要花钱的去处。

到了中将家，桢子穿着浅紫色的斜纹哔叽和服在玄关迎接他们。看到这身衣服，勋浑身一凛，脑海中突然闪过一个念头，不知道井筒和相良有没有联想到刚才地图上代表腐败的紫色。桢子将一只手搭在玄关的柱子上，手臂就像水壶纤细的把手。她像往常一样说："欢迎。父亲出门旅行不在家，不过没关系。来，快上来吧，你们还没吃晚饭吧？"

这时，外面下起了雨。

"你们运气真好。"

桢子看着窗外黄昏的天空幽幽地说，声音与窗外的细雨声十分和谐，让人觉得她经常会用这样的声音自言自语。勋聪明地意识到不回答是最礼貌的做法，于是在暮色中沉默地走进房间。

桢子打开了客厅的灯，她伸手扶住灯罩，手在晃动的灯罩上滑了一下，刚点亮的灯灭了，不一会又重新亮起。在这段短暂的时间里，勋的眼睛一直看着桢子踮起的白色布袜。那双踮起的布袜呈现出狡猾的白色，勋总觉得仿佛发现了她的秘密。

少年们一直觉得很神奇，无论他们在任何时候突然拜访，鬼头家都备有现成的丰盛菜肴。这是因为从很久以前开始，为了应付食欲旺盛的年轻将校们突然袭击，鬼头家就养成了常备菜肴的习惯。食物立刻准备好了，桢子让女佣伺候着和他们一起用餐。勋从没见过其他人吃饭的动作能像桢子这样优美，她低头时露出柔和的脖颈曲线，熟练地使用筷子，每次只夹起小小一筷子饭菜，而且会在听到少年们的玩笑时露出笑容，吃饭动作麻利，就像灵巧地完成了一件很有女人味的织物。

吃完饭后，桢子提议听唱片。

因为天气闷热，桢子不在意风吹进些许雨水，打开了走廊的玻璃窗，并坐在窗户旁边。房间一角放着红木色的箱型留声机，尽管如今数字留声机已经流行开，不过中将家依然坚持使用进口的发条式留声机。井筒揽过上发条的工作，使劲转了好几圈。勋本来也可以去做，不过桢子正在选唱片，他不想在离她那么近的地方上发条。

桢子选了一张十二寸的红盘，是科尔托演奏的《肖邦夜曲》。她把唱片放在留声机上，少年们并不知道这首曲子，不过他们并没有不懂装懂，只是老实地侧耳倾听。不熟悉的音乐就像冰冷的水划过肌肤，少年们体会到了类似于游泳时的快乐，渐渐陶醉在其中。勋觉得与这种安静的包容心情相比，自己在家里的私塾生活仿佛一直戴着面具，证据就是音乐正让他的心灵自在地游弋。

每次来到鬼头家，他看到的和听到的东西的角落都像纹章一样刻着桢子小小的肖像，此时，种种记忆都随着钢琴声在眼前清晰地闪过。

有一次，那是一个春日的午后，勋正在与中将和桢子三个人聊天，一只山鸡飞进了院子里。桢子说那是从植物园跑出来的。山鸡的叫声依然清晰地留在勋的耳旁，那只有着红色翅膀的山鸡叫声仿佛女子的声音。"那是从植物园跑出来的……"勋觉得那只山鸡仿佛是从他尚未见过的、只有女人的葱郁森林中跑来的。

随着钢琴声,勋的记忆再次回到过去的某一时刻。

那是五月的一个夜晚,同样的声音说:"前天早上下雨,我要去练习插花,正打着油纸伞走下石阶时,一只燕子擦着伞沿飞了过去,好险啊。"

中将立刻接着说"还好你没从石阶上滚下去",但是桢子却说她说的好险并不是指这件事,而是怕伞骨的尖端划伤燕子。

勋听了桢子的话,脑海中突然浮现出一副妖艳的危急场面。伞下,阳光透过油纸洒下浅绿色的光,映得女人脸色微微发白,那张脸被雨滴和不安打湿。那是一张女人味十足的脸,就站在女人这座悬崖边。然后,燕子在女人的关切和照拂中冲向玩笑般的死亡,不顾满身伤痕,只为一种无法抑制的冲动,冲向足以砍断五月紫色菖蒲的刀刃,朝着无上的瞬间……但是,无上的瞬间却避开了。不安终结了这个温柔诗意的场景,燕子与去练习插花的美丽女子擦身而过,飞向远方。

……

"从率川神社拿回来的百合花,你有好好珍惜吗?"

桢子突然一本正经地问勋。勋情不自禁地反问了一句:"嗯?"唱片已经放完了。

"就是你从率川神社带回来的百合花,你从大神神社运回来的那些。"

"啊,我都分给大家了。"

"一枝都没有留下吗?"

"是的。"

"太可惜了,我听说就算枯萎,只要仔细保存到明年,这段时间都不会生病。我们家的正虔诚地供在神坛上呢。"

"压成干花了吗?"相良突然粗暴地问。

"没有,没压成干花,我觉得神明的花不该被重物压扁,一直定期换水养着。"

"可是已经过去一个月了吧。"勋问。

"神奇的是,百合花并没有变成丑陋的颜色。我现在就让你们看看,果然是神明的花朵啊。"

不一会儿,桢子恭恭敬敬地捧着白瓷花瓶静静地走了回来,里面插着一枝弯曲的百合花。桢子把花瓶放在桌子上给大家看。百合花确实已经枯萎,但是并没有呈现出被火烧过一样丑陋的颜色,白色的部分微微发黄,叶脉夹杂着贫血一样的青色,花小了一圈,仿佛化身为另一种未知的花朵。

"我给你们每个人分一朵,要带回家仔细保管,可以保佑你们无病无灾。"

桢子说着,拿起一把小花剪,在靠近花朵的茎干处剪断。

井筒笑着说:"我们就算不要也不会生病的。"

"不要这样说,这可是勋不要报酬,辛辛苦苦从大神神社运回来的百合花。……而且,不仅仅能保你们不生病……"

剪刀响起一声轻响,桢子没有继续说下去。勋不好意思地接过女人主动送上的花,固执地端坐在走廊边,听到桢子突然沉默,他觉得桢子仿佛有心事,于是突然看向她。桢子靠在紫檀木桌子旁,在灯下露出美丽的侧颜。不过从她侧脸上的表情可以看出,在这个瞬间,她清楚地知道自己正在被注视。

勋发出与此时的气氛不符的怒吼声，好像要威胁围在百合花旁边的年轻人。

"喂，如果在当今的日本杀死一个人，你们觉得杀谁好？杀了谁，日本能变得稍微清净一些？"

"五井重五郎吧。"相良一边用手指转着手里的花一边说。

"不行，虽然他有钱，不过只是帮人干活的。"

"新河男爵怎么样？"井筒拿着给勋的花走到他身边，眼睛闪闪发光。

"如果要杀十个人，应该有他一个位置。不过'五·一五事件'之后他就开始反省，应该只是个畏首畏尾的机会主义者。当然，他那种卖国贼应该受到惩罚。"

"那斋藤首相呢？"

"他能排进前五。不过我觉得斋藤身后还有财经界的黑手。"

"啊，是藏原武介吧。"

"没错。"勋一边小心翼翼地把花放进怀中一边斩钉截铁地说，"只要杀了他，日本就会变得更好。"

在他的余光中，女人纤弱白皙的手搭在灯下的紫檀木桌子上，剪子反射出如水的光泽。桢子的习惯是不在年轻人说话时插嘴，不过她很清楚这些对话是特意提高声音说给自己听的。她温柔地看着勋，眼神中带着母性的慈爱，目光似乎落在勋身上，又似乎是穿过他落在身后的庭院，寻找隐藏在夜间庭院潮湿草木中的血色夕阳余晖。

"坏血只要放掉就好，说不定能因此治好国家的病。没有勇气的人们只会在生了重病的国家周围惊慌失措地转来转去,这样下去我们的国家会死的。"

桢子用唱歌般轻快的语调说出这番话,拯救了勋紧张的心情。

勋听到身后穿来剧烈的喘息声和踩过草地的脚步声,于是转过身子,为自己加快的心跳感到害羞。通过急促的喘息声、卑贱的鼻息和四肢分开草丛的声音,勋明白了刚才的声音来自偷偷在雨中溜进院子的野狗。

十 四

　　梅雨季节进入后半程后雨水变少,阳光一天天变得明亮,尽管天空依然是山药般灰蒙蒙的颜色,不过已经渐渐放晴,大学也进入了假期。

　　勋收到了堀中尉寄来的明信片,上面潦草的字迹又大又黑,大意是说自己已经看过《神风连史话》了,觉得很有意思,因为想让朋友们也看看,所以放在了联队里,勋随时都可以来取。

　　一天下午,勋来到麻布的三联队拜访中尉。

　　联队在夏天的阳光中显得生机勃勃。

　　从兵营门口向里看去,只有右边那栋著名的现代兵营引人注目,院子的树丛尽头,灰尘在空中飞舞,不知道从哪里传来一股马厩的味道,仿佛这片广阔的土地整个与世俗分开,被拉往布满名誉和沙尘的半空。这幅景象清晰地展现出陆军的本质。

　　刚走到兵营门口,勋就看到了远处的部队士兵像一堆卡其色粉笔一样直直地站着训练,夕阳在他们脚下拉出长长的影子。前来带路的警卫一等兵问勋:"堀中尉正在那边训练参军第一年的新兵,训练还有二十分钟左右结束,你要去看看吗?"

在夏日午后灼热的阳光中，勋跟在一等兵身后向训练场走去。

一切都暴露在阳光下。不一会儿，一排在阳光下闪闪发光的黄铜扣子、数字"3"和红色的步兵领章让刚才那一团卡其色变得鲜艳夺目。小队正在行进，军靴踏在地面上，响起咀嚼时牙齿摩擦的声音。堀中尉拔出军刀立在右胸前，发出密集的号令，犀利的声音就像飞过沉默的队伍上方的猛禽，翅膀落下的阴影覆盖着整支队伍。

"向右——"

拖长的声音中蕴含着预兆。

"转！"

"转"字一出，站在纵队回转轴上的士兵正好向右转过汗津津的脸，率先踏出几步，等待外侧队列大幅度旋转。从折角处看去，四列纵队逐一变成透明的篱笆，旋转结束后重新像扇子一样依次折叠。

"向左靠齐……齐步走。"

随着中尉的喊声，队伍像算式顺利解开一样散开，齐步小跑，迅速与轴翼分队长连成一线排成横队。于是，侧面纵队变换为同方向的横队继续前进。

"向右变换方向……齐步走。"

中尉威风凛凛的声音和军刀的反光一起直直冲进夏日的天空中。横队开始变换方向，这一次，勋看着一排排脊背远去，背后的汗水在衣服上留下黑色的影子。从士兵们的背影可以看出，他们正在拼命压抑因为刚才变换方向而凌乱的呼吸。

"解散！"

中尉大喊一声，朝着勋的方向跑来，然后突然站定，大喊一声：

"集合!"当中尉向这边跑来时,在阳光照射着的黑色帽檐下,能清楚地看到汗水从晒红的鼻梁和抿紧的嘴唇间飞散开来。

因为中尉站定时冲着勋的方向,所以士兵们争先恐后地从远处跑来,绕了一大圈以后在勋眼前迅速排成两排横队。中尉严格地指出集合中的问题后,突然再次重复了解散集合的命令,所以士兵们就端着枪在灼热的土地上飞也似的奔跑。不知重复了多少次解散集合的动作,混合着灰尘、汗水和皮革的味道以及激烈喘息的人们经常风一般跑过勋和一等兵身边,然后在干燥的土地上留下点点黑色汗液。远处,中尉的背后也能看到大片黑色的汗渍。

围绕着兵营院子的树丛洒下浓密的树荫,而美丽的树荫却被闲置,远处的天空中飘着幻影般的夏季云彩。一群士兵在夏日的天空下集合、解散、改变方向、变换队形,仿佛上方有一根无形的巨大手指在操控着他们。勋认为那一定是太阳的手指。中尉只不过是孤独的代理人,为这根自由操纵士兵的手指服务而已。想到这里,中尉大声喊出的号令听起来也变得空虚了。巨大的无形手指自由摆布棋盘上的棋子,指头的力量根源正是头顶的太阳,那个包含着十足的死亡气息的、光辉灿烂的太阳。那就是天皇。

只有在这里,太阳的手指会明快、准确地工作,仿佛能够用数学公式计算。只有在这里,陛下的命令贯穿年轻人的汗水和血肉,像X光线一样通透。兵营本部正门高耸,菊花纹章在烈日下闪闪发光,俯视着死亡、美丽而充满汗臭味的精密秩序。

在其他地方又如何?其他地方并非如此,太阳被遮蔽了。

训练结束后,堀中尉向勋走来,沾满灰尘的白色皮绑腿吱呀作响。他看着勋说:"你总算来了。"

然后他对一等兵说了句"辛苦了,接下来由我为他带路"就让他离开了。

两人走向巨大的椭圆形大楼,中尉自豪地说:"怎么样,这可是日本最现代化的兵营,还装了电梯呢。"

走在马舍前方入口的石阶上时,中尉说:"我今天狠狠地教训了他们一顿,不过,你看不出他们是第一年的新兵吧。"

"感觉步伐整齐。"

"是吗?不过,因为夏天有午睡时间,午睡后如果不狠狠教训他们一顿,他们是不会清醒的。"

中尉是第一大队的中队将校,办公室在三楼。那是一间朴素的房屋,墙上挂着五六个用来练习拼刺术的防具。窗户旁边有一张桌子,桌旁的椅子上已经露出了稻草。

在中尉脱下上衣擦汗的时候,勋从窗户俯视着宽广的椭圆形中庭,勤务兵端来茶水放在桌上后离开了。

一队士兵正在中庭练习拼刺术,呐喊声直冲到窗户旁边。通往中庭的六个出口处有石阶,办公室这边一共四层,一层是半地下室,地面上有三层建筑,不过庭院对面加上半地下室也只有三层。每个出口处都写着巨大的白色数字,十四、十三。三棵银杏树盛气凌人地伸展着枝繁叶茂的枝条,空气中完全没有风,就连几棵雪松枝头垂下的白色嫩芽都纹丝不动。

中尉回来时已经换上了白色短袖衬衫,他一口喝干杯子里的茶,叫来勤务兵让他再倒一杯。

"对了，我把书还你。"中尉大大咧咧地从桌子抽屉里取出《神风连史话》放在勋面前。

"您觉得怎么样？"

"呀，我很感动，也多少明白了你的志向，要保持这股劲头啊。我想问你一件事……"

中尉嘴边泛起一丝有些讽刺的微笑。

"你打算像神风连那样与军队战斗吗？"

"并非如此。"

"那你的对手是谁？"

"我想，堀中尉应该明白。神风连的敌人并不仅仅是军队，镇台兵身后是军阀的萌芽，他们是在与军阀为敌。因为神风连相信军阀不是神明的军队，他们才是陛下的军队。"

中尉没有回答，他环顾四周，不过房间里没有其他人。

"喂喂，这种话可不能大声说，真拿你没办法。"

中尉亲切的忠告让勋的心情变得愉悦起来。

"不过，这里不是没有别人吗？我一见到您，平时藏在心里的话就全都情不自禁地说出来了。神风连仅仅依靠日本刀在战斗，我们也打算用日本刀战斗到最后一刻。但是我们想扩大计划，多大都可以……您能为我们介绍一位飞行队的将校吗？"

"为什么？"

"我们需要空中支援，希望他能在重要地点投放炸弹。"

"哼。"中尉哼了一声，并没有生气。

"必须有人去做这件事，不然日本就完了。为了让陛下安心，这是唯一的方法。"

"不要草率地说出这么冒昧的话。"

中尉突然怒吼一声，不过很容易听出他并非真的生气。勋坦率地道歉："好的，对不起。"

勋觉得中尉也许已经看透了自己的内心。中尉炽烈的目光应该能够捕捉到自己这个大学预科生的灵魂，在别人口中，这位中尉绝不会凭借阶级和年龄评价他人。

勋很清楚自己的语言尚不成熟，也相信自己的志向会弥补这份不成熟，与对方的灵魂火焰相互感应。更何况现在是夏天，两人在像毛织品一样让人喘不过气的厚重热气中相对而坐，一旦有东西爆裂，火势就会迅速蔓延，什么都不做的话只能悲惨地融化在火中，就像融化的金属一样，时机无比重要。

中尉打破沉默："你难得过来，对了，去道场切磋招数顺便避暑如何？我偶尔会和士官们切磋，不过都不过瘾。"

"好，我也喜欢和别人切磋招数，请多指教。"勋立刻应承下来。军队很在意胜负，中尉在别人眼皮底下应该很少能进行比赛形式的练习。中尉想用刀和自己对话，这让他觉得很开心。

被古木包围的道场中十分凉爽。有三组人正在练习，勋看了几眼就知道他们都是一级或初段水平。因为这些人性急，刀法浮躁，步伐凌乱。

"你们暂时休息。我今天要和这位客人切磋，你们在旁参观。"

中尉随意喊了一声。

勋穿着借来的训练服,带着借来的木刀走进道场。六名在旁参观的人摘下护面并排端坐。勋行过神前礼,迈出一步与中尉相对而站。中尉担任打太刀[①],勋担任仕太刀[②]。

阳光从西面的天窗照进道场,打磨光滑的地板像涂了油一样锃亮。道场周围处处响起蝉鸣,地板很有弹性,在温热的脚心下像年糕一样柔软。

两人半蹲下身子,一起拔刀平举。在沉痛的蝉鸣中,就连裤裙轻轻摩擦发出的声音都清晰可辨。

勋看了一眼中尉的姿势,感到了其中蕴含的充沛气势——其中包含着一丝大胆和决绝,并非一味循规蹈矩。洗到发白的深蓝色训练服领口微微敞开,像夏日清晨的空气一样凉爽。中尉的姿势放松、自然,能看出是超群的高手。

两人各自向右举刀,退了五小步后收刀。礼法结束后,第一回合开始。

两人再次靠近,出刀平举后改变姿势,中尉向左上段攻击,勋向右上段攻击。

"呀!"

中尉右脚踏出一步,向正面猛攻。

这充满气势的最初一击像冰雹一样迅速落在勋头顶。木刀的力量集中在攻击的一点,撕裂了厚重的空气毛织物。

---

① 切磋招式时攻击的一方。
② 切磋招式时防守的一方。

在中尉的木刀即将落在头顶的一瞬间，勋左脚后撤，收回举到右上段的手，在身后绕了一大圈以后攻向对手的护面。

"哈！"

中尉目光炯炯地盯着勋，勋的木刀即将落在他的平头上。那一瞬间，勋感到两人交汇的目光比任何语言都迅速地进行了一番对话。中尉的鼻梁和下巴被阳光肆无忌惮地晒黑了，而总是藏在军帽下的额头却依然白皙，因此浓密的眉毛愈发醒目。勋的刀直直打向中尉白皙的额头，力气大得仿佛要敲开额头。

刀在即将敲开额头前停住了，在这千钧一发的瞬间，两人进行了迅速而直观的交流，速度恐怕比光更快。

勋放下击中中尉头顶的刀，在喉咙旁划过后缓缓向左上方举起，做出防守姿势。

第一回合结束。两人共同平举木刀进入第二回合……

用凉水冲掉汗水后，中尉身心都感到清爽，一边向兵营走，一边用和同龄人说话的语气与勋聊天，当然，这也是因为他切实体会到了勋的剑术水平。

"你听过关于洞院宫治典王殿下的传闻吗？"

"没有。"

"他现在正在山口担任联队长，是个了不起的人。他是近卫骑兵出身，尽管兵种不同，不过在我刚刚上任的时候，士官学校的同学曾经带我去拜访过他，他总是亲切地叫我'堀、堀'。他志向高远，最重要的是喜欢听年轻人血气方刚的志向。他很照顾部下，一点架子都没有，是个刚毅伟大的军人殿下。怎么样，要我帮你引见吗？如果殿下知道日本有你这样年轻有为的人，一定会十分开心的。"

"好，拜托您了。"

勋并不想见如此尊贵的人，不过他知道这是中尉的好意，于是只好接受。

"殿下说今年夏天会来东京四五天，让我去找他玩，到时候我带你一起去吧。"堀中尉说。

十 五

镰仓的终南别墅已经卖掉,松枝侯爵打算在轻井泽避暑。新河男爵在轻井泽也有一座宽敞的别墅,当男爵邀请松枝侯爵共进晚餐时,只有一件事让侯爵很不满意。这就是聚集在别墅中的客人都是某些人的"目标",只有松枝侯爵从来没有被任何人当成"目标"。

不要说威胁信了,侯爵甚至没有收到过任何一封左右翼的未知人物寄来的语气温和的信。这位已经年过花甲的贵族院议员每当看到有一丝革新味道的法案,就会为拖延审议助一臂之力,但是侯爵身边依然平静如水。因为这件事实在太奇怪,所以侯爵试着回想过去的种种事件,他唯一一次遭受的右翼攻击是饭沼在十九年前署名发表的一篇怪文章。将这些事情结合起来可以推测出,也许从那以后不自然的平稳正是攻击者饭沼暗中保护侯爵的结果。

这种推测深深地伤害了侯爵的自尊,另外,这件事越想越不合理。以侯爵的身份,要想探寻事情的真相可谓易如反掌,但是如果结果正如侯爵所推测的那样,他就会因为受了饭沼的恩情而愈发不愉快,而如果事实并非如此,那么调查本身就会变得很不体面。

新河家的晚餐会总是戒备森严,当客人们享用晚餐时,作为他们保镖的警察们就在隔壁房间用餐，人数几乎与客人相当。于是新河家会同时进行两场餐会，虽然警察的晚餐会在盘子数量和食物质量上与客人有天壤之别，但是在西装剪裁的糟糕程度、锐利紧张的视线和卑俗的表情、沉默用餐时的轻微噪声，还有像猎犬一样一齐转向这边的动作、吃完饭后争先恐后伸向牙签的手和剔牙时放松的样子上……警察的晚餐会都出类拔萃。但是在这么多警察中只少了松枝侯爵的护卫，真是令人悲哀。

侯爵并不打算人为地改变这种相当尴尬的状况。既然警察能保证侯爵身边绝对安全，那么主动要求提供保镖只会沦为笑柄。

最重要的是，在当今时代只有身处危险之中才能证明权力的现实性，这是侯爵绝对不想直视的现实。

所以，尽管步行就能到，侯爵夫妇前往新河别墅时依然乘坐了私人林肯轿车。因为新河家习惯在日落天凉前在室外饮用餐前酒，所以夫人为了防止丈夫的右膝出现关节痛，备好了折叠整齐的毯子放在膝盖上。客人饮用餐前酒时，以浅间山为背景的宽阔庭院中，警察保镖会躲在白桦林的各个角落，只能看到模糊的轮廓。他们的上司嘱咐他们不要太显眼，结果这副样子看起来反而像是以畅饮餐前酒的人们为目标的刺客。

新河男爵已经年过五十。在这座爱德华式别墅中，男爵每天早上在浏览日本的报纸前，会先阅读新到的《泰晤士报》社说，他像英国殖民地的外交官一样拥有半个衣柜的白麻西装，每天都要换一套。

男爵夫人数十年来一直在念叨有关她自己的事情。如今，夫人依然幸运地每天都能在自己身上发现新的惊喜，而且她绝对不打算正视自己正在一点点发胖的事实。

夫人已经受够了"新思想"，支持"青踏会"的天火会也已经在很久以前解散。当她的侄女大学毕业后加入共产党，被保释回到家的当天晚上就切断颈动脉自杀后，夫人就意识到了"新思想"的危险。

尽管如此，她依然精力充沛，所以绝对不可能把自己当成"正在毁灭的阶级"中的一员。她那个分外毒舌又不懂战争的丈夫自从上了右翼的黑名单之后，夫人觉得自己和丈夫被左、右两派都当成敌人，就像被迫滞留在野蛮国度的白皮肤文明人，一半乐在其中，一半起了回伦敦的念头。

"我越来越讨厌日本了。"

这是男爵夫人在一段时间里的口头禅。一个从印度旅行回来的朋友告诉她，他认识的一个印度孩子把手伸到玩具箱里找玩具的时候，被藏在箱子底下的毒蛇咬死了。

"这就是日本啊。"夫人说，"就算是无辜、天真而纯洁的人，玩闹着伸出手时也会被隐藏在深处的毒蛇咬死。"

晴朗的傍晚，蝉鸣声静静洒在空中，远处传来隆隆的雷声。这里聚集了五对夫妇。松枝侯爵坐在藤椅上，夫人在他膝盖上盖好毯子，苏格兰风格的红色格纹如同燃烧的火焰，成为黄昏草坪上的一抹亮色。

"最近这一两个月，政府不能不承认满洲国了，因为首相已经有计划了。"客人中的一名大臣说，然后他又转向侯爵，"最近，您见过刚才提到的百岛伯爵的儿子吗？"

侯爵只是含糊地说了一句"唔",然后在心里想:"这个男人对别的客人说满洲国的事,对我说的却是养子的事,真是区别对待。"清显死后,侯爵夫妇一直没有同意收养养子,最近由于意志消沉,才打算听从宗秩寮①的意见,对收养稍稍有了些兴致。

林间有一条顺流而下的小径,正好通往黄昏的浅间山。不知道雷声是从何处传来的,人们享受着静静地打在脸上和手上的夕阳,享受着远处令人心跳加速的雷鸣引起的不安。

"其他客人都到齐了,藏原先生差不多该出现了吧。"新河男爵对夫人说。听了他的话,众人都笑了。

藏原武介总是习惯最后到场,并不会太久的迟到中包含着千钧的重量。

他不修边幅,完全没有架子,只会说些古板的话,唇边却泛着亲切的微笑,和左翼漫画中的金融资本家完全不同。他坐的地方一定会放上自己摘下的帽子,西装的第二颗扣子与第三个扣眼神奇地吻合,喜欢把领带系在领子上面,一定会伸手拿右边盘子里的面包。

藏原武介夏天时在轻井泽过周末,其余季节会在伊豆山过周末。他在伊豆山有两三町步②的蜜柑田,对自家蜜柑温暖的光泽和甜味很有自信,不只会送给认识的人,还会高兴地捐赠给两三家疗养院和孤儿院,很难理解这样的人为什么会成为别人怨愤的目标。

仔细想想,恐怕没有人能想到拥有如此乐观的外表和私生活的人,会对社会产生那样悲观的看法。对于聚集在新河别墅中的人们来

---

① 日本管理公族、贵族事务的机构,隶属于宫内省。
② 日本面积单位,1町步大约为1公顷。

说，从这个站在日本金融资本顶点的人口中听到日本会逐渐走向令人担心的悲剧、破灭的结果，着实是一种刺激的享受。

比起犬养首相的死，藏原比任何人都为高桥藏相①的下台而悲哀。当然，斋藤首相在组阁后不久就前去拜访藏原，声情并茂地倾诉如果没有藏原的支持，自己将束手无策，但是藏原依然凭直觉从新首相身上闻到了可疑的味道。

在组阁后急忙再次贯彻执行禁止黄金出口的犬养内阁内部，正是高桥暗地里采纳了古典重金主义者的意见，消极应对新政策，这些动作是为了好好演一场戏，证明新政策并不会像之前宣传的那样立刻生效，经济不会恢复，物价继续低迷，结果还不如以前。

另一方面，因为新河男爵只关心伦敦的趋势，所以他从《泰晤士报》上看到英国在去年九月停止金本位制的详细报道后就下定了决心。

若槻内阁大声宣称不会再次禁止黄金出口，尽管政府煽动右翼势力将购买美元的人打成卖国贼，但是每次发表声明后只会让投机行为甚嚣尘上。新河男爵多次投机购买美元，将该转移的钱全部存进瑞士的银行后，等不及政变带来翻天覆地的变化，就转而开始支持通过再次禁止黄金出口引发通货再膨胀②。他觉得比起前内阁温吞的经济政策，新内阁的希望更大。在拯救国内危机的通货再膨胀前方，有前景一片光明的满洲产业开发正在等待。男爵现在依然会时常陷入幻想，轻井泽贫瘠的火山灰地下，浮现出了像皇室咖啡厅的菜单一样种类丰

---

① 财政部部长。
② 有计划有控制的通货膨胀。

富的满洲国地下资源。他觉得自己甚至可以爱上愚蠢的军人们。

以前,新河男爵夫人认为只有男人进行讨论无法原谅,不过这个想法随着时间的流逝渐渐发生改变。不如让男人们去尽情讨论,女人们就由自己来统领。她看了一眼聚集在藏原周围的男人们,然后回头对藏原夫人和松枝侯爵夫人说:"他们已经开始了。"松枝夫人耳边的白发有些醒目,一对愁苦的八字眉仿佛昏倒了一般伸入耳边的白发中。

"今年春天,我穿着和服去了趟英国大使馆,大使以前只见过我穿洋装,看到我穿着和服大吃一惊,狠狠夸赞了我一番,说还是和服适合我,我当时真的特别失望。大使那种身份的人依然觉得日本女人就该是日本女人啊。而且我那天晚上穿的和服是纺织厂推荐的,采用了桃山时期能剧服装的设计,红底上有雪柳蝴蝶图案,专门用金银线缝制,展现出华丽的一面。因为实在太耀眼,不像和服的风格,所以我是当成洋装来穿的。"

新河夫人用自己的经历打开话头,邀请大家各抒己见。

大臣夫人说:"大使应该是想说,询子夫人适合最华丽的服装吧。如果穿洋装,就不能尽情展现,无论如何都会显得朴素吧。"

"是啊。洋装的配色怎么看都太素了。如果花纹太鲜艳,反而会显得俗气,像是威尔士来的乡巴佬。"新河询子接着说。

"那件和服颜色真的很漂亮啊。"

松枝夫人看过询子那天晚上穿的和服,只好送上恭维,其实她只关心丈夫的膝盖有没有疼。那份疼痛会扩散成松枝家的疼痛,仿佛整个家族的关节都开始松动。夫人悄悄地回头看了一眼盖着毯子的丈夫，那个曾经那么豪放，一个人就能滔滔不绝的人，现在只是在老实地听着别人说话。

新河男爵的习惯是绝不参与议论，所以煽动年轻的松平子爵与藏原对峙，因为子爵与自己意见相同，而且以他的立场又不用为自己说的话负责。这名年轻鲁莽的贵族院议员与军部关系亲密，面对藏原也能冷静地采取强硬的态度。

"我不喜欢无论提到什么都说是危机，是紧急时刻。"松平子爵说，"一切都在朝好的方向发展。'五·一五事件'确实是令人悲伤的事情，但是那件事给了政府决断力，将日本经济从萧条中拯救出来，归根结底还是将日本拉向了好的方向吧。这就是所谓变祸为福。历史不是经常按照这样的方式前进吗？"

"要是这样就好了。"藏原声音平和而沙哑，用悲伤的语气说，"但是我完全不这样认为。

"通货再膨胀究竟是什么？管制通货膨胀的说法也许好听，其实不过是把通货膨胀这头猛兽放出笼子，还宣称它脖子上戴了项圈所以没关系。但是项圈很容易被挣脱，重要的是不能把这头猛兽放出笼子。

"我看得很清楚。一开始是农村救济、失业救济、通货再膨胀，这些都很好，没有人会唱反调，但是渐渐就会走向军需通胀。通货膨胀这头猛兽一旦挣脱项圈就会横冲直撞，到时候谁都阻止不了。就算军部匆忙开始行动也来不及。

"所以猛兽一开始就应该妥善地关在黄金储备这座黄金笼子中，

没有比黄金笼子更安全的地方了。笼子能自由伸缩，猛兽变大时笼子的网眼也会扩大，猛兽变小，网眼也能随之缩小。储存足够的本位币防止汇率下降，争取获得国际的信用，这是日本在世界上生存的唯一道路。为了振兴经济将猛兽放出笼子只能暂时阻止萧条的表象，却会毁掉国家的百年大计。既然已经下定决心再次禁止黄金出口，那么日本该做的就是尽可能施行以金本位制原则为基础的健全通货政策，迅速恢复金本位。但是政府却因为忌惮'五·一五事件'，跑向了相反的方向。这就是我担心的事情。"

"虽然您说得有理，"松平子爵不肯善罢甘休。"但是如果农村的不景气和劳动不安继续持续下去，就不仅仅会发生'五·一五事件'了，一旦爆发革命就来不及了。您看到六月临时会议时蜂拥而至的农民了吗？您看到那些提交立刻实施农民延期偿付申请书的农民们的气势了吗？农民在议会上没有得到满足，甚至冲进军队，闹出了兵农一体的联名运动，通过联队区司令官上奏。

"您说通货再膨胀政策只能解决一时的问题，但是只要财政发生膨胀，国内就会产生有效需求，通过降低利润可以让中小工商企业恢复活力，通过开发满洲来开发大陆，通过扩充军事费用带动重工业和化学工业，通过提高米价拯救农村、拯救失业者，这些不都是好事吗？

"我们在防止战争发生的同时，让日本一步步向工业化国家前进不好吗？这就是我认为的'好的方向'。"

"年轻人真是乐观。但是老年人多少积累了些经验知识，实在没办法认为未来是一片光明。

"你们嘴上总是挂着农民、农民，其实只是多愁善感而已，根本无法救国。在全体国民需要咬紧牙关坚持的时候破坏国民的团结，说什么是高层的错，是财经界的错，这些都是别有用心的人才会说的话。

"首先，请你想一想。大正七年发生米骚动①时，瑞穗之国②才是真正遭遇了危机，而现在朝鲜米和台湾米成功增产，国内大米已经供过于求。除了农民以外，全国人民都得益于农产品价格暴跌，不会再吃不上饭，现在这种程度的经济不景气就算造成了大量失业，也不至于像左翼分子说的那样革命气势高涨不是吗？再说，农民就算再吃不饱，也不会听信左翼的说辞。"

"但是，这件事不是军部引起的吗？因为有农村才会有陆军吧。"

这位年轻子爵斩钉截铁的说法就算在旁人耳中也多少有些失礼，不过藏原绝不是感情用事的人。他语气毫无波澜地说出整理好的话语，就像中世纪基督教版画中的人物说出白旗上记载的圣人语录。另外，由于藏原喝的是曼哈顿鸡尾酒，所以湿润的嘴唇中吐出的沙哑声音也带上了一丝甜腻顺滑的感觉。他严肃的脸上总是带着浅浅的笑意，用牙签扎起红色的樱桃放进口中，仿佛将此时社会上的不安吞进了肚子里。

"作为代价，军队不也在养活那些贫农的壮丁吗？"藏原好整以暇地回答，"相比于前年粮食大丰收，去年粮食歉收严重，我觉得这

---

① 1918年，日本历史上第一次全国性大暴动，以抢米形式爆发。
② 日本的美称。

就是农民为了对抗外来米而消极怠工的结果。"

"那还真是拼上性命的消极怠工。"脸颊皮肤光洁的子爵说。

藏原没有接话,而是继续说:"总之,暂且不管现状分析,我说的是未来的问题。

"日本国民是什么,每个人心中的定义应该各有不同。让我来说的话,日本国民就是不懂得通货膨胀的灾祸的国民,甚至不知道要在通货膨胀越来越严重时把货币变成物品来保护自己的财产。我们时刻都不能忘记,我们面对的是天真、无知、热情而感情丰富的国民。甚至不知道如何保护自己的国民是美好的,确实美好。因为我热爱日本国民,所以无法不憎恨那些利用这份美好的无知为自己积累人气的家伙。

"不论何时,紧缩财政都不受欢迎,通胀政策会带来人气。但是只有我们知道什么是无知的国民终极的幸福,并且在为此而努力,所以其间不可避免地会有牺牲。"

"国民终极的幸福是什么?"子爵咄咄逼人地问。

"你不知道吗?"

藏原露出温和的微笑,轻轻偏了偏头,就像在吊他的胃口一样。在旁边专心倾听的人们都情不自禁地被他牵着轻轻偏了偏头,此时,在太阳迟迟没有落山的庭院中,白桦树像一排少年雪白的小腿,困惑地静静伫立。暮色像一张巨大的渔网,笼罩在草坪上方。在这一瞬间,所有人仿佛都看到了天启式的、金光闪闪的"终极幸福"的幻影。黄昏的渔网收紧,底部露出一条金色大鱼的身影,正在强有力地反复跳跃,鳞片散发出耀眼的光芒。藏原说:

"你们不知道啊……那就是……通货稳定。"

因为答案太出乎意料，众人反而感受到一股空虚的颤栗直冲头顶，没有一个人说话。藏原完全不在意听众的反应，稀薄的悲伤像清漆一样逐渐覆盖了他充满慈爱的表情。

"秘密这东西，正因为太不起眼，正因为是众所周知的事实，才会被当成秘密……不管怎么说，知晓这个秘密的确实只有我们，所以我们责任重大。

"我们希望让无知的人们保持无知，一步步将他们导向终极的幸福，无知的人们却因为路途险阻而感到不耐烦，屈服于恶魔的私语。恶魔说'这边有更轻松的路'，而且那条路看起来鲜花盛开，舒适惬意，于是无知的人们涌向恶魔指引的道路，最终坠入破灭的深渊。

"经济不是慈善事业，所以必须做好牺牲一成国民的准备，剩下的九成国民一定会获救。如果放着他们不管，十成的人都会开心地走向全灭。"

"也就是说，那一成被牺牲掉的农民就算饿死也没办法吗？"

松平子爵轻率地使用了"饿死"这个词，在场的所有人感情上都无法接受，这个假惺惺的词给了他们伦理上的恐惧。这个词明明没有添加任何形容词，自身却已经包含了一种夸张。这个词会引起人们厌恶的情绪，花里胡哨，带着与生俱来的"倾向性"。就连子爵都为特意使用这个词语而难为情。

在藏原长篇大论时，法国管家在女主人耳边对她说晚餐已经准备好了，但是男爵夫人只能等藏原自己说累了停下来。等藏原终于停下，男爵夫人赶紧宣布晚餐已经准备好。天已经彻底黑了，藏原站起身来，发现自己的银色香烟盒打开着躺在藤椅中间，香烟像一排白色牙齿一样排列着，已经悉数被他压碎。

"啊呀，老爷，又碎了！"夫人看见后大声说。于是聚集在藏原身边的客人明白这是藏原的老毛病了，都放心地笑了起来。

藏原夫人一边扔掉压碎的香烟一边说："真是的，怎么又变成这样了？"

"这个香烟盒的盖子以前就很容易自己打开，真麻烦。"

"可是，怎么又打开着放在你屁股底下了啊？"

"如果不是藏原先生，确实做不到啊。"

新河夫人走在草坪上，沐浴着灯光透过窗户打在草坪上的点点光斑揶揄地说。

"太奇怪了，您坐在打开的香烟盒上不会痛吗？"

"我以为疼是因为藤椅。"

"是啊是啊，都怪我家的藤椅坐起来会屁股疼。"听了新河夫人的抱怨，大家都笑了。

"不过，总比轻井泽活动小屋里的椅子好吧。"新河男爵有些出神地说。轻井泽有一间马厩改建的旧电影院。

松枝侯爵被排除在话题之外，吃晚餐时，坐在他身边的大臣夫人不知道说什么好，于是问他："您最近见过德川义亲先生吗？"

侯爵想了想，好像在很久以前见过，又好像两三天前刚刚见过。不管怎么说，德川侯爵从来没有找松枝侯爵商量过大事。就算在贵族院的等候室或者华族会馆遇到，两人也只会聊几句相扑的事情。

"啊，最近没太见过他。"松枝侯爵说。

"最近，德川先生组织了一个叫明伦会的退伍军人会，他就喜欢做这些事啊。"

"那个人最喜欢和右翼的流浪武士扯上关系了，渐渐要把玩火的事情当真了。"桌子对面的一位男客说。

"女人玩起火来才得心应手呢。"新河询子大声说，震得桌上的花都要炸开了。她说到玩火的时候完全没有害羞的意思，别人一眼就能看出她玩不来这些秘密活动。

开始上汤时，谈话渐渐转向了贵族的话题，也就是开始讨论今年要伪装成什么样子，去悄悄参加村民们的盂兰盆舞蹈。轻井泽会举行旧历盂兰盆会，松枝侯爵想起在东京的宅邸过盂兰盆节时，屋檐下挂满了岐府灯笼，想起了母亲直到临终前还在担心的事情。本来，涉谷的十四万坪地产是母亲卖掉自己的股票花三千日元买下来的，大正中期卖出了其中十万坪，箱根土地有限公司以每坪五十日元的价格买下，结果母亲直到临死前都没有拿到一分钱，最终在痛苦中死去。

"他们还没有付钱吗？还没有吗？"

因为病人总是会问，为了阻止她继续问出这种不体面的问题，身边的人只好骗她说已经付了，濒死的病人却完全不信。

母亲一直不停地说："不要骗我，如果真的有了那么一大笔钱，家里每个角落都能听见金钱的脚步声才对。这不是还没听见吗？我只有听到金钱的脚步声才能放心地去死。"

在母亲死后又过了很久，对方总算把这笔钱全额付清了。但是在昭和二年十五银行倒闭时，侯爵失去了其中一半以上的钱。跛脚管家山田认为自己要为此负责，于是上吊自杀了。

母亲死时没有提清显，一直在说钱的事，这让她的死丧失了伟大和伤感的气息。侯爵不由得预感到，自己的死亡和晚年同样不会留下多么高贵的余晖。

新河男爵家按照英国的习惯，男客会在饭后留在食堂抽雪茄，女人们则离开他们回到客厅。而且根据维多利亚王朝流传下来的习俗，男人们在痛饮餐后酒之前不会回到女人身边。这让新河夫人很生气，不过既然是英国的习俗，也只能照办。

晚饭吃到一半时开始下雨，因为晚上比平时更冷，所以仆从们急忙把白桦树枝扔进壁炉生火。于是松枝侯爵不再需要毯子，男人们关上灯，围坐在壁炉旁边放松身子。

这时，又有人提出了将松枝侯爵排除在外的话题，大臣说："刚才那番话，要是有人能耐心对首相说说就好了。首相确实想保持超然的态度，不过依然会被时代的潮流裹挟着前进啊。"

"我一直在对首相说啊。"藏原说，"也很清楚首相嫌我啰唆。"

"被首相讨厌至少是安全的，所以还好……"大臣说，"……刚才我担心夫人们会变得神经质，所以没说，藏原先生您一定要注意安全。您是日本经济的顶梁柱，要是遇到井上先生或者团先生那样的事就糟了，再怎么小心都不为过。"

"您既然这么说，是因为收到什么准确的情报了吧。"藏原面无表情，用沙哑的声音说。就算他的脸上现在浮现出不安的表情，暖炉中摇曳的火焰也会扇动翅膀为他脸上的赘肉打上一层阴影，让这副表情不为人所知。"我收到过不少所谓的斩奸状,警察很担心,不过到了我这把年纪,已经没什么好怕的了。我担心的只是国家的未来,而不是我自己,现在反而多了一种孩子气的乐趣,就是躲着保镖做自己喜欢的事。会有人因为太担心我的安全,推荐我做一些无聊的事情,也有人让我为了自身安全着想,花钱让他们居中调解,这些事情我全都不想做。事到如今,用钱买命也没什么意义了。"

因为这番宣言说得太眉飞色舞,多少让在场的人们有些不高兴,但以藏原的性格并没有立刻注意到这种反应。松平子爵将光滑的手伸向炉火,从精心打理的指甲到手背都泛起了粉红色。他看着在指尖堆起的雪茄烟灰,带着明显的威胁口吻开了口。

"我听一个去满洲的小队长说过一个故事,因为实在太悲惨,所以至今印象深刻。他手下有一个贫农出身的小兵,有一次,小兵的父亲给这个小队长写了一封信,说一家人都穷得吃不起饭了,饿得直哭。虽然对不起孝顺的儿子,但是希望小队长尽快让儿子死在战场上。他们除了依靠遗属津贴,已经找不到其他方法能保障生活了。小队长实在没有勇气把这封信交给小兵,只好藏了起来。不久后,这个小兵就顺利地为国捐躯了。"

"这个故事是真的吗?"藏原问。

"是小队长本人亲自告诉我的,不会有错。"

"是吗?"

暖炉周围除了藏原的附和,只有树枝在火焰中沸腾时响起的咕嘟声,所有人都没有说话。不一会儿,人们听见了藏原取出手绢擤鼻涕的声音,纷纷转头看他。火光中,几行清泪流进藏原脸颊上赘肉的皱褶中。

　　藏原令人费解的眼泪打动了在场的众人，最惊讶的人当属松平子爵，不过他只是佩服自己的话术而已。松枝侯爵陪着一起掉下了同情的眼泪，他绝不是伤感的人，之所以对别人的泪水产生共鸣，只能说是因为上了年纪，已经无法清楚地追寻自己固有的内心。无论怎么解释，藏原的眼泪都布满了谜团，恐怕只有新河男爵一个人解开了其中的秘密。因为男爵内心冷漠，所以面对任何事情都是安全的，然而眼泪是危险的素质，如果它未必与理智的衰减联系在一起。

　　男爵有些感动，有些惊讶，总是吸到一半就扔掉的雪茄也被忽视了，失去了扔进炉火中的机会。

十六

勋打算在拜见洞院宫的时候带上《神风连史话》,而不是发表自己的志向,因为实在不能把书借给殿下,于是买了一本新的进献。一开始,母亲帮了他的忙,勋拜托母亲选一块尽可能素雅的绸缎来包装要进献的书。母亲费尽心思缝好了书皮。

但是这件事传到了父亲耳朵里。饭沼叫来儿子,禁止他去拜访殿下。

"为什么?"勋惊讶地反问。

"总之就是不行,我没必要告诉你理由。"

勋无从知晓,饭沼纠结的感情如何在内心深处的黑暗中缠绵,更不知道殿下与清显的死有何关联。

正因为饭沼知道儿子无法理解,他的怒气更加无处发泄。他当然很清楚在过去的事件中,殿下更多的是受害者,但是如果追究造成清显死亡的间接原因,饭沼无论如何都会想到素未谋面的洞院宫。每次想到清显的死,饭沼最后总是会不断地提到同一句话,"只要没有洞院宫,如果洞院宫没有在那个时间出现在那个场合"。事实上,如果洞院宫没有出现,清显的优柔寡断反而一定会让他错失与聪子结合的机会，但是在不清楚详细情况的饭沼心里，只是一味地埋怨洞院宫。

饭沼至今依然会苦恼，因为在他的政治信条和作为信条源泉的热情中存在长久的分歧。原因是他在少年时代曾有过热烈的温柔，时而与愤怒及蔑视结合，时而如瀑布般轰然落下，时而如火山般喷薄而出，他将这份毋庸置疑的忠诚全部献给了清显。在更微妙的意义之上，可以说这份忠诚献给了清显的美。这份忠诚与背叛只有一线之隔，这份忠诚不停地孕育出阴郁的怒火，正因为如此，这份感情才无法拥有其他任何一种名称。

他将这份感情命名为忠诚。很好，但是，这份感情与为献身而献身相去甚远，难以名状的美诱惑着他远离理想，他与之对抗，却为了让内心的理想与美达到和谐而充满焦虑，同时又生出一种强烈的感情，要让两者达到和谐。这份忠诚从一开始就带着忠贞自持的影子，是一把如同宿命一般摆在少年饭沼面前的感情短刀。

饭沼喜欢用"恋阙"[①]这个词教育门生，每当这个词从嘴里说出时，他都会慷慨激昂，让听者双眼放光、浑身颤抖，很明显，他的感动正是来源于自己少年时期的经历。还有什么地方能得到这样的感动呢？

饭沼并非所谓自觉的人，经常会忘记自己来自遥远过去的感情的本质，当过去的感情火焰超越时间、随心所欲地点火时，他自己也会暂时置身于烈焰之中，体会同样的热情和陶醉。尽管不会感受到深深的内疚，但饭沼确实意识到如果对自己再严厉一点，自己确实过度使

---

① 基本意思为留恋宫阙，旧时用来比喻心不忘君。

用了情绪化的比喻。他过去生活在作为典故出处的和歌中,现在生活在使用过去典故的和歌中,他确实看到了自己在每一年各不相同的风物中无限套用过去的岁月中曾经见过的雪和花。也就是说,他在不知不觉中使用着双重语言。

至于对皇室的敬爱之情,只要有人对他的敬爱之心有怀疑,他会立刻与对方一刀两断,正是洞院宫的大名如同流过玻璃屋顶的雨水一样,让这份敬爱之情中呈现出若隐若现的冰冷阴影。

"是谁要带你去洞院宫殿下那里?"

饭沼语气平和,采取了迂回的问法。少年沉默不语。

"是谁?为什么不说?"

"我不能说。"

"为什么不能说?"

少年依然保持沉默。饭沼激动起来,自己说不让他拜见洞院宫,这是父亲对儿子的命令,没有必要解释原因,但是勋不说出介绍者的名字,这就相当于叛逆。

实际上饭沼作为父亲,并非不能浅显易懂地对儿子解释自己忌惮洞院宫的理由。他可以告诉儿子,洞院宫就是逼死自己侍奉的少爷的元凶,所以你不能去见他。但是,羞耻心如同炽热的红色岩石一样堵住了他的喉咙,饭沼无论如何都说不出口。

勋很少如此违抗父亲。平时,勋在父亲面前是个寡言恭谨的儿子。饭沼第一次在自己儿子身上感受到难以冒犯的内核时,意识到在教育清显失败后,时隔多年,自己再次在儿子的教育中遇到了完全相反的难题,这份无力感让他不由得悲从中来。

父子俩就这样相对而坐，傍晚的骤雨过后，夕阳洒在庭院中，各处的水潭反射出阳光，照得庭院中的绿叶像净土一样鲜亮。凉风习习，让人头脑清爽，愤怒像清澈的水底一样昭然若揭，勋觉得自己可以像移动棋子一样随意摆布这股怒意。在父亲心中横冲直撞的感情并不明晰，勋依然无法理解。夏蝉发出肃穆的叫声。

《神风连史话》就放在桌上，包裹在暗红和绿色的织锦中。勋迅速抓过书站起身，想一言不发地把书带回房间。

但是父亲夺回书的速度更快，他夺回书后同样站起身。

一瞬间，父子俩看见了对方的眼睛。勋看到了父亲小心翼翼、缺乏勇气的眼神，但是那双眼睛中能看到父亲内心深处正在挣扎着想要喷涌而出的愤怒。

"无论如何，你都不打算听我的话吗？"

饭沼将《神风连史话》扔进了院子里。闪烁着橙色光芒的水潭溅起水花，本打算献给殿下的书倒在其中，溅上了满身泥水。勋在看到自己心中最神圣的物品被扔进泥水中的瞬间，一股新鲜的怒意扑面而来，仿佛眼前有一块墙壁突然裂开了一样。他不由自主地握紧拳头，父亲浑身一颤，手狠狠地打在儿子脸上。

母亲阿峰担心地走进房间，站在房间中的两个男人的身影仿佛格外巨大。一瞬间，阿峰看到了打人的饭沼浴衣下摆凌乱，被打的儿子反而衣衫整齐，灿烂的晚霞照亮了远处的庭院。阿峰想起丈夫差点打死自己时激动的神情。

阿峰扑倒在榻榻米上，挡在两人之间大喊："勋！怎么回事？快向你父亲道歉！怎么能对父母露出这种凶狠的表情。快，跪下道歉。"

"你看那个。"

勋没有用手捂住被父亲打到的脸颊,而是单膝跪地,拉着母亲的袖子让她往庭院中看。阿峰听见头顶传来丈夫像狗一样粗的喘气声。与明亮的庭院相比,房间里一片漆黑,这片黑暗的空间里仿佛到处都飘浮着奇怪的物质,只要一抬头,视线就会被遮住。阿峰恍惚中想到了过去侯爵宅邸的书房。

她依然压低声音,含含糊糊地不停重复"快道歉,快啊",同时缓缓睁开眼睛。包裹在暗红和绿色织锦中的物体一半浸泡在水潭中散发着光泽,轮廓在她眼前变得清晰起来。阿峰愕然。织锦在晚霞的映衬下闪烁着光彩,同时被泥水浸透,她觉得仿佛自己也受到了惩罚。一时间,阿峰甚至没有想起来那本书是什么。

洞院宫邀请堀中尉周日晚上前去拜访,于是中尉带上勋去了位于芝的御殿。

洞院宫家中接连不断地遭遇厄运,原本就身体不好的兄长与世长辞,父母也在那之后相继离世,如今只剩下健康的治典王殿下独自继承宫家。现在,当殿下前往任地时,家中就只剩下妃殿下和王子王女。出身公卿家族的妃殿下娴静淑雅,平时的御殿总是一片寂寥。

勋好不容易在旧书店找到了不好入手的第三本《神风连史话》,姑且用淡黄色的上等和纸包好,用毛笔写好"进献"二字夹在腋下,穿着夏季小仓学生服跟在中尉身后。这是他第一次瞒着家里外出。

宫家的大门紧锁,门灯也没有亮,完全感觉不到主人在家时应有的排场。偏门开着，门卫室的灯光在小石子上拖出一条亮带。中尉穿过偏门时，轻轻敲响了军刀的刀鞘。

门卫事先知道中尉要来拜谒，但是依然要用内线电话汇报，这段时间里，勋看着大量飞蛾、小飞虫和小甲虫聚集在陈旧的门卫室的檐灯周围，它们扇动翅膀的声音清晰可闻，可见包围着御殿的树木和在月光下洁白耀眼的石子坡道有多么静谧。

片刻之后，两人沿着石子路走向坡道上方，中尉的长靴踩在石子路上，发出喑哑拖沓的脚步声，仿佛夜晚行军。勋感到白天肆无忌惮的热气依然残留在石子下方。

洞院宫在横滨的别院到处都是西洋风格的装饰，而本宅确是日本风格，月光照耀着白色的门廊，抱厦式屋顶重重压在玄关上方。

玄关旁边就是官家配备的事务官的办公室，不过房间里已经熄灯，出来迎接的老管家接过中尉的军刀，在前方为两人带路。御殿里到处都没有人，走廊上铺着绛紫色的地毯，一侧墙壁装有西式护墙板。推开门，房间一片黑暗，管家按下开关，房间中央垂下的沉重枝形吊灯同时照亮四方，晃花了勋的眼睛。无数玻璃片宛如凝固的光雾一样出现，在空中泛起玲珑的光泽。

中尉和勋坐在套着白麻罩子的扶手椅上，电风扇吹出阵阵温热的风，扫过两人的脸颊。纱窗上好像趴着虫子。因为中尉没有说话，所以勋也保持沉默。不一会儿，有人送来了冰麦汤。

墙上挂着巨大的戈布兰壁毯，上面画着西洋战场。马上的骑士刺出长枪，枪尖穿透了身体后仰的步兵的胸膛。胸前绽开的血花已经陈旧褪色，带上了暗红色。这种颜色在旧包袱皮中很常见。勋想，在容易枯萎变质这一点上，鲜血和鲜花十分相似。正因为如此，鲜血和鲜花才会随着转变为荣誉得以延长生命，因为一切荣誉都是金属质地的。

门开了，治典王殿下穿着白麻西装走进来。他的出场随性自然，完全没有架子，反而让室内多少有些紧张的空气变得柔和，但是中尉瞬间站起身来保持立正的姿势，勋也学着他的样子照做。

勋有生以来第一次如此近距离地看到皇族中人。殿下个子不算太高，不过身体中仿佛充满勇气，西装下小腹微微隆起，上衣扣子勉强才能扣上，肩膀和胸膛都很健硕，白麻西装上系着红褐色的领带，一眼看去就像一位政治家。他的脸上是被阳光充分照射过的颜色，头发剪得很短，高耸的鹰钩鼻上长着一双威严的丹凤眼，鼻子下方蓄着漆黑的八字胡，兼具军人的威严和贵族的高雅。殿下双眼射出炯炯有神的目光，瞳孔却很少转动。

中尉很快把勋介绍给殿下，于是勋深鞠一躬。

"这就是你之前提到的年轻人吧。原来如此，来，放松点……我最近只见过军队里的年轻人，实在很想见见民间真正的年轻人。你叫饭沼勋吧？我听过你父亲的名字。"殿下不拘礼节地说。

中尉让勋畅所欲言，于是勋首先问了一句："我父亲以前来拜访过您吗？"殿下回答"并无此事"。听说父亲从来没见过洞院宫，勋觉得父亲对洞院宫表现出的激烈感情更加难以理解了。

之后，洞院宫和中尉这两名军人亲切地谈起了旧事。勋原本一直在寻找献书的契机，但是他渐渐发现不能指望中尉为他创造机会了，看来中尉已经彻底将这本书的事情忘在了脑后。

自然而然地，勋只能沉默地坐在桌子对面，姿势端正地看着洞院宫与中尉相谈甚欢。洞院宫没有被太阳晒黑的白皙额头在枝形吊灯下反射出尊贵的光芒，刚刚剪过的短发在灯下整齐地挺立着。

洞院宫也许注意到了勋锐利的目光，一直看着中尉的眼睛转向了勋。一瞬间，两人目光交汇，仿佛一只已经生锈，久久没有发出声音的古老铁铃铛因为某种震动，簧片即将接触铃铛内侧发出响声。勋不知道当时洞院宫的眼睛在诉说什么，恐怕洞院宫自己也并不知晓。但是，那一瞬间的交汇中连接了某种超越平凡爱憎的神秘感情，让洞院宫古井无波的瞳孔刹那间迸发出来自远方的悲伤，这份悲伤如水般瞬间消灭了勋如火般炽烈的注视。

勋想："在切磋剑道招式时，中尉也用这样的眼神看过我。但是，当时在我的内心深处确实闪现出无言的交流，但殿下的眼神中没有语言，难道殿下对我的第一印象不好吗？"

这时，洞院宫已经回到了与中尉的对话中，他正在对中尉说出的，勋没有听到的某句激烈的话语表示赞同。勋听到他这样说："是啊，华族也有错。华族是皇室的屏障，这种话听着好听，其实华族里甚至存在仗着家族势力无视天皇的家伙。这种事也不是现在才有的，堀中尉，这样的人以前就有了啊。我完全同意应该惩罚那些本该作为国民典范，却无能而自负的家伙。"

十 七

勋没想到洞院官如此憎恨与自己血缘亲近的贵族,恐怕站在洞院官的立场上,有太多机会嗅到他们散发的腐臭味吧。政治家和实业家的腐臭味就像夏日原野上的动物尸体,尽管遥远却依然刺鼻,而华族的恶臭却有可能混杂在浓重的香气之中。勋问了洞院官他认为最可恶的华族是谁,但是洞院官很谨慎,并没有回答。

因为心情稍稍放松了一些,于是勋取出包着书的纸包。

"我想将这本书献给您。虽然是寒酸的旧书,不过我们的精神都包含在这本书里,我想继承这本书的精神。"

现在,勋已经能够流畅地说出上面这番话了。

"哦,是神风连啊。"洞院官打开包装,看过标题后说。

"这本书很好地传达了神风连的精神。这些学生们发誓要成为昭和的神风连。"中尉加了一句。

"哦,你们的目标不是熊本镇台,而是打算杀入麻布三联队吗?"

洞院官开了句玩笑,不过他翻书页的动作并不草率,而是相当郑重。然后,洞院官的视线突然离开书页,目光灼灼地盯着少年说:

"我问你……只是假设，假设陛下并不同意你的精神或者行动，你打算怎么办？"

这是只有亲王才能问的问题，同时，除了洞院宫殿下之外，绝对没有其他亲王会提出这样的问题。中尉和勋再次紧张起来，浑身僵硬。从现场的气氛中就能直观感受到，尽管殿下的问题似乎只针对勋，实际上同样包括了中尉，同样问到了中尉自己没能说出口的志向，以及他特意带上这名陌生的少年拜谒宫家的想法……这是因为洞院宫不是中尉的直属上司，作为联队长不方便正面询问一个中尉的真正想法。勋发现这一点之后，突然意识到无论是对中尉还是对洞院宫来说，自己都只是一名翻译，是负责传达意志的人偶，是一枚将棋棋子。当然，这个问题是与利益无关的纯粹问题，但这是勋第一次体验到自己年少的身体被卷入了某种政治旋涡之中。尽管多少有些不舒服，不过勋作为个人，只能尽可能坦率地回答问题。旁边的扶手椅内侧传来中尉的剑环发出的轻微声响。

"我会像神风连的人一样，立刻切腹自杀。"

"这样啊。"作为联队长的洞院宫似乎已经听过太多同样的答案，"如果，陛下同意了呢？"

勋毫不犹豫地做出了回答："我也会立刻切腹自杀。"

"哦。"洞院宫的眼中第一次出现了饶有兴趣的目光，"这又是为何？你解释一下。"

"是。在我心里，忠义就是亲手握紧足以烫伤手心的灼热米饭，一心为陛下制作饭团，然后进献御前。就算陛下肚子不饿，冷淡地退回饭团，或者说着'这么难吃的东西怎么能吃得下'，将饭团砸在我脸上，我也必须带着满脸饭粒默默退下，然后心怀感激地立刻切腹自杀。或者，如果陛下正好饿着肚子，开心地吃下我做的饭团，我同样必须直接退下，怀着感激的心情切腹自杀。因为将用这双草莽之手直接握过的饭团献给陛下，就是罪该万死。那么，如果做好饭团却不进献，就这样留在自己身边又如何呢？饭团一定会渐渐腐败。尽管这种做法也可以称为忠义，但我认为这是缺乏勇气的忠义。勇敢的忠义是不惧死亡，进献怀着一腔忠义做好的饭团。"

"就算明知这是罪过吗？"

"是的。这就是以殿下为首的军人的幸福。听从陛下的命令舍弃生命，这就是军人的忠义。但是普通草民必须有所觉悟，在没有陛下命令的情况下行忠义之举都是罪过。"

"遵守法律不就是陛下的命令吗？法院就是陛下的法院。"

"我所说的罪过并非法律上的犯罪，我们生活在圣明护佑的世界上，无所作为就是第一项罪过。为了赎清这项大罪，就算犯下渎神的罪过，也要拼命做好热饭团进献，用行动表现忠心，然后立刻切腹自杀。死亡会赎清所有罪过，但是只要活在这个世界上，无论向左走还是向右走，每一条路都会犯下罪过。"

"这就复杂了啊。"洞院宫被勋真挚的感情压倒，有些无奈地笑了笑。

中尉看准时机制止了勋："可以了，你的志向我们都明白了。"

勋依然沉浸在这番教义问答的兴奋中。对方是皇族，当他无比坦率地向这位皇族做出回答时，渐渐觉得是在向那道站在洞院宫身后，世界上独一无二的光芒尽情陈述自己的志向。无论洞院宫问出什么问题,勋都能立刻回答,正是因为这份思想他平时就在心中反复斟酌。

只要想到自己无所作为、袖手旁观的样子,勋就会浑身发抖,仿佛自己患上了麻风病。这样一来,他很容易将这种状态当成普遍的罪过,当成宛如脚下的大地和呼吸的空气一样不可避免的宿命之罪。要想在其中独善其身保持纯粹,就必须犯下另一种形式的罪过,无论如何都必须从最本源的罪过中吸取养分。只有在这样的时刻,罪与死,切腹与光荣,才会在有松树在风中摇曳的断崖和初升的朝阳中结合。他之所以将陆军士官学校和海军士官学校当成目标,正是因为那里准备好了现成的光荣,会为他拭去无为的罪过。也许勋为了到达自己心中的光荣而爱上了罪过本身。

神风连的师父林樱园认为所有人都是神的孩子,在这层意义上,勋绝不认为自己是纯洁而纯粹的。只是他始终为了尽量接近纯粹而感到焦躁,仿佛要踩在梯子边缘才能勉强用指尖碰触,而且梯子随时都有可能崩塌。他明白,现代社会已经不可能实现樱园先生口中的祈请,他只是认为窥探神意的祈请中也存在随时有可能崩塌的梯子。这份危险不正是罪过吗?没有比这种不可避免的危险要素更接近罪过的东西了。

"原来现在有了这样的年轻人啊。"洞院宫回头看了看中尉,感慨万千地说。

勋觉得自己被当成了一个范本,于是他感受到了一股痛切的冲动,要尽快成为洞院宫眼中的一个典型,为此,他必须去死。

"一想到日本出现了这样的学生,我就对未来燃起了些许希望。我很难在军队中听到如此主动的声音,谢谢你为我带来了这么优秀的年轻人。"

洞院官特意无视勋，转而向中尉表示谢意，这样不仅中尉面上有光，勋也感受到了比直接受到表扬更真实的好意。

洞院官叫来管家，让他送来高级苏格兰威士忌和鱼子酱，亲手给中尉倒上酒，还对勋说了一番亲切的话："饭沼还未成年吧？不过能有刚才那样一番觉悟，已经是一个了不起的人了，今晚就放开喝吧。不要担心，喝醉了我会派人开车送你回家。"在这一瞬间，勋想象着父亲看到烂醉如泥的儿子被官家的车送回来时的表情，感到不寒而栗。

因为这个想象，勋在起身接过洞院官为他倒的酒时动作有些僵硬，酒杯一歪，酒便从突然倾斜的玻璃杯中洒到了桌上纤细的白色蕾丝上。

"啊！"勋叫了一声，急忙拿出手帕胡乱擦了擦，然后深深地垂下头道歉，惭愧的眼泪突然夺眶而出。

因为他一直垂头丧气地站在那里，洞院官看着他的眼泪开了句玩笑："没事没事，不要摆出一副马上就要切腹自杀的表情。"

"我也要向您道歉，我想他是因为太感动了才会手抖。"中尉也在旁边加了一句。勋终于坐下，之后脑子里完全被自己刚才的失态占满，一句话都说不出来。

但是与此同时，洞院官的话像一股热流一样冲向全身，比酒更让他感到温暖。洞院官和中尉开始讨论各种政治问题，而勋因为羞耻完全没有听进去。洞院官热衷于政治讨论时完全没看过勋一眼，现在却突然转向勋，带着一丝酒气爽朗地说："怎么了？打起精神来，你应该也很能言善辩才对吧。"

勋只得谨慎地加入讨论。于是他切身体会到了中尉曾经说过的话，洞院宫在士兵中很受欢迎。

夜已经深了，中尉惊觉时间已晚，急忙起身告辞，洞院宫给中尉送了高级洋酒和印着皇室纹章的香烟，给勋送了印着纹章的点心。在回程的路上，中尉对勋说："看起来殿下很喜欢你，如果出了什么事，我想殿下应该能帮上忙，不过考虑到他的身份，我们决不能主动请求殿下的帮助。你还真是个幸运的家伙啊，不用在意小小的差错。"和中尉分别后，勋并没有立刻回家，而是顺路去了井筒家，叫醒已经睡下的井筒，把印着皇室纹章的点心包交给了他。

"你替我好好保管，绝对不能让别人看见，家里人也不行。"

"好。"

井筒在深夜把头探出大门，因为太紧张，脖子像铁做的一样僵硬，他接过了小包，却因为重量太轻而有些疑惑，他本以为同志在深更半夜交给他的包裹里一定是炸药。

十八

那年夏天,勋的同志达到了二十人。井筒和相良分别询问了每一个人,然后由勋统一筛选,只留下志向高远并且嘴严的人。《神风连史话》首先派上了用场,勋让他们读这本书并写下感想,首先通过他们的读后感进行判别。其中也有文笔和理解能力优秀,实际见到真人后却令人失望的懦弱学生。

勋对剑道练习渐渐失去了热情。他提出不参加夏季合宿的时候,将今年的全国高中运动会优胜赌在勋身上的学长们差点对他用了私刑。其中一名前辈执拗地对勋改变心意的原因刨根问底。他问勋:"你在计划什么事情?找到比剑道更有魅力的事情了吗?我听说你到处给别的学生推荐一本小册子,不是在发动思想运动吧?"

勋没等他说完就回答:"你说的是《神风连史话》吧。我们正在商量以后组织一个明治史研究会。"

实际上,勋在剑道上的声望一直在为他暗中集结同志提供帮助。众人对勋的名声的敬畏之情很快转变为对他的只言片语和锐利眼神的崇拜。

勋希望在此阶段先将同志召集起来,找个机会试试他们的觉悟和热情，所以特意在新学期开学的两周前就给暑假回老家的同志们打电话，命令他们回到东京。假期的学校是个安全的地方，很适合保守秘密。残暑季节的下午六点，众人在大学校门里的神社前集合。

在国学院大学中，大家将这座供奉八百万神的小神社简称为"小社"，学生们聚集在小社前是很常见的事情。将来要继承家业担任神官的养成部和神道部的学生常常到这里来练习吟咏祝辞，运动部的学生们也会来祈祷胜利，或者反省失败。

在集合时间的一个小时前，勋就和井筒、相良在神社后面的小树林中会合了。他们穿着白底蓝花纹的浴衣和裤裙，头上戴着白线帽。坐在树下的草坪上，穿过冰川神社能看到涉谷樱之丘高地，夕阳正在向高地落下，余晖照在勋白底蓝花纹的浴衣胸前和米槠树的黑色树干上。不过勋并不打算躲在树荫下，他正对着落日，只是压低了学生帽的帽檐。汗津津的皮肤发出的热气全都憋在胸口，和草地上升腾起的热气一起爬上额头。茅蜩的叫声响彻整片森林。

自行车穿过眼前的道路，在夕阳下散发出光彩，仿佛要拉出一道光将低矮的房间连成一片。一间房檐下歪倒着一个像玻璃碎片一样始终发光的物体。定睛一看，原来是一辆卖冰车。危险的灼热夕阳打在冰上，夏日最后的晚照毫不留情地让冰不断融化，仿佛能听见从远处传来冰块凄厉的呻吟。

勋回过头，背后是米槠长长的影子，宛如他的志向被夏日最后的阳光恶作剧式地拉出长长的影子。夏日的终结犹如刀割，这是与太阳的诀别。那团火红色的大义随着季节的变化又会暂时褪色，恐惧攥住了勋的心脏。今年，他又一次失去了在炽烈的夏季朝阳中死去的机会。

他重新睁开眼睛,极为缓慢地抬起头,看着粉色夕阳从米槠树茂密的树叶间洒下,每一道光束都像获得翅膀的红蜻蜓一样飞来飞去。这也是秋天的预兆,激情在内部一点点出现冰凉的理智,也许有人会觉得欣喜,而勋只觉得悲伤。

"你怎么在这么热的地方等啊?"穿着白衬衫和学生帽的井筒和相良到达后惊讶地说。

"你们看,西边的太阳多像天皇陛下的面孔啊。"勋在草坪上端正了坐姿说。他的话中仿佛有一股魔力,经常让井筒和相良在感到威胁的同时立刻陶醉于其中。

"陛下在苦恼。"勋继续说。

井筒和相良茫然地坐在他身边,一边揪着身边的草叶,一边短暂地沉浸在白刃刺入身体的感受中,他们在勋身边时总会产生这样的感受。对这两名少年来说,勋有时候很可怕。

"人都会来吧?"相良推了推眼镜开口,仿佛想将不明所以的不安转嫁到稍微有些道理的不安上来。

"都会来的,他们必须来不是吗?"勋漫不经心地说。

"你连剑道部的合宿都逃掉了啊,真厉害。"

井筒的语气中展现出的尊敬甚至有些令人感到羞耻。勋本打算解释原因,最终还是放弃了。这边的活动还没忙到分秒必争的地步,他之所以不参加合宿,只是因为已经厌倦了竹刀,厌倦了竹刀轻而易举的胜利,厌倦了竹刀只不过是刀剑的象征,同样厌倦了竹刀并未包含"真正的危险"的性质。

三人开始热烈讨论私下集合二十名同志有多困难，不知不觉中提到了日本游泳队在洛杉矶奥运会上名声大振，每个学校的游泳部都能轻易募集到人，但勋他们所做的事情与运动社团招人不同，不应该仰仗于浮华的人气。也就是说，他们必须让每个下定决心的人交出性命，而且在确实掌握他们的性命之前，不得不掩盖招募人员的目的。

找到想为国献身的年轻人或公然宣称要为国献身的年轻人并不难，但是他们都想拥有能够立刻公之于众的目的，希望自己的葬礼上会有华丽的花圈。北一辉[①]的《日本改造法案大纲》悄悄在一部分学生中被传阅，不过勋从那本书中闻到了某种邪恶的傲慢气息。这本书与加屋霰坚口中的"犬马之念、蝼蚁之忠"相去甚远，确实可以激起年轻人的热血，可是这样的年轻人并非勋所寻求的同志。

同志不是凭借语言说服的，必须依靠更深层、更隐晦的目光交流来得到。让一个人成为同志的并非思想，一定是源自更深远之处的要素，以及更明确的外部表征，而且如果自己本身没有同样的志向就绝对无法分辨，这才是构成同志的真正要素。勋见到的学生多种多样，不仅来自国学院大学，还有来自日大或者一高的学生，还有人介绍了一名庆应的学生，那名学生尽管能言善辩却外表轻浮，并不适合成为同志。这些学生中有人宣称看过《神风连史话》之后十分感动，细细聊过后就会发现那份感动是虚假的，从他们的话中可以听出他们是前来打探消息的左翼学生。

沉默寡言、朴素的外表以及明朗的笑容很多情况下是值得信任

[①] 日本思想家、社会活动家、政治哲学家，国家主义和超国家主义的提倡者，日本法西斯主义理论创立者。

的性格、敢作敢为的秉性，以及不畏死亡的气概的外在表现，能言善辩、豪言壮语以及讥讽的微笑则常常是怯懦的表现。苍白的面色和孱弱的身体有时会成为凌驾于他人的疯狂精力的源泉。勋发现，容貌和外表实际上能够展现出众多性格特征。

但是现如今，城市学生背后看不到二十万名农村及渔村营养不良的儿童的身影，"营养不良儿童"这个词在城市中仅仅成了讽刺贪吃鬼的流行语，所以很难听到深入骨髓的怒吼声。在砂町小学，有人把提供给营养不良儿童的饭团偷偷拿回家给弟弟妹妹吃，这件事在督学之间引起了轩然大波，尽管事情被揭发，但是勋所在的学校中并没有来自那所小学的人。国学院大学的学生大多是地方中学教师或神官的孩子，尽管富裕人家的孩子不多，倒也很少有人家里会吃不饱饭。只是，在这些乡村精神指导者的家庭中，经常能听到或者见到农村的荒废和贫困，以及非同寻常的凄惨现状。他们的父亲大多会为亲眼所见之事感到悲伤，为看不见的事情感到愤怒。至少他们可以愤怒，因为眼前触目惊心的贫困被置之不理，而神官和教师的职业不用为此负任何责任。

政府巧妙地将贫富分别装进了相互看不见对方的盒子里。无论是好是坏，习惯了逃避改革的政党政治已经失去力量，无法果断下达像明治九年的废刀令那样相当于精神虐杀的政策，一切政策都有头无尾，半途而废。

勋没有制订纲领，因为在如今的世道中，一切恶都在于承认无力和无为，所以任何行动和行动的决心都会成为他们的纲领。另外，勋在为挑选同志会见学生时，完全不会说出自己的计划，不会做任何约定。当他想要吸收眼前的年轻人时，会松开此前故意板起的面孔，亲切地看着对方的眼睛，只说出下面一句话。

"怎么样，和我们一起干吧。"

井筒和相良根据勋的指示整理了召集的二十个人的履历，其中包括家庭构成，父亲及兄弟的职业，本人的性格、体质、运动能力、特长、喜欢读的书、是否有恋人等内容，这些履历根据本人的叙述写成，是带有照片的详细记录。二十个人中有八个人都是神官的儿子，这让勋感受到了幸福。神风连绝不会因为过去那批人的死亡而断绝，而这二十个人的平均年龄只有十八岁。

勋又仔细看了一遍井筒一张张递给他的简历，将内容深深记在脑海中。他必须记清楚每个人的姓名和长相，甚至要记住他们的私事，不能忘记要时不时地说出让他们印象深刻的体贴话语。

实际上，少年时期的人很容易认为现实是错误的，然后将政治和现实混淆，于是政治是错误的这种想法深得他们的心。勋并不介意这样的混淆。对他来说，当街角竖立起刺眼的广告塔，画着衣衫凌乱的美人来迷惑走在上学路上的少年们时，政治就已经出了错。同志们在政治上的结合应该建立在少年时期的羞耻心之上，勋以现状为"耻"。

"你明明一个月之前还分不清导火线和导爆线的区别呢。"相良和井筒之间发生了小小的争吵。

勋微笑地静静看着他们。他让这两个朋友仔细研究炸弹的用法，于是相良和井筒分别请教了他们做土建的堂兄和当军人的堂兄。

"你不是也不知道导火线的切口是水平的还是倾斜的吗？"井筒回了一句。

然后两人拔起脚边的芒草当成导火线，掰断中空的细枯枝当成雷管开始练习引爆。

"我做的雷管不错吧。"相良用指尖将土填进短短的枯枝，装到一半后骄傲地说，"一半是空的，一半塞满火药。"

当然，黄铜制成的红色雷管中蕴藏着心血来潮的力量，能够轻松炸断一只手腕，而树枝并没有雷管这个金属毛虫那样危险的诱惑，只不过是一根皮包骨头的枯萎细树枝。但是，火红的太阳正在渐渐落入冰川神社后面的森林中，余晖射进两名少年灵活又肮脏的指尖的缝隙中，仿佛能闻见随着时间的流逝必将实现的杀戮的火药味。同时，这股味道也许只是附近人家的炊烟，却和夕阳一起让土变成了火药，让枯枝变成了雷管。

井筒谨慎地将细草叶插进雷管中然后拔出，测量没有填入火药的空洞部分的长度，然后用指甲掐出标记，放在当成导火线的芒草旁边标上尺寸，又慢慢地将芒草导火线插入雷管中，一直插到标记的位置。如果草率地插入过深，雷管就会爆炸。

"没有雷管卡口塞啊。"

"用手指压着，要身临其境，带上些紧张感。"

井筒汗津津的脸上带着一本正经的表情，泛起紧张的红潮。然后按照相良说的那样用左手食指压住雷管头，用中指压住装满火药的一头，用拇指和无名指压住空的一端，右手拇指和食指模仿卡口塞放在雷管口，双手猛地伸向身体左侧，脸果断地向右边背过去，右手用力旋转，做出将导火线稳稳固定在雷管里的动作。转过脸不看雷管是为了万一爆炸时可以保护面部，身边的相良却嘲笑他说："你脸转得太夸张了。身体扭曲得这么厉害，最关键的手部动作就会乱，你这张丑脸有什么好珍惜的。"

接下来只需要将雷管插入火药中固定，点燃导火线的另一端就可以了，相良把土堆当成火药慎重地帮忙。点火。火柴靠近绿色的芒草，火绝对没有点燃芒草。火在夕阳中隐去身形，烧焦了半根火柴后就消失了。三十厘米长的导火线会在四十秒或四十五秒左右烧完。因为芒草截成了三十五厘米长，所以两人必须看着秒针走过漫长的五十秒。

"喂，快逃。"

"好，已经逃出一百米了。"

两人坐在地上，想象着自己已经逃到了很远的地方，装出喘着粗气的样子相视而笑。

三十秒过去了，又是十秒钟过去了。在观念上，以及在时间上，装入雷管的火药都已经远去。但是导火线已经点燃，引爆条件万无一失。火像瓢虫一样顺着导火线专心往上爬。

终于，看不见的火药在看不见的远方爆炸了。某种正在腐烂的丑陋物体像突然打了个剧烈的嗝，然后在黄昏的天空中散去。爆炸让周围的米楮树微微颤抖，一切变得透明，就连声音都变得透明，在布满晚霞的天空中像波浪一样扩散……不久后彻底消失。

勋认真地看着文件，突然说："还是日本刀好，必须至少凑齐二十把，应该有人能从家里偷偷带出来吧。"

"学会坐姿出刀，再好好教教他们砍靶子就行了吧。"

"我们没那么多时间。"勋安静的话语在两名少年耳中仿佛灼热的诗歌。

"比起这个,尽量在暑假期间,如果不行的话就从秋季学期开始之后带大家去真杉海堂老师的祓禊修习会。在那里可以畅所欲言,无论我们做什么训练,老师都会睁一只眼闭一只眼。最重要的是,只要说是去参加修习会,就能公然离开家门了。"

"不过一天到晚听真杉老师说佛教的坏话可受不了。"

"这些小事忍一忍吧,那位老师直到最后都会理解我们的。"勋说。然后他看了看表,突然站起身来。

勋他们特意比规定的六点稍晚了一些,才从已经关闭的学校侧门偷偷看向学校里的神社前。一群学生站在夕阳中,从他们朝向四面八方的身影中能看到来路不明的不安。

"数数看。"勋压低声音说。

"大家都来了!"井筒压抑着喜悦说。

勋很清楚不能始终高兴地沉浸在他们对自己的信任之中,但所有人到齐自然比没到齐好。不过他们聚在这里是因为电报,是出于对行动的期待,即所谓的血气方刚。要想巩固他们的志向,必须趁这个机会给他们浇一盆冷水。

神社的红铜屋顶在落日中显得有些发黑,冬青树和榉树的枝杈间,只有屋顶宏伟的交叉长木上的装饰在闪闪发光。木栅栏里铺着黑御影[①]石子,在背后夕阳的映照下拉出一粒粒影子,就像暮秋时的

[①] 一种黑色玻璃质石子。

葡萄。两棵杨桐一半隐藏在神社的阴影中，另一半在夕阳中闪耀着光泽。

勋背对着神社，周围聚集了二十名年轻人。勋感到夕阳同样落在他们沉默的眼中，他们仿佛即将扑向自己，期待着自己赋予他们力量，将他们的身心都拉向天外。

"今天大家都来了。"勋开口说，"最远的人来自九州，大家一个不差地按时在这里集合，这是最令我开心的事情。今天让大家来，并不是为了实现你们期待的某种目的。这里没有目的，各位只是一个个心怀梦想的人，从日本的四面八方聚集在这里，却没有任何意义。"

二十名年轻人之间很快响起了窃窃私语，表现出他们的动摇。勋继续提高声音说："明白了吗？今天的集合完全没有意义，没有任何目的，叫各位来并没有任何工作要做。"

因为勋再次开口，年轻人们停止了窃窃私语，沉默渗透进朦胧的黑暗中，笼罩在众人上方。

突然，一个人发出怒吼，他是东北地区神官的儿子，名叫芹川。

"为什么叫我们来？你要是想捉弄我们，我可忍不了。我可是和老爸喝过壮行酒，带着再也回不去的觉悟走出家门的。我老爸总是对农村的现状感到愤慨，说现在正是年轻人应该有所作为的时候，所以收到你的电报之后默默为我送来了壮行酒。如果知道我被骗了，我老爸可不会善罢甘休。"

"是啊，芹川说的没错。"其他少年当即附和。

"你们在说什么胡话，我可不记得和你们做过任何约定。你们只是在看到'集合'的电报之后自顾自地发挥想象来到这里的吧。电报上写了什么内容吗？除了时间和地点，还写了别的东西吗？你们说说看。"勋平静地大声斥责。

"这是常识。决定做大事之前怎么能在电报上写出来？我们应该规定好暗号，这样就不会出现这样的事了。"

和勋同年的一高学生濑山说，这名一高学生原本住在涉谷，到这里来应该不费任何事。

"这样的事是什么样的事？只是回归什么都没发生的状态而已吧，只不过是各位发现自己的想象出错了而已吧。"勋继续平静地反驳。

夜色渐深，渐渐看不清身边人的面孔了。众人长久地沉默着，虫鸣声占据了整片黑暗。

"我们该如何是好？"

其中一人用悲伤的语气叹息，可是勋立刻冷酷地回答他："想回去的家伙就回去。"

于是，一个穿着白衬衫的人消失在黑暗中，有两个人跟在他身后走向大门。芹川没有走，他双手抱头蹲在篱笆边上。不一会儿，芹川小声啜泣起来，哭声就像一条冰冷的白色河流挂在众人心中的黑暗上方，宛如小小的银河。

"我不回去，我不回去。"芹川一边哭一边嘟囔。

"你们为什么不回去？我都说到这个份上了，你们还不明白吗？"勋大喊，但是没有人回应，而且这一次的沉默和刚才明显不同，仿佛有一只温暖的巨兽即将从黑暗中直起身子。勋在这股沉默中第一次摸到了某种切实的物体,火热、狂野、充满热血地搏动着。

"好,既然如此,留下的各位是打算不报任何期待与期望,为也许一无所有的事业赌上性命了吧?"

"没错。"一个凛然的声音响起。

芹川起身一步步走向勋。黑暗中只能看见近在咫尺的人,芹川盈满泪水的眼睛就在眼前,他哽咽着,用格外低沉粗哑的声音说:"我也留下来,无论你要去向何方,我都会默默跟着你。"

"好,在神前起誓吧。两拜两拍手,然后我说出誓言,大家一起一句一句唱和。"

勋、井筒、相良与剩下的十七个人击掌合十,声音像击打在黑暗大海中的原木船头一样整齐而清脆。勋开始吟咏誓词:

"第一,我们要学习神风连的纯粹,挺身驱除邪神恶鬼。"

众人朝气蓬勃地唱和。

勋的声音打在神社朦胧的白色大门上反复回响,深沉而悲壮,仿佛是从年轻的胸膛深处喷薄而出的梦幻烟雾。繁星满天,市内电车的声音从远方传来,他继续吟咏:

"第二,我们将结为莫逆之交,同心协力共赴国难。

"第三,我们不沽名钓誉,不求飞黄腾达,为做维新基石万死不辞。"

发过誓后,马上有一个人握住了勋的手。两只手紧紧握在一起,接下来,二十个人默默地互相握手,又争相与勋握手。

眼睛已经适应了黑暗,物体变得清晰,在满天繁星之下,一双手不断寻找着另一双还没有握过的手,在各处闪耀着光芒。没有人说话，因为无论说什么都会显得轻薄。

在黑暗中，交握的手就像绿色的藤蔓一样在瞬间生长，每一片叶子或者布满汗水，或者干燥，坚硬或柔软的触感在用力的一瞬间相互缠绵，相互分享彼此的血液和体温。勋曾经梦到在黑暗的战场上，濒死的同志们无声地相互告别，眼前的景象和梦中别无二致。梦中，他沉浸在事成后的满足感和身体中流出的血液中，生命最后的痛苦和喜悦交织成红白色的线绳，在神经末梢寄托着最后一丝意识……

二十个人不适合在靖献塾见面，父亲会立刻看透勋的计划。另外，井筒家也太小，相良家同样不合适。

他们三个人从一开始就一直在烦恼见面的地点，却始终没有好办法。三人的零花钱加起来也不够二十个人一起找一家餐馆吃饭，又不能在咖啡馆商量大事。

在星空下定立盟约相互握手后，反而是勋觉得不能就这样分开，而且他肚子饿了，其他少年应该也都空着肚子。他茫然地看着昏暗的门灯照耀下的正门方向。

他在门灯的斜下方看到了一张宛如葫芦花般的面容，她垂着头，像羞于见人一样静静伫立在那里。勋一看到她，就再也移不开目光。

心中的一部分已经认定她就是那个人，但是心中的大部分却希望能暂且保持还没有认出她是谁的状态。幽暗中女人的面孔还没有姓名，艳丽的香味已经冲到眼前。就像走在夜晚的小路上时，未见其形但闻其香的桂花。勋觉得这样的瞬间才会让人想要永远留在心里，只有在这样的时刻，女人才是女人，而不是被赋予姓名的某个具体的人。

不仅如此，通过隐藏姓名，通过不说出名字的约定，才能化为更加完美的精髓，宛如在无形的支柱下显现在黑暗高处的葫芦花一样。精髓先于存在本身，梦境先于现实，预兆先于眼前的事实，散发着更清晰、更强大的本质出现，这样的状态才是真正的女人。

尽管勋还没有尝过女人的滋味，不过这种所谓"先于女人的女人"的真实感同样让他感受到某种令人陶醉的东西，没有比此时更强烈的感受了。如果结合就是这样的感受，勋现在立刻能够与她结合，在时间上无比微妙地接近，在空间上稍稍远离……占据整个胸膛的恋慕之情就这样如瓦斯气体一样笼罩住对方。可是在她完全不存在的地方，勋又能像孩子一样彻底将她忘记。

然而在某一段漫长的时间里，当勋在不知不觉中将她放在心里时，又会开始希望这段时间能尽量长久，勋已经受不了这种暧昧的感觉了。

"稍等。"勋用大家都能听见的命令口吻对井筒说，然后飞也似的冲向正门。木屐发出干涩而不连贯的声音，白底蓝花纹的衣服在黑暗中跃动。他穿过侧门，站在那里的确实是槙子。

槙子的发型和平时不同，就连对这些东西并不了解的勋也立刻看出来了。波浪形卷发盖住了耳朵，显得脸颊轮廓更小，流行的发型更加凸显出槙子的面容，看起来很有韵味。从没有花纹的深蓝色明石绉绸领口露出的脖颈只扑了薄薄一层白粉，却像浮雕一样显眼，汗水的气味重重打在勋胸口。

"啊，你怎么来了？"

"你们不是六点要在这里集合宣誓吗？"

勋惊讶地反问:"你怎么知道的?"

"你真傻。"桢子笑了,露出洁白的牙齿,"不是你自己说的吗?"

这样说来,因为一直担心不知道要在什么地方集会,前几天,勋有可能不知不觉中在桢子面前透露了宣誓的地点和时间。他在桢子面前原本就没有任何隐瞒,不过就算对方是桢子,勋依然为自己泄露了重要事情后忘记的行为感到不好意思。也许自己缺少对率领众人成就大事来说十分重要的品质。更重要的是,就连勋自己也不得不承认,偏偏在面对桢子时忘记自己说过这么重要的事情,其中隐藏着某种想要依靠她的心情。和在那些年轻人面前不同,在桢子面前时,勋有一种想要故意扮演粗心男人的微妙欲望……

"不过我还是吓了一跳,你为什么到这里来了?"

"我想就算真的能聚集一大群学生,这么一大群人你也会不知道该带他们去哪里吧。最重要的是,你们肚子都饿了吧。"

勋爽朗地挠了挠头。

"虽然在我家吃晚饭也行,不过这里离家太远。我和父亲商量了一下,他给了我一些钱,足够我请你们去涉谷吃牛肉火锅。今天晚上父亲去参加和歌会不在家,我就来这里邀请你们了。军费充足,请放心。"

桢子突然举起白皙的手,就像展示夜钓时钓起的鱼一样展示手中巨大的巴拿马手提包。袖子中伸出的手腕纤细,但是优美纤细的关节仿佛被晚夏的疲惫拖住,动作有些迟缓。

十九

最近,本多被喜欢谣曲的同事邀请去天王寺堂芝町的大阪能乐殿欣赏野口兼资出演的《松风》。很久没离开东京外出表演的兼资饰演主角,为他做配角的是田村弥三。

能乐殿位于连接大阪城和天王寺的上町丘陵东侧的斜坡上,大正初期曾是一片别墅区,附近有一座座围墙高筑的清静宅邸,其中,住友家建的能乐殿敞开着大门。

客人都是有名的绅士、商人,很多人本多都见过。同事一开始就提醒本多,野口名人的高音像快被勒死的鹅,听到的时候绝对不能笑。而且同事预言就算是对能乐一无所知的本多,只要听一次就会立刻受到感动。

以本多的年龄,已经不会在听到这些话时产生孩子气的反感情绪了。尽管从初夏时见到饭沼勋开始,本多的理性基石就开始崩塌,不过平日里的思考习惯依然没有发生变化。他重新开始相信自己不会被感动,就像没有得过梅毒一样。

担任配角的僧人与狂言①角色的问答结束后没过多久，就到了主角和配角从舞台与休息室之间的通道出场的情节，此时奏响的是极为庄重的伴奏"真一声"②。同事对本多解释，这段音乐原本只会在暖场能乐的主角和连登场时演奏，像现在这种并非暖场能乐的主角和连登场时演奏的情况只会出现在《松风》中。只凭这一点就能看出这首曲子因为幽玄至极而受到了足够的重视。

松风和村雨都穿着白色羽衣，偶尔会露出贴身的红衣，在通道上相对而立，像沙滩上渗入沙地中的雨水一样安静。

"水车汲水，悠悠转动。浮世轮回，人生无常。"

第一句唱出，能乐堂中稍显明亮的灯光过于流畅地打在平滑的柏木地板上，投下壁板的影子，本多被眼前的景象吸引。野口兼资昏暗厚重的声音被连清浅明亮的声音牵着，断断续续绵延不绝，唱到最后一句"人生无常"时变得清晰。

因为一开始就没有别的东西干扰本多的耳朵，所以声音直接被拉进耳中。"水车汲水，悠悠转动。浮世轮回，人生无常"这句如同身体瘦弱、腰肢纤细的美人般的歌词全部出现在脑海中。

歌曲很快唱到了第二句：

"远戍须磨浦，月影湿衣衫。"

连唱完，主角松风就接着唱道：

"海虽千里远，秋风送我情。"

野口兼资的声音表面上装成年轻貌美的女子，却完全不会让人感

---

① 能乐幕间上演的一种古典滑稽剧。
② 主角出场时的庄重音乐。

受到女人的性感，而是如同锈红的铁摩擦时发出的声音。而且声音断断续续，尽管将优雅的词章唱得零零碎碎，却渐渐散发出一种无法言喻的婉转，宛如看着荒废的宫殿一角，螺钿工艺的家具藏在月光的阴影中。透过生理上的荒废竹帘，剥落的优雅碎片反而愈发清晰。

渐渐地，本多不再介意他嘶哑的声音，反而觉得只有通过这种嘶哑的声音才能体会到潮水中松风的悲伤和幽冥阴暗恋慕的迷茫。

不知从什么时候开始，本多开始分不清眼前移动的景象是现实还是虚幻。舞台上光亮的柏木地板就像波浪起伏的水镜，反射出两名美丽女子的白色羽衣和内衣上金银线刺绣的光泽。

演员再次重复刚才那段词章，最初那句台词执着地拉住了本多的心。

"水车汲水，悠悠转动。浮世轮回，人生无常。"

本多想到的并非这句歌词的意思，而是主角和连在通道上唱出这句歌词前，原本彻底的寂静在歌声之雨落下的瞬间，在他心底拨动的那股没来由的颤栗。

那股颤栗是什么？那时，美确确实实地走到了本多眼前。像海边的飞鸟，尽管习惯飞行，走路时却脚步不稳，只是用穿着白色短布袜的脚尖轻轻伸向本多他们所在的现世。

但是这份美带着严格的唯一性，事后只能猛然想起，在记忆中回味。另外，这份美保持着高贵的无效性和无目的性。

在本多思考的过程中，《松风》依然毫无停滞，如感情的溪水般继续流淌。

"世道本艰难，明月独清辉，艳羡无处诉，不如汲海潮。"

在舞台上的月影中歌唱摇曳的已经不是两缕美丽的亡灵，而是更加难以言喻的东西，比如时间之精、情绪之髓，梦境在现世执着的逗留。它们没有目的，没有意义，不断编织出这个世界上不该存在的美。在美丽之后来到的依然是美丽，这种事本不该存在于现世之中。

本多的心情渐渐被拉入幽暗之中，心思已经不再清明。清显的存在，清显的一生，清显死后留下的一切，仔细想来，本多耗尽全部心力去思考这些东西已经是很久之前的事情了。将清显的一生当成飘浮于时代上方的一抹熏香，在时代结束后消散，这样一来会很轻松，但是这种想法会抹消清显的罪孽和遗憾，同样无法永久地让本多感到满足。

本多想起某个雪后初晴的早晨，上课前的校园中，一座亭子伫立于花坛中，滴落在周围的雪水发出清亮的声音，本多罕见地与清显进行了一次漫长而深入的交流。

那是大正二年的早春，清显和本多都是十九岁，距今已经过去了十九年。

当时，本多与清显热烈讨论着，他主张再过百年，无论他们自己愿不愿意，都会被卷入整个时代的思潮中任由他人从远处审视，和自己现在最看不起的人一起搅碎，以和他们仅有的共通点被概括。另外，历史和人类意志相互交织，讽刺的是所有意志坚强的人都会遭受挫折，最终"能影响到历史的只有一件事，那就是光辉灿烂、永恒不变、如同美丽的粒子一样的无意识的作用。"

尽管他使用的都是过于抽象的词汇，不过当时出现在本多眼前的是清显在大雪初晴的早晨闪闪发光的美貌。眼前是那个只忠实于无意识、无性格、虚无感情的年轻人，本多的这番话中毫无疑问自然而然地包含了清显本人的形象。"光辉灿烂、永恒不变、如同美丽的粒子一样的无意识的作用"明显指向了清显的生活方式。

从那时开始再过一百年，本多的想法恐怕会改变。十九年的岁月用来概括过去未免距离太近，用来详细分析未免距离太远。清显的形象尚无法与鲁莽粗心的硬派剑道部员形象混合，然而清显在大正初年肆意沉溺于感情中时那种薄命时代先驱的"英姿"如今已经在时间的流逝中褪色。当时认真的热情如今除了在私人记忆中还有留恋之处，已经变成某种可笑的东西。

时间的流逝会一点点地将崇高的东西变得滑稽，被腐蚀的究竟是什么？如果时间从外侧开始腐蚀，难道崇高原本就只覆盖于表面，是滑稽组成了内核吗？或者崇高就是一切，滑稽只不过是落在表面的灰尘而已。

本多回顾自己的过去，发现就算自己确实拥有意志，但是不要说历史了，那份意志是否改变了社会中的某些事情或者成就了某些事情都值得怀疑。他不止一次通过判决左右了他人的性命，虽然当时觉得那是重要的决定，但是过一段时间后发现，他只不过是推了一把原本就该死的人的命运，那些人的死恰到好处地填入历史的一点中，然后被埋葬。而如今这种不稳定的世相并非由他的意志所引起，反而是他作为法官被这个不稳定的世相肆意驱使。他的自由意志本身究竟有多少出于纯粹的理性，又或者在不知不觉中被时代的思考所裹挟，本多很难做出准确的判断。

另一方面，就算仔细观察现代的每一个角落，也已经完全找不到清显这名年轻人留下的任何影响，无论是他的热情、他的死亡还是他美丽的一生。没有任何证据能证明他的死留下了结果，推动或改变了某些事情，宛如被历史彻底抹去一般。

此时，本多感到十九年前自己那一番言论中包含着不可思议的预言。因为当时的本多那么确信想要参与历史的意志会受到挫折，甚至认为自己的有用性会在意志受到挫折中得到证明。如今，本多再一次羡慕十九年后没有留下任何痕迹的清显的无意识，因为他必须承认只有在完全淹没于历史中的清显身上，才能看到超脱的、与历史更有关联的本质。

清显很美。无用，不带任何目的，迅速走过了自己的一生。他的美带有严格的唯一性，就像刚才那句歌词"世道本艰难，明月独清辉，艳羡无处诉，不如汲海潮"唱起的瞬间。

一张锐利勇猛的年轻面孔从即将消失的美丽泡沫中浮现出来。在清显身上，真正拥有唯一性的只有美丽。其他一切都有复苏的必要，都在期望转生，包括在清显身上没能实现的因素，包括只以负数的形式赋予他的因素……

另一名年轻人摘掉在夏天的阳光中闪闪发光的剑道面具，汗湿的鼻翼愤怒地喘息，嘴唇紧抿，如同含着刀刃。

本多在舞台的光雾中看到的已经不再是美丽的主角和连，不再是女人们汲水的身影。在那里或坐或站，在月影中做着异常优雅却徒劳的工作的人变成了不同时代的两位年轻人，远看极其相似，近看却只是年龄相仿却截然相反的两位年轻人。一个人的手指粗犷，长满竹刀磨出的茧子，另一个人的手指白皙，因为游手好闲而柔软干净，两人专心致志地轮流汲水。笛声时而像云朵间洒下的月影一样穿过两位年轻人的肉身。

两人轮流在光滑的水镜上拉动直径一尺两寸、有红绸缎装饰的双轮水车。但是此时本多耳中响起的并不是那句优雅而有些疲惫的歌词"世道本艰难，明月独清辉，艳羡无处诉，不如汲海潮"。

突然，那句诗变成了《心地观经》①中的"有情轮回生六道，犹如车轮无始终"。看着看着，舞台上水车的车轮开始不停旋转。

本多想起了自己一有机会就会仔细研读的各种轮回转生说。

"轮回"和"转生"的原文都是"samsara"。轮回是指众生在迷界，也就是六道——地狱、饿鬼、畜生、修罗、人间、天上——进行没有终点的轮转。不过"转生"这个词有时包含从迷界前往悟界的含义，这时轮回就会停止。轮回一定是转生，而转生不一定是轮回。

无论如何，尽管佛教承认轮回的主体，但并不承认一成不变的中心主体。因为佛教否认"我"的存在，所以绝对不承认灵魂的存在，只承认在轮回中生灭轮转的现象法则的核心，也就是心识中最细微的东西。这就是轮回的主体，唯识论中提到的阿赖耶识。

在这个世界上，生物没有作为中心主体的灵魂，无生物是因缘造就的，同样没有中心主体，因此一切事物都没有固有的实体。

如果轮回的主体是阿赖耶识，那么轮回运行的样态就是业。不同学说有各种分歧，形成了佛典中千百种独特的不同意见。有一种学说认为阿赖耶识已经被罪孽所污染，所以阿赖耶识就是业本身，另一种

---

① 即《大乘本生心地观经》。

学说认为阿赖耶识一半污秽一半纯洁,所以蕴藏着通向解脱的桥梁。

本多确实记得自己研究过烦琐的业感缘起学说,还有五蕴继承中复杂的形而上学,不过已经记不清多少内容了。

此时,《松风》已经进行到前半程的高潮部分。

  主角:夜已深,明月山间隐芳踪。
  配角:虽如此,妾身依旧心欢喜。
  主角:一轮明月,
  配角:两行倩影。夜间汲潮水,水车载明月,归途无忧愁。

重新出现在舞台上的是美丽的松风和村雨,扮演配角的僧人也从舞台右侧起身,每一名观众的面孔都清晰可见,每一声伴奏的鼓点都清晰可闻。

六月在奈良酒店的那一夜,本多深信自己看到了清显转生的证据,如今,那个夜晚已经成为遥远而模糊的回忆。尽管本多理性的基石上真切地出现了裂痕,不过泥土立刻重新将裂痕填平,茂盛的夏草从泥土中生出,覆盖了那个夜晚的记忆。就像现在正在观赏的能乐一样,那一夜只是拜访自己理性的幻影,是理性偶尔的休息。并非只有勋一个年轻人在同一个位置有着与清显一样的痣,尽管两人在瀑布下相遇,但那条瀑布也不一定与清显梦中提到的瀑布是同一条。只是两次重复的巧合,作为转生的证据未免太薄弱。

本多对刑法寻找证据的手续无比熟练,现在的他觉得当时只凭借那么暧昧的证据就断定勋是清显的转生,实在是太轻率。在本多的内心深处,想要相信转生的心情就像干枯的水井底部仅存的积水一样闪烁着光芒,而他的理性很清楚,井已经干涸。事到如今,已经没有必要一一清点理性所仰赖的依据有没有可疑之处了,只要将它们束之高阁就好。

"真是莫名其妙。"本多觉得自己终于清醒了,"实在是莫名其妙,这不是三十八岁的法官该考虑的事情。"

佛典构筑了无比精密的体系,却从根本上就与此事不存在于同一领域。本多觉得这几个月来一直压在他心底的沉重谜题在一瞬间完美地解开了,内心一片清凉。灵魂的白昼重新掌控了身体,自己不过是能乐堂中一名有才干的观众,是分秒必争的剧务要时刻注意避开的人而已。

能剧舞台就在触手可及的近处,像绝对无法触碰的来生一样熠熠生辉。舞台上展现出一份幻象,本多为此而感动。这就够了。十九年前的爱怜之情在六月的奈良苏醒,那天晚上本多心乱如麻,如今想来,复苏的也许并非清显,只不过是本多自身的爱怜之情罢了。

本多打算今晚回家后翻一翻清显留下的《梦日记》,已经好久没有看过了。

二十

　　进入十月之后,晴朗的天气已经持续了好几天。

　　勋放学后走到家附近时,被演连环画剧的人召集孩子的梆子声吸引,绕远路走进一条小路。孩子们聚集在路口。

　　秋日灿烂的阳光照在自行车上充当连环画舞台的幕布上。演连环画剧的人一看就知道是失业的男人,胡子乱糟糟的,脏兮兮的衬衫上套着一件满是皱褶的外套。

　　整个东京的失业者仿佛商量好的一样,一眼看过去全都是一个模子刻出来的,完全没有想要掩饰自己失业者身份的意思。他们的脸上仿佛长着看不见的疾病斑点,失业就像悄悄蔓延的疾病一样,病人刻意想让其他人认出自己。演连环画剧的人一边敲梆子一边扫了一眼勋,勋觉得自己被当成了刚刚温好的柔软牛奶皮。

　　"哇哈哈……"

　　孩子们发出模仿黄金骷髅侠[①]的哄笑声催促开幕。勋并没有停下脚步,不过他在路过的时候从向左右两边拉开的幕布之间看到了凶恶的

[①] 日本的一部科幻动作片中的角色。

黄金骷髅侠黄色面具，还有黄金骷髅侠穿着绿色衣服和白色紧身裤、张开红色斗篷在空中飞翔的画面。画幼稚而丑陋，勋曾经听说这种画是一位贫穷的少年画的，每天能有一日元五十钱左右的丰厚收入。

演连环画剧的人轻咳一声，开始铺垫："诶，黄金骷髅侠是正义的伙伴……"勋已经将连环画剧和孩子们抛在身后，那人沙哑的声音依然传进了他的耳朵里。

勋走进西片町里立着一排排围墙的安静小路，飞跃天空的黄金骷髅侠的幻影追在他身后，这位正义的化身展现出怪诞的金色姿态。

回到家后，勋见家里一片寂静，于是绕到了后院。佐和一边哼歌一边在井边洗衣服。今天天气晴朗，洗过的衣服很容易干，这让佐和感到高兴。

"欢迎回来。今天大家都去为神山先生的七十七岁大寿帮忙了，不在家。你母亲也去了。"

老先生是这个世界的引导者，一直很关照饭沼。

佐和应该是犯了错误被留下看家。无所事事的勋坐在杂草丛中，虫鸣在白天显得微弱，消失在流水的声音中。天空变成了清爽的颜色，倒映在佐和不停搅拌的水中成为一盆碎片。眼前的世界平安无事，一切都在努力架空勋的计划，树木和天空的颜色都在齐心协力冻结他熊熊燃烧的志向，平复他感情的激流，勋觉得自己仿佛被最不现实、最没有必要的变革幻影攫住了。只有年轻的刀刃在秋日晴空之中徒劳无功地闪耀着青色的光芒。

佐和似乎立刻觉察到了勋的沉默中包含的意义。

"你最近练习剑道了吗？"那双肥胖的手一边像揉年糕一样揉着

白色的布料一边问。

"没有。"

"这样啊。"

佐和没有问勋原因。

勋看了一眼盆子中的衣服,尽管佐和做出全力以赴的样子,不过要洗的衣服很少,佐和本来就只需要洗自己的衣服而已。

佐和断断续续地说:"我、这么努力地、洗衣服,什么时候、能派得上用场呢?"

"说不定明天就用上了,一定是在你正在洗的时候。"勋语带揶揄地说。

佐和口中"派得上用场"的意思并不明确,他只是不停地说着男人在这种时候就要穿着光洁的汗衫。

佐和终于开始拧衣服,干燥的地面上滴下漆黑的水滴。他看也没看勋,开玩笑地说了一句:"我总觉得与其跟着老师,不如跟着你能更早地找到机会。"

勋听到这句话的一瞬间,很担心自己的脸色发生了变化。佐和一定是嗅到了某种迹象,自己是哪里疏忽了呢?

佐和像是没有注意到他的反应,单手抱着拧干的衣服,另一只手用抹布随意擦了擦晾衣杆问道:"你什么时候去海堂老师的修习会?"

"最后决定从十月二十日开始去一周,因为在那之前都是满员,听说这段时间甚至有实业家来参加。"

"你和谁一起去?"

"我约了学校研究会的人一起去。"

"我也想一起去啊，我去拜托老师试试吧。反正就算我留在这里也只能看家，如果我去拜托老师的话他应该会同意吧。我也应该和你们年轻人一起锻炼锻炼。到了这把年纪就算心气再高，身体也会不受控制地懈怠。怎么样，可以吗？"

勋不知道该如何回答。就像佐和自己说的，如果他去跟父亲说，父亲一定会同意。但是如果佐和来了，就会妨碍勋和同志们难得的最后商谈机会。说不定佐和正是知道这一点才故意在套他的话。又或者佐和说的都是真心话，他提出想要参加修习会也许是在委婉地表达想要成为勋的同志的心情。

佐和背对着勋，把自己的衬衫和细筒裤挂在晾衣杆上，又将兜裆布的绳子系在杆子上。因为拧得不够干，水沿着倾斜的晾衣杆滴落，佐和并不在意。他干活时，卡其色衬衫背后在勋面前隆起一块，就像堆积起的厚重、迟钝的脂肪在逼迫他做出回答。

尽管如此，勋依然无法回答。

把晾衣杆挂在眼睛的高度上之后，风吹起汗衫贴在了佐和脸上，佐和就像被一只巨大的白狗舔了一样，慌忙拉下汗衫后退了一步。他转向勋，漫不经心地问："有什么我去了会让你觉得不方便的事吗？"

如果勋再久经世故一些，也许能巧妙地回答这个问题。可是他脑子里都是佐和来了之后会有麻烦的想法，连玩笑都说不出来了。

佐和没有刨根问底，只说自己房间里有好吃的点心，邀请勋和他一起进去。他凭借年长者的特权独自占据了一间五平方米左右的房间。屋里像样的书只有几本卷了页的《讲谈俱乐部》，如果有人责备他，他就会说，喜欢通过读书体会日本精神的家伙都是些假冒的勤皇者。

　　佐和让勋吃他妻子从熊本送来的肥后①年糕，为勋倒了一杯茶，然后说了一句前不着村后不着店的话："不过，老师真的很爱你啊。"然后他弄倒了旁边的一堆破烂，拿出一把画着美人画的团扇，上面画着附近酒家中元节的商标，用优雅的字体印着酒馆的名字和电话号码。佐和想把团扇送给勋，却被一口拒绝。因为团扇上的美人瘦骨嶙峋，眼神中带着一丝虚无，眉眼间与桢子有几分神似，所以勋拒绝时不自觉得加重了语气。不过在佐和眼中似乎只是没有任何深意，和平时一样不合常理的举动之一。

　　勋注意到自己的拒绝方式有些刻薄，不由得想尽快解开两人之间的隔阂，于是问了一句："你真的想去修习会吗？"

　　"不，也没有那么想去啦。最后肯定会不知道要忙什么就放弃了，只是随口说说而已。"佐和轻而易举地接受了，甚至让勋觉得有些扫兴，然后又自言自语地说起了那句毫无关系的话，"老师真的很爱你。"

　　然后他用每一个指头根都胖得凹陷下去的双手拢住厚茶杯，自顾自地说了下面一番话。

　　"你已经长大了，有些事也该知道了。靖献塾最近才开始变得宽裕，我刚来的时候经营特别困难。我明白不让你了解这些事情是老师

---

① 日本旧地名，包括熊本县全境。

的教育方针，不过要我说，你也到了应该看到事情黑暗面的年纪了。如果该了解的事情都不了解，一定会摔跟头的。

"已经是三年前的事情了吧，《日本新论》把神山先生贬得一文不值，就是今天过七十七岁大寿的神山先生。饭沼老师说沉默不语也无济于事，于是去见了神山先生一面。我不知道他们具体谈了些什么，只是接到饭沼老师的命令，让我去日本新论出版社和他们谈判，要求登出占三版篇幅的道歉信。饭沼老师当时说了一句谜一样的话：'就算他们给钱也决不能要，要把钱狠狠地砸在他们身上。如果对方没有提出给钱，那就是你的谈判技巧不到家。'

"明明不生气还要装作生气是很有趣的事情，看着别人害怕的样子，心情也不会差。总之，日本新论出版社派了个狂妄的年轻记者来对付我，反而正合我意。

"饭沼老师的战术一气呵成，确实精彩。先派我这种人打头阵，我自己说可能会有些奇怪，我这人让人讨厌不起来，就算表现得怒火中烧也会让对方觉得有机可乘，所以对方觉得用一点小钱就能解决。结果没想到谈判破裂，对方不免会觉得有些心虚。

"老师绝不会让出版社的人直接和神山先生见面，那段时间里安排了五个人去演戏，一个比一个水平高。越往后，我们的人就越可怕越威风，对方完全不知道什么时候是个头，只能不断深入。而且我们不会恐吓他们，只是说'这不是钱的问题'，他们也没办法找警察介入。第二位登场的人就是六月事件中的武藤先生，日本新论出版社也害怕了，第一次意识到事情没有那么简单。

"而且从第二个人到第三个人之间特意设置了暧昧模糊的间隔，

让他们升起只要见到第三个人就能解决问题的希望，却又总是不让他们和第三个人见面。等到终于见到的时候，问题已经转移到未知的第四个人那里了。到了这个地步，对方连神山先生本人都还没见到，'不能保持沉默的年轻人'已经不止一两百人了。

"当然，日本新论出版社也赶紧雇了便衣警察，带着社长的签字坚持要讲和。我们在见面地点上好好下了一番功夫。第四个登场的演员是吉森先生，他的舞台可不得了，竟然是和吉森先生有联系的土建公司的工地——饭场事务所。

"整个四月就在争吵中过去了，最后一名演员是温厚的大人物，名字不能说，他一出场就用胆识和经验解决了问题。最后的成交地点是在柳桥，日本新论的社长也去了，他跪地求饶，就这样也依然出了五万日元才解决。饭沼老师应该也收了一万日元，所以靖献塾那一年手头特别宽裕。"

勋拼命压抑心中的焦躁之情，事到如今，他坚固的虚荣心已经不会为这种卑鄙的小恶感到震惊了。他所不能忍受的是自己至今为止一直在接受这份卑鄙的小恶的恩惠。

不过严格来说，要说他是第一次看清真相未免太夸张。如今的勋愿意承认正是因为自己可以无视生活的根基，才在不知不觉间成就了自己纯洁的根基。这件事同样成了他莫名其妙感到愤怒和不安的理由。站在恶的基础之上行使正义，这种夸张的想法确实能够讨好年轻人的虚荣心，可是他想象中的恶应该更像样。

尽管如此，这个理由要想让勋怀疑自己的纯粹依然过于薄弱。

他竭力保持冷静，反问了一句："我老爸现在还在靠这种事生活吗?"

"现在不一样了,现在老师是大人物了,已经不需要那么辛苦了。我希望你也能了解老师坚持到今天究竟吃了多少苦。"

佐和停顿了一下,然后又抛出了一句毫无关系的话,不过这句话让勋大吃一惊。

"你想对谁下手都行,唯独别动藏原武介。要是他有个三长两短,最受伤的就是饭沼老师了。你出于忠诚所做的事情会成为最大的不孝。"

二十一

　　为了细细体会佐和话中的意思，勋匆忙离开了佐和的房间，把自己关在房间里。

　　就像吃了麻辣的山椒子，随着时间的流逝，嘴里的麻痹感会渐渐消失一样，"唯独别动藏原武介"这句话的冲击已经不像刚刚听到时那么强烈了。佐和并不见得是看透了勋的秘密，因为藏原武介早已成为了某些人眼中资本罪恶的元凶。

　　如果佐和察觉到勋在暗中计划着什么，那么很容易想到藏原的名字会出现在他的目标之中。佐和提出不要对藏原下手的忠告，并不需要真正知道勋的目标就是他。

　　最后的疑问只剩下一个，佐和在暗示勋要将藏原的名字和父亲的名字联系起来。藏原真的是父亲重要的金主，靖献塾的秘密赞助人吗？这个想法实在让勋无法接受，不过既然这个问题没办法立刻证明，只能暂时不去管它是否正确。比起愤怒，不确定带来的焦躁更剧烈地焚烧着他内心深处的各个角落。

　　其实，勋对藏原的了解仅限于仔细研究过他登在报纸杂志上的照片和言行而已。很明显，藏原是金融资本无国籍的化身。在描绘一个无爱的男人的幻象时，没有比藏原的形象更合适的人了。无论如何，在这个无论走向何处都无法呼吸的时代，那个男人是唯一一个能轻松呼吸的人，只凭这一点，就足够怀疑他是犯人了。

藏原在一份报纸上发表的言论引发了争议，那句冒失的话让勋觉得并非简单的冒失，而是精心策划的冒失，那句话让勋憎恶而愤怒，他永远不会忘记。

"失业者多自然不是好事，但并不直接等同于不健康的财政，而是恰恰相反，这是常识。并非只有人民仓廪实才意味着日本的安泰。"

藏原身上有着与这个国家的土地和血脉脱节的理智，这份理智造就了他的恶。不知道是不是出于这个原因，尽管勋对藏原几乎一无所知，却能清晰地感受到他身上的恶。

如今的日本充斥着一味讨好英美，举手投足间都带着魅惑之意，除了在走路时扭动腰肢以外什么都不会的外交官僚；散发着私利私欲的恶臭，仿佛匍匐于地面觅食的巨大食蚁兽的财经界人士；本身就是一大块腐肉的政治家们；披着成功主义的盔甲动弹不得，像独角仙一样的军阀；戴着眼镜，像懒散的白色蛆虫一样的学者们；将满洲国当成庶出的孩子，争先恐后伸手想要分一杯羹的人们……然后，广阔的贫穷就像地平线上的朝霞一般照亮了整片天空。

藏原站在这幅凄惨风景画的正中央，宛如一顶冷漠的黑色绢帽。他默默地看着他人的死亡，并且频频赞叹。

令人悲伤的日子里，苍白冰冷的太阳无法带来丝毫光明的恩惠，却依然在每天早上忧伤地升起，划过整片天空。那轮红日正是陛下的身姿。会有人不希望再次看到太阳露出喜色吗？

如果藏原……

勋打开窗户向外吐了口唾沫。如果自己今天早晨吃的早饭和中午吃的盒饭都是藏原的恩惠，那么自己的内脏和肉体已经在不知不觉间全部沾染了毒素。

他想去质问父亲。可是父亲会说真话吗？与其去听父亲巧妙的借口，不如干脆一言不发，装作什么都不知道。

如果真的一无所知，如果不知道这件事就好了，勋一边用脚磨蹭地面，一边诅咒自己听到了这番话的耳朵，并且怨恨将毒药灌进自己耳朵里的佐和。无论自己多么努力地装作一无所知，佐和总有一天会告诉父亲，他已经将此事告诉自己了。自己会成为一个知晓一切却依然背叛了父亲的儿子吧，会成为心知肚明却依然杀害恩人的忘恩负义之徒吧。自己行为的纯粹性将会值得怀疑，为追求纯粹刻意为之的行为本身将成为更加不纯粹的行为。

那么，要想保护纯粹该如何是好呢？不作为吗？只从暗杀名单上排除藏原吗？不，如果这样做，自己就会变成为了尽孝，对国家的毒瘤视而不见，背叛陛下，同时背叛自己的诚心的人。

仔细想来，正是因为勋并不熟悉藏原这个人，才让勋的行为趋近于正义。藏原应该尽量保持遥远、抽象的邪恶形象。不要说恩情或者私怨了，勋甚至不能对他抱有对一个活生生的人的爱憎之情，这才能让杀人成为正义。勋只要在远处感受到藏原的邪恶就足够了。

杀死讨厌的人很简单，打倒卑劣的人很轻松。勋不想利用敌人的人格缺陷，让自己接受杀人这件事。在他的脑海中，藏原的巨大邪恶一定不能与为了自身安全买下靖献塾这种狭隘的小恶产生关系。神风连的年轻人们绝不会因为小小的人格缺陷杀死熊本镇台司令官。

勋痛苦地呻吟。美好的行为是多么脆弱啊。尽管不讲理,但是自己做出美好行为的可能性已经被彻底剥夺。都是因为那一句话!

剩下的唯一一种可能的行为就是自己变成"恶",但是勋代表正义。

勋拿起靠在房间一角的木刀,匆匆跑向后院。佐和已经不在了,勋在井口旁平坦的地面上一边踏出送足①步法一边疯狂地挥刀。木刀划破空气发出的凄厉声响擦过耳畔。勋不去思考,将木刀高高举起,再狠狠劈下,仿佛一杯接一杯喝酒想要尽快喝醉的人一样,焦急地让热烈、悲伤的情绪尽快传遍全身。粗重的喘息像灼热的火焰,蹿上胸口又无从释放,该出的汗水迟迟没能散去,没有任何意义。就算回忆前辈们教给自己的剑道古歌"若欲无念,心则有念,无欲方可无念"或者"明月不思出与落,亦无山峦挂心间"也毫无用处。被虫蛀过的栗树叶透过美丽的黄昏天空,一点点渗入佐和洗过的白衣服间,让那些衣服愈发醒目。围墙之外,自行车的铃声消失在黄昏之中。

勋手握木刀再次敲响了佐和房间的门。

"怎么了?肚子饿了吗?今天晚上可以从饭店点菜,你想吃什么?"佐和起身开门。

门刚一打开,勋就逼近一步,脸贴着脸说:"你刚才说的是真的吗?我家私塾和藏原有关系?"

---

① 剑道基本步法,向前移动时先移动前脚,向后退时先移动后脚。

"你别吓我啊，还拿着木刀，总之先进来吧。"

勋在迅速挥刀的过程中已经想好，无论质问时情绪多么激动，都不用担心被对方看透真心。因为如果靖献塾真的在接受藏原的援助，那么作为一个纯洁的年轻人不激动反而不自然。

佐和没有说话。

"请告诉我事实。"勋把木刀放在左边地上，双手端端正正正地放在膝盖上说。

"如果我告诉你事实，你会怎么做？"

"什么都不做。"

"既然你什么都不打算做，事实如何就不重要了吧。"

"如果我的父亲和那种大恶人有关系，就并非不重要。"

"如果没有关系，你会杀了藏原吗？"

"这不是杀不杀的问题。"勋说了一句诡辩的话，"我希望父亲和藏原都能保持完整的姿态，藏原是完整的恶人。"

"因为这样一来你也能保持完整吧。"

"我不需要保持完整。"

"那不就无所谓了吗？"

勋几乎要败下阵来。

"佐和先生，模棱两可是懦弱，我只是想看清现实，想直面现实。"

"为了什么？看清现实后你的信念会发生改变吗？如果是这样，那么你此前的志向不过是幻觉而已吗？如果是这么容易改变志向，不如舍弃好了。我只是想在你相信的世界中打开一道缝隙而已。仅仅如此就让你这么动摇,看来你的志向也值得怀疑啊。男子不回头的决心呢?你真的有这样的决心吗?如果有,就在这里说出来。"

勋再次无言以对。佐和绝不是只会看《讲谈俱乐部》的男人。他指责勋,将计就计,想让年轻人吐出哽在喉咙里的炙热固体。勋感到兴奋的情绪让他两颊温度上升,他拼命控制着自己的情绪,然后说:"在你对我说实话之前,我不会离开这里。"

"是吗?"

佐和沉默了一会儿。这名四十岁的肥胖男子盘腿坐在夜幕降临的五平方米房子里,穿着塾长的旧法兰绒裤子,膝盖已经磨破,脂肪把卡其色衬衫顶出一个包,在背后堆成一团。这副样子立刻抹消了佐和刚才的棱角,分不清是在打盹还是在沉思。

佐和猛地站起身,拉开抽屉翻找着,然后重新端坐在地,膝盖前方摆着的是一把白色刀鞘的短刀。佐和拔刀出鞘,昏暗的房间中出现一道锐利的苍白裂痕。

"我说这些话是为了让你放弃,你是靖献塾重要的继承人。老师真的很爱你。

"我就没关系,虽然有妻儿,但是没有任何牵挂,他们也嫌弃我。我这副随时可以去死的身体活到现在已经很对不起大家了。

"如果是我,就不会给老师添任何麻烦,只要交一封退塾信,就能一身轻松地去刺杀藏原了。我会负起刺杀藏原的全部责任。不管怎么说,那家伙是一切恶的根源,就算得到了最糟糕的结果,只要干掉他一个人,他操纵的那些政治家和实业家也会明白自己被断了活路。无论如何,藏原必须死,我一直是这样想的,所以请将刺杀藏原的任务交给我，交给这把短刀吧。

"我只要杀藏原就好，把他让给我吧。如果我杀了藏原之后日本依然没有变好，到时候你们这些年轻人再集合起来去做些什么。

"如果你们无论如何都要去杀藏原，让我加入你们，我一定能派上用场，只有我能在不伤害靖献塾的前提下去做这些事。

"我真心拜托你，请你对我表明志向吧。"

勋看到佐和抬起卡其色的袖子擦了擦眼睛，听到他的呜咽声后，已经无法再质问他关于藏原的真相了。佐和的语言和态度都在暗示他这就是现实，或者根据这番所见所闻，藏原的事情本身也有可能是佐和为方便提出这份请求而编造出来的。无论如何，现在遭受折磨的是勋。

勋很迷茫，刚才那种无法自制的危险已经不复存在。这一次，勋站在了做决定的一方。佐和依然在呜咽，勋俯视着他毛发稀薄的头顶，能够从容地做出合乎条理的判断。

在这一瞬间，利害得失组合在一起，就像划破蓝天的尖锐竹篱笆组合成型。勋既可以让佐和加入成为同志，也可以不让他加入；既可以表明自己的志向，也可以坚决否认；既可以选择守护美与纯粹，也可以选择放弃。

让佐和成为同志就意味着表明志向。作为交换，勋就能从佐和口中听到关于藏原的真相。在那一瞬间，勋的维新就无法继续保持纯洁，不过另一方面，让他融入勋的起义计划，这样就可以阻止佐和抢先行动，防止由此带来的危险。

如果不让佐和加入，勋就没有必要表明志向，对方也没有必要向勋坦白丑陋的现实。但是佐和会抢先刺杀藏原，有可能促使敌人加强警备，让维新意外受挫。

勋有了一个残酷的判断。为了保护自己这些人行为的美、纯粹与正义，让佐和单独去刺杀藏原就好。但是勋不能自己说出来，也绝对不能做出要"让出"藏原的姿态。如果这样做，就会变成勋在利用不纯的手段来保护纯粹。一切都必须是自然发生的。

也许在做出判断时，勋潜意识里在憎恨佐和。

勋的嘴边浮现出成熟的笑容，他已经成为引导者。他担心和佐和两个人吃晚饭会尴尬，于是说："佐和先生，算了吧。我刚才因为无聊的事情心情激动，也许让你误会了。你说同志什么的，我们没有任何计划，只是一帮明治史研究会的会员聚在一起打气而已。年轻人都在做这样的事情吧，是你想太多了。我先告辞了，今天晚上要去朋友家吃晚饭，我也该出门了，你不用帮我买饭。"短刀的白刃留在昏暗的房间中，如同一摊水渍。佐和没有追上来。

勋打算去井筒家，他突然在意起井筒有没有好好养之前从桢子那里拿到的百合花。那么勋的百合呢？

为了不让别人在自己出门时误扔百合花，勋把百合单独插在一个花瓶里放在了带玻璃门的书架中。一开始还每天都会换水，最近总是忘记，勋自己也感到惭愧。他打开双开玻璃门，抽出几本书向里望去，百合花在黑暗中耷拉着脑袋。

这朵被拿到灯光下的百合花已经变成了百合木乃伊。如果用手指轻轻碰触，茶褐色的花瓣一定会立刻化为齑粉，从残留着一丝绿色的茎干上脱落。眼前的物体已经不能称之为百合花，而是百合花残留的记忆，是百合的影子，不朽的鲜百合从这里离巢，留下的只是百合的茧。但是它依然散发着浓郁的芬芳，意味着它在这个世界上曾经作为百合花存在过，带着曾经洒在鲜花上的夏日阳光的余晖。

勋用嘴唇轻触花瓣。如果嘴唇清晰地感受到了花瓣的触感，一切就已经晚了，百合花恐怕会立刻瓦解。嘴唇和百合花的接触必须像黎明拂过山脊一样轻柔。

勋年纪尚轻，从没有碰触过任何人的嘴唇，他用自己敏感的嘴唇上一切微妙的感官若即若离地触碰枯萎的笹百合花瓣。然后他想："这里有我纯粹的根基和保证，毫无疑问，它们就在这里。当我挥刀自尽时，百合花一定会伴随着冉冉升起的朝阳从朝露中张开花瓣，用百合的芳香净化我鲜血的味道。这样就够了，还有什么值得烦恼的呢？"

二十二

　　本多在法院每月一次的"时局调查会"上听说了六月发生在暹罗的立宪革命。调查会是院长提议发起的，所以一开始很多人会出于情分参加，后来忙于工作缺席的人渐渐增加。调查会上每次都会邀请外部演讲者在小礼堂演讲或交流。

　　因为本多还记得以前有交情的巴塔那迪多和克里萨达，尽管他们回国后就断了音信，不过这次的调查会还是引起了本多的兴趣，他津津有味地听着那位某综合商社的海外分店长讲述他碰巧遇到革命的故事。

　　革命开始于六月二十四日那个明亮的早晨，在曼谷市民丝毫没有注意到的情况下平稳地发生并结束。湄南河上，汽艇和舢板和往常一样穿梭交错，著名的早市也依旧喧嚣，官厅的工作和平时一样极为缓慢地进行着。

　　只有来到王宫前的人注意到那里在一夜之间发生了变化。王宫周围的道路上满是坦克和机关枪，海军士兵举起刺刀挡住了想要靠近王宫的车辆。远处从王宫楼上的窗户伸出的机关枪枪口在阳光下闪闪发光。

此时，拉玛七世国王正和皇后一起行幸位于东海岸的避暑胜地法新，将绝对专制的王政交给了国王的叔父，摄政比里·帕侬荣。

比里·帕侬荣殿下的宫殿在拂晓时分遭到一台装甲车袭击，殿下穿着睡衣老实地坐上装甲车前往王宫，袭击时受伤的一名警官成了立宪革命中唯一的流血者。

以殿下为首，支撑王族政治的重要王族和阁僚们纷纷被带进王宫，幽禁在一间房子中，听军事政变的指挥者普拉亚·巴洪上校发表新政府的理念。国民党掌握了政权，建立起临时政府。

国王听说此事后于第二天早晨发表无线电广播，对立宪君主制表示赞赏后，在国王万岁的欢呼声中乘坐特别列车回到首都。

六月二十六日，拉玛七世下达敕令承认新政府，在此之前，国王召见了国民党的两名青年领袖，民间指导者鲁方·普拉迪特和青年将校代表普拉亚·巴洪，对国民党提出的宪法草案表示赞同，下午六点在文件上盖了玉玺。这样一来，暹罗成了名副其实的君主立宪制国家。

……本多想知道巴塔那迪多殿下和克里萨达殿下的消息。既然只有一名警官负伤，两位殿下一定平安无事。

听到泰国的革命，所有人都禁不住在心里将日本和泰国作比较：日本已经沦落到了这般地步，为什么革新运动只能以"五·一五事件"那样无益的流血而告终，而不能取得泰国那样温和的成功呢？

——听说这件事之后不久，本多被派往东京出差，不过需要他做的工作并不难，这次出差算是时隔很久之后，院长对他的慰劳。本多乘坐十月二十日夜里的列车出发，出席二十一日的会议，因为二十二日是周六,他只要在周一之前回到大阪就可以。母亲一定会开心地迎接难得能在家住上两三天的儿子。

一大早,本多在东京站下车,已经没时间悠闲地回家脱下行装了,所以他暂时和前来迎接的人分开,打算在车站里的"庄司"澡堂洗个澡。也许是太久没有接触东京的空气的缘故,本多刚一下车就闻到了某些不熟悉的味道。

站台到大厅和往常一样人山人海。虽然穿着长裙的女人们很显眼,不过这种打扮本多在大阪已经见惯了。本多说不上来究竟是哪里不一样,他感到仿佛有某种看不见的气体在不知不觉间笼罩了众人,大家目光湿润,如同做梦一般急切地渴望着什么。提着包的普通上班族,穿着羽织和裤裙的男人,穿着洋装的女人,烟草小贩,擦鞋的年轻人,带着制服帽的站务员,所有人都像被同一种暗号联系在了一起。究竟是什么暗号呢?

当人们一边害怕一边等待社会上发生某件事情时,如果时机已经成熟,到了箭在弦上不得不发的地步,人们不就会带上现在这副表情吗?

大阪还看不到这副表情。本多仿佛听到东京这座城市面对若隐若现的巨大诡异幻影时,正在发出紧张的、神经质的、令人汗毛倒竖的笑声。

工作结束后,本多充分休息了一番,在周六晚上一时兴起给靖献塾打了一通电话。饭沼出来见他,夸张地用怀旧的语气说:"您来东京了啊,真不敢当,您能专程和我这种人打招呼,这是我的荣幸。上次在贵府承蒙招待,还带上了犬子,真是惭愧。"

"勋还好吗?"

"前天就出门了,去梁川参加真杉海堂老师的被禊修习会。其实,我明天也必须去梁川走一趟,犬子要给老师添麻烦了,我得去登门道谢。如果您有空的话要不要一起去,我想山上的枫叶应该已经红了。"

本多犹豫了一下。他拜访饭沼是因为过去有交情,但是作为现任法官,就算不参加被禊仪式,只是专程去右翼私塾的修习会还是有可能招来流言蜚语的。

不管怎么说,本多必须在明天晚上或者后天一早离开东京,于是拒绝了饭沼的邀请,可是饭沼始终坚持,大概是因为没有其他能招待本多的方法了。终于,本多同意与饭沼同行,不过条件是要隐藏他的身份。至少在出差的最后一天早上,本多想睡个懒觉,于是两人约好十一点在新宿站见面。搭乘中央线,在将近两小时路程的四方津站下车后还要沿着桂川走一里左右。

真杉海堂在甲斐国北部留郡梁川有一块两町五反[1]的地,正好位于桂川呈直角转弯处的本泽地区,形状像一片朝着桂川突出的露台。田地后面有一块能容纳数十人的道场,还有一座神社。西侧吊桥边有一栋小屋,从小屋走下台阶就到了被禊的地点。田地由私塾学生负责耕作。

---

[1] 日本面积单位,1町等于10反,相当于1公顷左右。

真杉海堂是著名的反佛教人士，作为笃胤派，这也是理所当然的事情。他还把笃胤痛骂佛教和佛祖的话原封不动地传授给了学生。他蔑视佛教绝不肯定生，进而无法肯定为大义赴死的思想，认为佛教终究无法接触到"有灵魂的生命"，从而无法到达"生命""结合"的正道，即天皇道。业的思想全都是融入了虚无主义的恶之哲学。

"佛祖……名曰悉多，资质愚钝，虽入深山修苦行，终未寻得免于三苦（老、病、死）之法……大发忍耐之恶念，数年间在山中修得幻术，终成佛陀……谎称佛本至尊无上之物，却亲自为妄说之罪创造天狗恶道，令罪人遭受三热之苦，堕入魔魅。

"佛法传入之前，已有儒道传入，致使人人心生狡意，又听信佛法因果之说，终至人心懦弱，上下皆为此妄说诓骗，信奉外来之物，主动疏远皇祖神明重要的神敕传说，轻忽古风神事，甚至在神事中交杂佛法之风……"

私塾学生已经听惯了笃胤的教义学说，所以饭沼一路上反复提醒本多绝对不要说出称赞佛教的话语。

从各种事先了解到的情况中，本多在心里描画出的海堂的形象是一位仙风道骨的白胡子老人，而事实上，海堂是一位身材矮小、缺了牙的亲切老人，只有眼睛中散发出狮子一样锐利的光芒，给本多留下了深刻的印象。饭沼向海堂介绍本多是早年照顾过自己的官吏后，海堂用狮子一样锐利的眼神紧紧盯着本多，说了句恭维话："尽管你看起来年纪尚轻，不过看起来见识过不少人，但是目光依然清澈。这种人可不常见，不愧是饭沼尊敬的人。"

一番恭维刚说出口，海堂突然开始说起佛陀的坏话："第一次见面就说这种话也许为时过早,其实我早就看出释迦就是个骗子,是导致日本人失去原有的雄雄爱国之心的元凶。佛教不是否定了大和魂本身吗?"

因为饭沼刚一来就起身去祓禊了,所以道场里只剩下海堂和本多,本多暂时陷入了不得不独自一人听海堂讲课的窘境。

饭沼祓禊后换上了一身白衣白裤裙,在海堂得意门生的陪同下回到了道场中。本多见到他之后总算松了一口气。

"水着实清冽,身心的污秽都被净化了,感激不尽。另外,我想见见犬子,请问他在哪里?"

听了饭沼的话,海堂命得意门生去叫勋。本多想到勋会穿着和父亲同样的白衣白裤裙现身,不觉起了兴致。

然而勋迟迟没有现身,得意门生再次回到门前跪着说:"我问了私塾的学生,勋刚才被您斥责后情绪激动,从门卫那里借了猎枪后出门了,说是要打几只猫啊狗啊来散心,然后就往山里去了,多半去了丹泽那边。"

"什么,祓禊后就要沾兽血?这可不行。"海堂瞪着狮子一样的眼睛怒而起身。

"把勋研究会里的人都叫过来,让他们各自拿上玉串去找勋。勋这是要效仿素盏鸣尊①,亵渎道场神域啊!"

饭沼浑身无力的狼狈样子在旁观的本多眼里显得很滑稽。

"犬子究竟做了什么?劳烦您斥责他?"

---

① 《古事记》中的三大主神之一,曾经大闹高天原。

"请放心,他没做什么坏事。只是那孩子的荒魂太强,如果不能通过修行招来和魂,恐怕会误入歧途,所以我才斥责了他。身上有荒神寄宿,这对男孩子来说是好事,但那孩子身上的荒魂太烈,他原本一直低着头聆听我的教诲,荒魂一定是在那之后突然发作了。"

"我也必须带上玉串去帮那孩子祓禊。"

"好,一定要趁那孩子还没有被玷污之前赶到。"

本多听着两人的对话,一开始还被非同寻常的气势所压倒,后来理智忽然抬头,于是感受到一股难以言喻的荒谬。这些人不关注肉体,只注重灵魂。不过是一名不羁的少年受到斥责后情绪激动,这在现实中随处可见,而这些人却将此事当成心灵世界里的可怕力量在发作。

本多对勋有神奇的亲近感,所以才特意来到这里,此时他感到了后悔,不过他又觉得眼前有某种不可知的危险正在逼近勋的行动,为了阻止这份危险,他也应该助上一臂之力。

离开房间后,二十来个穿着白衣白裤裙的年轻人带着玉串,表情紧张地聚集在一起。见饭沼挥动玉串向前走去,众人纷纷紧随其后。只有本多一个人穿着西装,紧紧跟在饭沼身后。

这一瞬间,本多陷入了难以言表的心情中,眼前的画面勾起了他遥远的记忆,但他应该从没有被这么多穿着白衣的年轻人包围过。

然而,铁锹即将撬动某个极为重要的记忆,已经碰触到地面上的第一块石头,发出响亮的声音。这个声音在本多脑海中清晰地响起,然后立刻如幻影般消失,一切都发生在瞬间。

究竟是什么呢?

刚才，美丽的金色捻线优雅地扭动着身子，真真切切地碰触到了本多神经末梢的针，然后擦肩而过。

尽管已经碰到，却在差一点穿过针眼时侧身避开。就像害怕被一口气编入一块只画好浅色底样的彩色刺绣布料中一样，金色捻线与针孔擦肩而过，被某种巨大而纤细柔韧的手指操纵着。

二十三

　　那是十月下旬的一个下午三点左右，太阳即将落山，云朵在空中泼洒出点点斑纹，天光如同薄雾一样笼罩住周围的风景。

　　饭沼一行人分成三四个人一组，默默走过陈旧的吊桥。本多向下看去，桥北是深不见底的浑浊水潭，南侧被禊的地点却是有着白色河岸的浅滩，这座腐朽的吊桥刚好位于水潭和浅滩的分界线上。

　　本多走过吊桥，回头看向谨慎地走在吊桥上的年轻人们。桥板不停地发出轻微的震动，身后是岸边的栎树林和桑田，萎靡的白胶木红叶，柿子树的黑色树干上孤零零地挂着一颗红色果实，散发出性感的气质，山脚下点缀着小屋。在这样的背景中，一个个拿着玉串的年轻人走到桥中间时，一缕夕阳正好穿透山边的云打在他们身上。夕阳锐利地打在白色裤裙的皱褶中，明亮得宛如从白衣里释放出光芒，同时，玉串上的杨桐树叶散发出深绿色的光泽，将御币笼罩在纤细的阴影中。

　　等将近二十个人全部过桥要花不少时间，本多再次环顾四方，看着从四方津走到梁川的一里路上已经看惯的秋日山景。

　　这里是群山环绕之处，远山近山或浓或淡的色彩层层叠叠地映入眼帘。每座山上都长满了杉树，只有杉树林在周围温和的红叶中呈现出威风凛凛的暗色。虽说是红叶，不过秋意尚浅，只有零星的铁锈色鲜明地浮现于发黄毛织物的长毛中。在这片红色、黄色、绿色和茶色之上飘浮着另一份朦胧的压抑感，不让它们呈现出鲜艳的色彩。

篝火的气味和蒙着一层轻纱般的光芒笼罩在一切色彩之上，反而是远山在云霞间凝结成清晰的深蓝色，然而附近没有一座险峻的山峰。

等到众人全部过桥后，饭沼继续向前走去，本多紧随其后。

过桥之前，脚下最明显的落叶是柞树的落叶，现在沿着山崖向上走在石头路上，脚下是大量的樱花树落叶，从桥的另一边看过来时仿佛红色的落花。被虫蛀过的叶片染上了曙光的色彩，本多没来由地生起疑问，这幅衰颓的景象怎么会染上曙光的色彩呢？

山崖的顶端有一座火警瞭望台，水蓝色的天空中挂着一只黯淡的小巧吊钟。从这里向前，小路上落满了柿子树叶。有农家种着几块水菜田，田里长出紫红色的小菊花，每家院落中的柿子树叶子都已经落光，结着几颗蚕茧一样的果实，篱笆之间的小路蜿蜒曲折。

众人走着走着就来到了房屋的尽头，眼前的景色豁然开朗。嘉永年间供养大念佛的石碑掩在草叶之中，从这里开始，田间的道路变得宽阔。

西南边只有一座小山，此处远离远处高耸的御前山和北面环绕的群山，远离河流和街道，除了御前山山脚下的部落之外完全看不到有人居住的房子。一丛丛鲜红的马蓼在铺满稻秸的路边盛放，花丛中传来蟋蟀幽幽的叫声。

周围的田地大多在皲裂的黑土地上搭起一排稻架,或者铺满刚割过的稻子。一名少年骑着崭新的自行车,一边回头看他们这群奇怪的人,一边炫耀似的从旁边悠闲地穿过。

西南边的小山盖满了红叶,就像撒上了一层红色的粉末,一直向北延伸到桂川尽头。田地中孤单地立着一棵被落雷劈开的杉树,微微裂开后仰的一侧树干上,叶子已经全部枯死,带上了干涸的血液的颜色。根部比田地表面略高,雪白的芒草从根部向四面八方延伸。

看着立于道路尽头的白衣人,一名年轻人喊道:"在那里!"

本多身上传来一股不知来由的颤栗。

半个小时前,勋单手拿着村田步枪①,瞪着血红的双眼在附近徘徊。

他并非因为受到了海堂老师的斥责而愤怒。在接受斥责时,他的脑海中生起一个无法压抑的念头,也许自己想要抵达的美与纯粹已经如同玻璃器皿般落在地上摔得粉碎,自己只是故意不去承认而已。

他总觉得自己要想到达美与纯粹的行为,就不得不在暗地里借助恶的发条,凭借恶的力量向上跳跃。也许就像父亲曾经做过的那样?不不不,绝非如此。不能像父亲那样采取用恶稀释正义,或者用正义稀释恶的做法。自己即将悄悄地在体内积攒的恶必须和正义保持同样的纯粹。无论如何,自己在达成心愿后就会自杀,到了那时,体内纯粹的恶同样会与行为中蕴含的纯粹正义同归于尽。

---

① 即日本陆军最早的制式枪,1880年由村田经芳发明。

勋从来没想过要为了私情杀人，他从以前开始就很疑惑，谦虚谨慎的日常生活要如何与杀意结合在一起？必须先从纯粹的小恶，小小的渎神行为开始。

海堂老师崇拜笃胤，既然他那般宣扬兽肉兽血是污秽的，那么就没有比借出猎枪，在秋日的山里狩猎野猪和鹿更好的方法了。如果狩猎野猪和鹿太难，那么打死狗或者猫，带着血淋淋的尸体回去也可以。就算结果会让自己和同志们被赶出修习会也没办法，如果事情到了那般地步，大家一定会生出离别的勇气和觉悟。

他眺望着西南方被红叶覆盖的小山。定睛一看，山的西侧斜坡上是一片桑田，竹林和桑田间有一条细细的小路探入深山之中，桑田上方生长着密密麻麻的杉树，树下似乎同样有林荫道穿过。

村田步枪长两尺三寸，枪管和普通的铁棒相似，铸铁在秋日的天气中冰冷刺骨。散弹已经上膛，难以相信子弹会让凉透了的枪管发热。白衣里还装着三发散弹，无机质物体的冰冷触感贴在胸前，仿佛怀中不是蕴含着杀意的子弹，而是三颗"世俗之眼"。

附近看不到猫狗的身影，于是勋穿过竹林和桑田走进山里。蔓草红色的果实和常青藤在树林中纠缠，桑田边，翻起的桑树根层层叠叠挡住了道路。杂木林中，蒿雀发出简短的啼鸣。

勋幻想着会有愚蠢的鹿悠闲地暴露在枪口之前，他认为自己会毫不犹豫地开枪。自己心怀杀意，而对方对此一无所知。为什么需要憎恶呢？不是只有被杀死，当阳光从蓝天射向从五脏六腑流出的鲜血时，鹿才能展现出恶的鲜明全貌吗？

勋竖起耳朵，听不到任何东西踩在落叶上发出的声音。不是因为恐怖，也不是因为敌意，只是在嘲笑勋的杀意。红叶林、竹林、杉木林中充斥着的沉默都让勋感到自己在被嘲笑。

勋一直走到杉树林中。杉树之间端端正正地镶嵌着阴暗的沉默，完全感受不到生物的气息。勋横穿过斜坡，走进树木稀疏、光线稍显明亮的杂木林中。突然，脚边飞出一只山鸡。

在勋眼中，这是巨大的目标，喧嚣着覆盖住整个视野。这就是刚才门卫口中的"第一步"吧。他立刻端起村田步枪射击。

头顶上方，残光透过红黄相间的叶片照下来。透过叶片能隐约看到傍晚忧郁的天光，灿烂又格外沉重的绿色鸡冠在一瞬间仿佛静止地悬浮在空中。被抛向空中的鸡冠在翅膀的拍打中解体，荣光四散纷飞。不断拍打的翅膀搅拌着空气，空气变得像母乳一样黏稠，力量突然像黏鸟胶一样缠绕在翅膀上。山鸡自己都不知道发生了什么，就突然丧失了作为山鸡的意义，扑打的翅膀将它扯向意想不到的方向。山鸡飞速向无论如何也无法看透的地方坠落，就落在不远处，勋估计是在刚才上山时经过的竹林附近。

村田步枪枪口还萦绕着黑烟，勋把步枪夹在腋下，从杂木林中硬是分出一条路向竹林冲去，白衣的袖子被荆棘扯开了。

竹林中飘荡着如水的光晕，勋一边用步枪拨开缠在身上的蔓草，一边紧紧地盯着竹子的落叶中有没有山鸡的身影。终于，他看见了，于是屈膝抱起山鸡的遗骸，山鸡胸前流淌的血滴在白色裤裙上。

山鸡紧闭双眼，羽毛挡住眼睛，上面布满斑点，就像红色的毒蘑菇一样。这只山鸡如同夜晚的彩虹，有着近乎阴郁的丰满身躯，羽毛散发出饱满的金属光泽，像松软的盔甲一样。山鸡倒在勋的手臂中，身子后仰，羽毛稀疏的部分又闪烁着另一种光彩。

　　脖子是趋近于黑色的葡萄紫鳞毛，从胸部到腹部覆盖着刘海一样的深绿色羽毛，其中蕴藏着光芒。鲜血从不知在何处的伤口流向这片深绿色的羽毛。

　　勋将手指伸向疑似伤口的地方，被散弹炸开的胸口到处都能插进手指，拔出时指头沾满了鲜血。他热衷于探寻杀戮的感觉，开枪的一瞬间，举枪扣动扳机的动作迅捷而流畅，他心中微微涌起一股杀意，淡得像是开枪之后从枪口边缘飘出的一缕黑烟。

　　枪弹确实代表了某些东西。虽然勋一开始进山时并没有打算射山鸡，但是枪不会沉默地放过闪光的机会，于是立刻带来了小小的流血和死亡，山鸡一言不发，理所当然一样躺在了他怀中。

　　正义和纯粹就像盘子里的鱼骨一样被冷淡地排除在外，他吃的不是骨头，而是肉。容易腐烂、闪耀着光泽的柔软肉质在触碰到舌头上时只是一份不错的美味。他只品尝美味，像现在这样令人兴奋的陶醉和满足的平静就会随之到来。准确来说，感觉就是如此。

　　山鸡化身为恶了吗？没有。定睛一看，羽毛下已经有极细小的羽虫在蠕动，如果放着不管，蚂蚁和蛆虫很快就会赶来。

　　山鸡紧闭的双眼让他浑身不适，就像事先准备好的拒绝一样，在他将急于知晓的事情喊出口之前就冰冷地拒绝。于是勋已经弄不清楚自己真正想要了解的究竟是杀戮的感觉，还是自身死亡的感觉。

　　他用一只手狠狠地抓起山鸡的脖子，一边用步枪拨开蔓草一边奋力钻出竹林。南蛇藤的枝条上挂着几颗暗红色的果实，枝条断开，果实缠住勋的脖子，肩膀到胸口都挂上了摇晃的果实。他两只手都腾不出来，索性不去管它们。

勋从桑田旁边走进田间小道，他怅然若失，踩到红色的马蓼花时也不以为意。

勋看着对面枯萎的杉树，有一半是红色的，这才注意到来时走过的路是与脚下这条田间小路呈直角相交的宽阔田间道路，于是走上了来时的道路。

对面，一群白衣少年正在靠近，尽管还看不清脸，不过每个人手上都拿着御币，看起来有些奇怪。这附近穿白衣服的一定是住在私塾里的人，但是自己的同志又不太可能如此肃穆地跟着其他人进山。领头的人看起来年纪不轻，他身边站着唯一一个穿西装的男人。当勋终于看清领头的年长者脸上出现了父亲的八字胡时，他大吃一惊。

此时，傍晚的天空已经充斥着婉转的鸟鸣，无数只小鸟从山背后飞出，遮天蔽日。在鸟儿飞过之前，白衣人们仿佛也被它们吸引，暂时停下了脚步……

勋和白衣人们的距离越来越近，不知道为什么，本多觉得自己被这幅幽暗原野上不断完成的画作排除在外。他逐渐离开众人走进田地中间，仿佛要缝合稻架之间的缝隙。某种极为重要的瞬间正在靠近，他不知道那个瞬间会是什么。勋的轮廓已经清晰可见，也能看清像暗红色勾玉项链一样挂在他胸前的树果。

本多心跳得厉害，那股不由分说的力量再次出现，想要将他的理性击垮，他已经能感受到那股力量靠近的气息和翅膀的震动。本多不相信预感，不过他觉得也许这就是预感到亲近之人即将死亡的感觉。

"什么啊,你打的是山鸡啊,那就好。"饭沼的声音传到本多的耳朵里,本多就站在田地中间,尽管不想看,依然不由自主地看向那群人。

"那就好。"饭沼又说了一遍,然后像开玩笑一样在勋的头上晃了晃玉串。夕阳中的御币洁白纯净,纸张清爽的声音沁人心脾。

饭沼又说:"真让人操心,你连枪都带出来了。海堂老师说的没错,你是荒神,一定没错。"

听到这句话的瞬间,记忆第一次以明确的姿态毫不留情地浮现在本多脑海中。毫无疑问,眼前出现的是大正二年夏天的一个夜晚,松枝清显的梦境。清显在《梦日记》中事无巨细地记录了这个非同寻常的梦境,本多上个月刚刚重新读过。十九年后,就连梦的细节都清清楚楚地出现在本多眼前,成为现实。

就算勋自己没有注意到,本多穷尽理智的力量也无法否定勋就是清显的转生,这已经成为事实。

二十四

第二天傍晚时分，勋在课程结束后带领同志向每天秘密集合的地方走去。那里不会引人注目，就算被其他人看到，也只会当成是年轻人在悠闲地聊天。

私塾田地正对本泽断崖的地方有一块像假山一样的巨大岩石，上面覆盖着草木，走到岩石背后，就会彻底消失在私塾对面人们的视野中。眼前的急湍撞击在岩石上溅起水花，对岸高耸的岩壁直冲云霄。巨大的岩石后面是一片狭窄的草地，很适合围坐畅谈。如果是夏天想必会更加舒适，十月下旬，甲州的晚风已经寒意刺骨，不过大家都热衷于讨论，没有人在意寒冷。

从田间小路向这里走来的时候，最前头的勋发现了昨天还没有的烧黑的篝火痕迹。

稻草灰的形状还保存完好，只有车辙的部分变成了稠密的黑色，混杂着红土显得十分妖艳。不可思议的是，比起还留着新鲜稻草的部分，被车轮重重印在大地上的黑色部分更能让人想到熊熊燃烧的篝火的颜色。烈焰野蛮的鲜红，车辙粗俗的浓黑……这才是理所当然的姿态，理所当然的对比。熊熊燃烧，然后被踩在脚下，保持着同样的强烈和同样的鲜艳。在走过篝火痕迹的过程中，勋的心中浮现出清晰的起义幻影。

众人默默跟在勋身后，走到田地南边尽头的巨大岩石边，在背阴处围坐成一团。下方正好是桂川呈直角拐弯的地方，湍急的水流声音嘈杂。对岸是险峻的断崖，岩石仿佛紧咬着牙关，泛起忍耐的灰白色，从那里延伸出去的红叶枝条已经早早埋进阴影中，露出阴郁的颜色，只有头顶上树枝间的遥远天空能看见光辉灿烂的乱云。

"今天就要决定行动日期了，大家都做好准备了吧。在此之前，我先来确认计划的大致情况和每个人的任务，由相良汇报资金计划……其实最好的方法是和神风连一样通过祈请决定行动日期……啊，这件事稍后再议。"

勋干脆利落地开口，可心里同时还在牵挂昨天的一些小事。父亲和本多吃了顿简单的晚饭后立刻返回东京了，尽管如此，虽说是一次礼节性的拜访，父亲为什么要特意来看自己呢？父亲是不是和佐和谈过了？另外，本多奇怪的表现是怎么回事？本多昨天并没有表现出第一次见面时和长信中那种冷静而无微不至的亲切，他几乎没有和勋说话，脸色苍白，而且勋发现他在饭桌上一直从相距甚远的上座目不转睛地盯着自己。

勋从心中拔出沉浸在阴暗回忆中的撬棍，把计划书铺在草地上。

一、行动日期

月　日　时

二、计划大纲

本计划的目的是扰乱帝都治安,使政府实施戒严令,帮助树立维新政府。我等要为维新而牺牲,要以最少的人数发挥最大的作用,相信全国的同志会一呼百应。我们将用飞机散布檄文,宣传洞院宫殿下接受大命的事实,且让宣传在不久后成为事实。戒严令实施之时,即我等任务完成之日,无论成败,皆应于次日凌晨果断切腹自杀。

明治维新的伟大目标是将政治及兵马大权奉还于天皇手中。我等昭和维新的伟大目标是让天皇直接掌握金融产业的大权,攘伐西欧的唯物资本主义及共产主义,救人民于生灵涂炭之中,炳乎天日之下,恢弘皇道,冀求亲政。

为扰乱治安,首先炸毁市内各处变电站,趁夜暗杀藏原武介、新河亨、长崎重右卫门等金融产业巨头,同时占领日本经济中枢日本银行,并纵火焚烧,最后于拂晓时分于宫城前集合,共同切腹自杀。若届时无法集合,各人可自行自杀。

三、编成

第一队(袭击变电站)

东电龟户变电站

长谷川　相良

鬼怒电东京变电站

濑山　辻村

鸠谷变电站

米田　榊原

东电田端变电站

堀江　森

东电目白变电站

大桥　芹川

东电淀桥变电站

高桥　宇井

第二队（暗杀要人）

暗杀新河亨

饭沼　三宅

暗杀长崎重右卫门

宫原　木村

暗杀藏原武介

井筒　藤田

第三队（占领日本银行并纵火）

由堀陆军步兵中尉指挥，十二名负责炸毁变电站的人员在爆炸后骑自行车

集合，再加入两人（高濑、井上），共十四人执行。

别动队

志贺中尉驾驶飞机投放照明弹，同时散布檄文。

其实到了现在这个地步，勋在暗杀藏原武介的人选上依然犹豫不

决。他想亲自动手，但是有什么东西在阻止他，他很在意佐和的话。

勋觉得在自己犹豫的过程中，佐和会抢先一步独自暗杀藏原。如果当真如此，那么他们的全部计划将不得不延迟到一切风暴平息之后。

又或者佐和那样说只是单纯的逞强或恐吓，实际上什么都不会做。

如果完全无视佐和的话，那么杀死藏原的应该是勋，因为藏原家一定是警备最严的地方。勋把藏原让给了井筒这个容易相信他人、开朗的勇敢少年，给出的借口是因为两人之间的友情。尽管井筒十分感激，但勋却觉得自己第一次逃避了某种东西。

至于决定用飞机投放照明弹和檄文而不是炸弹，则是因为听从了堀中尉的忠告，而盟友志贺中尉的加入也是堀中尉负责担保的。

问题在于武器。二十个人之中十个人有日本刀，但是腰间插着的日本刀也许会在炸变电站时成为妨碍。怀揣一把匕首就够了，新式混合火药已有着落，堀中尉应该至少能带出两挺轻型机关枪。

"相良，先念必需品。"

"好的。"因为担心被其他人听见，所以相良压低了声音，大家都凑到了他身边。

    大幅漂白布

      用来做成写标语的旗帜，长一丈六尺左右，自杀时插在旁边，还要用作各自的腹带。

    缠头布、袖章、袖章别针、胶皮底布袜

各二十份。

纸张

白纸一捆，五色纸两到三捆，与印刷的檄文数量相当。

汽油

用于纵火，从三四家加油站各购买一到两罐，尽量分散购买。

一台复印机及一套附件。

笔墨类。

绷带、止血药、提神烧酒。

水壶。

手电。

"……大概就是以上这些。大家自行购买后藏在准备好的藏匿地点，回到东京以后我会立刻物色藏匿地点。"

"置办这些东西需要不少钱吧。"

"是的，饭沼的存款一共有八十五日元，加上各位的存款，一共有三百二十八日元。另外，就在来这里之前，我收到了一封写着'给明治史研究会全体成员'的挂号信，没有留下寄信人的姓名，我想在大家面前打开，里面有可能是钱。有些吓人啊。"

相良打开了信封，里面有十张一百日元的纸币。大家都大吃一惊。信封里有一张便签，只写了两三行字，相良读了出来。

这是我匆忙之中卖掉国有山林后得到的钱，是我的捐款，请一定要使用。

佐和

"佐和？"

勋听到这个名字后受到了冲击。

佐和再次做出了他无法理解的行为。就算相信这些钱是单纯的捐款，勋依然完全不知道他究竟是想用这些捐款作为暗杀藏原的替代品，还是想留下一千日元作为遗物单独行动呢？

但是这些钱逼迫勋必须迅速做出判断，他说："是我家私塾的佐和先生，他是我们暗中的同志，收下吧。"

"这真是太感谢了，这样一来资金就足够了，我们真是如有神助。"

相良把百元钞票压在眼镜上，滑稽地模仿拜神的动作。

"下面我来说明一些细节，首先要决定日期和时间。时间已经包含在计划中了，因为夜里太晚停电就没有效果了，所以最晚不能超过十点，然后在一个小时之内袭击日本银行。日期嘛……"

此时，勋的心情和太田黑伴雄在新开大神宫深前叩首等待神意的心情如出一辙。

当时是夏日正午，太田黑在正殿中进行了两次祈请，分别问出两个问题，"向当权者死谏，誓要革新恶政"和"暗夜挥刀除佞臣"，都没能得到神明的许可。现在，勋等人要针对后者请示神意。

尽管一个是夏天一个是秋天，一个在肥后一个在甲州，一个是明治时代一个是昭和时代，但是年轻人们依然渴望嗜血的宝剑能在黑暗中行使正义。不知从何时开始，那本小册子中的故事已经突破了语言的堤坝，流淌进现实的田地之中。读到那个故事时被点燃的灵魂并不满足于阅读，而是迫切地想要点燃真正的火焰。

"白鸟翱翔于天际，此身不留于现世。"樱园先生的诗恍如昨日，在勋的脑海中拍打着新鲜的羽翼。

没有人提出意见，只是静静地看着勋的表情。勋抬头看向对岸绝望的天空，那片凌乱的晚霞中，光芒比刚才稍显暗淡，细致的云纹却依然鲜明。勋觉得，神明也许正在那里审视众生。

悬崖已经坠入阴影，只有浅滩的白浪依旧醒目。勋觉得自己变成了故事中的人，也许他们正站在荣耀的中心，这个瞬间会被遥远的后人铭记。冰冷的晚风中隐藏着青铜纪念碑的凉意，不知道是不是为这一刻准备的，神明此时不是应该现身了吗？

勋的脑海中没有浮现出任何日期或数字的启示，崇高的晚霞之光中并没有出现逼近他心灵的东西，一切寂静无声，仿佛琴弦被切断。

虽然如此，勋并没有像太田黑伴雄那样明明白白地知晓神明的否定，拒绝同样不甚明了。

勋在思考，眼前的情景究竟意味着什么。面前，不满二十岁的年轻人们朝气蓬勃，炽热的眼神全部集中在勋一个人的身上，而勋则仰望着高耸的悬崖峭壁上神圣的光芒。事已至此，时机已经成熟，神意必须显现。然而神明在明亮的高空中不置可否，如同在模仿地面上无法决断和不如意的人，他放弃了决定，就像从御足上漫不经心地脱下鞋子。

众人在催促勋的回答，勋心中有什么东西暂时合上了盖子，就像蛤蜊在关键时刻合上贝壳一样，盖住了本应永远承受潮水冲刷的"纯粹"嫩肉。一丝小小的恶念像海蛆一样爬过他心灵的一角，尽管他不知道自己是什么时候、在哪里学会了在必要时合上盖子，不过这种事只要做过一次就会立刻成为习惯，会在第二次、第三次重复的过程中渐渐成为家常便饭。

勋不打算撒谎，人类擅自将神明没有指明谎言或真实的事情定义为谎言，这一定是一种僭越。只是，他必须向给雏鸟喂食一样，立刻给同志们一个交代。

"十二月三日晚上十点，这是神明的指示，就这么决定了。还有一个多月的时间，应该足够我们准备了。还有，相良，你忘了一件重要的事，这是一场纯洁无瑕的战争，是像白百合花一样的战争，为了让后世人们把这场战争称为'百合战争'，我希望把从鬼头小姐那里得到的三枝祭百合给大家一人分一片，在出征时一定要藏在胸前口袋的最深处，狭井神社的荒魂一定会保护我们的。另外，如果有人反对十二月三日周六行动，请现在马上说出来，毕竟每个人情况不同。"

"决心赴死的人还会有个人情况吗？"一个人大声说，众人失笑。

"那么，下面开始进行个人汇报。大桥、芹川，向大家汇报目白变电站的调查和破坏计划。"勋下达命令。大桥和芹川相互谦让了一会儿，最后决定由大桥发言。

芹川在勋面前讲话时总会紧张得像个新兵，虽然会挺直胸膛，但是因为太激动，所以经常打磕巴，听起来很费劲。不过他在行动中踏实认真，从来没有忘记过自己的任务。他激动地说话时就像在哭，只听得见声音却听不清内容，所以不擅长有条理地汇报，于是由说话干脆利落的大桥来汇报。芹川在旁边听着，大桥每说完一句话他都会使劲点头。

"我们去了目白变电站，门口有一个穿着蓝色工作服的男人在修理铜线。我和芹川说自己是电机学校夜校的学生，拜托他让我们进去参观。去其他变电站的时候，对方会以出示学生证的条件赶我们走，没想到这个穿蓝色工作服的男人倒是很亲切，带我们去了二楼。二楼有三个业务员，其中一个人命令那个穿工作服的男人带我们参观。那个男人因为能丢下工作，便开心地带我们转了每个角落，还得意地向我们说明，关于机械构造等问题只要我们问，他就会详细地告诉我们，于是我们知道了那所变电站在同时使用油冷式变压器和水冷式变压器。

变电站的主要部分大体有变压器、开关柜和冷却水泵。

如果只破坏冷却水泵，用榔头等破坏水泵马达开关之后再扔手榴弹就足够了，不过这种做法效果不好。当然，破坏水泵后变压器冷却水自然会停止，机器过热后就不能用了，不过这需要花一些时间，最重要的是油冷式变压器还能工作。

从攻击的难度上来看，水泵位于中心建筑物之外，又没有人监视，所以破坏水泵比较轻松，不过要想做得彻底，最好的方法是首先杀死一名警卫进入建筑物，派一个人在开关柜上安装炸药，点火后逃走。如果去现场的时候遇到了意想不到的障碍，就只能仅仅破坏水泵了。

对之后要去变电站调查的人，我建议你们找找熟人，从电机学校的学生那里借来学生证会更好进去。我的汇报到此为止。"

大桥的汇报简洁明了，勋很满意。

"好，下面由高濑汇报日本银行的草图绘制情况。"

"是。"高濑的声音因为肺炎有些沙哑，不过他肩膀宽阔魁梧，锐利的目光中充满热情，仿佛两道红光射向勋，代替不在这里的井上开始汇报。

"其实我们考虑了很多，不过始终找不到好方法，认为只能去应聘夜间保安了。但是应聘时的身份调查和体检很烦琐。因为我没办法通过体检，所以就拜托了井上，毕竟他是柔道二段。

于是，决心赴死的井上毫不畏惧地一步步执行计划。他以为了补贴学费要当夜间保安为借口，从大学运动社团的部长那里拿到了推荐信，带着柔道二段的证书去了日本银行，顺利地应聘成功了。他一直带着不存在思想问题的书去上班，装作在学习的样子，我也去看过他一次，其他保安都很尊敬他。据说还有人请他吃加了油炸豆腐和葱花的清汤面做夜宵，就连井上都说一想到不久后要在这里放火，他就多少有些过意不去。"

黑暗中响起众人朝气蓬勃的笑声。

"在行动当夜，井上会若无其事地在那里做夜间保安，从内部接应，我会和堀中尉以及其他同志一起研究暗号，让井上从内部把门打开。井上和我会负责在行动前两周画好草图，然后请堀中尉过目。井上也说如果刚一去就急急忙忙地在内部调查会招来怀疑，所以他选择一边认真工作，一边自然而然地慢慢熟悉道路。别看他总是板着脸，其实那双细长的眼睛笑起来就会很亲切，很受人欢迎。"高濑看了看表说，"啊，差不多到了银行下班的时间了，那家伙要开始上班了。虽然不能来这里很遗憾，不过他正在做目前最重要的工作。我的报告到此结束。"

在众人不断做着类似汇报的过程中，因为都是勋已经知道的事情，所以他的心思渐渐飘远了。

突然间，他不愿意想起的几个人，父亲、佐和、本多和藏原等人的名字从眼前飞过，就像一群纷乱的蛾子。勋强行划动船桨，把心思拉回了他最渴望、最辉煌、最能让他陶醉的想象之中。他在日出时的悬崖之上叩拜初升的太阳……同时垂首俯瞰灿烂的大海，在崇高的松树下方自杀。但是在东京市内起义后，很难到达理想的海边。如果变电站的攻击获得了成效，也许交通会在黑暗中被阻断，火车将无法继续飞奔向前。最重要的是，他没有把握从暗杀现场全身而退，逃往遥远的地方。

尽管如此，勋依然梦想着某个清净的切腹之地正在等着自己，幻想中的景象明显是神风连的六名志士切腹自杀的大见岳山顶。在幻境之中，晨风扬起洁白的玉串，拂晓的山顶白云瑷瑷，那就是勋的死亡之地。

现在，勋不想决定那究竟在何处，就算定下来，如果行动之后无法到达也没有意义。现在不需要做决定，护佑他直到最后的神意一定会自然而然地将他引向那里。在那里，天空泛起鱼肚白时，晨风拂过松树，冬日清晨，海边凛冽的空气渗入赤裸的上半身，不久后，升起的太阳将照亮他血染的遗骸和赤松的树干。

如果他能成功逃到宫城前……他生出了诚惶诚恐的幻想。他将游过结着一层薄冰的护城河,爬上彼方的悬崖,藏在悬崖上的松树后等待清晨的到来,望着远处月岛①的海面上浮现出船影,在第一缕朝阳为眼前的丸之内大街镀上金边之前切腹自杀!

---

① 东京都中央区的地名。

二十五

——本多自己也明白，别人都在谈论他去东京出差之后，不知道哪里发生了变化。

现实失去了坚定的外表，突然之间，法官这份可以随心所欲处理现实的工作失去了意义。他越来越多地陷入沉思，听不到同事说的话，经常对别人的话不理不睬。院长听到传言后担心过度疲劳已经侵蚀了他原本无与伦比的明晰头脑。

就连在法官室伏案查找文件时，本多的心思也往往会回到梁川傍晚的那一刻，过去清显梦中的情景鲜活地变成了现实，回忆让他不寒而栗。他又想起第二天清晨，被一股神奇的冲动所驱使，在乘坐火车回大阪前的短短一段时间里，他去了青山墓地为清显扫墓。

明明离开车还有一段时间，看着儿子一大早就慌慌张张地出门，母亲大吃一惊。本多先让司机绕道去了青山，开上穿过墓地中央的坡道，在一片广阔墓地最中心的环岛下车，然后让司机等在那里，匆匆走向松枝家的墓地，他还记得去那里的路。就算忘记道路也没有关系，松枝家的墓地很大，在很远的地方就能看得一清二楚。

本多沿着车道往回走了一小段，然后背对朝阳走进了墓间的小路。回过头，暮秋的朝阳穿过消瘦的松树林，伸展着软弱无力的光之手。阳光缝起尖尖的石碑和黯淡的常绿树之间的缝隙，为崭新的御影石石塔洒上一层光泽。

本多沿着小路前进。从这里已经能看见松枝家高耸的墓地，不过还要向右拐进一条狭窄的小径，踏过落叶和杉苔才能到达。周围的小墓碑像一大群侍从一样陪伴在侧，松枝家白色的御影石大鸟居屹立在中央，这是模仿府邸中的神社里神明的鸟居建造的。

当今时代，明治风格的"宏伟"看起来缺乏雅致，这也是没办法的事。钻过鸟居之后，中央一块一丈半高的巨大岩石显彰碑立刻映入眼帘，碑上雕刻的字是由三条公爵题字，由著名的中国雕刻家雕刻的，细致地描述了清显祖父的事迹。上面是一段自夸的话：

仰瞻桓碑

万世所宗

下方是松枝家所有人的墓，旁边写着墓志铭，不过都被巨大的显彰碑所压制，并不醒目。从这里向右边走上几级台阶后是一圈石头篱笆，里面并排放着清显和祖父的墓碑。本多已经来过很多次，完全没有看显彰碑，而是直奔右边的石阶。

虽说是并排而立，其实祖父和清显并没有平起平坐。祖父巨大的墓碑矗立在中央，西之屋型的四座石灯笼庄严地守护在参道两边。清显的墓碑明显地打破了祖父墓地的对称性，恭谨地立于右侧，由于祖父的墓碑过于巨大，清显的墓碑显得很小，不过基石依然有六尺见方。尽管尺寸不同,不过图案与祖父的墓碑完全相同,无论是墓碑本身、水钵,还是刻有家纹的花瓶都采用了同样的设计,只是缩小了石材的尺寸。已经发黑的御影石上只写了"松枝清显之墓"几个精致的隶书文字,花瓶中没有插花,而是插着一对毒八角树枝。

本多祭拜之前,在墓前伫立了片刻。

那个以感情为生的年轻人就躺在这样一座石塔之下,没有比这更不般配的情景了。在本多的记忆中,清显身上确实出现了死亡的征兆,但死亡的征兆依然宛如透明的火焰,也就是说在清显体内,就连死亡都浮现出耀眼的光泽。清显身上完全看不到眼前这块冰冷石材的影子。

本多放眼望去,将松枝家坟墓背后的景色尽收眼底。透过冬日的树木,他刚才下车的环岛在朝阳中泛白,沉入黑暗中的常绿树树干之间,其他家族朝向后方的墓碑左右涌出黄色和紫色的贡菊。

本多又产生了一股不可思议的反抗心情,比起合掌祭拜,他更想粗暴地呼唤清显的名字,用力摇晃他的肩膀,他不甚满足地看向周围规整的御影石围墙,在栏杆上发现了极为小巧的红色常春藤叶片。走近一看,常春藤悄悄缠绕在围墙的石柱上,紧紧贴在光洁的石头表面,不让自己滑落下去,终于到达栏杆的高度,想要把手伸向清显的墓碑,像干点心一样的红色细叶上细致地勾勒出黄色叶脉,展开的叶片末端已经染上一片鲜红。

看到这些红叶,本多的心情开始平和下来,重新向清显墓前走去。他深深低下头,合掌,闭眼,周围万籁俱寂,没有任何声音能妨碍到他。

一瞬间,一股毫无疑问的直觉袭来,本多不寒而栗。直觉告诉他,这座墓地里空无一人。

二十六

勋还没有把计划大纲和要从飞机上散布的檄文草稿拿给堀中尉看。因为堀中尉正忙于秋季大演习，就算勋提出与他见面，他也没有时间。距离行动日还有一月有余，进入十一月之后，中尉应该会抽出时间对计划作出指示。

勋回到家，母亲、佐和与私塾学生们像平时一样温柔地迎接了他。因为勋与佐和没有单独说话的机会，于是佐和对前一阵两人之间激烈争论的问题只字未提，勋也失去了为那些捐款道谢的机会。

那天晚上，父亲出门参加聚会去了，私塾学生们想听勋讲一讲修习会的情况，所以勋和他们一起去食堂吃了晚餐。母亲为学生们做了比平时更丰盛的菜肴。

"只有男孩子在，说话也放得开吧。你也来帮忙端盘子吧。"

饭沼家的家风禁止男人进厨房，所以勋在走廊上接过了母亲递上的彩色大盘子。盘子里装着学生很少能吃到的生鱼片，有加级鱼、竹笑鱼、赤狮鱼、比目鱼、狮鱼和针鱼等，摆盘精致美丽。他觉得母亲无缘无故的大方很奇怪，而在阿峰看来，儿子站在昏暗的走廊上不情不愿地接过大盘子，美丽的面孔冷若冰霜，表情尽是不满，这让她心中打鼓。

"怎么做这么丰盛?"

"你回来了,我就是想简单庆祝一下。"

"不过是去旁边的县里一周而已吧,又不是去外地。"

勋不能自己地想到了藏原的名字和他的钱。在自己家中就会不停地受到那个名字的威胁,这种不愉快真是无法形容。靖献塾的空气中、水中、进入口中的一切食物里都沉淀着他的名字,就像毒素一样。

"我难得做顿好的,你还不高兴。"

听到母亲的抱怨,勋锐利的目光直直射向她的眼睛。母亲的目光游移不定,就像水平仪中的气泡一样不稳定。面对勋的注视,她立刻眼神放空移开了视线。

这顿丰盛的晚餐也许只是母亲一时兴起,不过勋明白这种心情来源于某种不安的情绪,无论家里的情况是好是坏,勋都不希望现在出现什么特例,哪怕是些微的变化对他来说都是重担。

"海堂老师斥责你了吧,我听你父亲说了。"母亲用玩笑般的口吻轻率地说。勋觉得母亲说话时,唾沫洒在了通透的针鱼片上,生出一丝不洁的感觉。母亲的唾沫如同骤雨一般洒在新鲜的生鱼片和绿色海藻上,勋想用这份不洁的想象被除另一种不洁。

"不是什么大事。"勋板着脸说,这当然不是母亲希望听到的回答。

"你这人真讨厌,回答得这么敷衍,我明明那么担心你。"

母亲从盘子里拈起一片生鱼片,突然塞进勋的嘴里,勋两只手都捧着大盘子，没办法避开。母亲的动作突如其来，勋不由自主地顺应母亲手指的力量张开了嘴。因为嘴里被强行塞进食物，勋的眼睛蒙上了一层眼泪，他看见母亲为了掩盖眼中的泪水转身走进厨房，觉得自己被当成了即将出征的儿子，这让他感到不满。母亲的悲伤就像口中的异物，生鱼片粘在牙齿上，让他心中感到愤慨。

为什么？一切都脱离了常轨。尽管如此，又很难想象母亲单凭直觉就从勋的眼中看到了赴死的决心。

勋端着装满生鱼片的大盘子走进食堂，学生们纷纷欢呼着迎接他，但是他突然觉得围坐在桌旁那些熟悉的面孔一下子变得遥远。他已经独自下定决心，可是这些家伙却和平常一样只会在和歌里把忠诚、志向、维新、热血之类的话挂在嘴边。其中一张脸，就是佐和那张像禅僧一样笑容满面的脸。事到如今，勋已经清楚佐和不会下定决心行动，不得不说自己当时没有让佐和参加，着实是个明智的做法。

勋迫切地认为自己必须加紧练习戴着面具待人的态度，他已经不是寻常人了，就算不把这些写在脸上，一不小心也会被别人闻出迹象吧，闻到勋体内熊熊燃烧的导火线的味道。

"听说海堂老师就喜欢严厉地斥责他最关注、最喜爱的学生。勋就是这样的吧。"

听到一名学生这样说，勋就明白那件小事已经广泛传开了。

"那只山鸡后来怎么样了？"

"那天晚上大家一起吃了。"

"很香吧，不过我真没想到你打枪的技术那么好。"

"不，不是我打中的。"勋坦然地说，"听海堂老师的意思，是我的荒魂开的枪,所以才打中了。"

"会给你带来和魂的美女差不多该出现了吧。"

大家吃得开心,聊得尽兴。只有佐和始终面带微笑一言不发。勋一边和众人谈笑,一边不由自主地看向他。

突然,佐和让众人安静下来,他说:"今天,勋的修习会结束了,为了庆祝他变得更强,我想赋诗一首。"

安静的食堂中响起佐和响亮的声音。他的音调有些高,声音里带着仿佛吊起肺脏的狂热,就像预感到暴风雨即将来临的马儿在嘶鸣:

除却洋气报国恩,
决心岂会顾人言。
唯有大义传千载,
一死向来不足论。

勋立刻听出这是箕浦猪之吉的诗,是这位年轻的小队司令在堺事件中的绝命诗,从各种意味上来说都称不上庆祝的诗。

众人鼓掌后,佐和又说:"还有一首,这是为了讨海堂老师欢心的诗。"这一次,他念起了伴林光平①的诗:

本是神州清洁民,
谬作佛奴说同尘。

---

① 江湖后期的歌人,勤王志士。

如今弃佛休恨佛，

　　本是神州清洁民。

　　当佐和念到"谬作佛奴"时，大家都想起了海棠的脸，爆发出哄堂大笑，等到"如今弃佛休恨佛"时就笑得更厉害了。

　　勋和众人一起笑着，佐和最初吟的那首诗，让他重新体会到明朗的诗句背后隐藏着的年轻人悲愤而死的感情。佐和曾信誓旦旦地主动要求赴死，现在却丝毫没有表现出苟活的羞耻，反而愈发努力地在勋的心中注入明治元年那个年轻人悲愤而死的心情。

　　此时，一股痛切的羞耻向勋袭来，原本应该由佐和感受的羞耻，却转而向勋袭来。

　　这份羞耻是因为勋明白，佐和确信，也只有佐和确信自己洞察到了年轻人赴死的决心，并且正沉浸在甜如蜜糖的死亡的快乐中，沉浸在雄鹰般的骄傲中。

　　也就是说，佐和用金钱买来了勋的羞耻。

二十七

十一月七日，堀中尉发来消息，让勋赶紧单独去他的住处，勋去了。中尉还穿着军装坐在屋里，样子和平时不同。勋刚进入房间，就产生了一种不祥的预感。

"去吃饭吧，我已经跟楼下说好了。"中尉起身，一边开灯一边说。

"比起吃饭，我想先听听您要说什么。"

"啊，不要这么急。"

十五平方米的朴素房子里没有任何家具，开灯后就像一个明亮的空盒子。尽管很冷，火盆里却完全没有生过火的迹象。紧闭的纸拉门外，走廊上传来特意放大的脚步声，然后又走了回去，楼梯上传来一声怒吼："喂，老爷子，快点把饭做好啊。"接着脚步声再次通过纸拉门消失在远处。

"那名中尉住在对面尽头的房间，你放心，没有人能听到我们谈话，住在旁边的人今天当班。"

在勋听来，这些话像是在逃避敷衍。他不是来说话的，而是来听中尉说话的。

堀中尉点上烟,用宽大的指尖揪下沾在嘴唇上的烟草碎片,然后捏扁了画着黄金骷髅侠的空袋子。从中尉的手指间能隐约看到,绿底的金色蝙蝠翅膀在他手中被残忍地捏碎。中尉曾经说过,他的月薪是八十五日元,纸袋被捏碎时发出的声音散发着寒气,与宿舍中的凄凉之意共同浮现出来。

勋率先提问:"发生什么事了吗?"

但是中尉只是含糊地说了一句"嗯"。

终于,勋说出了他最不想说出口的预测。

"我明白了,是暴露了吧。"

"不,并非如此,这一点你可以放心。其实是我突然被派往满洲,命令已经下达,第三联队只有我一个人去。这是极密信息,我只告诉你一个人,我要去的是满洲独立守备队。"

"什么时候?"

"十一月十五日。"

"……只剩一周时间了。"

"是啊。"

勋觉得眼前的拉门全都即将倒向自己。

计划进行到这一步,他却失去了中尉的指挥。尽管并非一切都靠中尉,但是军人的专业指挥将在日本银行纵火时起到至关重要的作用。不仅如此,在最后一个月中,细节的战术和安排都要仰仗中尉的指示。勋有精神,却欠缺技术。

"不能推迟出发时间吗?"勋情不自禁地说出了不成熟的话。

"这是命令,无法改变。"中尉说过这句话之后,两人陷入了长久的沉默。勋一直在心中探寻中尉应有的姿态，在他的期望中，中尉正在脱离常识，化身成为满足他一切理想的姿态。这就是即将起义前，加屋霰坚英雄式的决断。他幻想着中尉突然辞官，成为一介平民，奋不顾身地指挥少年们起义。在那个夏日的午后，被蝉鸣声包围的道场上，中尉与他切磋剑道招式时，眼睛中确实充满了这样的气魄。

也许中尉已经下定决心，打算在勋不知所措时倾吐胸臆？

"那么，您不参加我们的行动了吗？"

"不……"

中尉当即否定，这让勋的眼中散发出光彩。

"您会参加吗？"

"不，军队的命令是绝对的，如果行动的日期提前到十一月十五日之前，我会欣然加入。"

听到这句话时，勋一时间只觉得中尉的话不讲理，然后立刻明白中尉已经不打算加入了。他们不可能在一周之内发起行动，这一点中尉很清楚，他不过是说说而已。比起中尉不能参加的事实，中尉这种迂回的说话方式更让勋感到失望。

回过神来，勋意识到中尉穿着军装见他也是有理由的。因为宣布如此重要的内容需要不可侵犯的威严。现实中，穿着军装的中尉坐在简陋的矮桌对面，保持正坐的姿势挺起胸膛，看起来可靠的宽阔肩膀上，肩章闪闪发光，红色步兵领章上镶嵌着三颗金色星星，收起坚毅强壮的下巴。为了传达自己无法出力的消息，中尉展现出比平时更强大的力量。

"这不可能。"勋回答。这个回答中并没有包含失败的意思，他反而觉得通过这个回答，自己突然意想不到地滑入了更广阔、更自由的地方。

中尉似乎没有觉察到勋在这个瞬间的变化，以为勋在沮丧，于是用强硬的口吻说："既然你觉得不可能，就停止吧。我从一开始就有各种疑问，计划整体漏洞百出，人员数量过少，另外我并不觉得能达到让政府发布戒严令等效果，时机尚早……现在的情况更是难以发起行动。如今，天时地利都不在我们一方。虽然你们志向高远，我也是因此才愿意助你们一臂之力，但是就这样发起行动绝对是不利的。你听好了，要等待时机。这次我突然被调职也许是上天在让你们停手。我在满洲的时间不会太长，你等我回来，到时候我还会欣然加入，在此之前，你们要好好推敲作战计划，仔细研究。我在满洲也会想起和你们在一起的愉快时光……怎么样，接受我的忠告，果断中止行动吧？能够果断放弃已经开始的行动，这才是真正的男子汉吧。"

勋沉默不语，但是他很吃惊，惊讶于自己听到中尉的这番话时完全没有吃惊的感觉，他甚至明白自己的沉默越长，越会让中尉不安。

当一个现实崩溃时，马上有另一个现实开始结晶，建立起新的秩序，勋发现自己已经在不知不觉中开始习惯这样的观念。中尉已经被排除在新的结晶之外，只能穿着威风凛凛的军装，在既没有出口也没有入口的结晶体周围徘徊，而勋已经到达另一个高度的纯粹，到达另一个更加必然的悲剧。

也许中尉曾经想象着眼前的年轻人会惊慌失措，趴在自己膝头哭诉，而穿着学生服的勋只是正了正坐姿，反而表情冰冷，摆出一本正经的样子沉默着。他接下来要说的话与自己的真心相去甚远，他甚至担心中尉会觉得自己受到了嘲弄。

"那么，能不能至少让我与志贺中尉见一面呢？我只想请他帮忙散布檄文。"

勋说着，心想放在手提包中带来的檄文草稿已经绝对不能让堀中尉看了，但是中尉依然没有注意到勋的变化，率直地作出了反应。

"不行，这可不行。我说让你们停手，你不打算回答吗？我也不是自愿说出这种话的，而是因为我判断情况实在不利，才含泪告诫你的。这是我认真思考之后提出的建议，所以既然我让你们停手，军方就不会再提供任何帮助。我做这个决定自然也征求了志贺中尉的意见，这种事你总该明白吧。当然，如果你们想自己单干，那是你们的自由。但是我作为曾经牵扯其中的人，衷心奉劝你们停手。我不忍心看到你们轻易地丢掉年轻的生命。怎么样，停手吧？"中尉像发号施令一样看着勋的额头，大吼着让他停手。

勋觉得自己可以在这里欺骗中尉，发誓会中止行动。没错，如果不给出一个明确的回答，说不定中尉会因为担心，在出发前一周里做出妨碍行动的事情。但是这种假的誓言不是会有悖于纯粹性吗？

之后，中尉说出的一番话瞬间扭转了勋的想法。

"你听好了。一定不要在任何记录中留下我和志贺的名字，一张纸片也不行。如果你想拒绝我让你们停手的忠告继续行动的话更是如此。要尽快把我们的名字抹消。"

"是，我会做的。"勋痛快地答应了，"您说的话我都明白了。我会负责抹消您的名字，另外，我没办法说服大家中止计划，所以会告诉他们计划无限延期,事实上就是中止。"

"是吗?你明白了吗?"中尉马上露出笑容。

"我明白了。"

"那就好。不能重蹈神风连的覆辙,无论如何一定要让维新成功。我们共同战斗的机会绝对会再次到来。来,我们喝一杯。"

中尉从架子上拿出一瓶威士忌,勋却坚持拒绝,告辞离开了。他不想让中尉觉得他是在闹别扭,所以必须带着尽可能爽朗的姿态离开。

他走出挂着北崎名牌的格子门。外面下着雨,尽管没有第一次来的那天下午下得那么大,冬雨依然照亮了夜晚的道路。勋没有带雨具,不过他想一个人走走,梳理梳理思绪,于是冒雨向龙土町的方向走去。第三联队高高的红瓦围墙出现在路左边,在昏暗的路灯下,被雨水淋湿的红瓦娇艳水灵。路上空无一人,勋的情绪一直紧绷着,努力让思绪井井有条,此时,眼睛却突然背叛了大脑,泪水夺眶而出。

勋想起过去,当他还是剑道部热情的部员时,偶尔来道场参观的著名剑道家福地八段曾经指导他练习。他被对方如水般的气势压倒,不顾一切的攻击被避开,在他不由自主地后退的瞬间,对方的面具里传来嘶哑而平静的声音:"不能后退,前方还有你该做的事。"

二十八

　　新租来的藏匿地点位于四谷左门町，同志们都聚在那里等待勋的归来，因为他们觉得中尉单独叫走了勋，一定是要下达相当重要的指令。

　　藏匿地点的代号是"神风"，得名于神风连。当他们说去神风集合时，意思就是在这间有四间房子的出租屋，位于左门町，距离市电车站只有一条路的二层建筑里集合。

　　他们后来才知道房东为什么会轻易把房子租给学生，今年夏天，房间里有人上吊自杀，后来就再也没有人愿意租了。南边是一块通到二楼的竹子壁板，只有两个小窗户，朝东的套廊也有些奇怪。听说上一任租户搬走时，老太婆因为不愿意搬走，在楼梯扶手上上吊自杀了。详细情况是相良从附近的面包店里听来的，然后告诉了所有人。面包店的大娘在纸袋里装了满满的沾着芥菜种子的豆沙面包，抓住袋口两边灵巧地转了一圈交给相良，在这个过程中告诉了他整件事情。

　　勋打开玄关的格子门走进来，聚集在二楼的人们听到了声响，纷纷凑到楼梯上昏暗的灯光下。

　　"怎么了？"井筒自顾自地期待着。勋沉默地走过他身边，失败的气息很快像电流一样传达给了众人。

二楼走廊尽头上了锁的架子是武器库。勋已经养成了习惯,每次来到这里时,一定会让相良打开门清点日本刀的数量,现在完全忘了此事,径直走进房间。被雨淋湿的学生服肩膀一片冰凉,寒气在他坐下时传到全身。旧报纸上散落着众人此前吃剩下的花生壳,干果神经质地青筋暴露,静静地躺在没有光泽的惨白灯光下。

勋盘腿坐下后,众人围坐在他身边,在大家坐好之前,他闲得无聊,拿起一粒花生用指尖捏开。花生壳被压扁裂成两半,两颗花生米还分别嵌在豆荚中,在手指动作的惯性下摇摆。

"堀中尉要调去满洲了,他不仅不会再帮助我们,还强制我们中止行动。开飞机的志贺中尉也退出了。这样一来,我们和军方彻底失去了联系,接下来要开始考虑该怎么办。"

勋一口气说了出来,他觉得自己必须环顾每一个人的目光,看着他们的表情像是盈满的水迅速退去。如今,"纯粹"终于变得赤身裸体,只有勋能体现这一点。

井筒展现出他乐观的美德。他满脸通红,就像听到了好消息一样勇气十足地说:"只要重新制订计划就好,我觉得不需要变更行动日期。剩下的就是精神,就是气魄了。军人说到底只会考虑自己出人头地啊。"

勋仔细倾听众人对这句话的反应,但是没有人说话。大家像一只只躲在小树林后屏住呼吸的小动物一样保持沉默,这份沉默就算让勋变得有一些残忍也并不奇怪。他觉得事到如今,只能使出不讲理的力量了。

"井筒说的没错，计划会按时进行。说到底，除却指挥的问题不谈，只是用飞机散布檄文的计划落空，无法拿到几挺轻型机关枪而已。檄文继续复印，只要想出其他散布方法就好，我们已经买好复印机了吧？"

"我明天去买。"相良说。

"好。我们有日本刀，昭和的神风连最后也要靠日本刀，始终如一。我们会缩小攻击计划，但攻击精神要加倍。既然已经发过誓，我相信大家都会跟在我身后。"

表示赞同的声音确实很响亮，不过气势并没有达到勋所期待的高度。他认为该有一尺高的火焰，实际上低了一两寸，微妙的差距像冰冷的刻度一样清晰地浮现在他心中。其中，芹川展现了突出的激昂之情，他踢开花生壳，紧紧握着勋的手用力挥动，像之前一样眼含泪光地大喊："干吧！干吧！"勋觉得这个年轻人烦人的精神就像强行上门推销的卖火柴的小女孩。他现在需要的并非这种精神。

当天晚上，众人讨论缩小计划直到很晚，分成了主张放弃袭击日本银行的一派和主张不放弃的一派，因为没能得出结论，众人约定第二天晚上继续集合后就散会了。

濑山、辻村和宇井三个人在离开前，表示还有话要和勋说。相良和井筒也想留下，不过勋要他们回去了，负责值班的米田和榊原也暂时离开了。

四个人再次回到灭了炉火的房间里。还没听，勋已经知道三人想说的话了。

一高的学生濑山没让其余两个人说话，自己一个人开了口。他低着头，两颊布满粉刺的皮肤像一片荒野，一边用火钳捣碎熄灭的火盆中凝固的灰，一边冷冰冰地说："我希望你能相信我说这番话是出于友情，我觉得行动应该暂时延期。之所以没在大家面前说，是因为讨论是以发起行动为前提的，如果我说出来的话像是在泼冷水，我怕招人误解。我们确实在小社神社发过誓，不过啊，誓言要以没有重大情况改变作为条件，这一点应该与合同一样吧。"

"誓言与合同不是一回事！"

辻村在一旁愤怒地插嘴，他抢在勋之前说出了勋想说的话，看似是在为勋说话，其实包含着对濑山微妙的阿谀。濑山接着说出的话让勋感到烦躁。

"嗯，确实不一样，不能混为一谈，是我失言，我收回。不过，既然我们的目的是让政府发布戒严令这种大事，那么军方的协助就是绝对条件。正因为如此，不要说用飞机散布檄文了，就应该像你一开始说的那样去国会扔炸弹。有没有专家的指挥对现场的统一行动起着决定性的作用吧。没有专家的指挥，只凭日本刀和日本精神不就是单纯的暴动吗？我觉得过度依赖精神主义的倾向是值得警惕的。"

"就是暴动啊，这是肯定的，神风连做的也是暴动。"勋第一次开口低声说。因为他的声音太冷静，而且明显已经放弃劝说，所以三个人面面相觑，一言不发。

勋的心中垂下一条黑暗的瀑布，缓缓地将他的自尊心砸得粉碎。现在，对他来说重要的不是自尊心，正因为如此，被舍弃的自尊心向他报以无法排解的痛楚。在这份疼痛的对面泛起"纯粹"，如同藏在黄昏晚霞间的清澈天空。他在祈祷，在梦中看见了应该被暗杀的卖国贼们的脸。他越孤立无援，那些脑满肠肥的人越真实，他们身上的恶臭也越来越近。勋渐渐被抛进不安而不确定的世界中，宛如夜海中的水母。这正是那些卖国贼的罪过，是他们让勋的世界变得如此暧昧，如此难以置信。勋的世界中怀疑的根基就是敌人扭曲的现实性的根源。当杀掉那些家伙时，当清洌的刀刃狠狠刺进那些家伙的高血压和皮下脂肪中时，世界才有可能完成修理和加固。在此之前……

"如果你们想放弃，我不会拦着。"

在勋没来得及控制住自己之前，这些话流畅地脱口而出。

"不……"濑山咽了口唾沫急急忙忙地说，"……不是，我们已经想好，如果你不接受我们的提议，我们就只好放弃了。"

"我不接受你们的提议。"

勋觉得自己的声音从非常遥远的地方传来。

他们每天都在开会。

第二天，没有人跟随最初的三个人离开。第三天，两派激烈争论，少数派中的四个人放弃了。第三天，又有两个人离开。就这样，加上勋一共只剩下十一名同志，行动即将在三周后展开。

今天是十一月十二日，从被堀中尉抛弃的十一月七日到现在，这是第六次会议，勋迟到了三十分钟。他走上二楼时，其余十个人已经到齐，另外还有一名客人，只有他坐在角落里，和其他人稍稍拉开了一些距离，所以勋没有立刻看到他。

那是佐和。

很明显，佐和在来之前已经预料到勋的惊讶和愤怒，所以勋不能孩子气地随了他的意。一瞬间，勋觉得如今连佐和都知道了这个隐匿地点的存在，那就已经完了。如果眼前这十个人里有一个人瞒着勋去向佐和求援，那么这十个人里就有一个人不能信任。不过他立刻改变了想法，这是病态的思想。更说得通的可能是，离开的人去找了佐和来代替自己，为了尽可能减轻良心受到的谴责。

"大家都没吃饭吧，我带了大阪寿司。"佐和说。他身上的旧西装显得十分寒酸，他对内衣有着强烈的洁癖，汗津津的白色领子上却系着一条潮湿的领带，盘腿坐在房间里唯一一块坐垫上，就像一只木鱼。

"谢谢。"勋尽可能平淡地说。

"我可以来这里的吧，毕竟我是所谓的赞助人嘛。来吧，动筷子。大家都很顽固，非要坚持到你来了以后再吃，都是好同志啊。一个男子汉能有在这种情况下都不动摇的同志，都是神明保佑啊。"

勋只好装作豪爽的样子说："来吧，不要客气，一起吃。"然后率先夹起一块寿司。

他想在吃寿司的过程中考虑该如何对待佐和，但是咀嚼妨碍了思考。不仅如此，吃寿司时的沉默对他来说同样是救赎。还剩三周。在死之前，还能体会几次吃东西时这种自甘堕落的幸福呢。勋想起了神风连中，在切腹前大吃大喝的楢崎楯雄的事情。他环顾四周，大家都在默默吃着寿司。

"不给我介绍你的各位同志吗？其中有两三个人我在私塾里见过。"佐和笑眯眯地说。

"这是井筒，这是相良。还有芹川、长谷川、三宅、宫原、木村、藤田、高濑、井上。"勋依次介绍。

现在想来，负责袭击变电站的队伍中只剩下了长谷川、相良和芹川三个人，负责占领日本银行的井上说无论自己的任务变成什么，都会和高濑一起忠实地留到最后，暗杀要人的队伍则全员都留了下来。看来勋的眼光没错，第二队、第三队的同志都是敢作敢当的人。

开朗又容易相信别人的井筒，戴着眼镜、矮小灵活的相良，东北神官的儿子、少年气十足的芹川，沉默寡言却有诙谐的一面的长谷川，耿直规矩、后脑勺扁平的三宅，脸像昆虫一样阴暗干瘪的宫原，喜欢文学、崇拜天皇的木村，总是性格激烈却沉默的藤田，有肺炎、宽肩膀的高濑，柔道二段、身材魁梧、外表温柔的井上……这些留下的人就是真正的同志。留下的年轻人都是真正理解赌上性命的意义的人。

在这里，在昏暗的灯光下，在发霉的榻榻米上，勋看到了自己火焰的铁证。枯萎的花瓣悉数腐烂剥落，只有强韧的花蕊抱成一团，散发出耀眼的光芒。就算只有锐利的花蕊，也能够刺穿青空之眼。梦想紧紧依靠着越消瘦越顽强的身体，形成坚固的杀戮玉髓，没有留下任何可供理智侵入的缝隙。

"真是优秀的青年们啊。我为靖献塾的年轻人感到羞耻。"佐和用讲谈俱乐部风格的语气说着，然后用抑扬顿挫的语气一口气向下说，"今晚，我站在悬崖边上，或者加入你们，或者被你们杀死，只有这两种选择。如果你们把我放走会很危险，因为你们不知道我出去后会说出些什么，毕竟我还没有立下过任何誓言。来吧，各位，是要彻底相信我，还是要彻底怀疑我，你们只能二选其一。如果你们觉得我能派上些用场,相信我不是更有利吗?如果你们怀疑我,一定会给你们带来伤害。如何,各位?"

勋正在犹豫怎样回答,让他吃惊的是,佐和已经自顾自高声吟诵起誓言:

"第一,我们要学习神风连的纯粹,挺身驱除邪神恶鬼。

"第二,我们将结为莫逆之交,同心协力共赴国难。"

勋听着佐和吟诵誓言,"莫逆之交"这几个字刺痛了他的心。

"第三,我们不沽名钓誉,不求飞黄腾达,为做维新基石万死不辞。"

"你怎么会知道誓词?"勋的质问中不由自主地夹杂了幼稚的不满。与肥胖沉重的身体不符,佐和有着像猎人一样的机敏,瞬间抓住了勋的幼稚。

"我是通过灵力知道的。好了,我已经发过誓了,如果要我按血手印,我也会按的。"

勋扫了一眼同志们的表情,苦笑了一下,他的嘴边已经长出一层胡茬儿。

"真是比不过佐和先生啊,那就请你成为我们的一员吧。"

"谢谢。"

佐和看起来确实很高兴,那是当他展现出不同寻常的真性情时,会浮现出来的天真。勋第一次注意到,这个男人的牙白得像他总是洗得干干净净的内衣。

这天晚上的会议收获很大,因为佐和费尽口舌说服他们放弃了让政府发布戒严令的远大目标,专心于暗杀这一件事情。

只要正义之刃在黑暗中闪耀一次就够了。刀刃的光芒会告诉人们黎明即将到来,让人们看到,日本刀的刀光宛如黎明映在锐利山脊上的浅蓝色。

佐和说,暗杀者必须是孤独的。这里有十二个人,必须怀有杀死十二个人的巨大勇气和决心。十二月三日的行动日期不会变,不过既然决定取消袭击变电站的计划,行动时间就应该从夜晚改为拂晓时分。应该选择那些家伙刚刚在床上睁开衰老的眼睛时,选择借着微明的晨光刚好能够看清那些面孔时,选择那些家伙躺在床上,一边听着小雀第一声啼鸣,一边在脑海中酝酿在新的一天恶毒地支配日本的计划时。然后每个人都要调查他们的卧室,带着如同冲天火焰般的诚心完成计划。

加入佐和的意见后,暗杀计划变更为以下内容,按照这份名单,财经界的所有首脑应该会被一扫而光。

藏原武介——佐和

新河亨——饭沼

长崎重右卫门——宫原

鳟田信久——木村

八木升之助——井筒

寺本宽——藤田

大田善兵卫——三宅

神谷龙一——高濑

乡田稔——井上

松原贞太郎——相良

高井源次郎——芹川

小日向利一——长谷川

  这份名单几乎网罗了日本所有大金融资本家和产业资本家。财阀旗下的重工业、钢铁部门、轻金属部门和造船部门代表的赫赫大名也悉数包含在其中。到了那天早上，他们的同时死亡应该会对日本经济造成一次巨大的打击。

  不过，为了让藏原落在自己手里，佐和的巧妙辩词让勋瞠目结舌。就连被藏原严密的警卫激发起勇气的井筒在听到佐和的话之后，也立刻让步了。佐和说："从晚上九点到早上八点，藏原家没有警官护卫，所以最容易袭击，希望你们把他让给年纪最大的我。从今天开始，我每天都来教大家刺杀的要领。最好能做几个稻草人，无论做什么事，练习都是最重要的。"

  佐和说完，把手伸进裤子内侧，拔出了勋曾经见过的白鞘短刀。

  "我来教你们。看好了，敌人就在那里，吓得浑身发抖。他们是可怜的，寻常的，稍微上了年纪，和我们一样的日本人。怜悯之心要不得，在那些家伙自己都没有意识到的时候，恶已经深深扎根于他们的肉体上了。我们必须看到那份恶。你们能看到吗？能不能看到恶，就是能不能成功的分界。我们要破坏肉体的阻碍，直击蚕食那些家伙内心的恶。明白了吗？看好了。"

  佐和面对墙壁，猫着腰摆好架势。

  勋看着他，意识到在用整个身体撞上墙壁之前，必须越过好几条河流。人类主义的残渣就像从上游的工厂排出的矿物毒素一样，源源不断地在眼前黑暗的小河中流淌。啊，上游奉行西欧精神的工厂昼夜不停地工作，灯火辉煌。工厂的废液玷污了崇高的杀意，让碧绿的杨桐树叶枯萎。

没错，要奋力一跃。高举竹刀的身体在不知不觉间刺穿隐形的墙壁，向对岸冲出。感情绽放出迅速磨灭的耀眼火花，敌人主动向前，重重地将身体串进刀尖之上。暗杀者的衣服上不知何时沾上了点点鲜血，就像穿过树林时主动挂在衣襟上的牛膝草。

佐和的右手肘紧紧贴着侧腹，为了不让刀刃上翻，用左手压住右手腕，霜刃宛如从他肥胖的身体中长出来一样，他大喊一声，狠狠地撞在了墙壁上。

第二天，勋开始仔细研究新河宅邸的格局。

位于高轮的新河宅邸四周是高高的围墙，不过他发现后面的坡道上，有一块围墙被凿开了一块，这是为了保护庭院中那棵根部向道路弯曲的巨大松树。这里应该有落脚之处，可以爬上松树偷偷溜进院子里。当然，树干周围有用来防贼的带刺铁网，只要不在乎会受些小伤，这些铁网就不足为惧。

就算男爵夫妇经常在周末出门旅行，周五的晚上应该也会在家里睡觉。这对夫妇无论何事都采取西式作风，应该会睡在双人床，至少会睡在纯英国式的卧室里。这么大的宅邸中一定有不少客房，不过夫妇俩的房间一定占据了朝南的舒适位置。既然海景在东边，东南方应该就是最适合居住、景色最美的房间了。

拿到新河男爵宅邸的草图费了不少功夫。勋碰巧在过期的《文艺春秋》杂志随笔栏里，看到了新河亨装模作样的文章。从很久以前开始，新河就对自己的文采充满自信，他的随笔里一定会有以"妻子……""妻子……"开头的语句。这既是一种下意识的炫耀，同样暗中批判了日本人在文章中写到妻子时也要刻意写成"家里人"的习惯。

那篇随笔的题目是"深夜的吉本"，重要的部分引用如下。

……不管怎么说，这是一篇好文章。我早就知道像我这种才疏学浅的人是体会不到其中的奥秘的，不过日文版很明显已经失去了《罗马消亡史》中的文采，远远不如1909年出版的插图丰富的J·B·波利教授编辑的七册无删节的版本。在我借着枕边的灯光与吉本亲切交谈时，睡觉的时间总会推迟。身边熟睡的妻子的呼吸声，我翻阅波利版《罗马消亡史》的声音，巴黎卢·洛瓦公司的古董钟表走动的声音在充斥着整个卧室的沉默中构成了深夜三重奏。另外，照在书页上的灯影成为家中坚持到最后的理智灯火。

……

勋读着这篇文章，思绪趁着夜色飘进了院内，他看着主洋楼的二层东南角，如果能看到透过窗帘的灯光，并且那灯光始终没有熄灭，那就应该是男爵枕边台灯的灯光了。所以他必须在半夜潜入宅邸，一直等到最后一盏灯熄灭为止。那种大人物的宅邸中，院子里一定有巡查的夜警，不过同样一定会有用来藏身的树荫。

想到这里，勋的脑海中又浮现出另一重疑惑。男爵清清楚楚地知道自己身处于危险之中，竟然会在公开的杂志上发表这种会将自己置于危险之中的文章。通常，这种随笔本身不就会是陷阱吗？

… 二 十 九

　　十一月已经接近尾声，勋想要若无其事地与鬼头桢子告别，他被这个念头折磨着。他已经很久没见过桢子了，一是因为忙碌，形势每时每刻都在发生变化，他既没有时间也没有心情与桢子见面。另一方面，既然是决心赴死，他担心告别时羞耻心会违背他的意愿，加上过度紧张，会在桢子面前情不自禁地吐露出真情实感。

　　如果不见面就这样死去，勋倒是能保持完美的心情，但这种做法却不符合世间的情义。更何况每一名同志都带着桢子送的一片神圣的笹百合花瓣，做好了赴死的觉悟。桢子正是司掌这场百合战争，这场遵从神意的战争的巫女。勋无论如何都要代表同志，自然地与她辞别，这个念头终于给了他勇气。

　　一想到如果自己突然造访时，桢子可能不在，勋就浑身发抖，他不可能鼓起勇气再来告辞一次，这是最后一次，桢子那张美丽的脸庞必须出现。

　　勋很清楚，如果改变了平时的习惯，就会破坏这份若无其事，所以他特意打了电话确认桢子是否在家。那一天，勋的家里刚好收到了牡蛎，可以用送牡蛎为借口前去拜访。

牡蛎是父亲过去的门生送来的，他已经回到广岛，每到吃牡蛎的季节就会送来满满一桶牡蛎，鬼头家经常照顾勋，母亲让他去送牡蛎既是自然而然的事情，也是一种幸福的巧合。

勋穿着学生服和木屐，单手拎着一个小桶离开了家门。早就过了吃晚饭的时间，不需要考虑对方做饭要用而急着赶路。

勋心生怨念，一个决心赴死的人，即将去做无法说出口的告别，这个场景与装着牡蛎的小桶实在不般配。随着勋的步伐，牡蛎发出低矮的波浪舔舐岩壁的水声。海水被压入牡蛎黑暗的缝隙中，似乎已经腐烂。

这条路勋早已熟悉，恐怕这是最后一次走了，与走惯的三十六级台阶同样是最后一次见面。深夜寒气刺骨，没有一丝风，勋走在如瀑布般垂下的石阶上，突然心血来潮，想要回头看看来路，这是以前从来没有出现过的心情。

鬼头家南面的斜坡上伫立着三棵棕榈树，冬日的星光缠绕在树干的棕毛上。斜坡下，万家灯火已经凋零，白山上车站周围的商店街上，店铺屋檐下依然灯火辉煌。尽管已经看不见市营电车的影子，不过夜空中依然回响着拉开旧抽屉时发出的声响。

眼前的景色平淡无奇，一切都与流血死亡相距甚远。勋看着日常生活中的景象陷入沉思，在自己死后，一切都会继续，套窗已经关上，晒台上摆着四五个盆栽。勋坚信，这些人绝对无法理解自己的死，他们引起的骚乱绝不会影响这些人的沉眠。

他走进鬼头家的大门，按下玄关的呼叫铃。桢子立刻拉开了拉门，仿佛一直在玄关等待。

如果是在平时，勋会直接脱下木屐进入房间，但这一次，他觉得进入房间后话说得多了，就会不小心流露出真心。于是他递上小桶说："是母亲托我来的，这是别人从广岛送来的牡蛎，分给你们一些。"

"谢谢，这可是稀罕东西。来，快进来吧。"

"今天我就先回去了。"

"为什么？"

"我还要学习。"

"胡说，你才不是会勤奋学习的人呢。"

桢子强行留住了他，然后走进房间，里面传来中将的声音，让桢子请勋进去。

勋闭上眼睛，心中如饥似渴地享受近在眼前的桢子的形象。他想一口气将那张白皙美丽的笑容毫发无伤地轻轻放进心里，但越是心急，桢子的形象越是如同掉落的镜子般分崩离析。

勋觉得趁着玄关昏暗的灯光还能完美地隐藏自己的感情，应该就这样逃回家去。这样一来，一时的无礼只会被当成年轻人的反复无常，事后，桢子应该会明白他前来告别的真心吧。

脱鞋处的石板渐渐变得清晰，木板台阶如同码头，连接着淤塞冰冷的黑暗。勋就是即将出航的小船，木板台阶边缘是循规蹈矩的码头，在那里，有人被拒绝，有人被接受，也有人在相互道别。而勋的感情负担压在船上，险险到达吃水线，浸泡在冬日海水死寂的黑暗中。

就在勋想要转身离开玄关时，桢子再次现身，高声说："啊呀，为什么要回去？父亲让我一定要请你进去呢。"

"我先走了。"勋关上了身后的拉门，生出一股完成了一件难事的悸动，他想冲出去，但立刻反省，冲出去会显得不自然，会把一切搞砸。只要换一条路回家就好，他可以不下石阶，而是绕到后面的白山神社，穿过神社回家。

但是，就在勋即将拐进通往白山神社，在夜里人迹罕至的小路时，看到了披着白色披肩的桢子，她并没有追上来，只是以与勋同样的步幅跟在后面。

勋决定继续向前走，不再回头看桢子。

这条路旁边就是神社后方的白山公园。要想穿过神社正面，正好要跨过尽头连接正殿和神社办公室的廊桥。只要弯下身子，穿过暗淡灯影下的细长竖格子围栏就好。

终于，桢子出声叫他，勋不得不停下脚步。但是他预感到如果现在回头，就会发生难以言喻的不祥之事。

他没有回答，而是转身走上了公园对面的小丘，顶部有升旗台，下面是被杂木包围的断崖。

不一会儿，身后传来桢子清冷的声音。

"你在生什么气？"

那声音中带着不安，伫立于黑暗之中，勋不得不转过身子。

桢子披着一条闪烁着银白色光芒的毛披肩，披肩一直裹到鼻子，远方城市里的灯火照在桢子眼中，那里闪着泪光。勋感到心头一紧。

"我没有生气。"

"你是来和我道别的，对吧？"

桢子说出一句毫无关联的话，就像摆放白色棋子时一样准确。

勋沉默地看着山下的景色。山毛榉的根部隆起，细小的枯枝在整片夜空中划满裂痕，朦胧的星光点缀在每一根枝头。断崖边的两三棵柿子树只剩下稀疏的叶片，形成一幅漆黑的剪影画。山谷对面又露出隆起的房檐，城市的灯火像烟雾一样笼罩到高高隆起的房檐尽头。从这座小山丘看过去，城市中尽管还亮着众多灯火，却完全称不上热闹，房屋就像沉入水底的小石子。

"对吧。"桢子又说了一遍。这一次，声音就在勋的脸颊边响起，他的脸颊仿佛被声音烫到一样变得火热。

就在这时，他感到桢子的双手环住了他的脖子，冰冷的手指如同刀刃一般触碰到勋光滑的脖颈。当预感到介错的刀刃架在脖子上即将砍下时，一定是同样的冰冷。勋浑身颤抖，却什么都没有看到。

要像这样环住勋的脖子，桢子必须先走到勋的面前，而勋并没有看到。桢子的动作一定异常迅速，或者异常缓慢，而勋并没有看到。

他依然看不见桢子的面孔，只能看到堆积在自己胸前，比夜色更加漆黑的头发。桢子把脸埋在他胸前，香水的味道笼罩在勋面前，让他的感觉变得迟钝。木屐因为勋的颤抖发出轻微的声响，因为脚下不稳，勋的双手紧紧抱住桢子的后背，就像被溺水者抓住的人想要保护自己。

不过，他抱住的只是短外套下面隆起的腰带上坚硬的太鼓形布质衬芯。这是比拥抱之前的桢子更疏远的物质。但是，这个触感带给勋的是他所拥有的对女性身体的一切观念的如实姿态，是比裸体更加赤裸的某种感受。

从这时开始，勋陷入陶醉中。醉意突然如奔马一样从某一点开始狂奔，抱住女人的双手中加入了疯狂的力量。勋觉得，紧紧相拥的两人像桅杆一样摇晃。

伏在他胸前的面孔抬了起来。桢子抬起了头！这正是勋在每一个夜晚的梦中看到的，最后告别时桢子的面孔。白皙美丽的面孔未施粉黛，泪水在脸庞上闪闪发光，紧闭的双眼比任何目光都要炙热。这张面孔如同从深深的水底冒出的水泡一样浮现在眼前。颤抖的嘴唇在黑暗中急促地喘息着，勋再也无法忍受这张嘴唇出现在眼前。为了让这张嘴唇消失，他只能附上自己的嘴唇，宛如在一片已经落地的叶子上重叠下一片落叶。勋一生中最初也是最后的吻自然落下，桢子的嘴唇让勋回忆起梁川的红色樱花树落叶。

嘴唇甫一相接，缓缓流出的甜美让勋惊讶不已。在双唇相接之处，世界开始颤栗。从接点开始，勋眼看着自己的肉体开始变质，逐渐被腌制成无法形容的温暖与圆滑的物体，在他吞下桢子的唾液时，这种感觉达到了极致。

在嘴唇终于分开时，两人相拥而泣。

"至少告诉我一件事，你什么时候会死？明天？后天？"

因为勋很清楚如果自己恢复了冷静，一定不会回答这个问题，所以他立刻回答："十二月三日。"

"只剩三天了，我还能再见你一面吗？"

"不，我想不行。"

两人默默地走着。因为桢子要绕路，勋也不得不穿过白山公园狭小的广场，进入排列着神轿库的昏暗小径。

"我决定了。"桢子在黑暗中说。

"我也要去樱井，去大神神社，在狭井神社为你们祈祷武运昌隆，我会为参加行动的各位求来护身符，在十二月二日送到你们手里。需要多少护身符？"

"有十一……不，十二个人。"

勋觉得让众人上阵时将百合花瓣藏在内袋中的事有些羞耻，所以刻意没有告诉桢子。

两人来到神社前的路灯下，前庭中果然没有人。把护身符送到靖献塾会给勋添麻烦，所以桢子希望勋告诉他藏匿地点，勋把地址写在一张小纸片上交给了她。

虽说有路灯，其实不过是白山下照相馆献给神社的五烛光常夜灯。灯光打在石狮子、金字匾额、喷火龙的浮雕和正殿的木头阶梯上，只有神社门前的注连绳泛着白光。微弱的灯影同样照在两三间之外的神社办公室的白墙上，墙上映着杨桐树叶美丽的影子。

两人各自默默祈祷，穿过鸟居，在长长的石阶上方道别。

三 十

十二月一日清晨，勋装作去上学的样子直接来到藏匿地点。佐和要帮塾长出门办事，无法参加这天的会议，其余十人齐聚一堂。后天就要行动了，这次会议要商量细节。尽管每个人面对的情况不同，难易程度不同，不过行动后所有人都要自杀，这次会议重新明确了每个人已经做好觉悟。

勋感到每一名同志的表情都无比清明，他们卖掉了两把日本刀，买回六把短刀，这样一来每个人都有了一把锋利的短刀。有人说为了以防万一，每个人都应该在内袋中备一把刀，众人纷纷表示赞成。尽管毒药是最有效的瞬时自杀手段，但是没有人希望采用这种懦弱的方式自杀。

参加会议的人到齐后，众人按照惯例锁上了玄关的门，结果楼下却响起了敲门声，众人以为是佐和改变计划偷偷过来了。

井筒下楼在门口问："是佐和先生吗？"

"没错。"

井筒听到一声悠闲的回答，于是打开了大门。一个陌生男子走进来推开井筒，穿着鞋就向楼上冲去。

"快逃!"

井筒大喊一声,已经有第二、第三个男人进来把他的双手反拧在背后。

从二楼房间跳进院子里的人也被绕到后面的警察抓住了。勋拔出身边的短刀打算刺进腹部,结果手腕被抓住,扭打中,警察的手指受了轻伤。

井上与警察扭打在一起,虽然他用外绊腿摔[①]放倒了一个人,但是三个人很快冲上来制服了他。

就这样,十一个人被戴上手铐押往四谷警署。同一天午后,佐和也在回到靖献塾时被捕。

---

① 柔道招数之一。

三十一

本多看到当天早上的新闻用大标题写着：

> 十二名右翼激进分子在据点全部落网
> 没收日本刀及反动文书
> 当局极为重视

他一开始只觉得怎么又有这种事，看到拘留名单中有饭沼勋的名字时，他的心情立刻不再平静。本多本想马上给东京的饭沼私塾打电话，考虑到人情世故又放弃了。第二天的早报上用更大的标题写着：

> 查明"昭和神风连"事件全貌
> 一人一杀
> 目标击溃财经界
> 主谋是十九岁少年

这一天的报纸第一次登出勋的照片。尽管粗糙的印刷让勋的肖像模糊不清，不过完整地保留了勋来本多家做客时曾经让他印象深刻，完全无法融入家常便饭，不同寻常的锐利目光。勋始终圆睁的双眼中，带着与那天毫无二致的眼神。事到如今，本多不得不感叹自己的洞察力有失偏颇，只能看清钻过法律网眼的人物。

勋已经年满十八岁，不再受少年法的保护。本多读完报纸上的报道后发现，除了名叫佐和的奇怪中年男子，其余人都是二十岁左右的年轻人，其中当然有适用于少年法的人，但勋并不在此列。

本多想象着法律上最糟糕的结果。在含糊不清的报道背后似乎隐藏着某些东西，事件表面上不过是考虑不周的少年们想要进行鲁莽的暗杀计划，不过搜查也许会从中挖出更深远的事实。

事实上，军部已经在今天的早报上抗议很有可能出现的流言，并且针对"五・一五事件"后的偏见发表声明。

陆军当局长官谈道："陆军将校完全没有参与这次事件。每逢此类事件，民众都会联想到与年轻将校的联系，我对此深表遗憾。众所周知，自五一五事件之后，军部特别注意加强内部统制，严肃军纪，为此付出了十二分的努力。"

这项抗议反而引发了猜忌，民众认为这次事件背后一定有其他势力在推动。

如果事情继续发展，查明勋等人触犯了刑法第七十七条中"扰乱朝政"的意图就麻烦了。只看报纸上的报道，尚且无法确定会定为事件未遂还是"预谋袭击"。本多想起了被勋强行推荐的《神风连史话》，结合现在勋等人"昭和神风连"的名号，不由得生出一股不祥的预感。

这天夜里，清显出现在本多梦中，他似乎在求救，又像在为自己夭折的生命申诉。醒来时，本多下定了决心。

在法院，本多的名声似乎有些下降，自从他秋天去东京出差回来之后，同事们和他说话的语气也似乎变得冷淡起来。人们议论说，本多性格的变化是因为家庭问题或者女人的问题，本多出名的睿智头脑受到了怀疑。院长察觉到法院中的氛围，他比任何人都赏识本多的出众才华，所以在暗地里为他惋惜。

既然世俗之人将梦中的诗归结于女人，那么同事们凭直觉将秋天去东京出差后，蚕食本多的心病归结为女人的问题，并且将这种心病当成一种诗意这一点并没有错。本多脱离了梨枝的轨道，迷失在荒草丛生的感情小径上，同事们能准确地发现他的迷茫，这种直觉非同寻常。但是二十多岁的年轻人姑且不论，到了本多这个年龄，实在与这种与感情有关的事故极不相称，所以大家对他的变化主要持批判态度。

在法官这样以理性为职业的世界里，面对这种心不在焉地陷入浪漫病的男人，人们的目光中绝不会带着尊敬。因为从国家正义的角度来看，尽管他犯下的并非罪过，但确实是某种"不健全的"行为。

而面对这种事态，本多才是最惊讶的人。早已深入骨髓的法律正义是高不可攀的鹫巢，竟然受到了梦境的洪水和诗意的浸润的威胁！如果仅仅如此倒还好，更可怕的是，梦境的侵袭并没有从根本上破坏本多至今为止始终相信的人类理性的先验性，没有破坏比现象更靠近法则的骄傲、欣喜，反而增强了它们，抬高了它们，隐约能看到耸立于地上法则之后，更高大、更险峻的白色法则之墙。只要见过那座墙一次，终究会看到终极之环的光辉，从而再也无法回到悠然的日常信仰中来。事实上这并非退步，而是前进，并非回顾，而是预见。勋毫无疑问正是清显的转生，对本多来说，这已经是超过了法律的法则真理。

本多想起在遥远的少年时代，自己曾偶然听到月修寺住持说法。从那以后，他不再满足于欧洲的自然法思想，转而对将轮回战胜引入法律条文的古印度《摩奴法典》[①]产生了兴趣。从那时开始，本多心中就有什么东西在生根发芽。当时的本多在直觉上感到这部法典的形式并不仅仅能整理混沌，还能挖掘出混沌深处的理法，就像用盆子里的水捕捉月亮的倒影，在制定法律体系的基础上，比基于自然法的欧洲理性信仰发源自更深的源泉。也许他的直觉是正确的，但是这种正确与守护现实法的法官拥有的正确自然是两回事。

本多自己也能轻易想象，同事们和他这样的男人在同一栋建筑物中工作会觉得不舒服。就像整洁的精神房间中只有一张布满灰尘的桌子，从理智的立场出发，没有比执着于梦境更接近懒汉的污点了。在人们眼中，梦境总是呈现出散漫的姿态，就像精神的领子上出现的污渍、在睡觉时背后压出的皱褶、膝盖破洞的裤子之类的邋遢姿态。本多明白，尽管自己什么也没说，什么也没做，却在不知不觉间触犯了公众道德，同事们都把自己看作干净的公园散步道上的纸屑。

在家里，妻子梨枝什么都没有说。梨枝这个女人绝对不会探寻丈

[①] 公元前于印度制定的法典。

夫的内心，她不会不知道丈夫变了，不会不知道丈夫被某件事情攥住了心神，但是梨枝什么都没有说。

本多并不打算向妻子挑明，并不是因为害怕会被她嘲笑或者侮辱。他的沉默是基于微妙的羞耻心，正是这种羞耻构成了这对夫妻的特质。硬要说的话，这正是这对有些传统的恬静夫妻间最美好的部分。本多几乎是下意识地明白，他的新发现和变化中蕴含着会抵触这份美好的东西。于是这对夫妇用两人之间最美好的部分悄悄保护着沉默以及无法挑明的秘密。

本多明白梨枝也为自己这段时间工作时的吃力感到惊讶。她细心地为丈夫工作间隙准备食物这件事也不像之前那样能宽慰丈夫了。梨枝没有发泄不满，没有露出寂寞的表情，也没有坚强地掩饰寂寞，而是用这副表情刺痛丈夫的心。她肾病轻微发作的时候，会露出平时隐藏起来的轮廓柔和的面孔，像皇室人偶一样多了几分稚气，不知从什么时候开始，这副面孔变成了日常。就算微笑中满是温柔，也绝对不会展现出期待。将梨枝塑造成这样的女人的力量，一半来源于父亲，一半来源于本多，至少本多没有做过会给妻子带来嫉妒之类的烦恼的事情。

勋的事情在报纸上成了大新闻，但是丈夫没有发表任何意见，于是梨枝也对此缄口不言。不过吃饭时保持沉默明显会不自然，于是梨枝淡淡地说：“饭沼家的儿子出大事了啊。我见到他的时候明明是个老实认真的书生。”

"嗯。不过，老实认真和这样的罪行并不矛盾。"本多反驳说，他的反驳中充满了柔和与深思熟虑，这让梨枝有些在意。

本多忐忑不安，既然想救清显却没能救成是他青春中最大的遗憾，那么他必须要救勋，无论如何，必须将勋从危难和污名中拯救出来。舆论的同情是他最后的希望，他早就注意到，由于参与者异乎寻常的年轻，人们不仅绝对不会憎恨这次事件，反而会予以同情。

本多真正下定决心，是在梦到清显后醒来的那个早晨。

本多来到东京，在东京站迎接他的饭沼穿着海獭皮毛领的无袖长外套，八字胡在十二月的寒风中瑟瑟发抖，因为在月台上站了很久，疲劳从他的声音和发红的眼睛中显现出来。他刚刚拉住走下车的本多的手，就呵斥私塾的学生让他拿过本多的包，在本多耳边不断道谢。

"太感谢您了，您的帮助顶千万个同伴，犬子何德何能啊。不过本多先生，您能下这样的决心可不得了！"

本多让私塾的学生先把行李送回他母亲家，然后应饭沼的邀请来到银座的银茶寮吃晚餐。城市中到处都装扮着闪亮的圣诞节饰品。本多听说东京市的人口已经达到五百三十万，看着银座人山人海的景象，让人觉得经济萧条和饥馑都只是遥远的地方看不见的火灾。

"看了您的信，我妻子喜极而泣，一直把您的信供在神龛上，早晚坚持叩拜。不过，法官不是终身制的吗？您为什么能辞职呢？"

"生病就没办法了嘛。就算对方再怎么挽留，我都可以拿医生的诊断证明当挡箭牌。"

"您生了什么病？"

"神经衰弱。"

"怎么会！"

饭沼没有继续说话，不过他眼中的担心一闪而过，这份真诚让本多很感激。被告显示出的一瞬间的真诚并不讨法官喜欢，本多清楚，无论多么努力地在感情上疏远对方，法官都会对这样的被告抱有某种好意。他从以前开始就会在心中揣测律师对委托人抱有的感情，那应该更像在演戏。在法官心中一闪而过的好意应该存在逻辑上的源泉，而站在律师的立场上则必须彻底利用这份好意。

"这样一来我就是自愿免官，身份依然是法官，所以我以后会被称为退职法官。我明天会去律师协会登记，同时就能开始律师的工作。因为这是我主动承担的职责，我会全力以赴。本来我想做到奏任官①再辞职的，当了律师之后就贴不上这层金了，不过是我自己选择辞职的，这也没办法。打官司就是要用自己选的律师，另外，报酬就像信里写的那样……"

"啊，本多先生，这份情太重了，我怎么能接受呢……"

"所以，我希望一切都是免费的，请你以此为条件把这件事交给我。"

"呀，我该说什么好呢……"饭沼端端正正地坐在那里不住鞠躬，"不过，您下了这么大的决心，夫人想必很惊讶吧，您母亲一定也很担心，我想他们应该会激烈反对……"

"我妻子很平静。我在电话里和母亲说了此事，她一开始陷入了沉默，似乎考虑了片刻，然后很开心地对我说让我按自己的想法来。"

---

① 日本近代官吏身份登记，任免和晋级由各省大臣、地方长官推荐，经天皇裁决，相当于高等官员的第三至第九等。

"啊，真是了不起的母亲，了不起的夫人啊，您有多么优秀的母亲和夫人啊。我家里那位无论怎么努力都赶不上人家，以后一定要教教我怎么教育妻子，至少要让她好好学学您夫人。不过，估计已经晚了吧。"

说到这里，宾主第一次放开拘束相视而笑。

于是，放松下来的本多心中涌起怀念之情，宛如时间回溯二十年，学生时代的本多和作为书生的饭沼正在商量救出如今不在这里的清显。

磨砂玻璃窗上，城市的灯火忽明忽灭，而夜晚的热闹仿佛连接着饥饿和不幸，第二重黑夜历历在目，就连桌子上绚丽的残羹剩饭都在诉说着与黑暗寒冷的拘留所之间的联系。就这样，过去同样带着不情不愿、绝不满足的思绪与如今正值壮年的两人相连。

本多觉得在自己的一生中，再也不会主动选择如此重大的放弃，他想要将现在身体里涌现出的奇妙热情深深刻在心里。在主动做出万人都会认为愚蠢的决断之后，身心的爽快和心中的温暖无与伦比，更何况是在判断力最准确的现在！

勋不该感谢他，反而是他应该感谢勋。如果没有被勋的转生和勋的行为触发，本多也许总有一天会变成住在冰山上却依然感到开心的人。他曾经认为安稳的东西其实是冰，他曾经认为的没有遗憾是干渴而死。在他以为如果心中有其他想法，那么仅仅是因为不成熟的时候，他甚至不明白真正的成熟是什么。

饭沼似乎在为某些事情而焦躁，他一杯接一杯地喝酒，就像一个以贩卖思想、热情为生的男人，八字胡胡梢沾着的酒仿佛思想的水滴，天真地寄宿在胡子上。饭沼以某种信念为职业，将思想作为生活，他犯下的无理行为和罪过给他的脸上涂上了一抹乐观的自我欺骗的影子。他保持正坐的姿势，一杯接着一杯喝酒，看他的劲头仿佛不在乎在十二月寒冷的拘留所中瑟瑟发抖的儿子，感情和虚饰全都是固定的模式，这副堂堂正正的态度就像立在旅馆玄关处，那幅画着龙的水墨画屏风。他将思想作为一种臭味，随意沾染在身上。距离很久以前他还是青年的时代已经过去了漫长的岁月，当时他目光深邃阴沉，肉体给人过分阴郁的感觉。他的世故，他的苦恼，特别是他的屈辱，这些东西让他现在挺直胸膛以儿子的光芒为荣，这并不奇怪。在本多的想法中，这个父亲一定在沉默中将某种东西寄托在了儿子身上。父亲陈旧的屈辱变成了那个无比纯粹的少年对权门的呐喊与敌意。

此时，本多想听到饭沼对勋的真实想法。

他说："其实从你教育松枝时开始，心中就有一个梦想吧，勋可以说实现了这个梦想吗？"

"不，勋确实只是我亲儿子。"饭沼昂然反驳了本多的话，然后又说到了清显。

"现在想想，也许那样的人生对少爷来说才是最自然的，最符合天意的。至于勋，是和我们这样的父母相称的孩子，又年轻，时代又是这个样子，所以做出了那种事情。我当年想教少爷走上武勇之道，也许只是我的卑劣习性使然。想必少爷死的时候一定很遗憾吧。"说话间，饭沼的声调中充满了与刚才截然不同的情感，充沛的情感仿佛在一瞬间冲破了堤坝。"……但与此同时，少爷一定也有一丝满足，能放任自己的感情自由抒发。至少我想要如此相信的心情越来越强烈。我也有自私的一面，如果没有这份信念的话，我一定承受不住。总之，少爷度过了符合他性格的一生，我在旁边心烦意乱完全无济于事，不过是徒劳。

"与此相比，勋是我的孩子。是我按照自己的想法严格教育出来的，他自己也很符合我的期望。在二十岁之前就达到剑道三段是很不错，不过从那之后做得太过火了。这也是因为他太理所当然地接受了父母的生活吧。不仅如此，过早离开父母的指导，过度自信也是他此次行动的根源。如果这次事情能在您的尽力帮助下从轻判处，对他来说一定是一次最好的教训，应该不至于判处死刑或者无期吧？"

"这倒不用担心。"本多简单地保证。

"啊呀，太感谢您了，您是我们父子一生的大恩人。"

"等判决结束后再道谢吧。"

饭沼又深鞠了一躬。一旦沉溺在感情中，此前一切俗套的形式都支离破碎。他的眼睛在醉意之上增加了危险的润泽，全身散发出不知该说什么是好的气氛，就像升腾起一层隐形的雾霭。

"我很清楚您现在在想什么。"最终，饭沼用有些尖锐的声音继续说，"……我都明白。您觉得我极不纯粹，而我儿子是纯粹的。"

"没有这回事……"本多有些不耐烦，于是敷衍地回答。

"不，就是如此，一定是这样。不瞒您了，您觉得犬子在行动的前两天被检举是因为谁呢？"

"不知道。"

本多感觉饭沼即将说出不该说出的话，但是已经来不及阻止他。

"您这么照顾我们，这些话说出来会让您的一番厚意付诸东流，不过委托人和律师之间本来就不该有任何秘密吧。检举人是我，是我向警察秘密告发了犬子，在千钧一发之际救了他的命。"

"为什么？"

"您问'为什么'，如果我不这样做，犬子就会死。"

"但先不问事情的对错，父亲不是应该希望儿子实现志向吗？"

"本多先生，因为我面向的是未来，一直如此。"对一个喝醉的人来说，饭沼长着浓重红毛的手脚动作过于灵活。他把手伸向房间角落里凌乱的箱子，上面叠放着海獭皮毛领无袖长外套。他不顾灰尘四散猛地抖开，长外套像披风一样展开。"就是这个，这就是我，这件长外套就是我。我并不是想给您展示什么魔术，这件长外套就是父亲，在冬日漆黑的夜空，衣摆一直伸向遥远的地方，将犬子活动的地面全部覆盖。他在地上四下奔走想要寻找光明，但我不会让他如愿。这件宽大的黑色长外套一直延伸到天空尽头，覆盖在犬子头上，在长夜未尽之时让他认识到夜晚的寒冷。当清晨到来时，长外套跌落在地，犬子的眼中将充斥着光明。父亲就是如此，不是吗，本多先生？

"因为犬子在没有深刻理解长外套的意义之前就发起了行动，当然要给予惩罚。因为长外套明白现在还是黑夜，所以不能让犬子去死。

"左翼那些家伙越是被镇压势力越强。日本被他们这些霉菌侵蚀，让日本的体质虚弱到会被侵蚀的是政治家和实业家。这种事不用说犬子也会明白。当日本的形势危如累卵之时，毅然起身守护皇室的尖兵当然正是我们。但是要等待机会，凡事都讲究时机，只有志向无法成事。只能说犬子还太年轻，没能看清这一点。

"作为父亲,我也是有志向的呀,说起来我的忧国之情还在犬子之上。犬子想要瞒着我发起所有行动,真该说是子不晓父志吧。

"我总是面向未来,如果不行动比行动更有效果,那就再好不过了。不是吗?听说'五·一五事件'时,减刑请愿书也堆积如山,可见人们一定会同情年轻纯真的被告,这一点毋庸置疑。而且我儿子不仅不会丢掉性命,还会镀一层金,这样一来他就能一生衣食无忧了。'昭和神风连饭沼勋'的名字将永远被人们所敬畏。"

本多先是目瞪口呆,然后开始怀疑事情是否真的这么简单。

如果饭沼所言无误,那么第一个救下勋的就是他父亲,此后即将救他的本多只会沦为实现饭沼意图的助手而已。本多抛弃职业无偿接下为勋辩护的工作,饭沼这番话让他的一番厚意全打了水漂,还狠狠地冒渎并践踏了本多行为中蕴含的高尚。

但奇怪的是,本多并没有生气,他想为其辩护的人是勋,而不是勋的父亲。无论他的父亲多么污秽,都不会波及儿子,丝毫不会有损勋做这一番行动的动机的纯洁。

尽管如此,此时饭沼无礼的言行依然本该让本多有些火大,而他能保持平静自有其原因。饭沼以密谈为由屏退了女佣,在这间小茶室说了一番话后,开始一杯接一杯独酌,汗毛浓重的指尖不住颤抖。本多从饭沼的动作中看到了某种未说出口的感情,恐怕那就是推动他密告的更深层的动机,也就是无法抑制的嫉妒,对儿子如今可能已经实现的,浴血的光荣和壮烈的死的嫉妒。

三十二

洞院宫治典王殿下也因为此次事件受到了巨大的冲击。

本来,他经常记不清只见过一次的人,但是和勋见面的那一晚的记忆依然近在眼前,更何况勋是由堀中尉带过来的,洞院宫自然不会觉得事不关己。出于理所当然的顾虑,殿下在事件发生后立刻打长途电话,吩咐总管对勋的来访守口如瓶。不过总管就是宫内省的探题[①],殿下本来就没有对他们抱有太大的信任。

洞院宫和中尉从很久以前开始就一起慨叹时世,是志同道合的同伴。宫内省对此不满,经常劝诫洞院宫要考虑身份高低,不要无差别地允许他人拜访,但是面对宫内省连一趟小小的旅行都要求汇报的严格束缚,洞院宫十分反感,自然不会老实地接受劝诫。

洞院宫当上山口的联队长之后,曾经有格外过激的言行,所以宫内大臣和总秩寮总裁曾商量好趁洞院宫上京的机会,若无其事地拜访并委婉劝诫。尽管洞院宫一直默默听着,不过始终保持沉默,并没有给出回答。

[①] 日本最重要的地方职制之一,这里指心腹。

大臣和总裁已经做好准备，洞院宫会怒斥他们插手军务。如果洞院宫当真说出此话，他们也无计可施。

但是洞院宫表现得过于平静，现在要斥责两人未免已经太迟。终于，洞院宫半睁开威严的细长双眼，来回看着两名客人说：

"你们干涉我的生活已经不是第一次了。但是，既然要干涉，就请你们平等对待每一位官家，为什么从以前开始就一直针对我？"

他没有给大臣反驳的机会，压抑着深深的愤怒，断断续续地说：

"以前，在选择妻子的事情上，松枝侯爵用无礼的言辞侮辱我，当时官内省支持侯爵，完全没有考虑过我的立场，就连官家被臣下侮辱的时候也是如此。官内省究竟是为谁而存在的？从那以后，就算我会怀疑你们的态度也不足为奇吧。"

官内大臣和总秩寮总裁无言以对，只好匆匆退下。

不知不觉间，听到堀中尉和两三名年轻将校过激的言辞，成了洞院宫最大的慰藉，他很高兴自己被当成了一道切开覆盖在日本上空的乌云的蓝色缝隙。洞院宫心底藏着深深的伤痕，这道伤口成为某些人的光辉，寂寞的异端感情成了人们的希望，他为这种转化而欣喜。不过，他完全不打算更进一步。

自从勋等人引发的事件之后，满洲的堀中尉也音信全无，洞院宫只能从与勋的一面之缘中揣测事情的原貌。那个夏日的夜晚，少年冷冷燃烧的目光在洞院宫心中苏醒，他想起，那是决心赴死的目光。

当时草草一读的《神风连史话》依然摆在联队长的书架上，于是洞院宫在军务的间隙重新读了那本书，想从中找出事件的真相。比起内容，这本书的字里行间都摇曳着那天晚上勋炽烈的目光和如烈火般的言辞。

洞院宫的意识与世隔绝，而军队朴素的集体生活多少能弥补这一点。正因为如此，洞院宫才来到军队并受人爱戴，但是军队中依然有顾虑和阶级。一名民间的少年竟然能如此接近纯粹的火焰，不畏惧灼伤的危险，在那一晚之前，殿下完全没有这样的经历，于是那天晚上的对话成为他难以忘怀的记忆。

什么是忠义？那名激动的少年说军人不需要怀疑，军人的忠义是被赋予的忠义。

这句话确实唤醒了洞院宫心中的某些东西。仔细想来，洞院宫假装粗鲁，夸耀勇武，把自己放在作为军人理所当然的忠义框架之中，也许是为了躲开诸多令他伤心的事情才逃进忠义之中。他并不理解能毁灭自身，灼伤自己的忠义。另外，他也没有必要去考虑这样的忠义是否当真存在。在见到勋的那个晚上，他第一次亲眼看到了那般热烈的忠义，看到了鲜活的忠义。这让洞院宫的心灵受到了强烈的刺激。

当然，洞院宫有为了陛下随时抛弃生命的觉悟。陛下今年三十一岁，比洞院宫小十四岁，洞院宫一直对他怀有作为兄长的呵护之情，但是这份感情澄澈而平静，就像树荫深处令人愉悦的忠诚。另一方面，洞院宫总是习惯将部下对自己的忠义当成形迹可疑的东西，并且敬而远之。

被勋的言行打动以后，洞院宫随即感到投身于军人的耿直令人心情愉快。这次事件完全没有牵扯到军方，一定是被告们为了庇护堀中尉而缄口不言，这份猜测更加深了洞院宫对他们的好感。

洞院宫读到《神风连史话》中的一节"他们中大多数不喜文雅，

在白川原头赏月时，会觉得今年的明月是自己在世界上见到的最后的明月，赏樱时，会觉得今年的樱花就是最后的樱花"时，想到了勋在读到这一段时会多么身临其境。年轻人的热血打动了这位四十五岁的联队长的心。

洞院宫不由得开始认真思考，自己有没有救他们的方法。他绞尽脑汁找不到头绪时，便按照年轻时养成的习惯开始听唱片。

他让勤务兵在宽敞的公馆里那间冰冷的接待室生好炉火，开始亲手选择唱片。

因为洞院宫想要听些能让人心情愉快的音乐，于是选择了波利多尔唱片发行的、理查德·施特劳斯作曲的《捣蛋鬼提尔》，由柏林爱乐乐团演奏，指挥是威廉·富特文格勒。洞院宫屏退勤务兵独自欣赏。

《捣蛋鬼提尔》是诞生于十六世纪德国的民间讽刺故事。霍普特曼创作的戏剧和R·施特劳斯创作的交响乐最著名。

十二月的夜风吹过联队长公馆宽敞的庭院，炉火的声音与风声交织在一起。洞院宫没有解开军装的领口，坐在罩着冰冷的白麻椅罩的安乐椅上，穿着军用马裤的双腿交叠，白木棉鞋尖在空中纹丝不动。马裤裤腿的扣子紧紧绑在小腿上，所以很多人会在脱下长靴后解开扣子，不过洞院宫并不在乎轻微的压迫会让小腿变得沉重。他伸出手指轻轻抚摸八字胡，胡梢用发胶固定成翘起的形状，触感就像在抚摸某种凶猛飞鸟的尾羽。

洞院宫很久没有听过这张唱片了。他本想要听一首欢快的音乐，开头微弱的圆号刚刚吹出提尔的主题音乐，他就意识到自己选错了唱片,立刻发现这不是自己现在想听的音乐。这不是喜欢恶作剧、性格开朗的提尔,而是富特文格勒捏造出来的,那个寂寞、孤独,意识如同水晶一样清澈见底的提尔。

但是洞院宫继续听了下去,提尔将银色的神经束当作掸子,扫清了房间的各个角落,狂躁的行为最终被判处死刑。听到最后,洞院宫突然起身按铃呼叫勤务兵。

他命令勤务兵打长途电话到东京,叫来总管。

洞院宫已下定决心,在不久后上京进行新年参贺时,要耽误陛下几分钟的时间,让勋那些年轻人的忠诚得以上达天听,请陛下赐予深切的关怀,并将陛下的关怀暗中告知最高法院院长,这是第一。第二,要趁着住在东京的时候召见此案的律师,充分了解事情的经过,作为面圣时的材料。

他在电话中命令总管查出律师的名字,让律师配合自己十二月二十九日上京的行程,在位于芝的府邸等候。

在找到合适的事务所之前,本多暂时租下了朋友位于丸之内大楼五层的事务所,挂上了自己的招牌。这位朋友同样是律师,是本多的大学同学。

一天,洞院宫家的事务官造访,传达了洞院宫的意思。因为此事格外罕见,所以本多大吃一惊。

一名穿着黑色西装的小个子男人走在褐色亚麻油毡地板上,完全听不见脚步声。本多看到他的时候感到一股难以言喻的厌恶,将他带到接待室后,这种感觉愈发强烈。狭窄的接待室和办公室之间只隔着一层波浪形玻璃墙，小个子男人带着冰冷却不安的表情环顾四周。他在担心声音传出去。

那个男人脸色苍白，戴着一副金边眼镜，那双眼睛已经习惯了水中的冰冷和黑暗，明明白白地诉说着他始终屏住呼吸生活在繁文缛节的海藻下。

本多身上还留着法官的高傲，情不自禁地高昂着头说："保守秘密是我们的职业操守，您完全无须担心。特别是来自贵人的委托，我们会做好万全的小心。"

事务官似乎患有肺疾，声音低沉甚至无法听清，所以本多不得不在椅子上挪了挪，向前探出身子。

"不，我要说的绝不是什么所谓的秘密。殿下对您手头的案子有兴趣，所以想请您于十二月三十日造访宅邸，届时，只要将您知道的事情坦率地说出来就好。只是……"小个子男人似乎想要压住一个嗝，突然含含糊糊地说，"只是，那个……如果殿下知道下面这番话是我说的，我就会有大麻烦，所以请务必对殿下保密……"

"我明白了，请您尽管说。"

"这个，就是……请您理解，这只是我的个人意见，我是说如果，如果您当天患上了感冒无法拜访殿下，只要您告诉我一声，不去也是可以的……因为我已经把殿下的意思传达给您了。"

本多目瞪口呆，看着眼前这名宫内官僚面无表情的脸。他来到这里是为了邀请本多，却在暗示本多辞退这份邀请。

洞院宫与清显的死有间接关系，十九年后，他向本多提出了邀请，这也称得上是一段奇缘。本多一开始还觉得殿下的意思让人厌烦,然而面对这段开场白,倒是生出了无论如何都要见见洞院宫的冲动。

"我明白了。那么如果当天我完全没有感冒,身体康健,就应该前去拜访吧。"

事务官的脸上第一次出现了可以称之为表情的东西。悲伤的困惑在他冰冷的鼻尖停留了一瞬间,接着,他又恢复若无其事的表情,重新断断续续地小声说:"这自不用说。那么请您在三十日上午十点前往殿下位于芝的宅邸。我会提前通知正门的警卫,您只需要报上姓名即可。"

本多在学习院上学期间,碰巧同一年级中没有宫家子弟,所以他从来没有拜访过宫家的宅邸,也没有勉强争取过这样的机会。

尽管本多知道洞院宫与清显的死有关,不过恐怕对方并不知道本多是清显的朋友。不过公平地想,当时的洞院宫同样是事情的受害者,所以只要对方不提此事,本多就应该保持沉默,说出清显的名字这件事本身就是失礼的行为。这种事本多当然明白。

但是从前几天那名事务官的态度来看,本多的直觉告诉他不知道为什么,洞院宫似乎对这件事抱以厚意。而洞院宫做梦都想不到,勋不是别人,正是清显的转生。

本多深思熟虑后下定决心,不去管事务官的想法,在不至于不敬的范围内要如洞院宫吩咐的那样说出自己知道的一切,让他了解事情的真相。

当天,本多离开家门时心情平静,从昨天开始下的冷雨到了早上依然没有停,他走在通往官家的那条铺满石子的坡道上,石头缝隙中流出的水浸湿了鞋子。在玄关迎接的正是之前那名事务官,尽管礼仪周正,但态度中带着明显的冷淡,小个子男人苍白的皮肤各处都分泌着冰冷。

小接待室设计新奇,与被雨打湿的露台相连的门和窗户两边都做成了钝角,而且一边墙壁做成了壁龛的样式,熊熊燃烧的瓦斯炉散发着热气,焚香散发出执拗的气味。

不一会儿,身材魁梧,穿着焦茶色西装,担任联队长的洞院官出现在房间中,轻松的姿态足以让客人放松。

"啊呀,难为您一大早就过来。"洞院官声音洪亮。

本多递上名片,深鞠一躬。

"请放轻松,我叫您来不为别的,只是听说您为这次的事情不惜辞去法官的职位,来担任律师……"

"是的。一名嫌疑人是我相熟之人的独子。"

"是饭沼吗?"

洞院官按照军人的风格单刀直入地说。

热气在窗户上形成水滴,冬日的宽阔庭院中干枯的树林,庭前裹着防霜粗草席的松树和棕榈,淅淅沥沥的冬雨都呈现出朦胧的景象。戴着白手套的侍者端出英式红茶,银器的细口流出的线条袅娜的红茶充满了白瓷茶杯。银茶匙迅速变热,本多缩回了手指。他突然想到皇室典范里的皇族惩戒条款,如同敏感的银器会迅速传导热量一样令人战栗。

"其实,有人带饭沼勋来见过我。"洞院官恬淡地说,"那次见面给我留下了深刻的印象。他说了一些很激烈的话,不过我能感觉到他的纯真。他也很聪明,是个优秀的年轻人。我问了他各种刁难的问题,他的回答着眼点都很好。虽然有些危险,不过并不轻浮。那名前途无量的年轻人遭遇失败着实令人遗憾,我听说你不惜放弃职务也要为他辩护,实在是很高兴,所以想见见你。"

"他是勤皇的少年,虽然采取了错误的行动,不过我相信他始终在贯彻一切为天皇服务的精神。他来拜谒您的时候说过这些吗?"

"他说,忠义就是将亲手捏的饭团献给陛下,然后无论结果如何都要切腹自杀。他给了我一本《神风连史话》……不过他不会真的打算赴死吧?"

"警察和监狱都很注意防止这一点,所以不用担心。但是殿下……"本多胆子越来越大,开始将话题导向自己希望的方向。"殿下,您对那些人的行动认可多少呢?不仅仅是表面呈现出来的事情,对他们的计划,您能支持到哪一步呢?还是说您不需要任何条件就能认可他们出于一片赤诚做出的一切?"

"这是个难以回答的问题。"

洞院宫停下举起茶杯的动作,热气熏到胡子上,他露出畏缩的表情。

这时,本多心中生出一股难以解释的冲动,想让洞院宫明白清显死亡时的遗憾。

在清显的事情上,洞院宫的自尊心确实受到了深深的伤害,但本多并不知道洞院宫是否是因为某种热情而受到了伤害。而如果洞院宫当时确实被那道不问贫富贵贱,将人们拖入死亡和地狱的光芒的幻影所影响，在那道光芒面前，因为令人盲目的，最蒙昧最高贵的热情而受伤的话……至于聪子，如果正是聪子其人让洞院宫的热情化为灰烬……如果本多现在能清楚地知道这一点……那么这对清显来说一定是最好的祭奠，是清显的灵魂最大的慰藉。爱情与忠义同源，若如今洞院宫让一切在本多眼前昭然若揭，那么本多真的打算赌上身家性命来保护洞院宫。就算清显的事情不能宣之于口，本多依然打算暗示那场将清显置于死地的感情暴风雨。为了试探洞院宫，本多鼓起勇气，说出本打算始终藏在心底的一件事，这件事会涉及不敬。这件事也许会对勋的判决产生不利的影响，本多作为律师也许不该说出来，但是他抑制不住清显和勋的声音共同在自己心中发出的呐喊。

"其实，我在调查搜查结果时发现了一个机密内容，饭沼等人的计划似乎并不仅仅是暗杀财经界人士。"

"你找到什么新事实了？"

"他们的计划当然已经在准备阶段被破坏，不过这些少年衷心希望天皇亲政。"

"这是自然。"

"这是他们最重要的目标，他们相信应该由洞院宫组建内阁，这件事实在难以启齿，不过警方发现他们在偷偷印刷明确写着殿下名字的传单。"

"写着我的名字？"洞院宫的脸色瞬间变了。

"而且他们打算在行动后迅速散布传单，宣称殿下身负大命，试图让民众相信他们伪造的事实。警方已经发现了传单的复印件，这件事让检察厅更加强硬。我们正在苦苦思索对策，如果处理得不好，他们说不定会因为此事被扣上可怕的罪名。"

"这不是私议皇权吗？这可不得了，太吓人了。"

尽管洞院宫的声音越来越大，不过他的声音里浮现出一颗颗颤栗的微粒。为了试探洞院宫的想法，本多紧紧盯着洞院宫细长的双眼，他平静地询问："我的问题也许有些僭越，但是，军部当真完全没有这样的想法吗？"

"没有，军部与此事毫无干系，把这件事与军部联系起来太荒唐了，这肯定是民间书生的妄想。"

洞院宫愤然地将本多的暗示拒之门外，本多看出洞院宫是在包庇军部，于是最深处的希望破灭了。

"那么优秀的年轻人竟然会想这种荒唐事，真是令人失望，偏偏搬出我的名字。明明只见过一次，却这样利用我，利用皇室之名……这是何等忘恩啊。啊，就算称不上忘恩，也是不懂规矩。什么赤子之心，年轻人就是因为这样才让人头疼。"

洞院宫自言自语地嘟囔着，完全没有了军队指挥官的豁达。他的态度迅速冷却，就连对问出这个问题的本多的态度，也从刚才的热情迅速变为明明白白的冷淡。洞院宫心中曾经燃起的火焰已经烟消云散，没有留下一丝灰烬。

洞院宫觉得趁现在见律师一面真是太好了，这样一来，在新年面见陛下时就什么都不用说，也不会在事后当众出丑。同时，他心中疑惑丛生，觉得那样严重的私议皇权的行为不该是以孩子的智慧能够做到的。在事情发生后，堀中尉就杳无音信，此事同样可疑。洞院宫听到中尉调职到满洲时原本只觉得同情，现在想来，他不禁怀疑中尉是主动在事发前逃往满洲的。如果当真如此，那么洞院宫就是被他最信任的中尉利用并背叛了。

洞院宫的恨意不仅仅是从不安中生出的。迄今为止，他对宫内省那一小撮上流阶级的人都只有怀疑和厌恶，军队是他唯一可以感到平静的地方，此时却生出了怀疑的味道。他记得这股味道，在他的记忆中，这股味道从小就围绕在他身边。这是像狐狸巢穴一样的味道，无论如何驱赶，始终在他高贵的身边萦绕，阴森刺鼻，带着一股怀疑的屎尿味⋯⋯

本多看向下着雨的窗外。窗户越来越模糊，近在眼前的棕榈树上包裹的崭新防霜粗草席浮现在昏暗的雨景中，宛如穿着卡其色军装的人们在窗外挤作一团。本多明白，自己这次赌博中蕴藏着做法官时没有想过的危险。原本在面见皇族之前，他完全没有打算赌这一把，但是当他看到洞院宫的热情迅速消亡时，心中突然生出了不羁的希望。

还有一个方法，从与刚才洞院宫打算救勋时完全相反的方向出发，而且完全不抱着拯救勋的想法，反而能更有效、更顺利地让洞院宫做出拯救勋的行为。如今除了本多以外，没有人能让洞院宫下决定，而且机不可失，没有人能像本多一样巧妙地促成此事。要趁那份危险的资料还没有公之于众，只掌握在检察厅手中时行动。

本多尽量用平静的语气说："刚才我提到的那些写着殿下名字的传单，如果放着不管，恐怕会连累到殿下。"

"什么连累，我完全不知道这件事。"

洞院宫看着本多的眼神中第一次带上了明显的愤怒。不过他的声音并不大，能看出他甚至忌惮愤怒的情绪本身。本多觉得这股愤怒很重要，他必须抓住。

"是我失礼了。只是那毕竟是有几分危险的东西，就算再怎么为殿下着想，我也没有能力毁灭它们。如果不尽快查抄，一旦公之于众就会撒下臆测的种子，与您无关的事情也会传得与您有关了。"

"我有查抄的力量吗？"

"是的，您有这份力量。"

"用什么方法？"

"对宫内大臣下命令。"本多当即开口。

"你是让我向宫内大臣屈膝吗？"

洞院宫终于放开了音量，敲打椅子扶手的指头因为愤怒而颤抖，充满威严的双目大睁，目光一动不动，这副严厉的架势与骑在马上呵斥部下时别无二致。

"不，您只需要下令，宫内大臣自会安排妥当。在我做法官的时候，处理与皇室有关的问题时一定会采取恭谨的态度。宫内大臣会和司法大臣商量，司法大臣有可能命令检察长让这些传单从一开始就不存在。"

"这么简单吗？"洞院宫眼前浮现出宫内大臣那张始终浮现出柔和微笑、令人无比不快的面孔，同时轻轻叹息。

"是的。如果凭借殿下的力量……"本多表情认真地断言，因此洞院宫看起来深受鼓舞。

本多想，这样一来，勋的罪责上就拂去了一层危险而不祥的阴影。但是幸运的成功之后，需要担心的就是检察厅隐蔽的复仇。

三十三

勋在拘留所迎来新年,他受到起诉后,于一月下旬转移到市谷监狱。雪连续下了两天,勋从草笠的缝隙隐约看着这座背阴处依然残留着肮脏积雪的城市。市场上五彩缤纷的旗子沐浴在冬日的夕阳中。监狱的南门高十五尺,铁门打开时,合页发出尖锐的叫声,勋乘坐的汽车进入后,铁门立刻关闭。

明治三十七年(1904)竣工的市谷监狱是木造建筑,灰浆外墙,内壁几乎都涂着灰泥。未判决的犯人从南门进入,下车后穿过带雨篷的走廊,被带到名叫"中央"的检查处。这间十坪有余的房间空空荡荡,一边摆着一排像公共电话亭一样的小隔间,另一边有贴着玻璃的厕所,负责人坐在木板围成的高台上,高台尽头就是更衣室,只在地板上铺了薄薄一层草席。

房间很冷。勋被带到更衣室,脱到一丝不挂。他张开嘴,检查人员就连最里面的牙齿都不放过,仔细看过鼻孔和耳洞,让他张开双手检查过胸前后,又让他趴在地上检查后面。当肉体被如此无情地对待后,勋反而觉得自己的肉体是身外之物,最终属于自己的只有思想,这种想法已经成为他逃避屈辱的方法。当脱下衣服,全身起鸡皮疙瘩时，勋看到了红色和蓝色的华丽幻影，在遍布全身的寒气的鞭打中一闪而过。那是什么？勋想起在警察的混居室中，同住的赌博惯犯是文身师，他迷上了勋的皮肤，执着地央求勋出狱后要让自己为他文身，哪怕不收钱也可以。那个男人说，要在勋年轻的后背上文满牡丹和狮子。为什么是牡丹和狮子呢？那幅红色和蓝色的图案宛如倒映在昏暗谷底的沼泽中的五彩晚霞，是极致的屈辱中冲出的火烧云。文身师确实应该看过这种从深邃的溪水底部反射出的晚霞吧。

但是当狱警碰触勋侧腹的三颗黑痣，轻轻捏住它们时，勋重新明确了想法，那就是不能因为屈辱而自杀。在拘留所的一个个不眠之夜中，他情不自禁地想到了很多事。但是对勋来说，自杀依然是特别的，是畅快而奢侈的观念。

没有判决的犯人可以穿自己的衣服，不过此前穿的衣服必须经过蒸汽消毒，所以勋要穿一天蓝色的囚服。私人物品要整理好，除了日用品之外都要交到扣留处。坐在高台上的负责人一项项宣读探监送物、会面和写信等注意事项。时间已经入夜。

除了绑上腰绳、戴上手铐去地方法院的预审法官那里，其余时间勋都留在市谷十三舍的单人房里。早上七点鸣汽笛，汽笛从厨房传来，利用蒸汽装置发出的汽笛声音尖锐，同时蕴含着生活的温度，涌出活泼的水蒸气。晚上七点半就寝时会响起同样的汽笛声。一天晚上，汽笛声中混入了悲鸣，然后响起一阵吵闹的叫骂声。这种情况持续了两天，第二天，勋听出那混在汽笛声中的悲鸣是"革命万岁"的喊声。看守听到与对面窗户里的同志一唱一和的万岁声后会发出叫骂声。不知道是不是那名囚犯被关进了惩罚室，声音在此后的一天中消失了。

勋明白了，人类也会像狗一样在寒夜中通过远吠来传达心意，他甚至仿佛听到了被拴住的狗在不安地刨地，爪子摩擦三合土发出声响。

当然，勋也想念他的同志。但是在接受预审法官审讯时，就算他在汽车的护送下暂时住进了混居的临时监狱，可是不要说见到同志了，连他们的消息都完全没有听到。

他只能通过一天长过一天的白日估计春天不断接近的脚步，单人房的榻榻米依然冷得像由霜柱编织而成的。寒气渗入膝盖之中。

虽然他想念与他一起被捕的同志，但是一想到在行动即将开始前轻易从指间滑落的人们，比起愤怒，他更多地感受到了神秘。从他们迅速离去的过程中，勋觉得自己越来越清澈，就像剪枝后变得轻松的树木。尽管如此，究竟是什么准备了这份神秘，究竟是什么成就了这次挫折，勋越是绞尽脑汁，越在逃避"背叛"这个词。

入狱前，勋绝不会思考过去，如果要思考，也只会想到明治六年的神风连，与那时相比，现在的一切都强迫勋去反省近在咫尺的过去。订立誓约的同志轻而易举地离开，尽管直接的原因毫无疑问是堀中尉，但是同志最初宣誓时应该不会事先评估成功的条件。只是在当时，某种东西剧烈崩溃了，同志们心灵的雪崩不由分说地袭来，勋自己也不可能完全感觉不到那场雪崩。

不过他能断言，当时留下坚守节操的同志中，没有一个人能预测到今天的事态，他们心中所想唯有死，唯有战死。为了守护那份信念，可以说他们确实有不慎之处，但是他们认为不慎的结果也无非一死，所以并没有在意。为什么除了死亡，还要忍受这样的屈辱和痛苦呢？勋从来没有想过，他心中"纯粹"的观念，那只向着太阳飞去，应该烧毁双翼而死的纯洁飞鸟竟然会被生擒。逮捕时佐和不在场,勋不知道他在那之后怎么样了,可是就算不去想,佐和的脸也会在勋的内心深处若隐若现,让他心中不悦。

《治安警察法》第十四条无情地规定"禁止秘密结社"。勋等人完全是因为热血而联系在一起,打算通过迸发出热血回归上天,这种向往太阳的结社从一开始就是被禁止的。但是为了满足私欲的政治结社,为了谋利的营利法人无论组织多少结社都可以。比起任何腐败,权力更畏惧纯粹,就像野蛮人比起疾病更畏惧医药。

终于,勋碰到了一直在躲避的问题。"是血盟本身招来了背叛吗?"这是最可怕的想法。

当人们的想法接近某种程度,想要齐心协力做事时,瞬间的幻想破灭后必将引起反作用。难道反作用不仅止于背离,还会招致瓦解一切的背叛吗?人性中是否存在着不成文的规律,禁止人类之间的盟约?他是否终究触犯了禁忌?

普通的人际关系里,善恶、信任与怀疑总是以混沌的形态一点点混合,但是当一定数量的人之间达成世界上不存在的纯粹人际关系时,也许恶同样从每个人身上抽离并汇合,留下了纯粹的结晶体。于是,纯白的玉石之间必定混杂着一颗漆黑的玉石。

但是,如果这种想法再进一步,就会撞上世界上最黑暗的思想。那就是,恶的本质并非背叛,而在血盟本身,背叛是同源之恶的派生部分,而恶的根源正是血盟。也就是说,人们所能达到的最纯粹的恶,也许就是志同道合之人注视着完全相同的世界。这种行为背叛了生的多样性,最终凭借精神打破个体间肉体的自然屏障,让特意防止相互侵蚀的屏障变为徒然，凭借精神成就肉体无法达成的事情。合作与协助是符合人性的温和词汇，但是血盟……却轻易地将别人的精神加入自己的精神中。这件事本身就是在个体发育中不断重复的系统发育，在即将触碰到真理时必将通过死亡遭受挫折，然后重新在羊水中沉眠。这是对人类在冥河河畔的挣扎赤裸裸的侮辱。血盟试图通过对人性的背叛来弥补纯粹，自然会再次招致自身的背叛，这也许是世间的自然规律，它们原本就不尊重人性。

当然，勋并没有考虑这么深。但他确实来到了必须依靠思考来撕破某种界限的地方。他为自己的思考中缺乏锐利残忍的犬齿而遗憾。

七点半的就寝时间太早，彻夜不熄的二十瓦灯泡，微微蠕动的虱子，房间一角的椭圆形木马桶中散发出的尿骚味，让脸颊冷到发热的寒意赶走了睡意，运货车经过市谷站，响起的汽笛声告诉勋深夜在不知不觉中到来。

"为什么？为什么？"勋咬牙切齿地想，"为什么不允许人们做出最美好的行为？明明丑陋的行为，肮脏的行为和逐利的行为可以为所欲为。

当最高尚的道德明显只存在于杀意中时，将这样的杀意视为犯罪的法律会借着那轮纯洁的太阳，借着天皇之名做出制裁（最高尚的道德本身将受到最高尚的道德存在施予的惩罚），究竟是谁故意制造了如此矛盾？陛下究竟知不知道如此可怕的结构？这样精巧的'不忠'才是要花大功夫完成的渎神结构吧。

我不明白，我不明白，无论如何也不明白。而且应该不会有任何人违背誓言，在杀戮之后不立刻自杀。既然如此，我们应该连衣摆和袖口都不会碰到烦琐的法律树丛中的任何一片叶子,能够完美地穿过树丛,勇往直前地冲向灿烂的天空才对。神风连中的人们就是如此,虽说明治六年的法律树丛确实尚且稀疏……

法律是某种物质的集合,不断妨碍人们想要在瞬间让人生化为诗意的欲求。用鲜血写就一行诗,允许千万人改变人生确实不稳妥。但是大多数人并没有这份雄心,只会在对这种欲求一无所知中度过一生。既然如此,法律就是为原本极少数的人而存在的机构,是将极少数非同寻常的纯粹,超出社会规矩之外的热诚……将这一切贬低为完全等同于小偷和色情犯罪的'恶'。我落入了巧妙的陷阱之中,毫无疑问,这一定是某个人的背叛!"

通过市谷站的汽笛声响起,果断斩断了勋的思考。汽笛中充满急切的情绪,宛如衣服着火的人试图灭火,紧张地在地上打滚。他在黑暗中翻滚,发出痛苦的叫喊,而且浑身沾满自己身上撒落的火星,被自己身上的火焰照得通红。

火车的汽笛与监狱的汽笛不同,并没有伪装出来的生活温度,在悲伤中翻滚的汽笛声就这样充满无边无际的自由,滑向未来,扩散开去。另一片土地,另一个早晨,在令人不快的苍白清晨,自己的面孔突然出现在洗脸台上的镜子中,就连那样满是锈迹的清晨幻影都不足以伤害到汽笛所倾诉的强韧未知。

接着,监狱的窗户迎来了黎明。十三舍有三列牢房,勋彻夜未眠,从右边一列东头的房间窗户中看到了冬天火红的日出。

高高的围墙就是地平线,太阳像火热柔软的年糕一样黏在地平线上缓缓升起。如今,阳光下的日本拒绝了勋他们的援手,继续走向疾病、腐烂和崩溃。

来到监狱后，勋第一次做了梦。

说是第一次并不准确，他之前当然也做过梦。

但是以前的梦都是健康少年的梦，早上起来后就会马上忘记，从来没有留下来侵犯过白天的生活。而这次不同，不光是早上，前一天晚上的梦在他心里压了整整一天，有时甚至会在下一个晚上的梦中重复，或者接着前一天的梦继续做下去。就像下雨时忘了收衣服，色彩鲜艳的衣服始终无法干透，就那样挂在晾衣架上。雨不停地下，恐怕住在这家的人是个疯子，不停地将新洗好的友禅绸挂在晾衣架上，衣服给阴郁的空中增添了色彩。

其中一个梦里有蛇。

地点是热带，似乎是一个宽阔宅邸的庭院，周围是茂密的森林，看不见庭院尽头的围墙。

他站在倒塌的灰色石头露台上，应该是密林庭院的中央。这里看不见与露台相连的建筑物，只有一块正方形的小小露台，四周的石头栏杆上雕刻着扬起脖子的眼镜蛇，形成手掌的形状，推走热带厚重的空气，让一方白色的石头空间保持幽静。这片四方形从密林正中央切下，是一片炎热的沉默。

周围有蚊子扇动翅膀的声音，有苍蝇飞过的声音，有黄色的蝴蝶在飞，鸟鸣像蓝色的水滴一样不断滴下。另外，在错综复杂的绿色森林最深处传来了其他鸟儿的声音，如同疯狂的嘶鸣。森林中有蝉在叫。

但是有一个声音超越了它们,在耳朵的更深处回响,那是宛如骤雨来临时的声音。当然,此时并没有骤雨,挂在遥远高空的太阳穿过密林树梢,在露台上洒下斑驳的光点。风声只在高处回响,却不会吹到地面上,所以只能凭借落在蛇头上的光斑的微微晃动,得知风已经吹过。

微风裹挟着枝头的落叶,穿过重重枝叶落在地上,声音听起来就像急速的雨点。落叶并非刚刚从枝头脱落,树枝相互交错,纠缠于其上的蔓草没有留下一丝缝隙,挡住了叶子落下的通道。当微风吹过时,叶子才得以再次坠落,每一片叶子小心翼翼地穿过枝叶的声音交织在一起,如同雨点打在树叶上一般。由于都是些干燥的阔叶,这声音伴随着回声显得吵闹而嘈杂。如同白色麻风疹一样的石头露台上长满苔藓,每一片落在露台上的树叶都很大。

热带的阳光如同不知来自何方的军团,成群结队带着数万只长矛冲过来。阳光的反射在枝叶间形成光斑萦绕在身边,而一旦看见真正的太阳就会双目失明,一旦碰触就会灼伤手指,真正的太阳从密林的另一边将勋包围,就算站在露台上都能感受到它的气息。

这时,勋看到石栏之间探出一个小小的绿色蛇头,就像遍布那里的蔓草中,有一枝突然伸了出来。那条蛇就像深深浅浅的绿色做成的蜡质工艺品,身体相当粗。蛇身光润,颜色鲜艳得宛如人工制品,当勋发现它并非蔓草的一部分时已经为时过晚。蛇瞄准勋的脚踝,当勋以为它即将缠绕上来时,蛇已经咬住了他。

死亡的寒冷从热带的正中心蹿了上来,勋浑身发抖。

暑热突然被遮住,蛇毒逼出了全身血液的温度,每一个毛孔都散发出愕然和死亡的寒冷。勋只能勉强保持浅浅的呼吸,因为无法充分呼气，吸气也越来越浅。渐渐地，勋在这个世界里停止了呼吸，但是全身不断在敏捷地颤抖，生命的运动依然在继续。肌肉背叛了意识，宛如被骤雨击打的水面般瑟瑟发抖。"我不该就这样死去，我应该切腹而死。决不能像这样被动，因为自然中凄惨的微薄恶意落到死亡的下场。"勋想着，感到身体宛如就连铁棒也无法敲碎的冻鱼一样越来越僵硬。

勋睁开眼睛时，发现自己已经掀开了被子，正躺在早春寒气刺骨的房子里，周围是白亮的天光。

他又做了这样的梦。

这个梦如此奇异而令人不快，而且无论怎么驱赶，依然会留在他心中的角落。在这个梦里，勋变成了女人。

但他不知道自己的身体变成了怎样的女人，他似乎双目失明，只能通过用手触摸来检查自己的身体。世界仿佛颠倒过来，他仿佛刚刚从午睡中醒来，出了一层薄汗，瘫坐在窗边的躺椅上。

是之前有蛇的梦在重复吗？他耳边传来密林中的鸟鸣，苍蝇扇动翅膀的声音，以及叶子坠落时如雨点般的嘈杂声。然后，空气中传来了檀香的气味，勋曾经打开过父亲很珍视的白檀烟盒，闻到过同样的气味。那股气味忧愁而寂寞，带着古木特有的甜香，就像狐臭一样。勋突然想到在梁川的田间小道上看到的黑色篝火痕迹，那里也有着相似的气味。

勋感觉到自己的肉体失去了明显的棱角，变得柔软而松弛。他的身体里充满了柔软、慵懒的肉雾，一切变得模糊，到处都看不到秩序和体系。也就是说，这里没有支柱，曾经在他身边闪烁，始终吸引着他的光之碎片消失了。愉快与不愉快，喜悦与悲伤都像肥皂一样划过皮肤，肉体陶醉地浸在肉的浴池中。

浴池绝不是牢笼，他随时可以离开，但慵懒的快感让他无法离开，这种永远浸泡在其中无法离开的状态就是所谓的"自由"。而且，如今没有任何能严格控制他的规定，像白金的绳子一样将他捆了十层二十层的东西已经解开。

必须相信的事情从一开始就毫无意义。正义就像一只苍蝇，跌入粉饼盒中被呛到，应该为之奉上生命的信念被洒上香水，泡得发胀。荣光全部在温暖的泥土中溶解了。

灿烂的白雪全部溶解，在自己体内化为春泥。春泥渐渐成形，变成了子宫。一想到自己即将开始生产，勋感到一阵颤栗。

过去那股总是催促自己行动的、充斥着激烈焦躁的力量会与暗示着无边无际的荒野的呼唤声遥相呼应，现在就连那股力量也消失殆尽，呼唤声也不再响起。外界不再发出呼唤，而是开始靠近，开始接触。此时的自己仅仅站在这里都会感到困倦。

某个钢铁般锐利的机构已死，取而代之的是如同海藻正在腐烂的、完全有机的气味，在不知不觉中浸透全身。大义、热血、忧国之心、赌上生命的志向全部消失，取而代之的是身边的日常用品，衣物、日常用具、针垫、化妆品这样零碎、美丽而温柔的物件与自己相互流通融合，让他与难以言说的事物产生了亲近感。这种亲密中充满挤眉弄眼和微笑，几乎称得上猥亵，都是勋以前未曾知晓的东西。他曾经亲近的只有剑！

事物像糨糊一样贴上来，与此同时，超越的意义全部消失。

要到达何处已经不重要，那个地方正在到达这里。那里既没有地平线，也没有岛屿的影子。在透视法不成立的地方就没有航海，遍地都是大海。

勋从来没有想要成为女人，只希望作为男人，阳刚地生，阳刚地死。而且作为男人，总是不断地被要求证明男人的身份，今天要比昨天更阳刚，明天要比今天更阳刚。作为男人，就要不断地攀登男人的顶峰，而山顶就是如白雪般纯洁的死亡。

但是女人呢？似乎一开始就是女人，永远都是女人。

香火的烟雾飘进房间，钲笛声响起，似乎有一列送葬队伍走过窗外，能听到人们隐忍的哭泣声。不过这并没有给在夏日午睡的女人心中的喜悦蒙上阴影。她的皮肤上布满了一层薄汗，随着呼吸微微隆起的肚子中积蓄着各种感官记忆，如同孕育着完美丰盈的肉体的船帆。肚脐在船帆内部将它收紧，带着山樱花苞那样有些土气的红，偷偷蜷缩在汗露积聚的底部。挺拔的美丽双峰威风凛凛，却散发着肉体的忧郁，紧绷的轻薄皮肤晶莹透亮，仿佛内部点起了灯光。皮肤的纹理极为细致，就像打在珊瑚礁周围的海浪，乳晕旁边有一层细细的绒毛。乳晕的颜色是充满安静恶意的兰科植物，毒素的颜色诱惑每个人都将它含在口中。乳头从一片暗紫色中像松鼠一样狡黠地抬起头，仿佛某种小小的恶作剧。

当勋看清这个熟睡中的女人的样子时，尽管面孔包裹在睡眠的迷雾中模糊不清，但他确定这就是桢子。而且一股浓烈的香水味扑鼻而来，正是他与桢子分别时，她身上的味道。勋在射精后睁开了眼睛。

他体内残留着一股难以言喻的悲伤，不愉快的感觉来源于自己在梦中确确实实变为女子的记忆，但是梦在某个地方扭曲了，他在记忆中看到了桢子的身体。梦的转角模糊不清，而且他刚才有一种奇怪的感觉，自己亵渎的明明是桢子，世界却仿佛在自己体内翻转，这种感觉鲜明地残留着。

寂寞地包裹着身体，令人毛骨悚然的阴沉情绪（勋一生中第一次感受到这种无法理解的情绪）让勋从梦中醒来，在天花板上二十瓦的电灯投下的昏黄灯光中久久没有散去。

负责这间牢房的看守穿着麻底草鞋，脚步声正在向走廊靠近，勋没有听到他的脚步声，他来不及匆匆闭上眼睛，大睁的双眼就对上了看守从细长的观察口向内窥视的眼睛。

"快睡！"

看守留下一声嘶哑的训斥后离开了。

春天越来越近。母亲偶尔会来送些东西，但会面始终不被允许。母亲写信告诉勋，本多接下了这桩案子，勋写了一封长长的回信，表示尽管这是意外之喜，但是如果本多不愿意为所有同志辩护的话，还是要谢绝他的好意。此事一直没有回音，本该被允许的与本多的会面也没能实现。母亲的信上到处都是涂掉的墨痕，涂掉的部分应该就是勋最想知道的同志们的消息了。勋细细端详，可是完全看不出黑漆漆的几行字写的是什么，前后文也意义不明。

最后，勋还是给最不想联系的人写了信。他尽量压抑住自己的感情，给一定会因为捐款等问题受到司法调查的佐和写了信。信中选择了不会给佐和添麻烦的言辞，希望佐和会出于良心的谴责提供一些方便。因为迟迟没能等来回信，勋的愤怒中又增加了几分阴郁。

勋没有收到母亲的回信，依然给本多写了一封长长的道谢信，托家里人转交，信中强烈表现出希望本多为所有同志辩护的请求。他很快收到了回信。本多言语周到，很体贴勋现在的心情，表示既然要上这条船，自然不吝于接下为所有同志辩护一职，不过受少年法保护的人原本就该另当别论。这封信是最能给狱中的勋打气的东西了，他希望独自揽下所有罪责，不要连累同志。

面对勋的请求，本多的回答是："我明白你的心情，但是判决和辩护不能感情用事。悲壮的心情绝不会长久，所以如今最重要的是保持平常心。你精通剑道，所以你一定很清楚我要说的道理。请把一切都交给我（这就是我在这里的目的），一定要注意身体，耐心在狱中等待，运动时间务必要尽情活动身体。"

这封回信打动了勋。本多清楚地看到，勋心中的悲怆感正在逐渐褪色，正如每时每刻都在褪色的晚霞。

因为迟迟看不到与本多会面的希望，有一天，勋决定依靠一个充满人情味的预审法官。他若无其事地试探着问："究竟什么时候才能允许会面呢？"

预审法官在一瞬间露出犹豫的表情，不知道要不要说，最后还是开了口："在接见禁令解除前都不能会面。"

"这条禁令是哪里发布的呢？"

"检察院。"

听预审法官的语气，他对这项处理同样心怀不满。

三 十 四

尽管母亲频繁地来信，但是涂黑的部分太多，有时会被挖出一个个小窗子，有时甚至整页纸都被抽走，可见母亲完全没有在写信时斟字酌句的才能。但是从某个时期开始，情况发生了变化。也许是负责检查书信的人换了，尽管涂黑的部分明显减少，但是母亲写信时会默认勋看到了之前信中全部的内容，所以勋在读信时就像先读到了故事后续，难以理解的内容加重了他的焦躁。不过信中有一行写着："……书堆积如山，已经将近五千封，一想到……我就不禁落泪。"

尽管有一部分被涂黑，不过装成了误用淡墨的样子，能看出检查书信的人鼓励勋的用心。也就是说，"……书"的部分可以清楚地看出是"减刑请愿书"，"一想到……"的部分隐约能看清是"各方的厚意"。勋第一次了解到舆论对此次事件的反应。

他是被爱着的！哪怕他从来没有奢求过爱。

也许是因为他年纪尚轻，从稚嫩中理所当然能推测出不成熟的纯粹，于是人们在他身上寄托了"有为"的未来，出于温柔的同情才写了那些请愿书吧。这个想法让勋有一丝苦恼，他觉得这些请愿书与人们写给"五·一五事件"的请愿书性质并不一样。

"人们并没有认真对待此事。"自从入狱后,勋总是习惯性地得出阴暗的结论,"如果人们了解我心中满是鲜血的可怕纯粹性,哪怕只了解一点点,都不该会爱我。"

人们既不怕他,更不恨他,只是爱着他,这种情况伤害到了他的自尊。春天来了。桢子每隔固定的时间就会寄来的信是自己在这个世界上最翘首以盼的东西,这个想法和勋心中始终抱有的坚硬玻璃质信念并不相称。

说起来,勋能微微感觉到自己始终被爱着,这份爱的深处有某种不透明的东西。难道国家和法律也往往和舆论一样,并不将他当回事吗?

之前在警察的审讯室做笔录时,天冷的时候警察会让他靠近火盆,肚子饿的时候还会有加油炸豆腐片的清汤面吃。

一名警部补[①]曾经指着桌上的插花说:"怎么样,这山茶花很漂亮吧,早上,我从家里剪了一枝开花的小叶山茶过来。调查的时候最重要的是保持轻松的心情,鲜花正好能让人心情平静。"

他连着几天都穿着同一件便衣白衬衫,袖子上形成了云朵形状的污垢,散发出的气味与这句话中试图利用大自然的世俗风流之心的气味混合在一起,弥漫在空气中。不过,三朵纯白的山茶花依然从发黑的坚韧绿叶中脱颖而出,花瓣白如凝脂,吹弹可破。

"阳光真好。"

由于警部补命监视的巡查打开了窗户,所以从勋的座位看过去,小叶山茶正好占据了视野的一半。抽象的冬日阳光尽管温柔,却被铁

[①] 日本警察阶级,位于警部之下,巡查部长之上。

窗的影子切割得更加抽象，然后穿过窗户照进房间。

阳光的触手打在勋的肩膀上，就像温暖的手掌……这阳光与他曾经在麻布联队见过的、新兵头上仿佛在发号施令的夏日灿烂阳光截然不同，经过了好几重扭曲后才到达他的肩膀，诉说着法官的温情。勋觉得这份温情丝毫没有表现出如同夏日阳光般的天皇的仁慈，哪怕是一鳞半爪。

"正是因为有你们这样的国士，日本的未来才令人放心。当然，违反法律是不行的，不过我也能理解你们的一片赤胆忠心。你和同伴们发誓是在什么时候，在哪里？"

勋机械地做出回答，眼前立刻浮现出那个夏日的黄昏，二十个人在小社前交握的手，宛如挂在枝头沉甸甸的白色果实。但是重新回忆起那段记忆，带来的只有痛苦。勋在回答时，注视着他的警部补经常会移开视线，每当这时，冬日的阳光和一朵白色山茶花就会相继映入眼帘。在勋被阳光晃花的眼中，白色的山茶花变得漆黑一片，一朵朵山茶花就像富有光泽的小巧发髻，而深绿色的叶片就像纯白的领子。勋口中吐出"真实"的话语，比如"当时一共有二十个人，在神前两拜两拍手后，由我说出誓言，大家一条一条跟着唱和"。这些都绝非虚言，可是一旦在法官面前说出来，就会眼见着像全身生出鳞片一样被谎言包裹。山茶花对勋的视觉开的玩笑就像他心中真实与谎言的不协调感，必须默默忍耐。

就在这时，勋突然听到了白色小叶山茶花的呻吟声。

勋愕然地看着警部补的眼睛，警部补的眼中并没有惊讶。

勋事后才意识到，唯独在那一天使用了二楼的审讯室一事并非偶然,打开窗户也并非偶然。一间道场与审讯室隔着一条窄路,透过铁窗就能看到,道场从白天开始就关着套窗,透过隔窗能看见灯光。

"听说你在剑道上也达到了三段,如果不做这种事,而是专心钻研剑道,现在就能在那个道场上和我愉快地较量一番了。"

"那里正在练习吗?"虽然勋问了一句,不过他并不想知道答案,警部补也没有回答。

勋能听出练习剑道的人发出的叫喊,但山茶花中传来的沉闷呻吟声并不是他们发出的喊声,也不是竹刀相撞或者打在厚实的练习服上的声音。他听到了物体抽打在肉上发出的严肃钝响。

勋想到,纯白的山茶花此时正在冬日透明的阳光下大汗淋漓,过滤掉拷问的哀号和呻吟后,第一次变成了某种神圣的东西。山茶花仿佛脱离了警部补卑贱的风流心性,散发出国法本身的气息。……尽管他没有在看,却依然看到了富有光泽的山茶花叶片对面,从白天开始就点着灯的隔窗里,真真切切地有一条粗绳子在摇晃,下面挂着沉重的肉体。

勋再次看向警部补的眼睛,警部补自顾自地说:"没错,那些人是赤色分子。倔脾气的家伙就是那样的下场。"

而勋则与那些人相反,一切待遇都温和平静,也许是想让他深深感受到自己沐浴在温暖国法的恩惠中吧。但是,此时的勋却因为涌上心头的激动和屈辱而失语。勋想:"那我的思想又如何呢?如果被那样毒打是有思想的人的特质,我的思想就不是思想了吗?"自己筹措了这么大的计划,却没有被国法充分否定,勋因为焦躁而捶胸顿足。如果他们注意到勋纯粹而可怕的内核,一定会憎恨他,就算是天皇的官吏也会憎恨他。另一方面,如果他们永远发现不了,那么勋的思想就绝对无法拥有肉体的重量，他的思想就无法沾染上痛苦的汗水，肉体将终究无法发出受到拷打时的倔强声响。

勋狠狠地盯着审问者大喊："请拷问我！请立刻拷问我。为什么不那样对我？理由是什么……"

"好啦好啦，冷静，冷静，别说傻话。理由很简单，因为你并没有让我们难办。"

"是因为我的右翼思想吗？"

"多少也有这方面的原因，不过无论是左还是右，只要不好对付，就只能让他们吃些苦头了。不过再怎么说，那些赤色分子……"

"因为赤色分子否定国体吗？"

"正是如此。饭沼，和他们相比，你们这些国士的思想并没有偏离正轨。错的只是太年轻、太纯粹，所以行为过激。你们的方向是好的，所以手段啊，应该更加循序渐进，或者说退让一步，更加温和地行动。"

"不。"勋全身颤抖着反对，"如果退让一步或者采取温和的行动，性质就会变得不一样，关键就在于这'一步'。纯粹性中不存在退让一步的可能，如果退让一步或者采取温和的行动，就会成为完全不同的思想，不再是我们拥有的思想。所以，如果我保持无法稀释的思想这件事本身对国家有害的话，在有害这一点上就和那些人的思想没有差别，所以请拷问我。你们应该没有理由不拷问我才对吧？"

"你真是满口大道理啊。好了，不要这么激动，有一件事你最好知道。赤色分子中没有一个人像你一样主动要求接受拷问，他们全都是被动的。和你不同，他们不相信拷问者。"

三十五

　　桢子的信中自然没有使用露骨的语言，不过依然充满对勋矢志不渝的感情，信中一定会加上一两首由父亲修改过的和歌。尽管和其他信件一样盖着表示已检阅的樱花形小红章，不过只有桢子的信没有经过大量删除，顺利地来到了勋手中，可见鬼头中将一定做了些工作，不过勋的回信就不一定能到达桢子手中了。

　　桢子没有提出问题也没有回答问题，与现实的关系若有似无，若无其事地透露出某种信息，随着四季的变化讲述引人注目的美，各种有趣的事情，微不足道的小事。比如和去年的春天一样，野鸡又从植物园飞进了院子中，最近买了一件新外套。比如自己现在也经常想起那天晚上的事，然后去白山公园散步，被雨打湿，带着污渍的樱花瓣贴在独木吊桥上，在夜晚的灯光下轻轻摇曳，看到它们摇曳的身影，眼前就会浮现出不久前刚刚走在独木吊桥上的两个人的身影。神乐殿的夜色愈发深沉，一只白猫从眼前跑过。比如在插花练习时用到的早开桃花和洋水仙，比如走在护国寺中时看到了马兰花，于是一朵接一朵地摘下，一直摘到袖口坠得沉甸甸的……因为信中附有描写这些景色的和歌，所以勋在读的时候也常常感到身临其境。桢子拥有母亲所欠缺的才华，能轻而易举地掌握可以顺利通过检查的文体。尽管如此，这些文字中体现出的桢子的面孔，与神风连中和婆婆一起看着丈夫点燃起义之火时欢呼雀跃的阿部以几子的面孔实在没有多少相似之处。

勋反复读着桢子的信，尽管其中完全没有写到涉及政治的话题，不过那些似乎有双重含义的字句，字里行间宛如某种热情的比喻深深地将勋吸引。在冥思苦想的过程中，勋渐渐想要抵抗这些信中对自己的感官魅惑，特别注意从中找到并非单纯的温柔和善意的内容。但是桢子为什么要抱着恶意写下这些信呢？就算其中包含着类似恶意的东西，桢子一定也是无意识的。

信中流畅的文体和豁达的文风明显是在走钢丝，在逐渐熟练的过程中，桢子渐渐开始享受克服危险的过程本身。为什么要去责备这种享受呢？甚至能看出只要再向前迈一步，桢子就会在走钢丝中发现近乎不道德的兴趣，以忌惮法官为名肆意沉浸在感情游戏之中。

信中完全没有出现这样的文字，只是散发出某种气息，有一种轻浮的情绪。有时候，勋会从中感受到桢子对自己入狱一事似乎乐在其中。无情的分离能保持感情的纯粹，无法见面的痛苦变成了安静的喜悦，危险勾起情欲，不确定的未来孕育出梦想……仿佛吹进监狱窗户的微风让勋的心在诱惑中颤抖。桢子确实知道这一切，并且将知晓一切的愉快若无其事地寄托在信中让勋知晓。这种近乎残酷的交流让桢子早就在盼望的梦想结出果实，信中到处都能读出此事的证据。也就是说，桢子在这种状态下发现了属于她的王国。

狱中生活让勋的感觉变得敏锐，于是他发现了这一切，甚至突然萌生出撕碎信件的冲动。

为了转移心情，为了坚定志向，他请求狱卒让家里人送来《神风连史话》，结果当然遭到了拒绝。而"杂志求购"中允许购买的只有《孩子的科学》《现代》《雄辩》《讲谈俱乐部》《国王》《钻石》等刊物，无论官营版本还是私营版本，每周只允许读一本的监读书籍中没有一本能点燃勋心中的火焰。所以当他一直请求让父亲送来的、井上哲次郎博士的《日本阳明学派的哲学》终于得到许可后，勋的喜悦无以复加。他想读的是其中大盐中斋①的章节。

大盐平八郎中斋在文政十三年（1830）辞去了捕吏的职务，时年三十七岁，从那以后专心著述及演讲，是德高望重的阳明学派学者，同时精通枪术。在天保四年（1833）到七年的全国性大饥荒时，为政者和富商都不思拯救人民于饥馑，甚至指责大盐卖掉珍藏的书籍救济人民的行为是在沽名钓誉，连大盐的养子格之助都蒙受谴责。终于，大盐在天保八年二月十九日举兵，他的数百名追随者烧毁豪商的房子和仓库，将金钱和粮食分给人民。尽管他们烧毁了大阪市超过四分之一的房子，却依然战败，大盐自爆而亡，享年四十四岁。

大盐平八郎亲自实践了阳明学的"知行合一"，体现了王阳明"知而不行只是未知"的思想。不过比起基于阳明学的"知行合一"和"理气合一"思想，让勋立刻对他产生兴趣的是他的生死观。

井上博士说："中斋的生死观与佛教的涅槃极为相似。"

中斋所说的"太虚"并不是指灭绝一切主观作用的消极状态，只

---

① 日本江户后期哲学家，阳明学者，农民起义领袖。通称"平八郎"。

是去除私欲中的情感，发挥良知的光芒。中斋认为要将太虚作为我们的本体，当归于常住不灭的太虚之时，就能进入不生不灭的领域。

博士经常引用《洗心洞札记》中的内容，他说："若心灵归于太虚，即使身死，依然不会寂灭。所以无惧身死，仅惧心死。只要知晓心灵不死，世上便再无恐惧。由此而生决心，一切皆无法动摇。如此，方可知天命。"

其中一句"无惧身死，仅惧心死"深深打动了勋的内心，这段文字对现在的他来说犹如当头一棒。

五月二十日，预审结果公布，正文内容是"本案交由东京地方法院公审"。本多在预审阶段撤诉的希望破灭了。

第一次公审定于六月末开始。公审开始的数天前依然不允许探监，不过桢子送来了东西，勋带着强烈的感动收下了，是三枝祭的笹百合。

笹百合经历了漫长的旅程，经狱卒的手摆弄后有些枯萎，耷拉着脑袋。不过与准备在行动的那天早上藏在胸口的百合相比，这朵花要水灵鲜艳得多，其中寄宿着神殿庭前的晨露。

为了将这一枝百合花送到勋手里，桢子应该特意去了奈良，然后从带回来的众多百合中选出了最洁白、最美丽的一枝。

勋想到去年的这个时候，自己还自由而充满力量，在神前的剑道比赛中获胜的余烬被神山的三光瀑布浇灭，然后他带着纯洁的心灵侍奉神明，摘下数不清的献给神明的百合，白色抹额被汗水浸湿，一直拉着车走到奈良。樱井田间的夏天阳光灿烂，勋的青春活力与山中的盎然绿意相映生辉。

百合就是那段记忆的纹章，是决心的纹章。从那以后，他的热情、誓言、不安、梦想、对于死亡的期待、对于荣光的崇敬，一切都以这些百合为中心。笔直的柱子支撑着巨大而阴暗的计划，在他屹然挺立的意志之柱上方，百合装饰永远在昏暗的高处闪闪发光。

他看着手中的百合，用手掌环住茎干。斜上方的花朵转了一圈，掌心留下干枯的叶片擦过的触感，低垂的花朵猛地转向脸颊的方向时，撒下了几粒姜黄色的花粉。监狱窗外的阳光刺眼，勋感到去年的百合已经复苏。

三 十 六

另外，当勋得到预审的最终结果时，看到共同被告中出现了佐和的名字，于是为自己长久以来的怀疑感到愧疚。

过去，仅仅是佐和的脸浮现在他面前，或者佐和的名字在他心中出现，都会让他感到一股无法抑制的不快，勋为此感到愧疚。但是对当时的自己来说，必须有一个人来承担背叛的角色。就算不是佐和，也必须有一个人来承担自己无法抑制的怀疑。如果没有这样一个人，勋就无法保护自己。

但更可怕的是，当勋此前一直认为最适合承担背叛责任的佐和被排除后，他不知道该如何是好。他害怕要将这份怀疑转移到佐和以外的人身上，逮捕时有十个人在场，分别是宫原、木村、井筒、藤田、三宅、高濑、井上、相良、芹川和长谷川。其中，未满十八岁的芹川和相良受到少年法的保护，所以他们的名字当然不会出现在共同被告中。勋的脑海中浮现出相良那个一直与自己形影不离，戴着眼镜、瘦小机敏的少年，以及曾经在神社前哭诉"我回不去了"，充满少年心性的东北神官之子芹川。那两个人无论如何都不该会背叛自己。那么如果是外人呢？勋不敢再想了。他感觉前方的树丛中隐藏着某种可怕的东西，仿佛如果分开树丛继续前进，就会与白骨相遇。

当然，离开的同志们都知道行动日期是在十二月三日，但是就连最后离开的人都只知道三周前发生的事情。既然计划被打乱到如此地步，那么行动也很有可能延期或者提前，甚至中止。如果是离开的某个人将情报卖给了法官，法官没有理由一直等到行动的前两天才实施逮捕。既然行动的手段本身变得简单，提前的危险不就更大了吗？

不要想，不要想，勋告诉自己。可是他一边想，一边宛如扑火的飞蛾一样向着看不见的灯火扑了过去，那是他最不愿意去想的不祥念头。

六月二十五日公审，天气晴朗，暑气熏蒸。

护送的汽车穿过在阳光下闪耀的皇宫护城河，开进了红砖建成的最高法院后门。一楼是东京地方法院。勋穿着家里人送来的白底蓝花纹裤裙走进法庭，米黄色的法台光芒万丈。在入口处解开手铐时，因为看守的同情，勋被转向了能看到旁听席的方向，半年没见的父母就在那里。母亲闭着双眼，用手帕遮住了嘴角，应该是在掩盖呜咽声吧。桢子不在那里。

被告们背对旁听席站成一排，和同志们站在一起给了勋勇气，他身边站着井筒。尽管不能交流也不能对视，不过他能感到井筒在微微颤抖，不是因为即将出庭而紧张，而是因为久别重逢的感动，这份感动随着那布满汗水的身体的颤抖清晰地传递出来。

面前就是被告台，对面，浅色桃花心木法台闪闪发光，旁边连着木纹壁板。法台上的摆设庄严肃穆，后方中央处是一扇巴洛克式的庄重门扉，同样由浅色桃花心木建成，上方是人字形屋顶。法台上放着三把木雕花冠椅子，审判长坐在最中间，左右两边坐着副审判员。对面的最右边坐着法院书记，最左边坐着检察官。法官们穿着黑底的法官服，从胸前延伸到肩膀的紫色唐草刺绣散发出暗淡的光芒，威风凛凛的法官帽上同样搭配着紫色线条。勋只看了一眼就感觉到这个地方不同寻常。

等心情稍微平静一些后，勋发现本多一直在右边的律师席上紧紧盯着自己。

审判长依次询问姓名和年龄。自从被捕后，勋已经习惯了充满威严的声音居高临下地叫出自己的名字，但这依然是他第一次听到象征国家理性的声音本身从如此高的地方落下，如同弥漫着光雾的天空对面传来惊雷。

"是，饭沼勋，二十岁。"勋回答。

三十七

第二次公审于七月十九日开庭。天气晴朗，不过这一天，有习习凉风吹进法庭屡屡翻动文件，所以庭警将窗户关上了一半。汗水流到勋的侧腹，瘙痒感越来越强烈，他好几次抵抗住了诱惑，没有去挠臭虫咬过的地方。

很快就开庭了，审判长驳回了检察官在第一次公审时提出的一名证人的出庭申请，所以本多满意地在桌上的纸面上轻轻滚动红铅笔。

被驳回的证人是堀陆军中尉，正是最棘手的证人。

本多看到检察官的脸上一闪而过的不满，如同微风突然掠过水面。

在审问记录和问询记录中，还有作为涉案人员的离开者的询问记录中，堀中尉的名字多次出现，只有勋没有提到过他的名字。堀中尉在计划中扮演的角色原本就非常模糊，在最后没收的名单上也没有出现他的名字。

在最后那份名单上，十二名财经界巨头的名字分别和共同被告中的一个人名连在一起。但是在四谷的藏身地没收的那份名单中，并没有显示出堀中尉与暗杀事件的任何明显关系。

共同被告中的大多数人只是受到了堀中尉的精神感化,只有一个人明确供述受到了堀中尉的指导。离开的人中同样有很多既没有见过堀中尉,也没有听过他的名字。除了被告们各有出入的供词之外,并没有发现检察官怀疑的人员大量离开之前的大计划书。

另一方面,检察官曾经看到的可疑传单,即伪造洞院宫殿下领受大命的传单已经消失在黑暗之中。检察官看到了如此声势浩大的檄文,再结合实际上与之不符的寒酸暗杀团,自然会认为中尉是重要的证人。

本多察觉到,这个让检察官陷入焦躁的结果可能与佐和的动作有关。

饭沼曾经暗示他说:"佐和是个好人,他是打算和勋同生共死的,打算瞒着我成就勋的志向,自己也陪他去死。也许,被我的密告伤得最深的人就是佐和吧。

"不过佐和毕竟足够成熟,周到地准备了应对失败的措施。因为在那种行动中,出现离开者时往往是最危险的,所以刚一出现离开的人,他就立刻大展身手,一个人一个人去劝说。

"他告诉那些人,一旦事情没有成功,他们就都是涉案人员,与共犯相差无几。如果不想落入这种下场,就必须坚持自己与军队的关系只是受到了精神上的影响而已。不然一旦出了大事被卷入其中,他们就相当于自己送死。

"佐和已经下定决心要加入行动,不过为了以防万一,他事先精明地毁灭了证据,年轻人就很难有这种智慧。"

审判长在开庭后不久,就面无表情地宣称堀中尉与本案没有直接关系,驳回了检察官的证人出庭申请。本多立刻意识到这是托了之前报纸上那篇《陆军当局长官发言》的文章的福。

自从"五·一五事件"之后,军部就一直很在意人们对类似事件的反应,更何况堀中尉还是在"五·一五事件"中被贴上警戒标签的将校,将他踢到满洲也有这方面的考虑。如果这次他又成了民间案件的可疑证人,军部绝对接受不了。如果让他作为证人出席,不管证言的内容是什么,事情发生后立刻公布的《陆军当局长官发言》就会失去可信性,甚至会伤及军队自身的威信。

恐怕军部正是抱着这样的心情来见证这场审判的,当堀中尉的证人出庭申请刚一提出,检察官就抱着非常不痛快的心情在等待法官做出毫不留情的彻底驳回。

姑且不论此事,检察厅通过警方的调查,得知了堀中尉曾在位于麻布三联队后面的北崎军人宿舍与学生们见面的消息。

本多在一脸不满的检察官脸上看到了焦躁和着急,并且看懂了其中的原因。

本多认为事情是这样的。

检察官对于预审的最终决定,既仅仅以预谋杀人的罪名提起公诉这一事实感到不满,想要将事情闹大,如果可能的话希望能判到预谋内乱的罪名。他们相信只有这样处理,才能断绝此类事件的祸根。但是正因为这样的想法,往往会打乱逻辑性,一味寻找从大计划缩小到小计划的证据,反而忽略了寻找足以构成预谋杀人罪的要素。

"只要看准这个空隙,再加把劲,能争取连预谋杀人的罪名都否认就好了。"本多想,"我最担心的是勋的纯洁和正直,必须让他陷入混乱，己方派出的证人既是为了对付敌人，同样也要对付自己。"

在站成一排的年轻被告中，勋的双眼依然格外美丽而凛然，本多用心呼唤着那双眼睛。当他得知此次事件时，还觉得那双总是怒目而视的眼睛与此事相称，现在却又一次觉得那双眼睛与眼前的情景并不相符。

"多美的眼睛啊。"本多在内心呼喊，"清澈明亮，盯着看时正如突然沐浴在三光瀑布之下，令人畏缩，感觉仿佛受到了世间所没有的责难，正是年轻人才有的、举世无双的眼睛。你可以言无不尽，可以如实说出一切，不过恐怕你最后会明白人生中最重要的教训，'没有人会相信真相'吧。面对那样一双美丽的眼睛，这就是我能做到的唯一的说教了。"

接下来，本多看着坐在法台上的久松审判长。

审判长刚过六十，长相出众，戴着一副金边眼镜，苍白干燥的皮肤上能看到细纹。他说话清晰明了，言语的细微之处会发出如象牙棋子相撞时的优雅和无机质的声音，话语的内容与装饰着菊花纹章的法院玄关一样有着冰冷的威严，不过会让人觉得这只是因为他装了满口假牙。

人们对久松审判长的人品评价颇高，本多也喜欢他严谨正直的性格。不过他到了这把年纪还坐在初审法庭上，至少是因为他完全称不上有天赋。根据律师之间的传闻，这位审判长尽管看起来性格偏向理性，实际上容易感情用事，冰冷的外表是为了与内心的火焰战斗才特意装出来的，凭借老人激怒或者深受感动时，苍白干燥的皮肤上浮现出来的红潮就能看出这一点。

不过本多或多或少了解一些法官的想法，那是怎样的战斗啊。只能在一面象征法律正义的岸壁的支撑下，与感情、情念、欲望、利害、野心、羞耻、疯狂，以及其他一切繁杂的漂流物、碎木板、纸屑、油、橘子皮，甚至包裹着鱼和海藻涌来的人性大海战斗！

久松审判长似乎很重视预谋杀人的间接证据，就是勋他们卖掉日本刀换来短刀的事实。驳回证人出庭申请后，他立刻开始询问此项证据。

……

久松审判长：饭沼，行动前将所持的日本刀都换成短刀，是为了暗杀吗？

饭　　　沼：是的，正是如此。

审　判　长：这是几月几日发生的事？

饭　　　沼：我记得是十一月十八日。

审　判　长：当时，你用卖掉两把日本刀的钱买了六把短刀吧？

饭　　　沼：是的。

审　判　长：是你亲自去买的吗？

饭　　　沼：不是，是我托两位同志去买的。

审　判　长：是哪两位同志？

饭　　　沼：井筒和井上。

审　判　长：你为什么让他们分开，一人卖一把刀？

饭　　　沼：因为我想年轻人一次去卖两把刀太显眼，所以尽可能选择了两名形象温和、开朗的人，去了不同地方的两家刀行。如果刀行老板询问理由，他们可以说本来在练习跪坐式拔剑入鞘，不过现在已经不练了，所以想换成几把白鞘短刀分给兄弟们。卖掉两把日本刀，买回六把短刀后，加上我们手里已有的六把短刀，刚好够十二个人分。

审　判　长：井筒。叙述你去卖刀时的情况。

井　　　筒：是。我去了麹町三丁目的村越刀剑行，尽量摆出自然的表情说要卖刀。看店的是一个抱着猫的小个子婆婆，我当时突然觉得，猫在三味线店里会很难受[①]，在刀剑行里倒是无所谓。

审　判　长：这种事情不需要叙述。

井　　　筒：是。我把事情跟婆婆一说，她立刻走进里间，然后出来了一个一脸不高兴的店主。他拔出刀，轻蔑地从各个角度察看，最后拔出固定刀身的钉子看了看插进刀柄的部分说："果然如我所料，什么嘛，是仿制品啊。"他没有问我卖刀的原因，谈好价格后就给了我三把白鞘短刀，我仔细察看过刀刃后就带回来了。

审　判　长：他没有问你的住处和姓名吗？

井　　　筒：是的，什么都没问。

审　判　长：如何？律师有没有要问饭沼或者井筒的问题？本多

---

① 用猫皮做出来的三味线音色更好。

律师,你想询问井筒吗?

本 多 律 师:我想询问井筒。

审 判 长:允许。

本 多 律 师:你去卖刀时,饭沼有没有跟你说是因为长刀不适合暗杀,所以必须换成短刀?

井　　　筒:……没有,我不记得他说过。

本 多 律 师:那么,他并没有特意说过类似的话,只是命令你去卖掉日本刀换来短刀,你也没问原因就去了刀剑行对吗?

井　　　筒:……是……不过我大概能想到原因,因为这是理所当然的事。

本 多 律 师:那么,当时你们计划的内容并没有突然发生某种变化对吗?

井　　　筒:是的,没有发生变化。

本 多 律 师:你去卖的是你自己的刀吗?

井　　　筒:不是,是饭沼的刀。

本 多 律 师:你手中的刀是什么样的?

井　　　筒:我一开始就拿着短刀。

本 多 律 师:什么时候买的?

井　　　筒:是……那个……对了,去年夏天,大家在大学里的神社前立誓后。我觉得连把短刀都没有的话会很丢人,就去收集刀的叔父那里拿了一把。

本 多 律 师:那么,你当时拿刀并没有具体的使用目的,对吗?

井　　　筒：是的，我想总会用到……

本 多 律 师：你是从什么时候开始意识到，短刀有具体的使用目的的？

井　　　筒：当我被分到暗杀八木升之助的任务时。

本 多 律 师：我的问题是，你在什么时候意识到，作为明确的暗杀手段，必须使用短刀？

井　　　筒：……是……嗯，我不太清楚。

本 多 律 师：审判长，接下来我想问饭沼几个问题。

审 判 长：允许。

本 多 律 师：你手中的刀是什么样的？

饭　　　沼：是交给井筒去卖掉的刀，刻着肥前国[①]忠吉的名字，是前年我达到剑道三段时，父亲送给我的礼物。

本 多 律 师：你把这么重要的刀卖掉换成短刀，是为了用来自杀吗？

饭　　　沼：什么？

本 多 律 师：你的供词里说喜欢读《神风连史话》，神风连志士们的自杀让你深受感动，自己也想像他们一样死去。另外，你说这样的死法在同志之间也颇受赞赏。志士们战斗中使用的是普通的刀，自杀时使用的是短刀，由此看来……

饭　　　沼：是的，我想起来了。在被逮捕那天的集会上，有人

[①] 日本古代地名，大约包含现在的佐贺县以及长崎县部分地区。

说"为了以防万一，每个人都应该在内袋中备一把刀"，大家都同意他的意见。这把备用的刀明确是用来自杀的，但是我们还没来得及买就被逮捕了。

本多律师：既然如此，你在那之前都没有想到要买备用的刀吧？

饭　　　沼：是的，正是如此。

本多律师：而且你从以前就决心要自杀对吧？

饭　　　沼：是的。

本多律师：既然如此，你用日本刀换来的短刀在杀人后同样要用来自杀，也就是说是兼用的，当时并没有特别限定作为杀人的凶器对吧？

饭　　　沼：……是的。

检　察　官：审判长，本多律师的问询明显是诱导性问询，我反对。

审　判　长：律师的问询就到此为止吧。卖掉日本刀换成短刀的事情暂且告一段落。现在允许检察官一方的证人出庭。

……

本多坐在座位上满意地想，通过这次问询，应该多少能打乱卖掉日本刀换成短刀是为了准备杀人这一间接证据的逻辑。不过他在意的是久松审判长对思想问题似乎没有太大兴趣。从第一次公审以来，审判长尽管能凭借职权让勋尽量表达自己的政治信条，却完全没有让他开口。

法庭门口响起了一阵凌乱的拐杖杵地声,人们纷纷朝那边看去。

一名老人出现在那里。他个子很高,又弯着腰,从上方看过去就像在手忙脚乱地抓着什么东西,保护麻质单衣的胸前属于自己的空间。满头白发之下,只有深陷的眼窝朝上看着。他走上证人台,用拐杖支撑着身子。

审判长起立朗读宣誓书,证人用颤抖的双手在上面签名盖章。在开始问询前,法院为老人提供了一把椅子。

老人用难以听清的细小声音回答审判长的问题:

"我是北崎玲吉,今年七十八岁。"

……

审 判 长:证人一直在那里经营宿舍对吧?

北　　崎:是的,您说的没错。我从日俄战争时开了这间军人公寓,到今天为止一直在同一个地方营业。这间公寓里走出了不少伟大的军人,也有人当上了大将、中将,大家都说是栋吉利的宿舍。尽管已经破败得不像样子,不过凭借口碑,军人特别是三联队的将校们依然很照顾我的生意。他们都是单身,而且住在那里的话,生活的细枝末节处也不用依靠别人。

审 判 长:检察官有什么问题吗?

检 察 官:是的。……堀陆军步兵中尉是从什么时候开始住在你的宿舍中的?

北　　崎:那个,三年……不对,两年……我最近记性不太好,啊呀呀……是的,他大概住了两年……

检 察 官：堀中尉升到中尉是在三年前，也就是昭和五年（1930）三月，所以他入住的时候已经是中尉了吧。

北 崎：这一点是没错的，他一开始就有两颗星，因为我不记得他入住后庆祝过晋升。

检 察 官：那么，他入住的时间至少可以限定在三年以内、一年以上了对吧？

北 崎：是的，您说的没错。

检 察 官：堀中尉经常有客人吗？

北 崎：很多，虽然从来没有女客人，不过年轻人、学生经常出入他的房间，来和中尉谈话。中尉也喜欢这些客人，到了饭点还会从店里买来吃的，很照顾他们，看起来把零钱全都花在他们身上了。

检 察 官：这种情况是从什么时候开始的？

北 崎：他一住进来就是这样了，没错。

检 察 官：中尉会和你提到客人的事情吗？

北 崎：不，他和三浦中尉他们不同，对我很冷淡，不怎么和我说话，更别说和我聊客人的闲话了……

检 察 官：等一下，你说的三浦中尉是谁？

北 崎：他一直住在宿舍里，就住在二楼，他的房间在和堀中尉方向相反的最里面一间。虽然粗鲁，不过是个有趣的人……

检 察 官：如果在堀中尉的客人里有给你留下深刻印象的，请你说一说。

北　　　崎：嗯，好的。一天晚上，我给三浦中尉的房间送晚餐，经过堀中尉的房间外面时，拉门紧闭着，里面突然传出堀中尉的大喊，就像在发号施令一样，吓了我一跳。

检　察　官：堀中尉说了什么？

北　　　崎：我没有听清，只听到"怎么样，停手吧"的怒吼。

检　察　官：他没有说什么事情要停手吗？

北　　　崎：不知道，这部分我没有听见。毕竟我在路过时听到一声怒吼，没把饭菜掉到地上已经是竭尽全力了，您也看到我腿脚不方便，所以只想着赶紧把饭菜送到三浦中尉的房间里去。那天晚上三浦中尉应该也很饿了，因为他之前急急忙忙地催我快点把饭端过去，如果饭菜掉到地上的话，我又会被三浦中尉骂。等我把饭菜端到三浦中尉面前时，中尉只是笑眯眯地说了一句"吵起来了"，然后就没再多说。这一点正是军人的好处。

检　察　官：那天晚上，去堀中尉房中的客人有几个？

北　　　崎：我记得是一个……没错，是一个。

检　察　官：中尉大喊"停手吧"的那天晚上是几月几日？这一点非常重要，请准确回想，是哪一年的几月几日，几点钟？你有记日记的习惯吗？

北　　　崎：不，怎么会。

检　察　官：你明白我的问题了吗？

北　　　崎：什么？

检　察　官：你记日记吗？

北　　　崎：啊，您说日记啊，我不记。

检　察　官：那么，那天晚上是哪一年的几月几日，几点钟？

北　　　崎：嗯，我想绝对是去年。我能确定不是夏天，可能是初夏或者初秋吧，因为虽然天气挺冷的，不过倒不是最冷的时候，大概是去年四月之前或者十月以后吧。时间嘛，是吃晚饭的时候。日期……我记不太清了。

检　察　官：至少，你能想起来是四月或者十月，还是三月或者十一月吗？

北　　　崎：好。刚才我拼命回忆了一下……嗯，没错，是十月或者十一月。

检　察　官：是十月还是十一月呢？

北　　　崎：这我就记不太清了。

检　察　官：是十月末到十一月初之间吗？

北　　　崎：啊，我已经想不起来了，实在对不起。

检　察　官：当时来的客人是谁？

北　　　崎：我不知道名字。堀中尉一般只会告诉我在什么时候、有几个年轻人要来。

检　察　官：那天晚上的客人也很年轻吧？

北　　　崎：是的，我想应该是学生。

检　察　官：你还记得他的长相吗？

北　　　崎：嗯……记得。

检　察　官：证人请向后转。站在那里的被告中，有那天晚上的客人吗？你可以走过去仔细看每个人的脸。

……

勋看着那位驼背的高个子老人来到自己面前，靠近后紧紧地盯着自己的脸。那双凹陷的双眼浑浊得如同牡蛎，眼白里布满了茶褐色的血丝，眼珠被周围的皮肤挤成两个完全没有光泽的黑点，就像两颗黑痣。

"当时在那里的人不就是我吗？"

勋拼命想要告诉老人，却不能将这句话说出口。而老人的双眼尽管就在勋的面孔前，却仿佛被卷入了飘荡在两人之间的一层朦胧阴影，只是直直地看着他，视线没有焦点。

拐杖轻轻擦过地板，老人转向了井筒。因为老人盯着勋看的时间最长，所以勋确信老人终究还是想起来了。

北崎回到了证人台的椅子旁，用拐杖的顶端撑着胳膊肘，手指打在额头上，一脸茫然的表情，似乎是在努力追上脑海中正在如烟雾般消散的记忆，让它们变得清晰。

检察官站在法坛上发问，语气中带着焦急。

"如何，你想起来了吗？"

北崎没有看检察官，用难以听清的声音对着自己映在法坛旁壁板上的朦胧身影说："是的，不过我记得不是很清楚了，应该是第一名被告……"

"是饭沼吗？"

"我不知道他的名字,只觉得站在最左边的年轻人有些熟悉,他一定去过我那里。不过我记不清他是不是那天晚上来的人了,说不定他来公寓并不是为了找堀中尉。"

"那么,他是三浦中尉的客人吗?"

"不,也不是,好像是以前带着女人来公寓别栋的年轻人,又好像不是……"

"饭沼是带着女人去的吗?"

"我记不清了,好像是他……"

"什么时候的事?"

"我正在回忆,感觉至少是二十多年前的事情了。"

"二十多年前,饭沼带着女人去过吗?"检察官脱口而出,旁听席上传来一阵笑声。

老人完全不在意旁听席上的反应,执着地重复:"是的,正是如此,是二十多年前……"

证人做证的能力已经不言自明,人们都在嘲笑北崎年老昏聩。本多一开始也是这些人中的一员,但是当老人再次表情认真地说出"二十多年前"的时候,此前嘲笑的心情突然被颤栗取代。

本多曾经听清显说过,他在北崎的军人宿舍别栋与聪子幽会的具体情况。当时的清显和现在的勋除了年龄相仿之外,外表上没有任何相似之处。但在即将走向死亡的北崎心中,记忆已经出现混乱,那间旧房子里发生的各种事情中,只有色彩的浓淡超越时间连接在一起。过去的恋爱热情与如今崭新的忠义热情都突破了规矩,在社会准绳之外相互混合,在北崎那被搅和得犹如混沌沼泽般的记忆中,一红一白两朵最秀丽的莲花很可能融为了一体。正是由于这次误会，北崎苍老的心中，浑浊的灰色沼泽一定突然弥漫在一束神奇的清朗光线之下。他一定是为了抓住那束难以言喻的清澈光线，才不顾众人的嘲笑和检察官的愤怒，顽固地重复着同一句话。

明白了这一点，本多也觉得锃亮的米黄色法台、法官们威严的黑色衣服都突然在窗外炽烈的夏日阳光中褪去了色彩。眼前威严的法律秩序彰显出精巧的结构，宛如冰雪之城般在夏日炽烈的阳光下渐渐溶解。北崎确实窥见了常人无法见到的巨大的光明羁绊。窗外前院中，夏日的阳光为松树的每一根针叶镀上了锐利的光芒，那道光芒确实来源于比占据室内的法律秩序更加严峻、更加壮丽的光明之绳。

"律师有问题要问询证人吗？"审判长问。

本多茫然地回答："没有。"

"辛苦了，证人退庭。"审判长说。

"我申请允许当庭证人出庭。姓名是鬼头桢子。为了饭沼被告及其余共同被告的利益，我希望询问她在计划中的行动日期的三天前，饭沼被告回心转意的事实。另外，当时证人的日记也已经提交，我希望对此进行问询。"本多说。

刑事诉讼法并没有针对当庭证人的规定，不过根据立证的需要，审判长可以在征求检察官和副审判员的意见后予以同意，因此本多利用了这项惯例。

审判长征求了检察官的意见，检察官冷淡地同意了，表现出对这一切漠不关心的态度。审判长回头与右副陪审员小声商量后，又转向左副陪审员，最后说："可以，允许证人出庭。"

于是，穿着深蓝色宽窄相间的竖条纹明石和服、系着白色博多带的桢子出现在法庭入口。

在盛夏中，桢子与生俱来的皮肤洁白如冰窖，遮住耳朵的乌黑长发和深蓝色领口为她的脸颊镶上了一道边，衬托出如同遥远风景一样的沉静面孔。那双润泽生动的眼睛下，像刷子刷过一般，露出如同黄昏的一抹憔悴。腰带的扣子微微倾斜，中间是一条深绿色的翡翠香鱼，硬玉的绿色光泽让桢子有些宽松的衣服猛地收紧。她波澜不惊的气质下满是纤细的情感，看不清在面无表情的深处是否藏着忧愁或冷笑。

桢子看都没看勋一眼，径直走向证人台，只在他眼中留下了冰凉的脊背和腰带上的太鼓形衬芯。

审判官按照惯例朗读宣誓书："证人宣誓，遵从良心，叙述真相，不得隐瞒，不得生造。"在被递上证人台的宣誓书上签字时，桢子的手完全没有颤抖，她从袖子里取出小巧的印章盒，用纤纤玉指捏出细细的象牙印章，重重按了下去。本多从旁边看过去，朱红色的印泥像血一样从手指间闪过。

本多的桌子上放着桢子允许公开的日记本。尽管审判长同意本多将日记作为书面证据，同意他让桢子担任证人的申请，但是本多依然无法看透审判长的真实想法。

……

审 判 长：你和被告是如何认识的？

桢   子：我父亲和勋的父亲是熟人，而且我父亲喜欢年轻人，所以他经常来我家玩，我们的关系比家人更加亲近。

审 判 长：你最后一次见到被告是在哪里？

桢 子：是去年十一月二十九日晚上，他来我家拜访。

审 判 长：你提交的日记内容是否有误？

桢 子：没有。

审 判 长：……下面请律师问询。

本多律师：好的，这本日记是你去年的日记吧？

桢 子：是的。

本多律师：这本日记没有页数限制，也就是所谓的自由日记，你是长年认真在写长日记吗？

桢 子：是的，正是如此。我也会整理时常想到的和歌……

本多律师：从以前开始，你就在使用这种不翻页，只是空一行后就开始写第二天的日记的格式吗？

桢 子：是的。从两三年前开始，我发现因为要写的东西越来越多，如果每一天都要翻页，就算是自由日记也会在秋天结束后用完，所以虽然不够整洁，我还是开始用这样的格式记日记了。

本多律师：这就可以证明，去年，也就是昭和七年（1932）十一月二十九日的日记绝对不会是后来补写的，而是当天晚上写的对吗？

桢 子：是的，我每天都会写日记，没有休息过一天。那天也是在睡前写的。

本多律师：那么，我将朗读昭和七年十一月二十九日的叙述中，与饭沼被告有关的部分：

晚上八点左右，勋突然来到家里。我已经很久没有见到他了，但是不知道为什么，今天晚上当勋的脚步靠近时，我在他按门铃之前就走到了玄关，大概是因为奇怪的预感吧。他和平时一样，穿着学生服和木屐，不过我一看见他的表情就知道事情非同寻常。他郑重其事地板着脸，突然把手里提着的小桶推到我面前说："是母亲托我来的，这是别人从广岛送来的牡蛎，分给你们一些。"在昏暗的玄关里，小桶中的水发出仿佛在吧嗒嘴的声音。虽然勋慌慌张张地以要学习为借口要离开，不过他的脸上明明白白地写着这是骗人的，和平时的样子完全不同。我硬是留住了他，接过小桶走进房间通知父亲，父亲豁达地命我让他进来。

我急急忙忙地回到玄关时，勋已经准备好要逃了。我匆匆追出门去，心想一定要问问他出了什么事。

勋明明知道我跟在他后面，却完全不回头，连走路的速度也没有改变。

到了白山公园前，我问他为什么生气，他才终于停下脚步回过头来，脸上带着僵硬又害羞的笑。然后，我们在寒冷的夜风中坐在白山公园的长椅上聊天。

我问他那个运动进行得怎么样了。他以前在我家也和朋友们讨论过"日本不能再这样下去"的话题，我有时也会请这些同志们吃牛肉火锅。而这段时间勋完全没有来家里露过脸，大概是忙着组织运动吧。

勋脸色阴沉，用痛苦的语气吞吞吐吐地说："其实，我今天来就是想和你说说运动的事情，结果一见到你的脸，想起以前曾经说过那么大言不惭的话，我就羞愧得什么也说不出来了，只好逃也似的离开了。"

我问过他才明白，在我不知道的时候，运动已经渐渐变得过激。实际上不过是那些同志为了掩盖自己的恐惧，试探同伴的勇气，只在口头上说得慷慨激昂而已。结果越来越多的同志由于对这些言辞感到恐惧而离开，现在只剩下少数几个人硬撑着。明明实行计划的勇气越来越弱，只有言辞和计划中还希冀着梦幻般的流血惨案，但相互间都闹得无法收场。因为没有一个人愿意示弱，所以要是外人看到他们开会时的激动情景，一定会大吃一惊。不过实际上大家已经不想执行计划了，尽管如此，却没有人敢不惜背上胆小鬼的污名主张中止计划。如果任其发展，大家很可能不得不就这样被迫参与违背心意的行动。尽管勋是领导者，但就连他自己都已经失去了干劲，不知道有什么能够挽回的好方法。其实今天晚上，他是来向我征求意见的。……这就是事情的真相。

我费尽口舌劝他中止行动，告诉他中止行动才是真正有男子气概的人该做的决定，就算一时背叛了同志，他们也总有一天会明白他的苦心，为国家尽忠的方法除此之外还有很多，需要的话，我也可以站在女性的立场上去说服大家。

但是勋说如果让我出面反而会更麻烦，我觉得他说的很有道理，于是便作罢。

我们一直走到白山神社前才分开，在我们两人祈祷后，勋爽朗地笑着对我说："啊，多亏有你在，我一下子轻松了，已经不想干了。我会在最近找个合适的时机跟大家提计划中止的事。"听了他的话，我放心了不少，可是内心深处依然保留着一丝不安。

写着这些事情时，我始终保持清醒，今晚恐怕睡不着了。勋是个优秀的少年，连父亲都对他寄予厚望，万一他有个三长两短，说得夸张一点，对日本都会是一个巨大的损失。我今天晚上心里堵得慌，也写不出和歌了。

本 多 律 师：到此为止。这些都是你亲笔写的吧？

桢　　　子：是的，是我写的。

本 多 律 师：没有后来修改的地方吧？

桢　　　子：如您所见，完全没有。

审　判　长：那么在你看来，饭沼被告在当晚已经彻底放弃了犯罪的意志是吗？

桢　　　子：是的，正是如此。

审　判　长：饭沼对你提到行动日期了吗？

桢　　　子：没有，他没有说。

审　判　长：你觉得他是故意隐瞒吗？

桢　　　子：因为他明确说了会放弃行动，我想他是觉得之前定下的行动日期就没有必要提了吧。他一直是个老实人，如果他对我撒谎，我有信心立刻识破。

审　判　长：你和被告的关系这么亲密吗？

桢　　子：嗯，我觉得我们亲如姐弟。

审　判　长：既然你们的关系如此亲近，又在日记中表示感到不安，那么你从那以后有没有四处奔走，采取促进行动中止的行为呢？

桢　　子：我知道有时候女人出面反而会坏事，所以只是向神佛祈祷。在我祈祷的过程中听到了他们被捕的事，真是吓了一跳。

审　判　长：你将那天晚上的事告诉过父亲或者其他人吗？

桢　　子：没有。

审　判　长：这么重要的事，而且情况有变，告诉父亲不是自然的选择吗？

桢　　子：那天晚上我回到家里后，父亲什么都没有问。最重要的是，我父亲是典型的军人，一直很重视年轻人的热诚，如果告诉他勋改变想法的事，会伤害到父亲对勋的爱，我不希望出现这种事情，而且就算不说，他也总有一天会知道的，所以我把这件事藏在了心里。

审　判　长：检察官有什么话想问鬼头证人吗？

检　察　官：没什么特别要问的。

审　判　长：那么证人可以退庭了，辛苦了。

槙子鞠了一躬，转过白色博多带的太鼓形衬芯扬长而去，完全没有看被告们一眼。

勋握紧了拳头，手心中满是滚烫的汗水。

槙子做了伪证！做了极为大胆的伪证！如果事情败露，她不仅仅会被处以伪证罪，甚至有被当成共犯的危险，结果她毫不在意，做出了勋明明白白知道是谎言的供述。

本多在提出让槙子作证人的时候，一定不知道这一切都是谎言，因为本多不可能冒丢工作的风险和槙子联手。既然如此，本多也相信了槙子日记中的内容！

勋觉得自己无地自容。为了不让槙子陷入伪证罪的境地，自己必须牺牲最重要的"纯粹性"。

虽说如此，既然槙子在那天晚上确实写了那样的日记（他认为这一点不容置疑），也就是说两人在经历过那般美好悲壮的离别后，她立刻用丑陋的场面替换了一切。这份精巧是恶意吗？是难以理解的自我冒渎吗？不，并非如此。聪明的槙子在那天晚上的离别后，一定立刻意识到会出现今天这样的情况，于是准备好武器，要在自己作为证人出庭的瞬间使用。为了什么？毫无疑问，只是为了救勋！

很明显，是槙子告的密。勋刚想到这里，又觉得法院不会特意传唤告密者做间接证据的证人。因为假设槙子是公诉事实的告密者，那么刚才那番伪证的内容就否定了公诉事实，二者明显存在矛盾。想到这里，勋一下子安心了，因为伴随着剧烈的心跳在眼前不断闪现的几个想象中的画面里，作为告密者的槙子的画面可以丢弃了。

能够想象的动机只有爱,而且是敢于在众目睽睽之下以身犯险的爱。这是什么样的爱啊!因为对自己的爱,桢子不惜将勋最宝贵的东西扔进泥潭。而且更令勋痛苦的是,他不得不回应这份爱,他不能让桢子成为伪证罪的犯人。另一方面,全世界只有勋一个人知道那天晚上的真相,只有他能告发桢子做了伪证。很明显,桢子知道这一点!正是因为她知道,才选择做伪证。她用勋最厌恶的方法设下了陷阱,让勋必须通过拯救她来拯救自己。不仅如此,桢子还知道勋一定会拯救自己!勋苦苦挣扎,试图挣开捆住全身的绳子。

但是,站在自己身边的同志们在听到桢子做出虚假的证词后会作何感想呢?勋相信同志们会信任自己,但是他们恐怕很难相信在法庭上公然说出的证词从头到尾都是伪造的。

勋能感到在桢子做证的过程中,大家全身散发出的沉默的反应,就像连接在一起的兽群在夜里的家畜棚屋中低吟,偷偷踢着墙板,难以言喻的不满和阴郁的屎尿臭味越来越浓。一名同志用后脚跟轻轻摩擦着椅子腿,如此微弱的声音在勋耳中都仿佛是对自己的责难。在狱中时,"遭到背叛"的不安让勋深受其苦,那种心情就像掉在黑暗中的针,只能漫无目的地用手摸索。现在形势倒转,他感到每一名同志的心都迅速沾染上发黑的毒素,白瓷花瓶般的纯粹性发出脆响,已经出现了一大片龟裂。

被鄙视也好,被轻蔑也罢,这些勋都能忍,他无论如何也无法忍耐的是,同志们会从桢子的证言中做出自然而然的推理,怀疑那次突如其来的逮捕是因为勋出卖了同志。

在这个世界上,只有一个方法,只有一个人能够洗清这个让勋难以忍受的嫌疑，那就是勋自己站出来揭发桢子做了伪证。

至于本多，其实他也并非全盘相信桢子日记中的内容，也不认为审判长会无条件地相信这本日记能作为证据。他只是相信，勋绝对不会让桢子陷入伪证罪的旋涡，因为勋一定懂得桢子一心要救他的苦心。

他希望能在被告与证人之间挑起这场战争，让女性汹涌澎湃的情感像晚霞一样染红勋心中纯洁透明的志向形成的密室，让他们不得不真刀真枪地开战，否定对方的世界。这样的战斗正是勋在前半生的二十年中从来没有想象过，甚至没有梦见过的，同样是他"为了生存"必须了解的战斗。

勋太相信自己的世界了，必须摧毁他深信不疑的世界，因为这份深信不疑是最危险的东西，会危及他的生命。

如果勋得以按照计划行动，暗杀成功后自杀，他短暂的一生恐怕不会遇到任何一个"外人"。他想要杀死的"大人物"们绝对不是与他对立的外人，不过是在年轻人纯洁的志向前土崩瓦解的丑陋土偶。不，也许当刀刃刺入这些衰老丑陋的肉体将他们杀死时，当自己的世界中加热已久的观念具象化时，勋反而能感受到比血亲更亲密的情感。勋在自白书中也说"绝不是因为恨意而想要杀死他们"。这是纯粹的观念上的犯罪。但是勋既然不懂得恨，也就表示他从来没有爱过任何人。

而如今，勋应该已经知道何为憎恨了。这才是他纯粹的世界中第一次出现异物的影子。这是外界难以对付的异物，无论多么锋利的刀、多么快的脚步、多么灵活的行动都无法将其合并或制服。也就是说，他明白了他居住的那个金瓯无缺的球体之外有另一个世界!

审判长摘下眼镜目送证人退庭，他那张像白纸一样毫无血色的脸上射出充斥着室内的夏日阳光。

本多看着审判长的面孔，轻轻颤抖着想："他在想什么？他究竟在想什么？"

老审判长不会在众目睽睽之下，被桢子美丽而清冷的背影夺去心神。恰恰相反，坐在高高法台上的久松审判长年事已高，就像代表法律正义的高大瞭望塔上孤独的守塔人。他那双老花眼的展望能力受到了肯定，桢子在本多朗读日记，以及证人问询的过程中都表现得滴水不漏的举止，他一定在尝试从桢子的背影中读到更多的东西，那系着夏日和服的腰带的背影逐渐远去，走向远方那片既没有草木也没有鲜花的荒凉感情旷野……而且他确实从中读懂了某种东西。尽管久松审判长没有出众的才华，但至少通晓人性。

审判长问勋："刚才，鬼头证人的证言是否有误？"

本多用一根手指按住桌上容易滚动的红色铅笔，认真听着勋的回答。

勋起身，他紧握的拳头微微颤抖，这让本多有些担心。勋白底蓝花纹的前襟微微敞开，能看到豆大的汗珠反射出光芒。

"没有，没错。"勋回答。

……

审　判　长：十一月二十九日晚上，你确实拜访了鬼头桢子，并改变了心意是吗？

饭　　沼：是的，正是如此。

审 判 长：你们之间的对话确实如证人所说是吗？

饭 沼：是的。……不过……

审 判 长：不过什么？

饭 沼：我的想法不同。

审 判 长：如何不同？

饭 沼：我的想法是……实际上……桢子和鬼头中将从以前开始就非常照顾我，所以我想至少要在行动前去告个别。而且因为以前我多少和他们坦白过自己的志向，所以我想在行动后绝对不能把他们卷进来，所以故意表现出了动摇，至少要让桢子相信我的谎言，然后让她对我感到失望，以此……断绝对我的感情。当时我说的一切都是谎话，桢子完全被我骗过去了。

审 判 长：是吗？你是说你执行计划的意志即使在那时也完全没有动摇吗？

饭 沼：是的。

审 判 长：你之所以这样说，是因为鬼头桢子当着你的同志的面说出的证词揭露了你不想示人的懦弱和反悔之意，所以想要匆忙掩盖吗？

饭 沼：不，没有这回事。

审 判 长：在我看来，鬼头证人并非能够被轻易欺骗的女人。你当时没有感到她尽管始终在附和，实际上不过是装作被你欺骗了吗？

饭　　　沼：没有，没有这回事，因为我也是认真地在骗她。

……

本多听着审判长和饭沼的问答，为勋杀出了一条出人意料的血路而喝彩。勋终于被逼到绝境，学会了成年人的智慧，他凭借自己的力量找到了唯一的既能拯救桢子又能拯救自己的方向。至少在这个瞬间，勋不再是只知道埋头猛冲，年轻而愚蠢的野兽了。

本多在心里盘算，"预谋"这个罪名本来就不能仅凭嫌疑人拥有犯罪意图而定，必须要有能够证明预谋的行为。在这一点上，桢子的证言仅仅与犯罪意图有关，完全没有联系到任何行为，从审判整体来看既不会为勋加分也不会为他减分。但是如果考虑到给审判长留下的印象，情况就会有所不同。因为规定预谋杀人罪的刑法第二百零一条在但书中写着，根据情节严重程度可以免除刑罚。

审判官判断情节严重程度时，多少会受到他自身性格的影响。尽管本多看过久松审判长迄今为止的判例，不过他没有信心能够准确把握审判长的性格。所以聪明的方法是提供两种内容相反的必要资料，让审判长留下印象。

如果审判长是所谓的心理主义者，那么应该会根据桢子证言中提到的，勋犯罪意图的动摇而酌情处理。如果审判长是重视思想和信念的人，那么应该会被勋的话中一以贯之的纯粹志向而感动。无论审判长倾向于哪一方，准备这些材料都是至关重要的。

本多再次从心底呼唤勋："你说什么都好，坚持说出自己的想法吧，吐露你的一片赤胆忠心吧。无论内容有多么血腥，也不过是停留在你内心世界中的事情。这是拯救你的唯一方法。"

……

审　判　长：饭沼被告，行动也好，志向也好……你在供述书上也说了很多，你认为志向和行动之间是如何关联的呢？

饭　　沼：……什么？

审　判　长：也就是说，为什么不能仅仅抱持志向，不能仅仅抱有忧国忧民的志向，而必须进一步采取违法行为呢？请你说出你的想法。

饭　　沼：是。阳明学提出了"知行合一"，我想实践"知而不行只是未知"的哲理。我看到了如今日本的颓废之相，看到了遮蔽日本未来的阴云，看到了农村的贫困和贫民阶级的苦难，明白这一切的根源是政治腐败，以及利用腐败为自己谋利的财阀阶级背叛祖国的性情，明白这正是遮蔽天皇仁慈之光的根源，所以我认为"知而行"就是不言自明的道路。

审　判　长：我不需要你作出如此抽象的解释，稍微长一些也无妨，说说你的感想，你是如何愤怒，如何下定决心的。

饭　　沼：是。我从小就专心练习剑道，一想到明治维新时期，年轻人能拿着真刀真枪上阵拼杀，讨伐罪人，成就维新大业，就对拿着竹刀在道场练习剑道产生了一种难以言喻的不满足感。但当时我并没有明确的想法，不知道自己该采取怎样的行动。

昭和五年，学校告诉我们裁军会议在伦敦召开，大日本帝国被迫接受屈辱的条件，安全受到了威胁。当我意识到国防出现了危机时，又发生了滨口首相被佐乡屋氏狙击的事件。我认为笼罩在日本上空的阴云非同寻常，从那以后就经常向老师和前辈请教关于时局的话题，自己也看了各种书。

我渐渐看清了社会问题，为世界性恐慌所引起的慢性经济萧条及政治家的不作为和束手无策感到震惊。

失业人数达到了二百万，以前这些人还能进城打工，给家里寄去生活费，现在不得不回到农村，这种情况更加剧了农村的贫困。据说藤泽的游行寺庙会为没有旅费而步行回家的人施舍米粥，那里已经人满为患。但政府却对如此严重的问题视若无睹，当时的安达内相[①]甚至大放厥词："发放失业补贴会催生懒惰的游民，要极力防止此等弊害。"

第二年，东北地区和北海道遭遇严重的粮食歉收，农民卖掉了所有能卖的东西，房子和土地都被夺走，一家老小沦落到住在马棚里吃草根和橡子充饥的地步。就连村公所门前都贴出了"出售女儿请来此咨询"的告示，出征的士兵与即将被卖掉的妹妹含泪告别的场面并不稀罕。

粮食歉收加上解除黄金禁令后的财政紧缩，让农村的负担越来越重，农业恐慌达到极点，水草丰美的日本沦为一片荒地，因为饥饿而哀鸿遍野。另外，因为进口外国大米，国内大米供大于求，米价进一

---

① 日本旧制内务大臣。

步暴跌，再加上佃农增加，一半的收成都作为佃租上交了，没有一粒米能进入农民的口中。农民身无分文，所有交易都是以物易物，一升米换一盒日本香烟，两升米理一次发，一百把芜菁换一盒黄金骷髅侠香烟，三贯①蚕丝只值十日元。

正如您所知，佃农之间屡屡发生争执，赤化的危险在农村出现，成为皇国士兵，成为忠良臣民的壮丁们无法一心爱国，灾难甚至波及了军队。

然而政治却不顾人民疾苦，一味走向腐败，财阀通过购买美元等祸国殃民的行为积攒起巨额财富，对国内生灵涂炭的情景置若罔闻。我看过不少书，做过各种研究后深深感到，让日本沦落到如今这步田地，并不仅仅是政治家的罪过，为了一己私欲操纵政治家的财阀首脑同样要负责任。

但是，我绝对没有想过加入左翼运动。说来惶恐，左翼大多奉行与陛下为敌的思想，日本国体自古尊崇天皇，尊陛下为日本大家庭的家长，君臣之间和谐共处，这才是皇国该有的样子，才能保持与天地同寿的国体。

那么，眼前这个土地荒芜、人民忍饥挨饿的日本，究竟还是不是日本呢？天皇陛下明明还在，为什么竟然沦落到这幅末世景象了呢？侍奉君侧的高官和在东北地区的贫寒乡村因为饥饿而哭泣的农民，他们同样是天皇的子民，万民平等才是日本应该夸耀于世的特点啊。我曾经相信，陛下宅心仁厚，总有一天会拯救穷困的人民，日本和日本

---

① 日本旧制重量单位，约为3.75公斤。

人如今只不过是稍稍偏离了轨道而已。我曾经希望，假以时日，人们的大和之心会苏醒，忠良的臣民将举国一致，恢复皇国原本的面貌。我曾经相信，遮蔽天日的乌云总有一天会被风吹散，光明的日本即将到来。

然而，我迟迟没有等到这一天。我越等，天空中的阴云只是越来越浓。就在那时，我从一本书中受到了启示，犹如醍醐灌顶。

这本书就是山尾网纪先生的《神风连史话》。读过这本书之后，我与曾经的自己判若两人。我明白了，像此前那样只知道等待，不是忠诚之士该有的态度。以前，我不懂"拼死的忠诚"是什么，不明白忠诚的火焰一旦在心中点燃，就必须去死的意思。

太阳在远方散发着光芒，尽管在这里看不到，但身边暗淡的灰色光芒确实来自太阳，那么太阳就一定在天空的某个角落中闪耀。那轮太阳正是陛下真正的姿态，只要能够直接沐浴在阳光下，人民就会发出欢呼，荒芜的土地就会立刻变得丰饶，日本一定能重新回到过去那个水草丰美的国家。

但是，低矮的阴云遮住了地面，遮住了阳光。天地被残忍地分开，明明只要相见就能立刻绽放出笑容，本应相拥的天地却连对方悲伤的面孔都无从得见。遍野的哀鸿并没有上达天听，呼喊、哭泣、诉说通通是徒劳无功。一旦上天听到人民的声音，只需动动一根小拇指就能驱散阴云，让荒芜的泥沼化身为丰饶的田园。

该由谁上告苍天？该由谁担负起使者的大任，通过死亡升上天空？我想，这就是神风连的志士们所相信的祈请。

如果仅仅在这里坐视，天与地绝对不会相连。为了令天地结合，必须有人做出某种坚决而纯粹的行为。为了做出这种果断的行为，必须超越自身利害，赌上自己的性命；必须化身为龙，唤来龙卷风撕裂低沉的阴云，冲上闪烁着琉璃色的天空。

当然，也可以利用大量人手和武力扫清所有阴云升上天空，不过我很快意识到不需要如此大费周章。神风连的志士们只凭日本刀就杀入了现代化的步兵营。我只需要瞄准云层最暗的地方、颜色最肮脏的一群人就可以了，只要竭尽全力凿穿那里，独自升上天空就好。

我没有想过杀人，只是，为了消灭毒害日本的凶残精神，必须撕裂这股精神所寄居的肉体。这样一来，他们的灵魂同样会得到净化，回归清明正直的大和之心，和我一起升上天空。与此同时，我们同样会在破坏他们的肉体之后立刻切腹自杀，否则就会来不及。因为如果不尽早舍弃肉体，就无法让灵魂火速飞上天空，完成作为使者的任务。

揣测上意已经是不忠的行为，我认为，忠诚就该仅仅为了随侍在天皇身侧而舍弃生命，就该劈开阴云，升上天空，进入太阳之中，进入圣心之中。

这就是我和同志们发自肺腑的所有誓言。

……

本多目不转睛地端详着审判长的面孔。他看见，随着勋的陈述，那张布满老年斑的苍白面孔渐渐泛起了少年般的红潮。当勋结束陈述坐下后，久松审判长急忙翻起了文件，但是这个动作明显无法隐藏他激动的心情。片刻之后，审判长说话了。

审　判　长：你的陈述结束了吗？检察官有意见吗？

检　察　官：按照顺序，我先对鬼头证人发表意见。关于这位证人的证词，我想本法院已经有了深入了解。但依我所见，鬼头证人的证言不仅完全没有意义，甚至相当值得怀疑。尽管不能说是伪证，但日记本身的可信度就值得怀疑。对于日记能否作为书面证据，我深表怀疑。另外，虽然鬼头证人的证词中说她与被告"亲如姐弟"，但是考虑到饭沼和鬼头两家长久的交往，自然应当考虑两人之间的各种感情因素，应该考虑到饭沼与证人之间的默契，他是否同样对证人抱有"特殊的感情"。我很遗憾，无论在鬼头证人的证词还是饭沼被告的陈述中，我都看到了一种不自然的夸张。依我所见，传唤这位证人的决定并不妥当。

适才，饭沼被告的漫长陈述中，幻想的观念性要素过强，尽管乍听之下是热诚的言志，不过在重要的地方却给人故意敷衍的印象。比如利用大量人手和武力扫清所有阴云的计划，是因为什么而发生了改变，让被告觉得只需要穿透一点就足够了，这是不该忽略的飞跃。我认为被告故意省略了其中的经过。

另一方面，尽管北崎证人对日期的记忆模糊，但去年十月末或十一月初，堀中尉曾经发出过"怎么样，停手吧"的怒吼，依我之见，这是非常重要的旁证。因为这明显可以与饭沼被告的陈述中提到的，十一月十八日用日本刀换短刀的日期联系在一起。如果换刀在先，堀中尉的怒吼在后，问题还可以另当别论，但正因为事实的顺序相反,所以这两件事应该有因果关联。

……

审判长与检察官、律师就下一次公审的日期达成共识后,宣布第二次公审退庭。

三十八

　　昭和八年（1933）十二月二十六日，在官厅年底最后一天办公前，一审判决结果出来了。虽然没能实现本多希望的无罪，不过判决正文写着"免除对被告人的刑罚"。这项判决运用了《刑法》第二百零一条预谋杀人罪但书中"可酌情免除刑罚"的条款。尽管判决书上认定了预谋杀人的犯罪事实，不过详细叙述了免除所有人的刑罚的理由，除佐和以外，所有共同被告的人都极为年轻，动机纯粹，犯罪明显是因为爱国热忱，而且没有充分证据证明，被告在谋划后并未回心转意。另外，以佐和的年龄，如果他是主谋，将无法免除罪责，但考虑到他只是中途参与谋划，又无法证明他确实对年轻人进行了指导，所以同样免除了刑罚。

　　本多认为如果判处无罪，检察官上诉的可能性会很大，而以现在的形式结束，说不定可以期待检察官不提起上诉。无论如何，一周之内就能知道答案。

　　被告全部被释放，分别回到了父母身边。

　　二十六日晚上，靖献塾开了一场家庭内部的庆祝宴。本多作为主宾，与塾长夫妇、勋、佐和及私塾学生们共同举杯庆祝。塾长也邀请了桢子，但是她并没有来。

直到宴会开始前，勋都在茫然地听广播，听六点儿童节目时段的童话剧，六点二十分村冈花子的"儿童新闻"，六点二十五分近卫师团军医部长关于"市民对毒气瓦斯的防护心得"演讲，当他听到六点五十五分哈罗德·汉默的《今日话题》时，急急忙忙地站了起来。勋回到家后只是微笑，一句话也没有说。

母亲迎上被释放回家的儿子，情不自禁地哭了起来。她穿着刚刚洗好的光洁围裙闷头在厨房切菜，菜刀在冬季的时令蔬菜上跃动。为这个日子而开心的主妇们纷纷前来帮忙，把厨房挤得满满当当的，母亲忙碌指挥的指尖仿佛向摆在各处的盘子射出光线，盘子上立刻摆满了五颜六色的刺身和菜肴。厨房传来女人们的笑声，勋听在耳中，觉得那声音仿佛不属于这个世界。

饭沼和私塾学生们前去迎接勋和佐和，尽管众人在回家的路上已经去宫城前和明治神宫参拜致谢，不过刚一到家，一家人又前往别栋的神殿参拜，随后勋才终于得以悠闲地享受沐浴。勋对神明的感谢就此告终，要做的事只剩在宴席上感谢人间最值得他感谢的人，也就是本多了。饭沼穿着带家纹的和服裤裙，迅速退到末席，让儿子和佐和跪在自己左右，对本多深鞠一躬。

勋奉命行事，就连微笑都带着接受命令的神色。他听到耳边响起某种声音，有什么东西在骚动，眼前闪烁着刺眼的物体，不停地将梦中的食物送入口中。他的五感确实正在远离事物的现实感，饭菜中充斥着虚无，犹如梦中的美味。勋觉得光芒毫不留情地照进自己身处的这间二十平方米左右的房间，房间突然变成了二三百平方米的大厅，自己正看着一群人在遥远的地方围着宴席庆祝，这些人都是些自己不熟悉的人。

最先发现勋的眼中失去了那逼人的独特光芒的人是本多。饭沼嘲笑本多表现出的不安，小声对他说："这也难怪，他还没回过神来呢。我还记得刚出来时的感觉，当然了，我在里面的时间没那么长，不过出来后也有七天左右一直是虚脱的状态，完全没有感觉到解放。本多先生，您不用担心。比起这件事，您知道我为什么特意选了今天为他庆祝吗？不为别的，只是为了将今天这个日子作为他的成人礼。虽然他距离二十岁还有一段时间，不过，今天在他的一生中一定是感触最深的一天，是重获新生的日子。虽然手段有些粗暴，不过我要从今天晚上开始，让勋真正觉醒，将他当成独当一面的大人来对待。请您务必体谅我这个父亲的心情，不要从旁阻拦。"

另一边，勋正与佐和一起被私塾学生们围着喝酒。佐和大声讲述他在监狱里的故事为大家助兴，而勋只是微笑着保持沉默。

津村是私塾里最年轻的学生，他很敬重勋，听着佐和从容不迫的诙谐口吻只觉得生气，想听勋如寒冰般严峻的话语，所以一直黏在勋身边。但是勋始终依然一言不发，他只好主动低声私语："勋先生，你知道藏原究竟干了什么不像话的事情吗？"

"藏原"这个名字在勋耳边如同一声惊雷。他刚一听到这个名字，四周那些刚才还遥不可及的现实瞬间与感官接触，宛如汗湿的和服衬衣紧紧地贴着皮肤。

"藏原怎么了？"

"我看了昨天的报纸。《皇道新闻》用整个第一版报道了这件事。"津村说出一个右翼报纸的名字，"实在太不像话了。"

津村从怀里取出一张叠得整整齐齐的对开小报，放在勋面前。然后他从正在读报的勋肩膀上探出头，吐出火热的气息，眼中的怒气几乎要穿透纸面，然后将刚才的话重复了一遍："实在太不像话了。"

报纸印刷粗糙，到处都能看见没有印全的铅字，上面登载着一条报道。这则报道没有出现在中央发行的报纸上，而是得到许可后转载于和伊势神宫有关的神道系报纸。内容如下：

十二月十五日，藏原出席了关西银行协会的聚会，在伊势游玩时饱餐了一顿他最喜欢的松板肉，第二天早上，和知事一起进入伊势神宫内宫参拜。

尽管还有几名秘书和随行人员，不过藏原和知事的待遇与众不同，沙地上放着两张折叠椅。供奉玉串时，两人也最先分到玉串，站在原地举起双手，聆听祝辞。藏原似乎突然觉得后背瘙痒，于是左手拿着玉串想用右手去挠，结果因为够不到，又换右手拿着玉串，左手绕到了背后，可是依然没能够到。

神官还在继续吟诵祝辞，没有结束的迹象。藏原犹豫着不知道该如何处置玉串，最后终于下定决心把玉串放在了折叠椅上，两只手一起绕到背后挠了起来。就在这时，祝辞吟诵结束，祢宜催促两人进献玉串。

藏原已经忘记了自己手中没有玉串，他和知事频频推让后，最终知事让步，率先进献了玉串。这时，祢宜发现藏原手中没有玉串而大吃一惊，可是为时已晚。藏原让知事率先进献后放心地坐在了自己的折叠椅上，于是放在那里的玉串垫在了他的屁股下面。

在威严的神乐声中,藏原的不敬行为立刻被悄无声息地处理了,在众人没来得及大为震惊时,藏原已经进献了新的玉串,不过将一切看在眼里的年轻神官中依然有人怒不可抑。他将这件事写在了内部报纸上,借他人之手递到了《皇道新闻》那里。

这是最严重的渎神行为,津村的愤怒合情合理。就算是单纯的过失,在参拜的前一天晚上饱餐一顿兽肉,而且没有对神前的失态谢罪,拿着新的玉串在洞察万物的神前,在众目睽睽之下堂而皇之地亵渎神明,甚至蒙混过关,这自然是罪加一等。……但罪不至死,勋突然想到。他思及此处,回头看着年轻的津村那双少年独有的、清澈激烈的愤怒双眼。勋觉得自己无端地感到了羞愧。

因为心中一瞬间的动摇,他拿着报纸的手指失去了力气,对开版小报被佐和伸过来的手一下子夺走了。

"好了好了,这种事都忘了吧。"佐和不知道究竟醉到了什么程度,把一只白花花的肥手搭在勋的肩膀上,满身酒气。勋这才发现佐和的皮肤变得如此惨白。

酒过一巡,众人鼓掌高歌,展现了两三个私下练成的特技后,塾长下令宴会结束。他提议让妻子在房间的被炉上备好温酒器,让本多、勋、佐和继续喝。

本多第一次走进饭沼的房间,他惊讶地看到,在这间十六平方米左右的房子正中间,被炉坐垫套着用妖艳的友禅绸做成的车轮花纹的罩子。刚才在宴席上,他刚刚因为饭桶上罩着蓝底棉罩子而惊讶过。

看到饭沼和他妻子的交流后,本多凭直觉明白了一些事,看起来饭沼直到现在都没有原谅他妻子过去做过的某件事情。本多并不清楚,这件事是很久以前阿峰和松枝侯爵的关系,还是距离现在更近的过去。饭沼的举手投足之间散发出绝对不会原谅妻子的意思,与之相对,阿峰的动作中表现出一副始终在祈求原谅的卑微。尽管如此,就像房间里的被炉坐垫一样,饭沼默认了妻子遥远的淫乱源流,以及妻子让这份淫乱中蕴含的花里胡哨的美遍及整个房间的行为,哪怕这并不符合他自己的兴趣,这一点着实奇怪。本多想,也许在饭沼的内心深处同样隐隐怀念着这份宫中女侍的兴趣。

本多坐在背靠壁龛立柱的座位上,阿峰看着挂在长火钵上的铜壶中的酒壶,像容易受惊的小动物一样,用擅长手工艺的纤长手指尖不停地碰触酒壶。本多觉得这个女人的动作无论多么谨小慎微,都带着恶作剧的意思。

四个男人坐在被炉边,就着咸鱼子干开始喝酒。

"今天,勋要尽情喝啊。"饭沼一边给儿子倒酒,一边偷偷瞄了一眼本多的表情,似乎打算开始刚才提到的"粗暴治疗"了。

"今天呢,你父亲打算当着本多先生的面,说些一定会让你吓破胆的话。从今天开始,你从身心两方面都是成年人了。作为父亲,我也会把你当成独当一面的大人,把你当成了解世间两面性的优秀继承人来培养。我就开门见山地问了,你们被捕明显是有人向警察告密,你想过告密者是谁吗?如果有想法,就说来听听。"

"……我不知道。"

"不要有顾虑,想到什么就说什么。"

"……我不知道。"

"其实,就是你父亲我啊。怎么样,吓了一跳吧?"

"什么?"

当时,勋的表情中看不到切实的惊讶,这让本多觉得不舒服。不过饭沼当时避开了儿子的视线,急急忙忙地接着说:"嗯?你怎么想?世界上怎么会有这么冷酷的父母,把自己重要的儿子交给警察?怎么会有父母能笑着让警察带走自己的孩子?如何?我就是做了,不过,我也是含着泪啊。是吧,阿峰?"

"就是啊,你父亲当时泪流满面啊。"阿峰在长火钵对面附和。

勋语气冰冷又不失礼貌地问:"父亲,我知道是您告诉警察的了。那么,是谁将我们要做的事情告诉您的呢?"

饭沼的八字胡微微颤抖,他急忙伸手抚摸着胡子,仿佛压住了就要展翅飞翔的蝴蝶。

"这个啊,是我从你身上看出来的,你觉得父亲老眼昏花,这是你的疏忽。"

"是吗?"

"肯定是的。我为什么要故意急匆匆地让你被逮捕呢?你一定要明白。

"说实在话,我很佩服你的志向,觉得很伟大,甚至会羡慕你。如果可以的话,我愿意让你实现志向。那样不外乎就是坐视你去死。如果我放着不管,你一定会行动的吧?一定会死的吧?

"但是,你必须明白的是,我和其他普通的父亲不一样,不会因为希望自己的孩子活着,哪怕要让孩子重要的志向化为乌有也要保住他们的性命。这就是最重要的事情。我既想救你的命,又想实现你的志向。我不眠不休地思考该如何是好,最终认识到从大局出发,从长远的角度出发，而现在更重要的是救下你的性命，这样才能更好地让你实现自己的志向。

"你明白吗，勋？单纯去死并不算有能力，一味视性命如草芥并非忠义。

"看看'五·一五事件'之后的形势吧，人们厌恶腐败的政治，会为类似的事件感动同情，拍手喝彩。而且你们年纪尚轻，心灵纯粹，具备了一切获得同情与喝彩的因素。比起行动，在即将行动前失败更能让你们成为英雄。这样一来，你们今后的行动将变得更加容易，当面对真正大规模的维新时，这次经历将成为你不可小视的力量，到时候你就能堂堂正正地战斗了。我的预测绝不会有错。看看你们被捕后减刑请愿书的数量，看看报纸的论调，一切舆论都向着赞扬你们的方向。勋，我做的没错。

"也就是说，我效仿狮子为了锻炼疼爱的孩子，将它们踢落谷底的故事，如今你已经成功爬出谷底，成了能独当一面的男人。是吧，阿峰？"

"你父亲说的没错，勋，回来后，你确实变得更出色了，这都是因为你父亲拥有狮子般的爱啊，你必须要感谢他。也就是说，他做的一切都是因为疼爱你啊。"

本多觉得难得饭沼扬扬得意地进行了一番高谈阔论，结果话刚一出口，就在听者尴尬的沉默面前分崩离析，犹如在海岸边挖出的沙坑，无论尝试多少次都会被涌出的潮水冲垮。事实上，饭沼话音刚落，沉默的沙粒就已经淹没在波光粼粼的水面之下了。本多看着勋，勋挺起胸膛点了点头，佐和在偷偷地自斟自饮。

本多不知道，饭沼是不是一开始就打算说出下面一番话，总之，眼前的沉默让饭沼感到害怕。

"你听好了。到这里为止，还在你能理解的范围之内。但是啊，勋，要长大成人，你必须要了解更多的事情，必须接受女人和孩子所不了解的苦涩知识。过去的一年里，你的身体通过了成为大人必须要通过的关卡，而今天，你的心灵必须通关。

"以前，我从来没有和你说过，你觉得靖献塾能做到今天这样的规模是靠谁？嗯？你有没有想过是托了谁的福？"

"我不知道。"

"我说出他的名字，你大概会大吃一惊，不是别人，正是新河男爵。无论是你还是佐和，这件事绝对不要告诉任何私塾学生，因为这是靖献塾的最高机密。其实就连私塾的房子都是新河男爵匿名为我们买下的。当然了，为了报恩我也做了不少事。男爵这笔钱并没有白花，要是他没花这笔钱，也不可能平安无事地度过民众指责高官富商购买美元的那场风波。"

本多又看了看勋，那张冰冷的脸上依然波澜不惊，这让他毛骨悚然。饭沼还在继续说：

"我和新河男爵就是这样的关系，'五·一五事件'即将发生前，男爵曾经叫我去见他。平时，每个月的钱都是他通过秘书偷偷交给我，所以男爵要求直接见我，一定是发生了不得了的大事。

"当时，男爵交给了我一大包钱，说：'这钱不是为了我，说白了，这些钱是为了藏原武介。但是他那种人绝不会出钱买自己的命，而藏原先生对我格外照顾，所以我瞒着他擅自出了这份钱。请你务必用这些钱保护藏原先生的生命安全,如果不够的话你就说,我还会再出。'于是,我……"

"您收下了,对吧?"

"没错,我收下了。因为新河男爵为前辈着想的心情打动了我。从那以后,就像你和佐和知道的那样,私塾越来越昌盛。"

"所以,你让警察逮捕我们是为了保护藏原吧。"

"这就是你的想法,这是孩子气的想法。

"对一个父亲来说,无论收了怎样一笔巨款,也能分得清没有任何关系的财经界巨头和亲生儿子谁更重要。"

"也就是说,您选择了最好的方法,既救了儿子的命,又救了藏原的命,还尽了对新河男爵的情分。"

本多愉快地看到,勋的眼睛终于像以前一样燃起了火焰。

"不是的,是你的想法太浅显。你听好了,你必须明白,这个世界是复杂地结合在一起的。只要没有去天国,就无法切断与人间世界的联结。越是想要挣脱,这份联结就越会缠住你。不过只要坚定信念,就不会被这份联结所扰。

"勋,我就不会有这样的困扰。

"在我心里,无论收了多少钱,如果你想杀新河或者藏原也没问题,我只要在事后切腹自杀以死谢罪就好。自从拿到钱,我就做好了充分的觉悟。商人收到钱后必须交出商品,不然就是欺诈,但国士不同。金钱是金钱,信义是信义,二者互不相干。金钱可以花,为了遵守信义只要切腹就好,仅此而已。

"我希望你能有这样的觉悟,作为一个顶天立地的男人的觉悟,所以我要特地说明，出淤泥而不染，这才是真正的纯粹。勋，如果因厌恶淤泥而无法成事，无论到何时都无法成为顶天立地的人。

"我说到这里，你应该明白了吧，我让警察逮捕你并非为了救藏原的命，甚至不是为了救你的命。如果我认为你在那个时刻发起行动，舍弃性命青史留名是最好的路，一定会欣然看着你赴死。我之所以没有这么做，只是因为我不认为这是最好的路。你听好了，我就不重复刚才的话了，正是因为我尊重你的志向，疼爱自己的孩子，才下定决心让警察逮捕你，才忍下血泪下定了决心。是吧，阿峰？"

"勋，如果你不感激你父亲的良苦用心，是会遭报应的。"

勋沉默地点了点头。醉意为他的眼睛染上了曙光的色彩，他搭在被炉上的手在微微颤抖。

看到这幅景象，本多突然理解了自己从刚才开始就迫切地想对勋说的话究竟是什么。

在饭沼发表那一番冗长而自私的训诫时，本多心中有一句话，仿佛只要抓住一丝缝隙就会喷涌而出。只要说出那句话，一切都会瓦解，或许勋也会因为那句话而觉醒，毫无畏惧地走向闪耀着白光的广阔原野……而如今，如果将这句话作为对垂头丧气的勋的慰藉，恐怕会让他一生中最纯粹的、仅此一次的苦恼成为世界上最愚蠢的东西……也就是说，这句话将揭露出能改变勋一生的秘密……本多急切地想要吐露保守至今的秘密，就像在这里放生鸟儿一样，一口气让鸟儿展翅翱翔，但是当他看见勋再次抬起的脸颊上划过的泪水时，这份冲动遭遇了挫折。勋就像一只年轻而充满焦虑的狗一样咆哮："我为了幻想而生，朝着幻想前进，因为幻想受到了惩罚……我想要得到并非幻想的东西啊。"

"只要你长大成人，就能得到了。"

"比起长大成人……是啊母亲，也许转生成为女人不错，女人不用追求幻想也能生存。"勋笑了，脸上仿佛出现了裂痕。

"你在说什么啊，做女人很没意思的，你真傻，竟然说出这种话，是喝醉了吧。"阿峰生气地回答。

勋一杯接一杯地喝酒，此时已经趴在被炉上睡着了。佐和照顾着他回到自己的房间休息，本多本想趁这个机会离开，又因为担心跟了过去。

佐和小心地把勋放在床上，其间一言不发。这时，佐和听到饭沼的声音从走廊的另一边传来，于是离开了房间，只剩下本多和睡着的勋两个人。

因为醉酒而面色发红的勋表情痛苦，发出沉重的喘息，就连睡着的时候都皱紧了眉头。突然，勋翻了个身，本多听到他说出声音很大却不清楚的梦话。

"遥远的南方，分外炎热……在南国玫瑰的光芒中……"

就在这时，佐和来叫本多，所以本多把勋乘着醉意中说出的意义不明的梦话放在心里，一再拜托佐和好好照顾勋后向玄关走去。本多为了救勋赌上了一切，如今已经取得成功，可奇怪的是，他发现自己完全没有感到满足。

三 十 九

第二天也是晴空万里。

早上，附近的坪井警察来到家里看看情况。

这位五十多岁的剑道二段向勋传达了署长的请求，希望他依旧能在每个周日去道场指导少年练习。

"啊呀，署长因为职责在身，不能公然表扬你，不过暗地里特别佩服你。那些少年人的父兄也希望像你这样的人能指导他们学习剑道，给他们灌输日本精神。如果没有上诉，希望你新年一过就能上任。当然了，我想应该不会有上诉的。"

警察穿着便装，勋看着那条已经没了裤线的裤子，想象自己教授少年们剑道一直到老的样子。到时候，从面具后面露出的包头手帕的缝隙间，系着紫绳的白发应该会散发出光泽吧。

警察回去后，佐和把勋请到自己的房间里对他说："时隔好久之后，我终于能在榻榻米上翻滚，用棉垫子当枕头，尽情阅读攒了一年的《讲谈俱乐部》，这种心情真是无以言表。再说了，你这么年轻，就算再怎么谨言慎行，也不能一直关在家里不出去吧。如果你愿意和我一起出门，今天晚上去看电影怎么样？"

"嗯。"勋含糊地回答，又觉得这样显得太冷淡，于是加了一句，"去朋友家看看也挺好，不过……"

"算了算了，现在还是暂时不要见面为妙，不然一不小心就会说出不该说的话了。"

"也是。"勋没有说出他真正想去的地方。

"你有什么话想问我吗？"在一阵可疑的沉默后，佐和说。

"嗯。其实在听过父亲的话之后，我只剩一件事还不明白，究竟是谁把我们的事告诉父亲的？这件事恐怕就发生在逮捕行动之前。"

佐和一改此前无忧无虑的样子，突然安静了下来。这份仿佛会让世界中毒的沉默让勋感到不安。他无法继续忍耐下去，紧紧盯着榻榻米边缘已经褪色的褐色部分，灿烂的阳光通过透明的窗户玻璃，将爪子搭在那里。

"你真的想听吗？听过之后不会后悔吧？"

"我想要直面现实。"

"那我就说了，既然老师都说得那么明白了。

"其实在逮捕行动的前一天晚上，也就是去年十一月三十日的晚上，桢子小姐给老师打来了电话，是我接的。老师接过了电话，不过我不知道对方说了些什么。挂了电话后，老师立刻准备出门，连随从都没带就走了。我知道的只有这些。"

然后，佐和就像要为冻得发抖的人盖上毯子一样，语气亲切地说："我也知道你喜欢桢子小姐，知道桢子小姐同样喜欢你。说不定桢子小姐对你的爱还要炽烈好几倍，可是她表现炽烈的方式造成了可怕的结果。

"当她出现在法庭上时,我看到了她的本性,愈发觉得那是个可怕的女人,我真是这样想的。那个女人为了救你赌上了一切,但她同时为你入狱而感到开心。你能明白吗?

"另外,你必须知道桢子的上一段婚姻是如何破裂的。桢子小姐以前的丈夫很爱她,同时又是个拈花惹草的人。一般女人会默默忍耐,但她自尊心那么强,自然不会忍。再加上她爱着丈夫,所以更加无法忍受了。于是不顾他人的想法,毅然回到了娘家。

"正因为她是这样的人,如果再次爱上一个男人一定不会罢休。她陷得越深,对未来越会感到不安。正因为之前有那样一段不好的经历,她绝对不会相信男人。于是自然会产生让自己深爱的男人只属于自己的想法,就算他不能在自己身边,就算自己必须忍受无法与他见面的无限痛苦。你觉得,能让女人最为放心,男人绝对不会出轨的是什么地方?就是牢房啊。她刚刚爱上你,就将你送进了牢房。仔细想想,你实在是个幸运的男人啊。是吧?我经常会觉得羡慕你。"

佐和肆无忌惮地说着,用手摸着有些发白肿胀的脸颊,并没有看勋。

"以后要避开那种危险的女人,可爱的女人应有尽有,我会让你见到的。老师也吩咐下来了,给了很多零花钱。反正都是间接从藏原手里拿的钱,就像老师说的那样,金钱是金钱,信义是信义。你还没尝过女人的滋味吧?

"今天晚上要去看电影吗?还是去芝园馆看洋玩意儿?或者去国

学院大学旁边的冰川馆?那里刚好挂着千惠藏[①]的照片,可以去看看。然后去百轩店喝一杯,再去圆山町转转,必须完成老师说的成人礼嘛。要是检察官确定要上诉的话就什么都晚了,所以要在那之前赶紧解决。"

"这些事还是在确定不会上诉之后再做吧。"

"可是如果对方要上诉怎么办,一切都要打水漂了。"

"到时候再说。"勋坚持表示。

[①] 即片冈千惠藏(1903—1983),日本演员。

四 十

十二月二十八日同样是晴空万里。勋在犹豫，明天，也就是二十九日是皇太子殿下的命名仪式。如果要让这个值得庆祝的晨报笼罩上不祥的阴云，就算一定要选在这一天，也至少要等到仪式结束后才会被原谅。考虑到上诉的可能性，继续等下去就危险了。

十二月二十九日同样是晴空万里。

勋邀请佐和参加宫城前的提灯游行，于是在学生服外面套了一件外衣，提着庆祝提灯走出了家门。勋与佐和在银座吃了一顿时间尚早的晚餐，张灯结彩的电车开过银座大街，两人看到装饰着菊花的彩灯组成"庆祝"二字，司机昂首挺胸，蓝色制服胸口的金色扣子散发出的光芒穿过人群，一点点向前移动。

提灯游行队伍开始从数寄屋桥向宫城前涌动。人人手中都拿着太阳旗图案的提灯，光芒倒映在护城河中，照亮了冬日夜晚的松树。宫城前的广场上，众多提灯的光芒驱散了笼罩着几棵松树的黑暗，不停地摇曳着。"万岁"声此起彼伏，举起的双手中闪耀着的提灯火焰让山呼万岁的嘴和喉结显得愈发阴暗。人们的面孔沉浸在阴影中，又突然出现在闪烁的光芒中。

不一会儿，佐和就和勋走散了。他在人群中漫无目的地寻找了四个小时，最终回到靖献塾，传达了勋失踪的消息。

勋返回银座，在菊一文字买了一把短刀和一把同为白鞘的小刀，小刀藏在学生服的内袋中，短刀藏在外衣的内袋中。

因为赶时间，他乘出租车来到新桥站，赶上了开往热海的火车。火车很空，他一个人占据了四个人的座位，从口袋里取出剪下的杂志重新看，这是他从向佐和借来的《讲谈俱乐部》新年特刊上剪下的一页。

这是名为"政界财经界大人物的年末年初"的专栏报道。其中是这样描写藏原的：

> 藏原武介在年末年初并没有打高尔夫，而是极尽朴素，在官厅年底最后一天的工作结束后，立刻把自己关进了位于热海伊豆山稻村的别墅。打理让他自豪的蜜柑田是他最大的乐趣。附近的蜜柑山大多在过年前收获完成，只有藏原家的蜜柑田在整个新年期间，枝头都挂着累累果实供人观赏。后来，采摘的蜜柑除了送给熟人之外，全部捐给了疗养院或者孤儿院。他被称为'财经界的教皇'，这项行为展示了他朴素的性格，以及美丽的心灵。

勋在热海站换乘大巴，在伊豆山稻村下车。此时已经过了晚上十点，一片寂静中能听到大海的涛声。

公路两边有一些村落，不过全都紧闭大门，看不到一丝灯光。因为海风寒冷，勋竖起了外衣的领子。在通往大海的下坡路的中间有一座大石门，旁边点着一盏门灯。他立刻看见了写着"藏原"的门牌，宽广的前庭对面，灯影幢幢的宅邸寂静无声，周围的石墙上装饰着树篱笆。

路对面是一片桑树田。桑树田的角落里，写着"蜜柑直销"的白铁皮招牌绑在桑树上，被风吹得直响。勋听到通往大海的曲折坡道上有声音传来，于是闪身藏在了招牌后面。

从坡道走上来的人是巡警，他缓缓向上走，在门前停了片刻，留下佩刀相撞的声音后，便继续向围墙边的小路走去了。

勋从招牌后面走出，小心翼翼地横穿过坡道。在穿过坡道时，他看到大海在没有月亮的天空下，像一条黑色的带子。

爬上石墙很简单，不过上面的树篱笆里藏着带刺的铁丝，铁丝刮破了外套的下摆。

院子里种着梅树、松树和棕榈树等，蜜柑田点缀其间，一直延伸到房子附近，仿佛是为了供主人观赏。黑暗中，空气里飘荡着熟透的果实的芳香。海风吹过巨大的棕榈树干燥的叶子，发出刺耳的哨子声。

勋一步步踩在土地上，土壤松软得就像吸收了润泽的肥料。勋逐渐靠近有明亮的灯光不断摇曳的角落。

虽然那栋房子铺着和式砖瓦屋顶，不过窗户和墙壁都是西式的。窗户里拉着蕾丝窗帘，勋贴在墙上踮起脚尖向里张望，能看到房间里的一部分景象。

墙壁的一部分做成了烟囱，像是西式暖炉。能看见站在窗边的女人和服腰带上的太鼓结，腰带往旁边一让，就露出了在和服上披着暗灰绿色棉坎肩、身材矮小微胖、表情严肃的老人。那一定就是藏原。

他正在与女人交谈，女人离去时，手上的盆子一闪而过，似乎是来送茶的。女人离开后，房间中只剩下藏原一个人。

藏原坐在了面对暖炉的安乐椅中，从窗外只能看见他光秃的额头在暖炉的火焰中摇曳。他喝着手边的茶，似乎在看书或者沉思。

勋四处寻找入口，看到院子里有两三级石阶，上方是一扇门，门中微微透出亮光。门没有上锁，只是插着门闩。勋从外衣里取出短刀，脱掉外套放在黑暗中柔软的土地上。他站在石阶下拔出短刀并扔掉了刀鞘，刀身仿佛会自己发光，在黑暗中散发出苍然的暗光。

他蹑手蹑脚地走上石阶，将刀尖插进门的缝隙间，然后碰到了门闩。门闩很重，他好不容易挑开了门闩，发出的声音如同挂钟的表针在摆动。

勋此时看不到室内的变化，不过他能肯定藏原听到了这个声音，所以他一口气拧开门把手冲了进去。

藏原背对着暖炉站起身来，但是并没有呼叫，他整张脸像薄冰一样紧绷着。

"你是什么人？来干什么？"藏原用沙哑无力的声音说。

"你在伊势神宫犯下了不敬罪，接受神明的惩罚吧。"勋的声音不高不低，语气清朗，他相信自己此时很冷静。

"什么？"

藏原脸上露出绝对真实的、无法理解的表情，从这副表情上明显能看出,刚才那一瞬间,他在记忆中搜寻,却什么都没有想起来。与此同时,他带着厌恶的恐惧表情说明,勋在他眼中是个十足的疯子。藏原向暖炉旁边的墙壁移动,也许是为了避开背后的火,正是这个动作让勋决定发起行动。

他按照佐和曾经教过的那样,像猫一样弓起背,右肘紧紧贴着侧腹,用左手压住握着短刀刀柄的手腕,让刀刃不要上扬,然后整个人撞向藏原的身体。

在感觉到刀刃插入对方的身体前,他首先感到反作用力狠狠撞上自己腹部的力量。勋觉得这样还不够,于是压住对方的肩膀想要再刺深一些,结果发现对方的肩膀比他想象中的位置低得多,这让他大吃一惊。他身下的肉体完全没有微胖的人该有的柔软,而是像木板一样僵硬。

他低头看到的并非一张痛苦的脸,而是一张表情涣散的脸。双眼圆瞪,嘴巴无力地张着,上方的假牙都滑落并突了出来。

勋想把刀拔出来,却焦虑得发现拔不出来,藏原的体重全都压在了刀刃上,整个人完全瘫倒在了刀尖上。勋用左手压住藏原的肩膀,抬起右边膝盖压住藏原的腿,才终于把刀拔了出来。

鲜血喷涌而出,溅在了勋的膝盖上。藏原就像追随着血喷出的方向一样向前扑倒。

勋转身想要离开房间。

他刚一打开通往走廊的房门就撞见了刚才看到的女人。女人发出一声悲鸣,勋立刻转身从他进来的门冲进院子,眼睛里只留下了女人受惊后翻起的白眼眼角的残像。

勋径直冲过院子，向大海的方向跑下去。

在他身后，宅邸内一片嘈杂，叫声此起彼伏，勋觉得那些声音和光芒都在向自己袭来。

勋一边跑一边摸着学生服的内袋，确定小刀还在，不过拿在手里的短刀更有实感，于是他就这样握着短刀继续向前冲。

他喘着粗气，膝盖也扭伤了，他很清楚狱中的一年让他的腿脚变得多么虚弱。

蜜柑一般都会种在面朝大海的梯田上，藏原家的蜜柑田宛如女儿节的人偶台，一棵棵蜜柑种在分隔出的阶梯上，无数阶梯用石墙加固，每一级都以微妙的角度承受着阳光，参差不齐地涌向大海。平均八九尺高的蜜柑树根部盖着厚厚一层稻草，枝条从根部附近开始向四面八方伸展。

勋穿过一块块蜜柑田，黑暗中，累累的蜜柑遮住了每个方向的道路，他不得不与这些让他迷失方向的蜜柑树战斗。大海似乎很近，却迟迟无法到达。

但是穿过蜜柑田后，视野豁然开朗，前方只有大海和天空。悬崖上的石阶与蜜柑田尽头的栅栏门紧紧相连。

勋摘下了一个蜜柑，这才发现手里的短刀不见了，也许是在他抓住枝条，在奔跑中不断躲避打在脸上的低矮枝条时掉在了地上。

栅栏门很快打开了，石阶下方，能看见雪白的浪花飞溅，吞没了岸边的岩石。勋这才注意到潮水的声响。

勋不知道蜜柑田之外还是不是藏原家的地界，一条小路穿过郁郁葱葱的树林，通向古木覆盖的悬崖。勋已经跑得筋疲力尽，却依然钻进这条小路，忍受着枝叶打在脸上的触感继续向前奔跑，蔓草在他脚下纠缠。

不一会儿，他来到了悬崖上一处深深凹陷的地方，就像一个岩洞。走近一看，原来是一块布满青苔的岩石，在风雨的侵蚀中向内弯曲，顶部有一棵巨大的常绿树，枝叶低垂，遮住了凹陷的洞口。一条纤细的瀑布顺着布满凤尾草的岩石表面蜿蜒流入草间，似乎最终汇入了大海。

勋藏在岩洞中，让剧烈的心跳平息下来。周围只有潮水与海风的声音。他喉咙很干，于是胡乱剥开蜜柑的皮，一口吃了下去，嘴里有血的味道，蜜柑皮上沾着干涸的血。

不过这并没有影响果汁滋润喉咙的甘甜。

穿过枯草、干枯的芒草，穿过垂在眼前的常绿树枝叶和蔓草，夜晚的大海出现在眼前。没有月亮，海面反射着天空的微光，呈现出黑色的光泽。

勋端坐在潮湿的土地上，脱掉了学生服的上衣，从内袋中取出白鞘小刀。他发现小刀好端端地留在原地，感到一阵安心，仿佛全身都放松了。

尽管他在学生服上衣里穿着毛衫和贴身衬衫，但是在寒冷的海风中，他刚一脱下上衣就打了一个寒战。

勋心想："距离日出还早，不能再等了。这里没有初升的太阳，没有尊贵的松树，也没有光辉灿烂的大海。"

他脱下两件衣服半裸身体后，身体反而绷紧，不觉得冷了。他解开裤子露出腹部,刚刚拔出小刀,就听见蜜柑田里传来凌乱的脚步声。

"大海,他一定坐船跑了。"一个尖锐的声音传来。

勋深呼吸,左手摸了摸腹部,闭上眼睛将右手小刀的刀尖压在那里,用左手手指确定好位置,右手狠狠用力将刀子插了进去。

就在刀插入腹部的一瞬间,太阳在他的眼睛里光华灿烂地升起。